Eine schöne Unbekannte wird tot auf einem Schiff gefunden, ein junger Mann kämpft verzweifelt um die Liebe seines Lebens, und im Hamburger Hafen droht eine Bombe zu explodieren: Psychotherapeutin Tessa Ravens ist in einen neuen Fall involviert, der in die dunkelsten Tiefen der menschlichen Seele führt, sie immer weiter hinabzieht in einen Strudel aus Zweifel, Angst und Wahnsinn. Als es auch für Tessa um Leben und Tod geht, muss sie sich die Frage stellen: Wie weit geht ein Mensch, um seine Liebe zu retten?

ANGÉLIQUE MUNDT wurde 1966 in Hamburg geboren. Nach ihrem Studium der Psychologie arbeitete sie lange in der Psychiatrie, bevor sie sich 2005 als Psychotherapeutin mit einer eigenen Praxis selbständig machte. Sie arbeitet ehrenamtlich im Kriseninterventionsteam des Deutschen Roten Kreuzes, das Menschen bei potentiell traumatisierenden Ereignissen »Erste Hilfe für die Seele« leistet. *Stille Wasser* ist der dritte Roman in der Serie um die Psychotherapeutin Tessa Ravens und Hauptkommissar Torben Koster. Angélique Mundt lebt in Hamburg.

ANGÉLIQUE MUNDT BEI BTB
Nacht ohne Angst. Kriminalroman (74626)
Denn es wird kein Morgen geben. Kriminalroman (74631)
Erste Hilfe für die Seele. Einsatz im Kriseninterventionsteam (71474)

ANGÉLIQUE MUNDT

STILLE WASSER

KRIMINALROMAN

btb

Sollte diese Publikation Links auf Webseiten Dritter enthalten, so übernehmen wir für deren Inhalte keine Haftung, da wir uns diese nicht zu eigen machen, sondern lediglich auf deren Stand zum Zeitpunkt der Erstveröffentlichung verweisen.

Verlagsgruppe Random House FSC® N001967

1. Auflage
Originalausgabe November 2017
Copyright © 2017 by btb Verlag
in der Verlagsgruppe Random House GmbH,
Neumarkter Str. 28, 81673 München
Umschlaggestaltung: semper smile, München
Umschlagmotiv: © befo/Getty Images
Satz: Uhl + Massopust, Aalen
Druck und Einband: GGP Media GmbH, Pößneck
mr · Herstellung: sc
Printed in Germany
ISBN 978-3-442-71578-7

www.btb-verlag.de
www.facebook.com/btbverlag

1

Sonnenstrahlen auf der Haut. Ein Summen auf den Lippen. Kribbeln im Bauch. Fühlte sich so Glück an?

Tessa rückte sich einen Stuhl zurecht, um ihre Beine daraufzulegen und ließ sich dann wieder in ihren Gartenstuhl zurücksinken. Sie saß am späten Morgen, nur mit einem T-Shirt und Shorts bekleidet, auf ihrer kleinen Dachterrasse, genoss ihr Frühstück und hielt mit geschlossenen Augen ihr Gesicht in die Sonne. Ob dieses Gefühl, welches gerade durch ihren Körper flutete, die Empfindung war, dem die ganze Menschheit hinterherjagte? Glück? Zufriedenheit? Liebe?

Sie war verliebt in Torben. Und sie lächelte selig, während zwei Eichhörnchen den Baum hochjagten und oben in der Baumkrone in Höhe ihres Balkons ankamen. Eines der kleinen Tiere keckerte laut und sprang mit einem großen Satz auf den daneben stehenden Baum, um sich mit hoher Geschwindigkeit wieder den Stamm hinabzuschrauben. Das zweite Tier hatte offenbar die Lust verloren hinterherzulaufen.

»Na du? Guten Morgen. Möchtest du eine Walnuss zum Frühstück?« Das Eichhörnchen putzte sich und würdigte sie keines Blickes.

Tessa lächelte und goss sich eine weitere Tasse Kaffee ein. Vielleicht war ihr Gefühl nur eine flüchtige Stimmung an einem schönen Morgen und ließ sich nicht festhalten. Aber sie wollte sich in diesem Moment durch nichts stören lassen. Nur den Sommer genießen, diesen wundervollen, heißen Sommer. Auch heute war wieder keine Wolke am klaren blauen Himmel zu sehen. Durch die Blätter der Bäume raschelte ein leichter Windhauch. Ein Juli, wie ihn Hamburg selten erlebt. Vielleicht war Tessa deswegen so euphorisch? Ihr Leben mit Torben hatte eine andere Farbe bekommen. Die Farbe des Sommers. Nein, nicht die rosarote Brille, dachte sie. Eher Orange. Ein warmer goldener Ton. Beruhigend, wärmend, sättigend. Sie fühlte sich geborgen, dankbar und durch nichts aus der Ruhe zu bringen.

Na ja, durch fast nichts. Sie blinzelte in die Sonne und steckte ihr langes schwarzes Haar zu einem unordentlichen Knoten zusammen. Hauptsache es kam etwas kühlender Wind an ihren Nacken.

In der Praxis gab es ein paar Patienten, um die sie sich Sorgen machte. Gestern hatte sie mit einem jungen Manager gesprochen, der seit ein paar Monaten wegen seiner Beziehungsprobleme bei ihr in Behandlung war. Zwar war er beruflich erfolgreich, aber um sein Privatleben machte er sich Sorgen. Er verbrachte seine Zeit damit, von einer Frau zur nächsten zu wechseln. Manchmal unterhielt er über einige Wochen Affären mit drei oder vier Frauen gleichzeitig. Wenn er keine Lust mehr hatte oder eine neue, scheinbar aufregendere Frau kennenlernte, tauschte er sie einfach aus. Er war ständig auf der Jagd. Dabei wünschte er sich nichts sehnlicher als eine feste Beziehung. Theoretisch. Praktisch tat er alles, um die Frauen zu verletzen. Es dauerte nicht lange, bis Tessa herausgefunden hatte, dass dieser blendend aussehende Frauenschwarm vor ein paar Jahren überraschend seine Mutter an Brustkrebs verloren hatte. Er wollte das damals nicht wahrhaben, hatte bis heute keine Träne vergossen oder trauern können, weil er seitdem damit beschäftigt war, sich in irgendwelche Abenteuer mit Frauen zu stürzen, die er dann doch wieder verließ, sobald es ernst wurde. Dabei war seine Stimmung ständig gereizt, und er fühlte immer eine Art Trauer, von der er nicht wusste, woher sie kam. Von Spaß, Glück oder sogar Liebe keine Spur. Dazu kamen exzessiver Alkoholkonsum und leichtsinniges Autofahren. Er forderte das Schicksal heraus und zerstörte systematisch sein Leben. Er wusste nicht, wie er damit aufhören sollte. Der Sog war zu stark. So weit waren sie inzwischen in den Therapiegesprächen gekommen.

Tessa lauschte dem Zwitschern eines Buchfinken, der sich in der nahen Birke niedergelassen hatte.

Der nächste Schritt war jetzt, die Vermeidung seiner schmerzhaften Trauergefühle zu thematisieren und einen Weg mit ihm zu suchen, wie er den Verlust seiner geliebten Mutter verarbeiten konnte.

Heute hatte sie allerdings keine Patiententermine. Sie war im Bereitschaftsdienst für das Kriseninterventionsteam. Ein anderer Teil ihres beruflichen Lebens, den sie nicht missen mochte. In dieser ehrenamtlichen Tätigkeit, setzte sie ihre psychologischen Fähigkeiten ein, um Menschen zu helfen, die gerade Opfer oder Augenzeuge eines schrecklichen Unglücks geworden waren. Brauchten Betroffene nach einem Gewaltverbrechen oder Angehörige nach einem plötzlichen Todesfall Betreuung, alarmierte die Polizei das Kriseninterventionsteam, das KIT, wie sie es nannten. Tessa und ihre Kollegen begleiteten die Polizei zum Beispiel, wenn eine Todesnachricht eines Angehörigen überbracht wurde, um den Menschen zur Seite zu stehen, die gerade die wahrscheinlich schlimmsten Stunden ihres Lebens durchmachten. Eine fordernde Aufgabe. Und trotzdem liebte Tessa sie.

Sie war guter Dinge, dass an diesem Sommertag, keine Todesnachricht einer ahnungslosen Familie überbracht werden musste. Nein, heute geschah nichts Dramatisches, der Tag war viel zu schön.

Am liebsten wäre sie an die Ostsee gefahren. Am Strand spazieren gegangen. Hätte sie in der Sonne gelegen. Ein Bad im Meer genommen. Leider ließen sich ihre heimlichen Träume heute nicht erfüllen, aber vielleicht am Wochenende? Sie wollte Torben abends darauf ansprechen. Das wäre doch ein guter Plan für die nächsten freien Tage.

Tessa stand auf, streckte sich genüsslich und griff nach der leeren Müslischale, um sie mit den restlichen Erdbeeren in die Küche zu bringen, als ihr Handy klingelte.

Da sie in KIT-Bereitschaft war, lag das Telefon auf dem Balkontisch, damit sie keinen Anruf verpasste. Aber sie war doch überrascht, als der kleine schwarze Kasten es wirklich wagte, sich zu rühren. Noch dazu schrillte er mit diesem besonderen Klingelton, den sie nur der Polizei und der Leitstelle des Kriseninterventionsteams zugeordnet hatte, deren Anruf immer am Anfang eines Einsatzes stand. Und dieser Ton zerstörte die Idylle des Sommermorgens.

Verblüfft starrte Tessa auf das Display, auf dem deutlich *Leitstelle* zu lesen war. Welches Unglück konnte diesen wunderbaren Tag trüben? Ihr Herz schlug plötzlich bis zum Hals – so war es immer.

Sie nahm das Handy vom Tisch und meldete sich.

»Hier spricht die Leitstelle. Es gab eine Bombendrohung auf einem Kreuzfahrtschiff im Hafen. Wir wissen noch nichts Genaues. Die Polizei fordert das KIT zur Betreuung der Passagiere an und möchte ihre Lageeinschätzung vor Ort. Fahren Sie sofort zum Kreuzfahrtterminal Altona.« Der Mann räusperte sich und klang nicht mehr ganz so souverän. »Sonder- und Wegerechte sind freigegeben.«

»Bombendrohung? Ein Anschlag?«, flüsterte Tessa. Ihre Kehle war von einer Sekunde auf die andere wie ausgedörrt.

Der Disponent schwieg.

»Kreuzfahrtterminal Altona«, krächzte Tessa. Sie hatte eher das Bedürfnis sich zu setzen, als sofort loszufahren.

»Beachten Sie Ihre Eigensicherung«, erwiderte der Anrufer nur.

Was zum Teufel meinte er damit? Begab sie sich in Gefahr? Sie wollte die Antworten auf ihre unausgesprochenen Fragen eigentlich gar nicht wissen.

Sie riss sich zusammen. »Ich melde mich.« Tessas Entgegnung kam tonlos und automatisch. Sie wollte nicht glauben, was sie gerade gehört hatte. Drohte dem Hafen ein Bombenanschlag? Das war vollkommen unmöglich. Nicht in dieser Sommeridylle. Nicht heute. Nicht in Hamburg.

Ihre Hände zitterten, als sie die Balkontür schloss.

2

Es machte ihm nichts aus zu sterben.

Im Gegenteil. Der Gedanke auf der luxuriösen *Ocean Queen* in Hamburgs Hafen seinen letzten Atemzug zu tun, weckte die tiefe Sehnsucht nach Frieden in ihm.

Sein Wunsch nach Ruhe war stärker als die Angst vor dem letzten Atemzug. Er starrte auf die Decksplanken. Durfte er Christa zurücklassen?

»Lauf, Walter, beeil dich«, hörte er sie rufen.

Vermutlich sollte er genauso viel Angst haben wie der Rest der Passagiere. Sollte um sein Leben rennen. Aber ihm gefiel der Gedanke, an Bord eines Kreuzfahrtschiffes abzudanken.

Von weit her hörte er das Schiffshorn eines Containerriesen tönen. Musik in seinen Ohren. Die Dieselmotoren der Schiffe, das leise Piepsen der Van-Carrier und das Schreien der Möwen: die ganz spezielle Melodie des Hafens, seines Hafens. Der Geruch von Schiffsdiesel und Elbwasser, die vertraute Umgebung, die er kannte wie seine Westentasche. Das würde er vermissen, wenn er... plötzlich stieß ihn jemand von hinten an, und er stolperte vorwärts gegen die Reling. Um nicht auf das Deck zu stürzen, klammerte er sich an den hölzernen Handlauf und rappelte sich langsam wieder hoch. Die Menschen hasteten an ihm vorbei. Sie pressten Kinder, Handtaschen oder Rucksäcke an den Leib. Panik im Blick. Sie wollten nur runter von dem Schiff.

»Oh Gott, Walter, nun komm schon...« Ihre Stimme

klang hysterisch, so kannte er sie sonst gar nicht, und schien sich immer weiter zu entfernten. Angst verändert uns, dachte er.

Eine Frau rempelte ihn an, weil sie mit ihren beiden Kindern an der Hand sonst nicht durch den engen Gang gepasst hätte. Die Kinder weinten. Sie murmelte eine Entschuldigung, und er bemühte sich, ihr Platz zu machen. Der Schweiß lief ihm über die Stirn. Er merkte seine zweiundsechzig Jahre jetzt deutlicher denn je. Ja, er wollte sterben, aber er wollte doch nicht totgetrampelt werden. Er lehnte sich zurück, gegen die Brüstung. An seinen Beinen spürte er den Rettungsring, der am Geländer befestigt war.

Sein Blick flackerte erneut über die fliehenden Passagiere. Ein Junge mit Akne im Gesicht filmte mit dem Handy die Evakuierung. Er schwenkte über die flüchtenden, verängstigten Menschenmassen. Walter seufzte. Wie viele Klicks wohl ein Video bekäme, auf dem zu sehen war, wie Walter bei einer Explosion in tausend Stücke zerfetzt würde?

Das wäre wahrlich ein heldenhafter Tod. Oder er würde über Bord geschleudert? Taucher würden nach ihm suchen, aber die Elbe gäbe ihn nicht frei.

Und das alles, weil er eine Schiffsbesichtigung für sich und Christa arrangiert hatte. Wie war er auf die Schnapsidee gekommen, auch nur daran zu denken, eine Kreuzfahrt für sie beide zu planen? Er wollte Christa mit einem von der Reederei angebotenen Besuch auf dem Luxusliner überraschen. Sie davon überzeugen, dass eine kleine Reise gut für sie beide wäre. Mal wieder unter Menschen kommen. Etwas Schönes erleben.

Stattdessen stand er nun in diesem Chaos.

Auf der anderen Seite gab es kaum etwas Besseres, als an

einem heißen Sommertag im Hamburger Hafen zu sterben. Sollten die anderen um ihr Leben rennen, er entschied sich zu bleiben. Er stemmte die Beine in die Holzplanken des Decks und presste den Bauch gegen die Reling.

Die Lautsprecherdurchsage des Schiffs plärrte. Alle Passagiere sollten sich an den Sammelplätzen bei den Rettungsbuchten einfinden, um von dort evakuiert zu werden. Doch es gingen Gerüchte um, dass eine Bombe an Bord sei und explodieren könnte. Natürlich hielt sich keiner mehr daran, zu einem Sammelplatz zu gehen. Der Fluchtinstinkt siegte. Jeder war sich plötzlich selbst der Nächste.

Er wischte sich den Schweiß aus den Augen. Die Sonne brannte vom Himmel, und die Hitze war unerträglich. Oder hatte das Schiff Feuer gefangen?

Schräg unter sich sah er auf die Pier. Das Cruise Center Altona. Er kannte das Terminal. Nicht so gut wie den restlichen Hafen, aber doch sehr gut. Sein Hafen. Seine große Liebe. Dann erst kam Christa. Oder?

Wie sollte es jetzt weitergehen? Er atmete noch einmal tief durch und versuchte, einen klaren Kopf zu bekommen, aber seine Gedanken wirbelten durcheinander, wie Blätter in einem Herbststurm.

Vielleicht war es wirklich das Beste, wenn das Schiff jetzt explodierte. Dann könnte Christa um ihren Helden trauern, und er hätte seine Ruhe. Kein feiger Suizid. Und feige war er, das hatte er heute begriffen.

Er vermochte die Gesichter der Menschen, die die Gangway runterstürzten, nicht zu erkennen. Er stand zu weit weg. Unten angekommen liefen sie entlang der Sperrgitter und von Security-Männern geleitet in das Terminal. In eine andere Welt. Die Welt der Überlebenden.

Es kamen immer noch mehr Streifenwagen. Polizisten liefen durcheinander.

»Sammelt euch, Schäfchen, sammelt euch«, murmelte er.

»What are you doing? Hurry up.«

Ein kleiner Mann in weißer Schiffsuniform schrie ihn an. Er war doch nicht taub. Er wollte sich nicht beeilen. Er versuchte, die Hand vom Arm abzuschütteln, aber der Kerl krallte sich fest wie ein Terrier in der Wade eines Einbrechers. Es tat weh. »Leave me alone!«, maulte er.

Der Mann aber zog immer weiter an ihm. Immer weiter Richtung Gangway. Dahin wollte er nicht. Er wollte das Schicksal entscheiden lassen. Nicht irgendein Sicherheitsmenschlein, das seine Arbeit zu ernst nahm. Der sprach noch immer auf ihn ein, aber die Worte verwehten.

Das Letzte, was er wahrnahm, war der Geruch der Elbe. Ein wenig moderig und wunderbar vertraut.

Er hörte eine Möwe kreischen. Schillernd und schnell jauchzte sie ihre Töne.

Dann blendete er alles aus und ließ sich treiben.

3

Walter saß auf einem Plastikstuhl. Wie war er hierhergekommen? Er erinnerte sich nicht. Er sah sich in der Halle um, erfasste aber kaum, was er sah. Zu viele Menschen, zu viel Unruhe, zu viele Eindrücke. Schlagartig setzte die Erinnerung ein: Er hatte sich weggeblendet. Dissoziieren nannte seine Therapeutin das. Eine Art Abschalten der bewussten Wahrnehmung – oder so ähnlich. Ihm war das egal, aber seine Therapeutin versuchte immer, ihm die Dinge, die ihm wiederfuhren, zu erklären. Sie meinte, es sei wichtig, dass er verstehe, wie er reagierte. Er war zwar erst zu wenigen Gesprächen bei ihr gewesen, doch musste er zugeben, dass es ihm guttat, über sich zu sprechen. Obwohl es gar nicht so leicht war, wie es sich anhörte: über sich sprechen. Ein Thema diskutieren, ja, über andere und deren Sorgen reden, auch gut, aber über die eigenen Gefühle sprechen? Das hatte er noch nie getan. Trotzdem hatte er beschlossen, sich Mühe zu geben und erkundete auf seine alten Tage noch neues Terrain.

Das Kreuzfahrtschiff, jetzt fiel es ihm wieder ein.

Er hatte es unbedingt mit Christa besichtigen wollen. Sie waren mit... wie hieß die Frau von der Reederei doch gleich? Mit einer Besuchergruppe waren sie an Bord gegangen.

War das Schiff explodiert?

Er wusste es nicht. Er schluckte trocken, als ihm dämmerte, dass er wirklich hatte sterben wollen. Wie dumm von ihm. Seine Zeit war noch nicht gekommen. Deshalb saß er jetzt unversehrt in diesem Terminal. Zum Glück.

Er schaute an sich hinunter und bewegte vorsichtig Arme und Beine. Er war unverletzt. Ihm war nur entsetzlich heiß.

Schräg gegenüber bugsierte die Mitarbeiterin der Reederei ein Pärchen auf zwei freie Stühle. Sie hatte die Führung der Besuchergruppe an Bord der *Ocean Queen* geleitet und interessante Fakten über das Schiff, seine Besatzung und die Abläufe an Bord berichtet.

Bis das Schiff evakuiert worden war.

Und nun saß er hier.

Er besah sich das Pärchen auf den Plastikstühlen. Die Frau erinnerte ihn an jemanden. Ihm fiel nur nicht ein, an wen. Sie trug High Heels, enge Jeans an schlanke Waden gepresst und ein knappes Oberteil, das ihren Busen betonte. Ihr blondes Haar fiel ihr wirr ins Gesicht und über die Schultern. Der Mund stand ein wenig offen, der Blick irrte umher. Ihre Wimperntusche war verlaufen, das sah ziemlich komisch aus. Sie weinte.

War doch Schlimmes passiert?

Er wandte den Blick von der Frau ab und betrachtete den Mann mit dem kleinen Ohrring, der neben ihr saß. Der legte beschützend seinen wuchtigen Arm um die weinende Frau. Der Unterarm war mit einem Kreuz, um das sich Rosen rankten, tätowiert. Das Kreuz gefiel Walter. Er mochte Tattoos.

»Walter!«, ertönte eine Stimme, er nahm sie gar nicht richtig wahr, konzentrierte sich ganz auf die beiden vor ihm.

Ob der Mann gläubig war? Er sah ihm in die Augen, und der Mann erwiderte seinen Blick. Gelassen. Starr. Aggressiv? Unruhe stieg in Walter auf. Er bekam kaum noch Luft. Griff sich an das Hemd, riss den obersten Knopf auf. Luft. Er brauchte Luft. Ihm war so heiß.

»Walter!«

Die Angst überrollte ihn aus heiterem Himmel. Ihre Stimme. Und dieser Kerl. Der sollte aufhören, ihn anzustarren. In seinen Ohren rauschte es. Ein Schleier legte sich vor seine Augen. Er riss sie so weit wie möglich auf. Immer noch sah er den tätowierten Mann an. Sah, wie die Rosen auf dessen Arm ein Eigenleben zu führen schienen. Sie rankten und wuchsen über die Hand hinaus, verfärbten sich zu schwarzen dornigen Büschen.

Walter wollte nichts mehr sehen, schloss die Augen und fühlte sein Blut umso lauter durch die Adern rauschen.

Das war keine Panikattacke. Das war ein Herzinfarkt. Bestimmt hatte er einen Herzinfarkt. Warum half ihm niemand? Er flehte innerlich um Hilfe, aber die Angst schnürte ihm die Kehle zu, und es kam kein Ton aus seinem Mund.

»Walter, oh mein Gott, da bist du ja. Ich suche dich überall.«

Er gab auf.

»Was hast du, Walter? Liebling, kannst du mich hören? Bitte sprich mit mir«, bettelte sie. »Alles ist gut.«

Er hörte ihre Stimme wie durch eine Nebelwand. Dumpf. Verzerrt.

Christa. Sie hatte ihn gesucht und schon wieder hatte sie ihn rechtzeitig gefunden.

»Ja«, presste er heraus. Er konzentrierte sich so sehr darauf, sein Herz nicht explodieren zu lassen, dass er keine Kraft zum Sprechen fand.

»Liebster, wir sind wieder zusammen, jetzt ist alles gut«, wiederholte sie.

Sie zeigte mit dem Finger auf etwas, was Walter nicht fokussieren konnte.

»Wir sind in Sicherheit. Die Rettungskräfte kümmern sich um alles. Wir gehen gleich nach Hause.«

Walter machte eine vage Handbewegung. Die Hand zitterte. Christa streichelte ihn unermüdlich. Er beruhigte sich. Die Panikattacke verging. Er seufzte.

»Sind Sie in Ordnung? Brauchen Sie Hilfe?«, sprach ihn der Mann mit den Tattoos an.

Christa antwortete nicht, sah ihn nur mit gerunzelter Stirn an. Walter riss sich zusammen.

»Danke. Wir kommen zurecht ... es ist alles ... zu viel.«

»Hoffentlich finden sie keine Bombe«, murmelte Christa.

»Aber nein, wir können bestimmt bald zurück an Bord«, sagte der Mann.

»Was? Sie wollen zurück auf das Schiff?«, rief Christa und griff sich ans Herz, um ihrem Entsetzen Nachdruck zu verleihen.

Damit war seine Idee mit der Kreuzfahrt wohl vom Tisch, dachte Walter. Es war sein letzter Versuch gewesen.

Die blonde Frau sah hilfesuchend zu ihrem Freund.

»Corine nimmt das alles sehr mit. Wir haben mit einer netten Besichtigungstour gerechnet ...«

Christa schüttelte den Kopf. »Wir gehen nach Hause, nicht wahr, Walter?«

Er brummte eine Art Zustimmung, da ihn etwas anderes ablenkte. Direkt hinter ihm schnarrte ein Funkgerät, wahrscheinlich von einem der Polizisten, die hier überall herumliefen.

52/10 für Hundeführer. Die Hunde haben angeschlagen. Kommen Sie sofort an Bord!

Walter drehte sich um und sah in die Augen eines kleinen Manns in Uniform und mit auffälligem Schnurrbart.

Der nickte ihm zu.

Er hasst mich, dachte Walter.

4

Das rote Auto schoss laut hupend an ihr vorbei und riss Tessa aus ihren alptraumhaften Gedanken.

»Oh mein Gott...« Sie hatte den Wagen nicht kommen sehen. Tessa trat auf die Bremse und riss das Steuer herum. Die Reifen quietschten zwar, aber sie behielt die Kontrolle über den Wagen. Sie umklammerte das Lenkrad fester, atmete schneller. Der KIT-Wagen schoss vorwärts, bog direkt in die Max-Brauer-Allee ein. Gott sei Dank war die Straße frei, sonst hätte das hier böse enden können.

Tessa atmete tief ein und aus. Fing sich, versuchte, sich zu konzentrieren.

Als sie hergefahren war, hatte sie sich in einem wilden Tagtraum ausgemalt, was am Einsatzort auf sie wartete, sollte tatsächlich eine Bombe explodiert sein. Sie hatte dicke schwarze Rauchschwaden vor ihrem geistigen Auge gesehen, die ihr die Sicht vernebelten und es fast unmöglich machten, Luft zu holen. Es hatte gestunken. Nach verbranntem Gummi, nach Öl und... nach etwas Undefinierbarem.

Tessa schüttelte den Kopf, um die Bilder loszuwerden. Die Bilder, die ihr so real erschienen waren, dass ihr Herz raste.

In ihren Gedanken hatte das Kreuzfahrtschiff in leichter Schräglage quer vor ihr gelegen. Der aufgerissene Rumpf hatte knapp über dem Wasserspiegel einen Blick in das Innere des Schiffes freigegeben, als eine Windbö den Qualm auseinandertrieb.

Verkohlte Trümmerteile trieben im dunkelblau schimmernden Wasser. Auch die Pier war voller Trümmerteile gewesen. Dann hatte Tessa ihren Kopf ganz langsam nach links gedreht. Weg vom Schiff. Dorthin, wo das Elend auf sie wartete.

Klaffende Löcher in den Glasfronten des Terminals sandten wie aufgerissene Münder stumme Schreie in die Stille.

Kein Laut war zu hören.

Keine Panik war ausgebrochen.

Nur stummes Entsetzen. Und leises Stöhnen von Sterbenden.

Sie war wie in Zeitlupe einen ersten Schritt auf das Terminal zugegangen. Zersplittertes Glas knirschte unter ihren Schuhen.

Glas. Blut. Kleidungsfetzen. Ein Schuh.

Dort harrten sie, die die Katastrophe hatten mitansehen müssen.

Sie warteten auf Hilfe.

Warum hörte sie nichts? Sie sah die Menschen doch mit geöffneten Mündern schreien!

Plötzlich setzte die Akustik wieder ein. Als ob jemand einen Schalter in ihrem Gehirn umgelegt hatte. Auf einmal hörte sie die Rufe. Die Anweisungen der Feuerwehrmänner. Namen, mit denen die Überlebenden ihre Liebsten riefen. Die Schmerzensschreie der Verletzten.

Die Klagen hallten durch ihren Kopf. Steigerten sich zu einem kreischenden Crescendo.

Dann hatte sie begriffen, dass es keine realen Schreie waren, sondern ein Auto, das wiederholt gehupt hatte, um sie aus ihren viel zu realen Gedanken zu reißen. Sie war nur knapp einem Zusammenstoß entkommen. Und jetzt saß sie hier, in ihrem Auto, musste sich endlich fokussieren und ihren Job machen. Sie musste sich einen Überblick verschaffen und aufhören, sich irgendwelchen Horrorszenarien hinzugeben. Ihre Gedanken hatten sich auf eine ungesunde Art und Weise selbstständig gemacht. Sie atmete lautstark ein und wieder aus.

Tessa bog rechts in die Klopstockstraße ab. Es war nicht mehr weit bis zum Cruise Center Altona. Sie nahm den Fuß vom Gas und warf einen Blick in den Rückspiegel, sah sich selbst an. Für einen Moment huschte ein gequältes Lächeln über ihr Gesicht. Sie musste sich beruhigen. Ihre Wangen rot erhitzt, Schweißperlen auf der Stirn und das Haar derangiert zu einem losen Pferdeschwanz zusammengebunden. Souveränität sah anders aus.

Und souverän sollte sie jetzt sein. Die Menschen warteten auf Helfer und hofften, dass dann alles gut sei. Niemand fragte sich, wie es den Rettungskräften in solchen Situationen erging, wie sie die Bilder, Gerüche und Geräusche verarbeiteten, denen sie am Einsatzort ausgeliefert waren. Tessa fühlte sich nicht vorbereitet auf eine Bombenexplosion. Niemand war das. Man konnte sich nicht wappnen für so etwas, egal wie oft man den Ernstfall geprobt hatte. Was waren schon gut vorbereitete und im Ablauf genau geplante Katastrophenschutzübungen gegen die Realität?

Tessa wischte sich die Hände an ihrer Jeans trocken. Neben ihrer Anspannung trug die Hitze das Übrige zu ihrer überhöhten Körpertemperatur bei. Strahlender Sonnenschein, der von einem makellos blauen Himmel schien und vom Radio angesagte 28 Grad schickten sich an, diesen Tag zu einem perfekten Strandtag zu küren – vollkommen ungeeignet, der schwärzeste Tag Hamburgs seit der großen Sturmflut von 1962 zu werden.

»Jetzt hör aber auf«, murmelte sie. »Verkneif dir diese Schwarzmalerei. Du weißt überhaupt nicht, was los ist.«

Tessa bog aus der Großen Elbstraße in die Van-der-Smissen-Straße ein. Gleich müsste sie einen ersten Blick auf das Schiff erhaschen können. Sie streckte sich, um besser sehen zu können. Zunächst tauchte allerdings ein Streifenwagen vor ihr auf, der mit blinkendem Blaulicht die halbe Fahrbahn verstellte. Sie schaltete das Martinshorn aus und rollte langsam auf ihn zu.

Tief durchatmen. Es ging los. Konzentrier dich, mahnte sie sich. Deine erste Aufgabe hast du geschafft. Du bist am Einsatzort angekommen. Nun orientierst du dich und sammelst Informationen. Verschaffst dir einen Überblick, so wie immer, das kannst du. Los jetzt.

Der Polizist an der Absperrung wollte sie durchwinken, aber Tessa hielt neben ihm an und ließ das Fenster herunter.

»Wie sieht es an der Pier aus?«, fragte sie. Zitterte ihre Stimme?

»Alles ruhig.« Der Mann zuckte desinteressiert die Schultern.

»Ruhig? Es ist also keine Bombe explodiert?« Ihre Stimme zitterte tatsächlich.

Der junge Polizist war nicht aus der Ruhe zu bringen. »Ich hab keine Explosion gehört. Hier ist alles ruhig, wie gesagt.«

Tessa fuhr langsam weiter. Sie schaltete die Klimaanlage aus und merkte, wie sie trotz der Hitze fröstelte.

Entwarnung? Alles halb so schlimm? Hatte ihre blühende Fantasie ihr einen Streich gespielt? Ihr Herz klopfte noch immer, und sie hatte einen trockenen Mund.

Die Macht der Bilder. Die Macht der Gedanken. »Tja, es sind nicht die Dinge selbst, die uns beunruhigen, sondern die Art und Weise wie wir über sie denken«, sagte sie in die Stille. Das erzählte sie ihren Patienten ständig ... jetzt hatte sie es am eigenen Leib erfahren. So wie wir denken, so fühlen wir uns auch. Und ihre Vorstellungen waren weit an der Wirklichkeit vorbeigegangen. Ein Irrweg, denn von Verwüstung, Chaos und Verletzten war weit und breit nichts zu sehen. Tessa zählte leise bis zehn und atmete tief durch.

Am Terminal angekommen, stieg sie aus dem Wagen, zog sich ihre KIT-Weste über, klemmte den KIT-Ausweis gut sichtbar daran und ging an den Löschfahrzeugen der Feuerwehr vorbei auf den Eingang zu. Drinnen, in der Halle, wuselten hunderte Reisende durcheinander.

Keine Schreie, kein Stöhnen, keine Toten, keine Verwüstung.

Alles nur geträumt. Tessa war erleichtert.

Ein stämmiger Polizist kam auf sie zugeeilt. Tessa hörte ihn ins Funkgerät sprechen. *Das Kriseninterventionsteam ist da.* Es knisterte, als die prompte Antwort kam. *Soll beginnen, ich komme.*

»Moin«, sagte er.

Moin. Ein Wort. Ein Wort nur, aber es vermochte ihr eine riesige Last zu nehmen. Wenn Ruhe und Gelassenheit für ein lapidares *Moin* war, konnte es nicht so schlimm sein. Tessa konnte sogar kurz lächeln. »Was ist passiert? Keine Bombenexplosion?«

»Eine Bombendrohung. Wir evakuieren die *Ocean Queen*.« Der Polizist wies in die entgegengesetzte Ecke der Halle. »Wir richten ein improvisiertes Betreuungszentrum für die Passagiere ein. Einige der älteren Herrschaften reagieren verängstigt auf die Gerüchte.«

»Sind wir so nahe am Schiff überhaupt sicher?«

Der Polizist zuckte mit den Schultern. »Ich nehme mal an, der Polizeiführer weiß, was er tut.« Er grinste.

Tessa seufzte erleichtert. »Herrje, ihr habt mir echt Angst gemacht. Ich hab mir die schlimmsten Szenarien ausgemalt.«

»Der Einsatzleiter kommt gleich und erklärt dir alles.« Er wies mit einer ausladenden Geste und einer kleinen Verbeugung in den Terminal, als wolle er ihr die Tür zum Ballsaal öffnen, um den Tanz zu eröffnen.

Tessa schätzte, dass mehrere hundert Menschen in der großen Halle auf Bierzeltbänken und Plastikstühlen saßen und in Grüppchen zusammenstanden. Die Passagiere waren offensichtlich unverletzt, obwohl sie ein paar Sanitäter umherlaufen sah. Tessa überlegte, dass fünf KIT-Kollegen für die Nachalarmierung reichen sollten, dann würden sie die Situation meistern können.

»Ist die Evakuierung schon abgeschlossen?«

Der Polizist schüttelte den Kopf. »Wir wissen noch nicht, wie viele Passagiere an Bord waren, aber die Zahlen müssten jeden Moment kommen. Nützt uns aber nicht viel, da die Menschen hier in der Halle noch nicht registriert sind. Es dauert noch, bis wir wissen, ob Passagiere fehlen. Es gibt wenige Verletzte. Die meisten haben Knochenbrüche durch Stürze erlitten. Die Sanitäter kümmern sich darum.«

Tessa ging ein paar Schritte in das Terminal hinein, um einen besseren Blick aus den großen Fenstern auf die Pier zu bekommen. Sie war neugierig.

Was war passiert?

Nichts.

Die Panoramafenster waren intakt und ließen den Blick auf die Pier frei. Dort lag die *Ocean Queen* vor dem strahlend blauen Himmel, als könne sie kein Wässerchen trüben.

Eine Explosion?

Sie suchte nach dem zerstörten Rumpf, den sie noch vor ein paar Minuten plastisch vor Augen gehabt hatte. Kein Loch in der Schiffshaut. Stattdessen sah sie den mit grafischen Mustern in verschiedenen Orangetönen gestalteten Bug, auf dem sich der Schriftzug *Ocean Queen* hinzog. Auf Höhe der Pier begannen die Reihen mit den Bullaugen, darüber die Decks mit Balkonkabinen und den Glasfronten der Restaurants. Alles unversehrt, genauso wie es sein sollte.

Tessa drehte sich um und ging zurück zur Tür. Sie nahm ihr Handy und rief die KIT-Kollegen, die mit einem weiteren Wagen auf der Anfahrt waren, an. Sie konnten mit der Betreuung beginnen. Je nachdem, wie lange die Menschen hier ausharren mussten, bräuchten sie Informationen, Zuwendung, Essen, Trinken, Medikamente und Beschäftigung. Es bauten sich Spannungen auf, wenn hunderte Menschen über eine längere Zeit in einem Raum saßen, das war normal, das würden sie auffangen müssen. Noch wirkte alles sehr friedlich. Stimmengewirr und sogar vereinzeltes Lachen waren zu hören.

Aber das konnte sich jeden Moment ändern.

5

»Du liebe Güte, hier ist aber jemand vom Kurs abgekommen«, sagte Michael Liebetrau und grinste von einem Ohr zum anderen. »Das große Gedeck – für nichts. Herrlich!«

»Nichts? Immerhin eine Bombendrohung und irgendwo auf dem Schiff liegt eine Tote«, antwortete Torben Koster. Sie waren ehrfurchtsvoll stehen geblieben, nachdem sie aus dem Terminal auf die Pier getreten waren. Koster staunte über das Polizei- und Feuerwehraufgebot, das sich auf der Pier tummelte. Ein Teil davon lief geschäftig in das Terminal, andere standen leise plaudernd in Grüppchen beisammen. Er schirmte seine Augen mit der Hand vor der gleißenden Sonne ab, um sich in Ruhe umzuschauen. Direkt vor ihnen lag die strahlend weiße *Ocean Queen* mit dicken Trossen vertäut. Die Mordkommission sollte sich um einen ungeklärten Todesfall an Bord kümmern, das war der Grund, aus dem sie hier waren. Eine Frau lag tödlich verletzt in einer Abstellkammer und viel deutete auf ein Verbrechen hin.

»Wetten? Das Tötungsdelikt klären wir in den nächsten drei Tagen.« Liebetrau kramte umständlich ein Stofftaschentuch aus der Hosentasche und schnäuzte sich mit einem leidenden Seufzer.

»Erkältet?«, fragte Koster und wandte sich seinem Freund und Kollegen zu.

»Da ist etwas im Anmarsch. Ich hab die Symptome im Internet recherchiert. Entweder bekomme ich eine mörderische Sommergrippe oder hab einen defekten Vergaser. Um was wetten wir?«

»Ich tippe auf den defekten Vergaser.« Koster grinste.

Liebetrau rollte mit den Augen. »Wir klären den Fall in drei Tagen!«

»Drei Tage? Das schaffen wir nie. Schau lieber mal, wie wunderschön dieses Schiff ist! Hast du schon mal eine Kreuzfahrt gemacht?«

»Länger brauchen wir nicht. Die Anzahl der Verdächtigen ist begrenzt. Crew und Passagiere. Zur Not vernehme ich jeden einzeln. Kein Problem. Drei Tage.«

Koster kniff die Augen zu Schlitzen zusammen. »Der Verlierer gibt ein Fischfrühstück für das ganze Team aus?«

Liebetrau zögerte, als rechne er aus, was es ihn kosten würde, sollte er die Wette verlieren. Er schlug ein. Koster schätzte Liebetraus Intuition, aber drei Tage …? »Und? Hast du?«

»Was?«, fragte Liebetrau und schaute sich mürrisch um. Koster wusste, dass Liebchen es nicht mochte, wenn viele Menschen um ihn herum waren. Nicht an einem Tatort. Er wollte alles unter Kontrolle behalten. Und die Erkältung ließ seine hypochondrischen Ängste aufblühen. »Meinst du, Tessa mag Kreuzfahrten?«

»Oh Gott, deine gute Laune ist nicht auszuhalten. Jetzt willst du auch noch deinen Urlaub auf irgendeinem Dampfer verbringen, um Tessa zu gefallen. Ehrlich, das geht entschieden zu weit. Das halte ich in meinem Zustand nicht aus.« Er stoppte abrupt vor einem Schutzpolizisten, der sich ihnen breitbeinig in den Weg stellte, als sie die Gangway betreten wollten. »Was?«, blaffte Liebetrau.

Koster begrüßte den Kollegen freundlich, bevor Liebetraus bärbeißige Art ihn vor den Kopf stieß. Wenn der wüsste, was für ein großes Herz Liebchen hatte. »Guten Morgen. LKA 41.« Er lächelte aufmunternd und hielt seinen Polizeiausweis hoch. »Ich hoffe, der Kapitän erwartet uns?«

»Ach so, ja. Bitte nehmt die Gangway und dann nach achtern durch«, antwortete der Schutzpolizist.

»In den Allerwertesten der Luxuskarosse«, brummte Liebchen und schnalzte verächtlich.

Koster schubste ihn vorwärts. »Benimm dich. Wir sind an Bord zu Gast. Warum bist du so negativ?«

»Ich bin todkrank. Und wieso zu Gast? Das ist mein Tatort«, echauffierte er sich. »Meiner!«

»Ruhig, mein Bester, der Kapitän lädt uns bestimmt zu einem Kaffee ein. Vielleicht bekommen wir sogar eine Schiffsführung…«

Liebetrau verzog angeekelt den Mund und drängelte sich wortlos zwischen den Passagieren, die immer noch das Schiff verließen, die Gangway hinauf. Im Foyer sprach sie ein bärtiger Mann in weißer Uniform der *Ocean Queen* an.

»Guten Tag, die Herren. Ich bin der Chief Purser an Bord und begleite Sie zum Kapitän.«

Liebetrau zog fragend eine Augenbraue nach oben.

»Ich bin verantwortlich für die Crew des Schiffes. Der Kapitän bat mich, Sie abzuholen. Sie wurden uns angekündigt.«

»Das ist sehr nett von Ihnen. Kriminalhauptkommissar Koster und Kriminaloberkommissar Michael Liebetrau.« Koster strahlte den Mann an. Ihm gefiel dessen ausgesuchte Höflichkeit. »Wir sehen uns erst den Tatort an und kommen anschließend mit unseren Fragen zum Kapitän.« Nun würde sich entscheiden, wie ernst die Freundlichkeit gemeint war.

»Gerne. Folgen Sie mir bitte.«

»Na, geht doch«, murmelte Liebchen und bekam von Koster erneut einen Rippenstoß.

Er fing an, sich an Bord der *Ocean Queen* wohl zu fühlen. In seinem Freundeskreis kannte er niemanden, der schon einmal eine ausgedehnte Schiffsreise gemacht hatte. Er erinnerte sich, dass ein Kollege einmal von einer Fahrt zum Nordkap berichtet hatte. Vielleicht etwas kalt für den Anfang? Aber sicher gab es auch schöne Reisen durchs Mittelmeer. Ob Tessa so etwas mochte?

Sie fuhren schweigend mit dem Fahrstuhl zwei Decks nach unten, und der Purser führte sie durch die Gänge ins Heck des Schiffes. Dann öffnete er eine Stahltür und blieb stehen. Koster sah die Spurensicherung am Ende des Ganges arbeiten.

»Ich warte hier auf Sie«, sagte der Mann.

Koster nickte ihm dankbar zu. Er bewunderte die stilvolle Diskretion des Pursers.

»Eine Frage habe ich noch.« Liebetrau hielt den Mann auf. »Die Evakuierung … läuft das immer so? Es sah ziemlich improvisiert aus, wie sich da alle über die Gangway drängelten. Koordiniert das niemand?«

Der Mann sah sie einen Moment aus unergründlich dunklen Augen an. »Es gibt kein Konzept, welches auf eine Evakuierung im Hafen angewandt werden kann. Da sind wir doch eigentlich in Sicherheit. Wir dürfen auch nicht tausende Passagiere über eine Gangway evakuieren. Wenn hingegen auf hoher See etwas passiert, haben wir Pläne, wie wir die Menschen über die Rettungsboote evakuieren. Aber im Hafen lässt man ja keine Rettungsboote zu Wasser. Diesen Platz brauchen die Löschboote der Feuerwehr.« Er hob fragend eine Augenbraue. »Verstehen Sie? Die Menschen müssen auf dem Schiff bleiben, so ist es vorgesehen. Sie dürfen das Schiff eigentlich gar nicht verlassen, sondern müssen so hoch es geht nach oben und an Deck gehen. Würde das Schiff tatsächlich sinken, wären sie dort in Sicherheit, denn das Hafenbecken ist nicht tief.« Er seufzte. »Aber wie bringt man Menschen, die in Panik sind, dazu, nicht fluchtartig das Schiff zu verlassen, wenn sie irgendeine Möglichkeit dazu haben?«

Liebchen setzte den Gedanken fort: »Das Schiff hat nur eine Gangway und da drängeln sich dann tausende Menschen gleichzeitig hinunter. Ein Wunder, dass nicht mehr passiert ist.«

Der Purser nickte. »Die Passagiere wollten nur noch an Land und die wenigen Meter überbrücken, um in Sicherheit zu sein.«

»Und dabei gehen sie über Leichen«, murmelte Liebetrau.

6

Tessa stand im Terminal und ließ das Chaos auf sich wirken. Es kamen immer noch mehr Menschen vom Schiff herunter in die Halle gehastet und versuchten, sich zu orientieren. Vor allem die älteren Passagiere waren zwar heilfroh von Bord zu sein, aber die Kraft schien sie in dem Moment zu verlassen, in dem sie den Trubel im Betreuungszentrum wahrnahmen. In der Halle war es heiß und stickig, und der Geräuschpegel der vielen aufgeregt schwatzenden Menschen hüllte sie ein wie in eine Zwangsjacke, aus der man sich nicht befreien konnte.

In diesem Augenblick legte sich ihr von hinten eine Hand auf die Schulter und Tessa wirbelte herum. Vor ihr stand ein Mann in Jeans, weißem Hemd und Sakko, der ein kleines Mädchen an der Hand hielt. Die Kleine weinte bitterlich.

»Hören Sie, bitte, das Kind hier, das ist nicht meines. Es stand alleine oben auf dem Deck und weinte. Es hat seine Mutter verloren. Können Sie sich um das Kind kümmern und die Mutter finden, bitte.« Er schob Tessa das Kind in die Arme, als hätte das Mädchen eine ansteckende Krankheit.

Tessa schätzte die Kleine auf fünf Jahre. Sie kniete sich zu ihr. »Hallo. Ich bin Tessa. Ich helfe dir, deine Mutter zu finden. Ich bleibe bei dir, bis wir sie gefunden haben. Dir passiert nichts, in Ordnung?!«

Das Mädchen schluchzte noch lauter.

»Wie heißt du? Komm, lass uns aus dem Gedrängel hier

rausgehen.« Tessa stand auf und zog das Mädchen ein paar Schritte an die Seite. Der Mann im Sakko war nicht mehr zu sehen. Sie kniete sich wieder hin.

»Lisa«, piepste die Kleine.

»Lisa. Das ist ein schöner Name. Sag mal Lisa, warst du alleine mit deiner Mama auf dem Schiff oder war dein Papa auch dabei?«

Die Kleine schüttelte den Kopf.

Okay, also kein Vater. Tessa streichelte dem Mädchen langsam über den Arm. »Du machst das prima. Wir finden deine Mutter und dann ...«

»Und was ist mit Pinkie?« Heftige Schluchzer erschütterten den kleinen Körper.

»Pinkie? Ist das dein Bruder?«

Lisa schüttelte energisch den Kopf und schrie Tessa beinahe an: »Das ist doch mein Hase. Mein Stoffhase. Der ist auf der Bank liegen geblieben, deshalb bin ich doch zurückgelaufen und hab plötzlich die Mama nicht mehr gesehen.«

Der Schmerz dieser beiden Verluste schien die Kleine förmlich zu zerreißen. Und doch lächelte Tessa, denn angesichts der eigenen Verzweiflung, die sie in ihrem Tagtraum erlebt hatte, war dieses Problem eine wahre Wohltat. »Eins nach dem anderen. Zuerst suchen wir deine Mama und dann finden wir heraus, ob Pinkie nicht auf der Bank auf dich wartet.«

Tessa stand auf und reichte Lisa die Hand. Die Kleine ergriff sie und drückte so fest zu, als habe sie Angst, neuerlich einen Erwachsenen zu verlieren. Tessa ließ ihren Blick über die Menschenmassen schweifen. Wie sollte sie in diesem Gewirr die Mutter der Kleinen ausfindig machen? Sie sah lächelnd auf das Mädchen hinab, die ihren Blick erwartungsvoll erwiderte. Sie vertraute den scheinbar grenzenlosen Fähigkeiten eines Erwachsenen.

»Wir probieren es zuerst bei den Sanitätern.«

Kurze Zeit später fanden sie nicht nur einen improvisierten Informationsstand, sondern auch eine in Tränen aufgelöste Mutter, die ihr Kind vor Glück, es unverletzt vor sich stehen zu sehen, beinahe erdrückte. Tessa schluckte. Wie schnell sich das Leben wandelte. Zur falschen Zeit am falschen Ort und schon war das eigene Kind in Gefahr.

»Der Einsatzleiter der Polizei sucht sie«, unterbrach ein Sanitäter Tessas Gedanken. Er wies mit dem Zeigefinger auf eine Gruppe von Polizisten, die sich langsam entfernte. »Der zweite von rechts, der mit dem Schnurrbart.«

Tessa nickte und kniete sich zu Lisa. »Nun wartest du mit deiner Mama, bis ihr zurück an Bord gehen dürft und dann schaust du auf der Bank nach, ob Pinkie dort auf dich wartet. Er weiß bestimmt, dass du dir Sorgen machst und nach ihm suchen wirst.«

Die Kleine schaute sie aus tränenverquollenen Augen an.

Tessa stand auf und verabschiedete sich von der Mutter, die sich überschwänglich bedankte. Tessa wandte sich ab, um der Gruppe von Polizisten hinterherzulaufen, die in der Menschenmasse verschwunden war.

Sie holte sie ein und näherte sich von der Seite. Sie suchte den Blick des Einsatzleiters. Dessen dunkles Haar, die buschigen Augenbrauen und der Schnauzbart erinnerten Tessa an Tom Selleck als *Magnum*. Nur dass dieser etwas zu klein geratene Wasserschutzbeamte nicht annähernd so gut und fröhlich aussah. Seine spitze Nase und die hängenden Mundwinkel verpassten seinem Gesicht etwas Verbittertes.

»Hallo«, sprach Tessa ihn an. »Tessa Ravens vom Kriseninterventionsteam.« Sie reichte ihm die Hand und erntete ein gequältes Lächeln.

»Schön, dass Sie da sind. Wir schätzen, dass wir hier fünfhundert bis sechshundert Passagiere haben. Sie sehen ja selbst.«

»Ich bin mit fünf Kollegen hier. Bisher ist alles ruhig.«

Der Einsatzleiter senkte die Stimme. »Die Registrierung läuft. Die Passagiere können vorerst nicht zurück an Bord. Das komplette Schiff wird noch nach einer Bombe durchsucht. Das dauert.« Er strich sich resigniert über den Bart.

Tessa wollte gerade antworten, als sie *ihn* sah. Wie kam *er* in die Halle? Sie drehte sich, um besser sehen zu können, aber in diesem Moment schob sich eine Menschentraube zwischen sie und die Ecke, in der sie den alten Mann gesehen hatte. Sie schüttelte den Kopf. Wahrscheinlich hatte sie sich vertan. Tessa wandte sich wieder dem Einsatzleiter zu, der sich aber schon einem anderen Polizisten zugewandt hatte.

Plötzlich hörte sie hinter sich eine bekannte Stimme: »Was machen *Sie* denn hier? Folgen Sie mir etwa?«

Sie sah in die müden Augen und das verschwitzte Gesicht ihres Patienten Walter Petersen. »Hab ich doch richtig gesehen!« Sie lächelte ihn an und gab ihm die Hand. »Waren Sie auf dem Schiff?« Sein Aussehen erschreckte sie. Das Gesicht sah fahl und eingefallen aus. Das graue Haar stand ihm wirr vom Kopf ab. Er wirkte, als sei er achtzig, nicht knapp über sechzig. Selbst seine Sprache klang schleppend und verwaschen. Sein kariertes Hemd hing halb aus der Cordhose heraus. Cord. Bei diesen Temperaturen?

Da der Polizist das Gespräch mit ihr offenbar nicht wieder aufnehmen wollte, wandte sich Tessa ihrem Patienten vollständig zu – er kam noch nicht lange in ihre Praxis, aber für sie war er schon jetzt ein besonderer Fall.

»Kommen Sie, Herr Petersen.« Sie zeigte auf zwei freie Stühle. Er folgte ihr kommentarlos. Tessa wiederholte ihre Frage, ob er auf dem Schiff gewesen sei? Er gehörte mit Sicherheit nicht zu den Passagieren, denn sie hatten sich erst vorgestern in ihrer Praxis gesehen. Walter Petersen hatte also gar keine Zeit für eine Kreuzfahrt gehabt.

»Sie war da«, sagte er unvermittelt und ohne Tessa anzusehen.

»Wer?«, fragte Tessa.

Er schwieg. Tessa wusste, dass sie ihn nicht drängen durfte. Er hatte sein eigenes Tempo. Mal schnell, mal unendlich langsam, das hatte sie verstanden.

»Meine Frau und ich haben eine Schiffsführung gebucht. Ich dachte, eine Kreuzfahrt wäre eine feine Sache. Aber …«

»Ihre Frau ist hier? Wo ist sie?«

»Warum ist das wichtig?«, fragte er misstrauisch und schaute sich ängstlich um.

Tessa stutzte. »Na, geht es Ihrer Frau gut? Warum ist sie nicht bei Ihnen?«

Er zeigte widerwillig mit dem Finger auf eine wenige Meter entfernt stehende Bank. Dort saß eine ältere Frau mit weißem Kurzhaarschnitt und einem schicken blauen Kostüm. Sie sah zwar ernst zu ihnen herüber, blieb aber sitzen.

»Gehen wir hinüber und Sie stellen mich Ihrer Frau vor?«

Er schüttelte den Kopf.

Sie legte ihre Hand auf seine. Es geschah intuitiv und fast hätte Tessa sie gleich wieder weggezogen. Körperliche Berührungen konnten von einem Wahnkranken schnell missverstanden werden. Walter Petersen ließ es zu. Tessa spürte förmlich, dass er einen inneren Kampf austrug. Als er endlich den Kopf hob und sie ansah, bemerkte sie die Verzweiflung in seinen Augen.

»Sie verstehen es sicher nicht, aber ich kann nicht mehr. Sie war wieder da. Die Sehnsucht.«

Tessa zuckte zusammen. Seine Todessehnsucht? Erst vor kurzem war er nach einem Suizidversuch aus der Psychiatrie entlassen worden. Ihr Kollege und Freund Paul Nika hatte ihn an Tessa überwiesen. Sie standen erst am Anfang der Behandlung und Tessa erprobte verschiedene Wege, eine therapeutische Beziehung zu dem misstrauischen Walter Petersen aufzubauen.

»Sie wollen nicht mehr leben? Meinen Sie das?«

Keine Antwort.

Tessa überlegte fieberhaft, was sie sagen sollte? Für ein Therapiegespräch war das hier weder der richtige Ort noch die richtige Zeit. Aber wenn er suizidal war, durfte sie ihn nicht gehen lassen. Sie schaute auf die Hand, die noch auf seiner lag. Sie drückte etwas zu.

»Bitte tun Sie das nicht. Deuten Sie nichts an und schweigen dann. Ich will Ihnen helfen. Haben Sie ein bisschen Hoffnung – es wird besser.« Wie konnte sie ihm klarmachen, dass sie überzeugt davon war, dass die Therapie ihm helfen würde.

Er schüttelte vage den Kopf. »Mut. Liebe. Hoffnung. Alle sterben. Die Hoffnung stirbt zuletzt.« Er flüsterte, als spräche er mit einem unsichtbaren Gegenüber.

»Genau. Sie sind mutig. Sie lieben Ihre Frau.« Von der großen Verbundenheit zu seiner Frau hatte er ihr erzählt. Aber die Ehe allein erhält einen nicht am Leben, wenn eine Wahnerkrankung einen glauben lässt, dass das eigene Leben nichts mehr wert ist. Wenn Walter Petersen in das schwarze Loch schaute, war er in Gefahr. »Sie müssen aufhören, sich in Gedanken mit dem Suizid zu beschäftigen. Entscheiden Sie sich für das Leben.«

Petersen sah sie aus traurigen Augen an.

»Wenn Sie im Kino sitzen und ständig auf den Notausgang starren, verpassen Sie den Film. Verstehen Sie? Sie verpassen das Leben.«

Erreichten ihn ihre Worte? Tessa wartete auf eine Reaktion, als er ihr seine Hand entzog und den Kopf ruckartig hob. Er wandte sich hektisch um, als habe er die Witterung eines schlechten Geruchs aufgenommen.

»Herr Petersen, ich...«

»Schsch...« Er legte einen Finger an die Lippen. »Was hat er gesagt?«

Tessa hörte am anderen Ende der Halle einen kleinen Tumult. Ein Mann rief etwas. Sie stand auf und versuchte zu erkennen, was los war. »Ich gehe nachsehen. Sie bleiben hier, setzen Sie sich zu ihrer Frau und warten auf mich. Ich bin gleich zurück.«

»*Eine Tote*«, schrie jemand.

Erste Wortfetzen drangen zu ihr durch. Tessa war nicht sicher, ob sie das richtig verstanden hatte. Die Worte verbreiteten sich wie ein Lauffeuer durch die Halle.

»*Ein Verbrechen!*«, schallte es aus unterschiedlichen Richtungen.

»Sie rühren sich nicht von der Stelle«, sagte Tessa zu Petersen.

»*Ein Mörder!*«

Walter Petersen begann zu schluchzen.

Tessa zögerte. Sie wollte ihn nicht einfach da sitzen lassen. Aber sie musste klären, was los war, denn die Stimme rief weiter.

»Unter uns ist ein Mörder! Ein Mörder!«

Tessa bewegte sich schnell durch die Menschenmenge auf der Suche nach dem Schreihals. Sie versuchte, sich zu orientieren, woher die Rufe kamen? Es war zwecklos. Langsam ging sie durch die Menge. Dann fiel ihr ein dichter Pulk von Männern auf, in dessen Mitte der Einsatzleiter der Polizei stand, der sie eingewiesen hatte.

Er betonte für alle Umstehenden gut hörbar, dass sie sich keine Sorgen machen müssten, die Polizei habe alles unter Kontrolle, sie wären in Sicherheit.

Tessa hob die Hand, um dem Mann ein Zeichen zu geben, mit der stillen Frage, ob er kurz Zeit habe. Er wandte sich ihr sofort zu. Vermutlich war er dankbar, keine weiteren Fragen beantworten zu müssen.

»Tut mir leid, Sie zu stören, aber sie haben es ja selbst gehört. Eine Tote? Stimmt das?«

Der Mann schob sie unsanft am Arm in eine ruhigere Ecke.

»Wir haben tatsächlich eine Leiche an Bord gefunden«, zischte er. »Die Mordkommission ist gerade angekommen. Vermutlich müssen wir alle Passagiere informieren, um zu erfahren, ob es Zeugen gibt. Verdächtige Beobachtungen. Das ganze Programm. Verstehen Sie? Das gibt eine Riesensauerei.«

Der Polizist sah sich um, ob die umstehenden Passagiere etwas von ihrer Unterhaltung mitbekamen. Keiner stand dicht genug, und er schien erleichtert.

Endlich ließ er Tessas Arm los.

Tessa runzelte verständnislos die Stirn. »Was ist passiert?«

Sie rieb sich den Oberarm. Er tat weh. »Wieso Mordkommission? Wenn es bei der Evakuierung ein Opfer gegeben hat, ist das...«

»Das hat nichts mit der Evakuierung zu tun. Eine Frau liegt tot in einem Abstellraum. Hören Sie, Sie müssen uns helfen, die Menschen ruhig zu halten. Demnächst fährt das Bestattungsinstitut vor, um den Leichnam abzutransportieren, und dann lässt sich das nicht mehr geheim halten.«

Tessa neigte den Kopf. »Wer informiert die Passagiere?«

Der Mann zuckte die Schultern. »Ich weiß nicht. Geben Sie nichts raus, bis ich es Ihnen erlaube.«

»Die Polizei muss Stellung nehmen. Menschenmassen bewahren nur Ruhe, wenn sie sich gut informiert fühlen.«

Der Mann seufzte. Sein Gesichtsausdruck spiegelte Tessa, dass sie ihm ein neues Problem aufbürdete. Aber sie hatte Recht und das wusste er.

»Ich schicke unseren Pressesprecher.« Er drehte sich um und wollte ohne ein weiteres Wort gehen.

»Moment«, rief Tessa, »Die Tote... weiß man... ich meine, kennt man ihre Nationalität? Wohnt sie in Hamburg? Gibt es Angehörige, die wir benachrichtigen sollen? Müssen wir die Todesnachricht an die Familie überbringen?«

»Keine Ahnung. Ich gehe zurück an Bord und melde mich bei Ihnen.« Brüsk wandte er sich ab und ging zu einer Männergruppe in schicken Anzügen, die in diesem Moment die Halle betraten. Tessa schaute ihm nach. Ihre Gedanken überschlugen sich. Sie musste ihre Kollegen informieren, Walter Petersen beruhigen und Torben anrufen. Am besten alles gleichzeitig.

Eines nach dem anderen. Zuerst wollte sie Walter Petersen vertrösten. Sie wandte sich zu der Sitzecke um, in der er auf sie wartete.

Die Ecke war leer. Niemand war auf den Plastikstühlen und Holzbänken zu sehen.

Walter Petersen war weg.

7

Als sie vor dem Abstellraum standen, war alles wie an jedem anderen Tatort auch. Nummern beschilderten die Beweisstücke, ein Kollege der Spurensicherung fertigte eine Skizze des Tatorts an, und der Fotograf hatte seine Arbeit offenbar schon beendet, denn er packte die Ausrüstung zusammen. Der Leiter der Spurensicherung nickte ihnen zu und nahm weiter Fingerabdrücke an den Regalen ab. Neonröhren flackerten unter der Decke und spendeten gleißendes Licht. Niemand sprach ein Wort. Koster und Liebetrau zogen sich vor der Kammer die Schutzanzüge über.

»Hallo. Ich leite den Einsatz der Wassersch…«

»Pscht…« Koster hob kurz die Hand und unterbrach den Wasserschutzpolizisten, der sie angesprochen hatte. »Einen Moment noch, dann bin ich ganz Ohr.« Koster brauchte diese ersten Minuten an einem Tatort, um alle Eindrücke in sich aufzunehmen. Und er benötigte Stille dazu. Sein Team wusste das und arbeitete leise.

In dem kleinen Abstellraum standen Farbeimer, Dosen mit Lack und Töpfe voller Pinsel, säuberlich geordnet in verschiedenen Regalen.

Vor einem dieser Regale lag eine Frau. Die Augen offen. Das Gesicht friedlich und ebenmäßig schön, dezent geschminkt. Lange schwarze Haare ergossen sich von ihrem zur Seite geneigten Kopf wie ein Wasserfall. Kosters Atem stockte. Er konnte den Blick nicht abwenden. Prüfte. Schluckte. Der Moment verging. Er atmete heftig aus. Für einen winzigen Augenblick hatten die schwarzen Haare und die schlanke Gestalt ihm vorgegaukelt, dass es Tessa sei. Er hatte einen schmerzhaften Stich hinter den Rippen gefühlt und vor Schreck die Luft angehalten. Aber natürlich war sie es nicht. Eine andere, ebenso schöne Frau hatte ihr Leben in diesem Abstellraum verloren.

Ihre linke Hand lag neben dem Oberschenkel. Koster bemerkte ein glitzerndes silbernes Armkettchen mit einem kleinen Herzen an ihrem Handgelenk. Die andere Hand lag in ihrem Schoß, als hätte sie im letzten Augenblick einfach resigniert und sich dem Tod ergeben. Doch die Hand war blutverschmiert.

Die Uniformbluse mit dem Logo der *Ocean Queen* war an der Seite leicht eingerissen, der knielange Rock etwas nach oben gerutscht. Ein Schuh lag einen halben Meter von der Leiche entfernt. Hatte sie nach dem Täter getreten?

Koster seufzte. Was gab es für einen Grund diese junge Frau zu töten? Wenn sie den Täter gefasst hatten, wäre Koster vermutlich wieder einmal erschüttert über dessen banales Motiv. Gekränkte Eitelkeit, ein Streit, Rache oder Habgier. Nichts, was den Tod der Frau rechtfertigte.

»Du musst um sie herumgehen, wenn du den Stich in der Seite sehen willst«, sagte der Kriminaltechniker leise. »Es ist relativ wenig Blut ausgetreten. Eine Tatwaffe haben wir bisher nicht gefunden.«

Koster ging vorsichtig um die Leiche herum und kniete sich hin. Er sah Blut in Höhe der Rippen, das die Bluse durchnässt hatte. Auf dem Boden hingegen waren nur wenige Tropfen auszumachen.

»Ist die Rechtsmedizin informiert?«, fragte er in die Stille hinein.

»Alexander ist auf dem Weg hierher. Wir brauchen noch Zeit, daher hab ich ihn gebeten, nicht zu früh zu kommen.«

Ein Seufzen des Wasserschutzpolizisten unterbrach Koster in seinen Betrachtungen. Der Kollege verlor entweder die Geduld oder war besonders berührt. Koster richtete sich auf und ging zu ihm in den Gang. »Danke, dass du gewartet hast.« Ein eigentümlich altmodischer Schnurrbart war das Auffallendste an dem Mann. Dass Vollbärte bei Jüngeren in Mode gekommen waren, hatte er mitbekommen, aber ein Schnauzer? Er lächelte dem Kollegen aufmunternd zu. »Na, dann leg mal los.«

Liebetrau stellte sich neben sie und nieste zweimal, bevor er sein schwarzes Notizbuch zückte. Während Koster sich Informationen lieber merkte, notierte sich Liebchen alles haarklein in sein Büchlein. Wahrscheinlich arbeitete er bereits hart an der Wette und hatte sich einen Zeitplan für die drei Tage Ermittlungsarbeit zurechtgelegt. Koster schmunzelte.

»Es begann damit, dass heute Morgen ein anonymer Anrufer bei uns bei der Wasserschutzpolizei anrief, und eine Bombe an Bord der *Ocean Queen* ankündigte. Wir haben das Gespräch aufgezeichnet und...«

»Sehr schön«, unterbrach Liebetrau sofort. »Das hören wir uns später an. Warum hat der Anrufer bei euch angerufen und nicht den Notruf 110 gewählt?«

Der Mann strich sich verlegen über seinen Schnauzbart. »Keine Ahnung.«

»Der Anrufer kennt sich mit den Zuständigkeiten im Hafen ziemlich gut aus«, sinnierte Liebetrau. »Woher kennt er sonst das Wasserschutzpolizeirevier? Wir brauchen die Passagierlisten. Und die komplette Aufstellung der Crew.

Vielleicht gibt es Querverbindungen?« Liebetrau wandte sich an Koster: »Richte dich drauf ein, dass du bald früh aufstehen musst, um die Fischsalate für unser Frühstück aus dem Hafen zu holen.«

Koster winkte ab, und der Kollege fuhr fort mit seinem Bericht über die ersten Maßnahmen, von der Absperrung, über die Kontaktaufnahme mit der Schiffsführung bis zum Eintreffen der Feuerwehr. Die Evakuierung sei eine Entscheidung des Kapitäns gewesen, die er selbst zwar für fahrlässig gehalten habe, aber was hätte er tun können? Die Polizei sei erst an Land zuständig. An Bord entschied der Kapitän.

Koster unterbrach ihn, als er in seinem Bericht bei dem Leichenfund durch die Hundeführer ankam.

»Warum hast du die Hunde auf diesem Deck suchen lassen?«

»Der Anrufer hat uns im Grunde hierher geführt …«

Liebetrau zog die Augenbrauen zusammen. »Der Anrufer hat euch den Weg zur Toten gewiesen?«

Der Kollege zuckte mit den Schultern. »Ja, er hat eine ziemlich genaue Angabe gemacht, dass die Bombe auf diesem Deck, hier achtern, explodieren würde. So haben wir hier mit der Suche begonnen, und das hat uns zur Toten geführt.«

»Hat denn niemand etwas beobachtet?«, fragte Koster. »Jemand muss doch etwas gesehen haben?«

»Nein, bisher wissen wir nichts von irgendwelchen Zeugen. Wollt ihr mit den Passagieren sprechen?«

»Nein«, sagte Koster. »Wir sprechen …«

»… mit allen Passagieren *und* der Crew«, vollendete Liebetrau den Satz. »Mit der Crew fange ich an.«

Koster starrte ihn entgeistert an. Liebetrau zuckte mit den Schultern. »Na ja, wir befragen sie nach und nach.«

»Die Reederei lässt das Schiff in Hamburg in der Werft. Für die Passagiere und Crew ist hier Endstation. Wenn die Leute ihre Sachen von Bord geholt haben, reisen sie nach Hause. Wir können sie hier nicht festhalten. Im Moment betreut sie das KIT. Aber ...«

»KIT? Tessa Ravens?«, fragte Koster mit hochgezogenen Augenbrauen.

Der Einsatzleiter zögerte kurz und nickte dann.

»Torben, schau dir das an«, unterbrach der Kriminaltechniker das Gespräch. Er trat aus der Kammer und hielt ihnen einen roten Rucksack hin. Er machte ihn auf. »Weißt du, was das ist?«

Koster schürzte die Lippen. »Hoffentlich nicht das, wofür ich es halte.«

Der Mann grinste. »Genaueres nach der Analyse.«

Liebchen schnalzte mit der Zunge. »Drogen! Kokain? Das sind mindestens zwei Kilo in der Tasche. Was macht eine solche Menge Drogen an Bord?«, wandte sich Liebetrau fragend an den Wasserschutzpolizisten.

Der Einsatzleiter schüttelte entgeistert den Kopf. »So was auf einem Kreuzfahrtschiff, das gibt es doch nicht ... mal ein Tütchen Cannabis für den Eigengebrauch, das kommt schon vor, aber ...«

»Tststs ... da kommt ja das halbe Strafgesetzbuch zusammen: eine Bombendrohung, eine Tote und ein Drogendeal. Der Tag gefällt mir richtig gut«, sagte Liebetrau.

»Das ist verrückt«, erwiderte der Wasserschützer und strich abwesend über seinen Bart. »Wir suchen nach einem roten Rucksack. Der Rucksack, den der anonyme Anrufer erwähnte. Er sagte, der Inhalt würde uns brennend interessieren.«

»Da hat er verdammt Recht. Wissen wir, wer die Tote ist? Welche Aufgaben sie an Bord hatte?«, fragte Koster.

»Spiridon. Claudia Spiridon. Sie ist ... Sie war ...« Er korrigierte sich. »Auf dem Namensschild steht: Erste Hausdame.«

Das schien Liebetrau auf eine Idee zu bringen. »Wir brauchen ihre Papiere, ihre Personalakte und jemanden, der uns erklärt, was eine Hausdame an Bord des Kreuzfahrtschiffes zu tun hat, für wen sie zuständig ist, wer mit ihr zusammengearbeitet hat. Alles.« Er nieste erneut.

»Ist es nur dieser eklige Mief hier unten, der dich einen allergischen Schock erleiden lässt, oder muss ich dich wegen einer ernsthaften Erkrankung notschlachten?«

Liebchen und Koster drehten sich um und schauten in das lachende Gesicht von Alexander Clement, dem Rechtsmediziner, der sich ihnen lautlos genähert hatte.

»Nix da.« Liebchen deutete auf die Tote. »Da ist deine Kundschaft. Aber wenn du schon mal da bist, hast du was Hilfreiches gegen Halsschmerzen? Ich fühle da was richtig Großes aufziehen.«

Alexander stellte seine Tasche ab. »Die Nase läuft? Halsweh? Du meinst so einen richtig fiesen Männerschnupfen?«

Koster grinste, während Liebchen die Augen zu Schlitzen zusammenzog, als ahne er, dass er nicht die Antwort bekäme, die er ersehnte.

»Da hilft nichts. Ehrlich.«

Liebetrau wandte sich kopfschüttelnd ab, und Alexander zog fragend die Schultern hoch. »Was ist, gilt mein Wort nichts mehr?«

»Sag mir lieber, wie lange die Frau hier schon tot ist«, erwiderte Koster und gab seinem Freund einen Klaps auf den Rücken.

»Wann wurde sie entdeckt?«, fragte Alexander plötzlich ernst. Er zog einen Schutzanzug an, streifte Einmalhandschuhe über und begann mit der Arbeit.

»Vor ungefähr drei Stunden. Die Spurensicherung arbeitet seit über zwei Stunden.«

»Den genauen Todeszeitpunkt kann ich dir erst nach der Temperaturmessung und der Obduktion sagen. Gedulde dich.« Alexander kniete sich neben die Frau. »Hm …«

»Was ist?«

»Schau dir ihre Augen an. Ich sehe einen Tache noir.«

»Ach ja, siehst du das?«

»Wenn die Augen offen stehen, trocknet die Bindehaut des Augapfels schnell aus. Nach dem Tod eines Menschen, treten nach ungefähr einer Stunde bestimmte Zeichen auf: Zunächst sieht man gelbliche Stellen, dann gelblichbraune und umso länger die Augen offen stehen, desto schwärzer werden sie. Welche Farbe siehst du?«

»Meinst du diesen kleinen farbigen Balken in ihren Augen?«

»Genau. Die Verfärbungen sind noch ganz am Anfang.« Er bewegte sanft Arme und Beine der Toten. »Die Leichenstarre ist noch nicht eingetreten.« Er griff nach seiner Tasche. »Stand die Tür die ganze Zeit offen?« Vorsichtig zog er die Ärmel der Uniformbluse nach oben, um sich die Oberarme der Toten genauer anzusehen.

»Das wissen wir nicht. Jedenfalls steht sie seit der Entdeckung der Leiche offen.«

»Gut, ich nehme so viele Temperaturen, wie möglich.

Auf dem Schiff gibt es nicht so große Schwankungen. Sie hat Hämatome an den Armen. Die sind noch ganz schwach ausgeprägt. Ich nehme an, das sind Abwehrverletzungen. Ein Fingernagel ist abgebrochen.« Er hielt ihre Hand, drehte sie hin und her, um sie genau besehen zu können.

»Kannst du mir noch was zu dem Stich sagen? Suchen wir nach einem Messer als Tatwaffe?«

Alexander wartete kurz, bis er auf die andere Seite der Leiche ging, da die Spurensicherung am Regal die letzten Abdrücke nahm. Als er an der Seite kniete, schob er vorsichtig die zerrissene Bluse auseinander. »Der Stich ist zwischen den Rippen durch. Der typische Einstich eines Messers, ja.« Er erhob sich. »Blöd.«

»Was?«, fragte Koster.

»Wie soll ich die Frau umdrehen, ohne dass das ganze Blut rausläuft?« Er zog fragend beide Augenbrauen nach oben. »Die Frau ist nach innen verblutet. Das kommt mir gleich alles entgegengelaufen.«

Ehe Koster antworten konnte, hörte er schnelle Schritte auf dem Linoleum des Ganges quietschen. Er drehte sich um. Der Purser eilte auf sie zu.

»Ihr Kollege Herr Jacobi bat mich, Ihnen mitzuteilen, dass der Kapitän und der Erste Offizier Sie nun dringend zu einem Gespräch erwarten, da wichtige Entscheidungen bezüglich des Verbleibs der Passagiere und Crew getroffen werden müssen.« Er trat neugierig einen Schritt näher und Koster ging beiseite, um den Purser einen Blick auf die Tote werfen zu lassen. Sein Instinkt belohnte ihn. Der Purser riss die Hände vor den Mund und erbleichte.

»Claudia«, keuchte er. »Nein, Claudia!«

Er sackte auf die Knie und hob den Kopf zum Himmel. Sein lang gezogener Schrei ging Koster durch Mark und Bein.

8

Tessa beobachtete die Passagiere, wie sie artig an der Gangway anstanden, um ein letztes Mal auf die *Ocean Queen* zu kommen. Hätten sie vor ein paar Stunden auch so rücksichtsvoll gewartet, wären einigen Passagieren Arm- und Beinbrüche erspart geblieben, die sie sich zugezogen hatten, als sie in der Menge, die die Gangway hinunterdrängte, stolperten und überrannt wurden.

Seit einer halben Stunde durften die Passagiere, die von der Polizei registriert und ihre Heimatadresse hinterlassen hatten, ihre Koffer von Bord holen und den Rückweg nach Hause antreten. Die Kabinen waren von der Schiffsführung freigegeben. Nur das Unterdeck, in dem die Tote lag, blieb abgeriegelt. Eine Bombe hatten sie nicht entdeckt.

Die Traumreise hatte mit einem Paukenschlag ein abruptes Ende gefunden. Nicht alle Passagiere waren unglücklich darüber. Das aufgeregte Schnattern verriet Tessa, das viele sich darauf freuten, diesen spannenden Zwischenfall ihren Freunden und Verwandten zu erzählen. Ihre Anekdotenkiste war für diesen Sommer gefüllt.

Aber es gab auch die anderen. Die Verletzten, die Verängstigten. Lisa, die im Menschengewimmel ihre Mutter und ihren geliebten Stoffhasen verloren hatte. Walter Petersen, der sich angesichts der Lebensbedrohung, dem Tod angenehm nahe gefühlt hatte. Er hatte sich nicht wieder blicken lassen.

Tessa wischte sich über die verschwitzte Stirn. Sie war seit sieben Stunden in dem überhitzten Terminal und der Wunsch nach einer kühlen Dusche übermächtig. Auch für sie war der Tag einer emotionalen Achterbahnfahrt gleichgekommen, und sie wollte nur noch nach Hause und sich erholen. Sie hatte die Hoffnung, Torben persönlich zu treffen, längst aufgegeben. Offenbar hatte er alle Hände voll zu tun. Er würde schon irgendwann nach Hause kommen und dann alles erzählen.

In ihrem Rücken spürte Tessa jemanden sehr nahe kommen. Sie drehte sich um. Ein wuchtiger Mann mit einer weinenden Blondine im Arm stand so dicht hinter ihr, als wolle er sie gleich umarmen. Tessa wich zwei Schritte zurück. Dann fühlte sie ein Absperrgitter im Rücken.

»Ja?«

»Können Sie uns sagen, wo sich die Besuchergruppe trifft? Wir möchten unsere Besichtigungstour gerne zu Ende bringen.«

Der Mann deutete Tessas ungläubigen Gesichtsausdruck richtig, denn er setzte nach: »Wir wissen natürlich, dass ziemliches Chaos herrscht, aber eine Bombe ist ja nicht gefunden worden.«

»Es tut mir leid, aber das wird heute nichts mehr. Passagiere dürfen nur an Bord, um ihr Gepäck zu holen. Keine Besucher.« Tessa warf einen mitleidigen Blick auf das tränenverschmierte Gesicht der Frau. »Vielleicht sollten sie besser nach Hause fahren und ein wenig zur Ruhe kommen. Das war ja kein gewöhnlicher Ausflug.«

»Das stimmt. Danke, trotzdem.«

Tessa wandte sich wieder der Gangway zu. Was für merkwürdiges Ansinnen, nach der dramatischen Evakuierung die Besichtigungstour fortführen zu wollen. Aber sie hatte von Menschen in Extremsituationen schon vieles erlebt und wunderte sich über nichts mehr.

»Sind Sie Tessa Ravens?«

Vor ihr stand nicht mehr das ungleiche Pärchen, sondern eine Frau Ende dreißig in weißer Hose und blau-weißem Ringelshirt.

»Richtig. Und wer sind Sie?«

»Man sagte mir, Sie hätten die Einsatzleitung für das Kriseninterventionsteam. Ich schreibe für das *Hamburger Tageblatt*. Brandstätter.«

Automatisch nahm Tessa die Hand, die die Frau ihr entgegenstreckte. Mit ihrem zögernden Lächeln und von einem Fuß auf den anderen wippend, wirkte sie ziemlich verloren.

»Ich gebe keine Interviews, tut mir leid.«

»Ich wollte mich bei Ihnen bedanken. Ich habe mit einem Ihrer Kollegen gesprochen, und er hat mir sehr geholfen.« Sie legte den Kopf ein wenig schief und lächelte Tessa an. »Mit wie vielen Leuten vom Kriseninterventionsteam betreuen Sie die Passagiere?«

»Wir sind mit fünf Mitarbeitern seit heute Vormittag im Einsatz. Mit welchem Kollegen haben Sie denn gesprochen?« Hatte jemand der Reporterin ein Interview gegeben?

»Gut, dass es das KIT gibt. Wie haben die Menschen die Bombendrohung verkraftet?«

»Sie sind nicht als Pressevertreterin gekennzeichnet, Frau Brandstätter. Sie dürften nicht im Terminal sein. Und ich darf Sie nicht an Bord gehen lassen. Bitte seien Sie doch...«

»Oh, nein, nein...«, unterbrach die Frau sie. »Ich will gar nicht an Bord zurück. Ich war auf der *Ocean Queen*, als wir alle evakuiert wurden. Ich war in der Besuchergruppe, wissen Sie? Ich bin selbst betroffen.« Sie hielt erschrocken die Hand vor den Mund. »Wie sich das anhört... betroffen...« Sie sah Tessa an und zuckte verlegen mit den Schultern. Sie schüttelte den Kopf. »Was ich sagen wollte, ich habe selber erfahren, wie gut es ist, dass Sie und Ihre Kollegen für uns da sind. Mich hat die Evakuierung ganz schön mitgenommen.«

»Sie waren an Bord?«

»Alle rannten durcheinander, unsere Gruppe wurde auseinandergerissen. Es dauerte ewig, bis wir von dem Schiff runtergekommen sind. Das war die längste Zeit meines Lebens.«

Tessa besah sich die Journalistin genauer. Sie war Besucherin und nur zufällig auch Reporterin. Offenbar war sie nicht an einem Interview interessiert, sondern suchte einen Gesprächspartner für ihre durcheinandergeschüttelten Gefühle.

»Das tut mir leid.«

»Es war so irreal. Ich hätte so etwas nie für möglich gehalten.« Sie seufzte. »Ich glaube, ich hatte Todesangst«, fuhr sie fort. »Angst zu sterben. Ohne dass jemand weiß, dass ich an Bord bin. Dass es mich gibt.«

Tessa nickte. »Das verstehe ich gut«. Sie dachte an ihre Fahrt zum Terminal und die wilden Fantasien, die sie sich ausgemalt hatte. Für Tessa waren es nur Gedanken gewesen, diese Frau jedoch hatte in der Realität unter dem Eindruck gestanden, dass das Schiff explodieren könnte. Wie groß war der Unterschied? Der Körper wusste schließlich nicht, ob die Bedrohung real oder nur in Gedanken vorhanden war. Er reagierte in beiden Fällen gestresst.

Die Frau seufzte. »Und dann noch diese Tote. Ich meine, es ist ja Schlimmes passiert. Kein Terrorakt gegen viele –

aber gegen eine Auserwählte. Wissen Sie, was da vorgefallen ist?«

»Ich kann Ihnen dazu nichts sagen.« Tessa war innerlich schon wieder auf der Hut. Wollte die Frau doch über sie an Informationen herankommen?

Tessa ließ ihre Blicke kurz über die Menge schweifen. »Verkraften Sie erst mal diesen Tag. Wenn Sie von der Polizei registriert sind, dürfen Sie gehen. Ruhen Sie sich aus.«

»Aber wohin geht man, wenn man dem Tod von der Schippe gesprungen ist?«, fragte die Frau.

9

Sie fuhren schweigend durch die Stadt Richtung Norden. Ein kurzer Blick zur Seite bestätigte ihr, dass er nicht reden wollte. Sein Mund war zusammengepresst, und die Hände umklammerten das Lenkrad.

Dann eben nicht. Sie konnte auch stur sein. Glaubte er etwa, die Sache erledigte sich einfach von selbst?

Corine klappte die Sonnenblende herunter und wischte sich mit einem Taschentuch die zerlaufende Wimperntusche aus dem Gesicht. Kramte in ihrer Handtasche. Mit einem Seufzer malte sie sich den Lippenstift nach.

Er sagte noch immer kein Wort.

Sie ging im Geiste den ganzen Vormittag noch einmal durch. Was war passiert? Wann war alles aus dem Ruder gelaufen? Dann die vielen Menschen, sie wäre fast verrückt geworden. Immer wieder liefen ihr die Fragen in einer Endlosschleife durch den Kopf.

Nur Antworten fand sie nicht.

Und er war keine Hilfe.

Sie holte ein Kaugummi aus ihrer Handtasche und steckte es sich in den Mund.

Sie bemerkte, dass er blinkte und in die falsche Straße abbog. Er fuhr nicht nach Hause. »Ey, wo willst du hin?« Sie drehte sich zu ihm. Immer noch der gleiche abweisende Gesichtsausdruck.

»Ich bringe dich zur Arbeit.«

»Ich soll arbeiten? Spinnst du?« Ihr blieb fast die Stimme weg. War das sein Ernst? Nach allem, was passiert war?

»Du hast gesagt, du hättest Termine. Also ...«

»Aber doch jetzt nicht mehr. Die sage ich ab. Oder die stehen vor verschlossener Tür. Ist mir doch egal. Ehrlich.«

»Ich muss was erledigen.«

Sie bemerkte, dass sein Blick ständig in den Rückspiegel glitt. Folgte ihnen jemand?

»Du willst noch mal weg? Kannst du nicht bei mir bleiben?« Sie legte ihm beruhigend eine Hand auf den Oberschenkel. »Bitte.« Endlich drehte er sich zu ihr um. Er musterte sie kühl.

»Weißt du, wo sie sich verkrochen haben?«, fragte er.

Sie nahm die Hand von seinem Bein und verzog genervt den Mund. »Verdammt, woher soll ich das wissen? Sie werden sich melden.«

Er fuhr um die letzte Kurve und stoppte tatsächlich direkt vor ihrer Arbeitswohnung. Er setzte den Blinker, aber stellte den Motor nicht aus. Diese Botschaft verstand sie auch ohne Worte. »Holst du mich wenigstens später ab?«

Er zuckte die Schultern.

Sie knallte die Autotür zu. Mistkerl.

10

Als Koster und Liebetrau am späten Nachmittag im Wasserschutzpolizeikommissariat in Steinwerder, kurz WSPK 2 genannt, ankamen, hatte die Hitze kaum nachgelassen. Die Sonne stand flimmernd über den Bahngleisen, die direkt vor dem Polizeirevier am Ellerholzhafen entlangführten. Koster sehnte sich nach einer Dusche, einem Glas kalten Weißwein mit Tessa auf ihrem kleinem Balkon und ... einer Zigarette. Er rauchte seit elf Monaten und einundzwanzig Tagen nicht mehr, und obwohl er die Zeit akribisch maß, war er auch im größten Stress nicht schwach geworden. Aber es gab Situationen, in denen es ihm schwerfiel, auf die Entspannung durch das Nikotin zu verzichten. Ein langer und heißer Tag lag hinter ihm, und er war verschwitzt und müde. Liebchen und er hatten an Bord der *Ocean Queen* so viele Puzzleteile wie möglich zusammengetragen. Nun wollten sie ein Bild daraus legen, um danach endlich Feierabend zu machen.

Wie es Tessa wohl ergangen war? Er hatte sie anrufen wollen, aber ständig war etwas dazwischengekommen. Es hatte nur für eine kurze SMS gereicht. Bei dem Gedanken an sie breitete sich ein wohliges Gefühl in ihm aus. Sie waren seit acht Monaten ein Paar, frisch verliebt und Koster fühlte sich angekommen.

An der Rezeption und im Wachdienstraum des Reviers herrschte hektisches Durcheinander. Ein stetiger Strom von Polizisten lief hin und her. Der Wachhabende sah aus, als wolle er am liebsten alle rausschmeißen, damit endlich Ruhe einkehrte. Koster konnte das gut verstehen. Aber daran war offenbar nicht zu denken. Zu viele Berichte mussten geschrieben, Telefonate geführt, Zeugen befragt werden und der normale Betrieb von Schiffsüberwachung, Grenz- und Gefahrgutkontrollen lief am Abend und in der Nacht sowieso weiter.

Er hatte den engsten Kreis seiner Ermittler zu einer abschließenden Lagebesprechung ins WSPK 2 gebeten. Er wollte sich unbedingt heute noch den anonymen Anruf anhören, und sie konnten ebenso gut hier tagen. Das war vernünftiger und weniger zeitaufwendig, als wenn alle ins Präsidium nach Alsterdorf fuhren. Sein Kollege Malte Jacobi hatte am Nachmittag eine provisorische Einsatzzentrale eingerichtet und spannte mit seiner Hintergrundrecherche alle freien Kräfte des Reviers ein. Jacobi war ein unermüdlicher Tüftler. Ein Kriminalpolizist, wie ihn sich jede Mordkommission wünschte. Er ließ nicht locker, bis er Zusammenhänge lückenlos nachweisen konnte, und er war ein Ass in digitalen Fragen.

Als Koster den Aufenthaltsraum betrat, stand genau jener Malte Jacobi an einem langen Tisch und verteilte Kopien an die Kollegen. Der Spurenermittler telefonierte leise und Liebchen schüttete sich ein paar seiner allgegenwärtigen Magenglobuli in die Hand, um sie mit einem Schluck Cola runterzuspülen. Vor sich auf dem Tisch stapelten sich diverse Packungen Taschentücher.

»Was haben wir?«, fragte Koster und setzte sich an die Schmalseite des Tisches.

Jacobi grüßte ihn nickend und trank erst einen Schluck Wasser, als wolle er den Bericht hinauszögern und die Spannung steigern, ehe er mit seiner markant tiefen Stimme zu sprechen begann.

»Die *Ocean Queen* kommt mit ihren Passagieren aus Split. Sie soll in Hamburg überholt werden und dockt morgen bei Blohm + Voss ein.«

Er nahm einen weiteren Schluck Wasser. Es war so stickig in dem Raum, dass auch Koster nach einer Wasserflasche und einem Glas griff, die jemand auf den Tisch gestellt hatte. Liebchen reichte ihm grinsend den Flaschenöffner. Nachdem Koster den ersten Schluck getrunken hatte, verstand er auch, warum. Das Wasser war lauwarm und schmeckte abgestanden.

»Die Tote heißt Claudia Spiridon, laut ihrem Pass gebürtig aus Ungheni. Das liegt in Moldawien. Wohnhaft in der dortigen Hauptstadt Chisinau.« Er zögerte. »Keine Ahnung, wie man das ausspricht.«

Jacobi spitzte die Lippen, als dächte er ernsthaft darüber nach, welche anderen Möglichkeiten er hatte, den Namen zu artikulieren.

»Egal«, meinte Koster. »Weiter.«

»Die Tote ist anhand ihres Passbildes zweifelsfrei identifiziert. Das Konsulat kümmert sich darum, Angehörige zu suchen und zu informieren.«

Er machte eine Pause, und seine Stimme klang ein wenig weicher, als er fortfuhr.

»Sie starb mit zweiunddreißig Jahren. Sie war als erste Hausdame an Bord der *Ocean Queen* angestellt. Das bedeutet, dass sie Chefin der Kabinenstewardessen war. Neudeutsch: Housekeeping. Sie hatte darüber hinaus repräsentative Aufgaben. Galadinner und so. Sie war ja bildschön. Na jedenfalls ist sie seit fünf Jahren an Bord, und ihre Personalakte ist blitzsauber. Das war der einfache Teil.« Er legte seine Notizen beiseite und faltete die Hände ineinander. »Schwieriger war es, die Passagier- und Crewlisten mit den Registrierungsdaten aus dem Betreuungszentrum abzugleichen. Eine Scheißarbeit, falls es jemanden interessiert.« Er zeigte auf einen Papierstapel, der in der Mitte des Tisches lag. »Die Kopien liegen vor euch. Die 498 Passagiere konnten vollzählig aufgesammelt werden. Aber...«, seine Stimme ging am Ende des Satzes bedeutungsschwanger nach oben. »Von den 201 Besatzungsmitgliedern fehlen drei!«

»Ha!«

Liebchens Faust knallte so hart auf die Tischplatte, dass alle zusammenzuckten.

»Treffer – versenkt. Das ging ja schneller als gedacht.« Er grinste breit. »Wie gesagt... drei Tage, dann gibt es ein leckeres Fischfrühstück!«

Koster schmunzelte. Liebchens Jagdfieber schien die Erkältung zurückzudrängen. Koster würde seinen Eifer nicht bremsen.

»Was meinst du mit *fehlen*?«, fragte der Kriminaltechniker. »Soweit ich weiß, liegen die Pässe beim Kapitän. Ohne Papiere kommen sie nicht weit.«

»Welche drei Seeleute sind es?«, hakte Liebetrau nach.

»Lasst mich doch ausreden. Es geht nicht um Seeleute. Nicht mal fünfzehn Prozent der Besatzung sind Seeleute.« Jacobi schüttelte tadelnd den Kopf. »Es handelt sich um drei achtzehnjährige Frauen. Oder soll ich Mädchen sagen? Drei Kabinenstewardessen. Die Frauen stammen aus Rumänien, und ihre Pässe sind verschwunden. Einfach weg! Dabei hätten sie an Bord sein müssen.« Jacobi nickte wohlwollend in Richtung des Kriminaltechnikers. »Der Chief Purser verwahrt die Pässe in einem großen Kasten offen und ungesichert im Büro. Nahezu jeder hätte sie entwenden können. Tja, die Mädchen hatten ihre erste Anstellung an Bord und ich vermute, das war ihre letzte Reise auf der *Ocean Queen*.«

Keine Seeleute, sinnierte Koster. Kabinenpersonal. Zimmermädchen. Hatten sie mit dem Mord zu tun und waren jetzt auf der Flucht?

»Ich kombiniere: Unsere tote Hausdame war die Vorgesetzte der drei verschwundenen Mädchen, richtig?« Liebetrau schaute fragend.

»Richtig«, sagte Jacobi.

»Okay, da hängst du dich doch bestimmt gleich morgen früh rein und durchleuchtest den Hintergrund und die Biografie der Toten und ihrer Girls, stimmt's?«, fragte Liebetrau.

»Wieder richtig.« Jacobi schmunzelte amüsiert.

»Sie zur Fahndung auszuschreiben macht wohl keinen Sinn?« Koster dachte laut und formulierte nicht wirklich eine Frage an die Kollegen.

»Wir können sie als Zeuginnen zur Fahndung ausschreiben. Aber versprich dir nicht zu viel davon«, antwortete Jacobi.

Koster nickte. Jacobi hatte eine heiße Spur zu Tage gefördert. Er sah in die Richtung des Kriminaltechnikers. »Was hat die Spurensicherung ergeben?«

Der Angesprochene ratterte los: »Beginnen wir mit der Bombendrohung. Es wurde nichts gefunden. Gar nichts. Vielleicht sollte uns die Aktion also nur zur Leiche führen?«

Koster unterbrach: »Jacobi, können wir zwischendurch mal den Mitschnitt des anonymen Anrufers hören? Was hat der Mann über die Bombe gesagt?«

Jacobi zog seinen Laptop zu sich heran und tippte auf der

Computertastatur. »Hab's gleich.« Er spitzte wieder die Lippen. »Da kommt die Aufnahme. Der Anruf ging um zehn Uhr drei ein, der Beamte am Telefon hat den analogen Mitschnitt laufen lassen. Ist daher nur ein paar Sekunden lang. Ich hab es digitalisiert.«

... derholen Sie das bitte. Welches Schiff?

Die Ocean Queen. *Kreuzfahrtterminal Altona. Eine Bombe an Bord. Beeilen Sie sich. Um zehn Uhr fünfundzwanzig geht die Bombe hoch. Drittes Deck. Achtern. Der Raum dreiundvierzig und ein kahlköpfiger Mann mit rotem Rucksack dürften Sie in diesem Zusammenhang brennend interessieren.*

Warten Sie, legen Sie nicht auf... Mist.

»Das war's, mehr gibt es nicht«, sagte Jacobi. »Der Anruf kam von einem Prepaid-Handy.«

»Einerseits will er Aufmerksamkeit, aber ein großes Mitteilungsbedürfnis hat der Mann nicht«, sagte Koster. »Er wollte, dass die Polizei das Schiff durchsucht und den roten Rucksack mit den Drogen findet. Vielleicht erklärt das, warum er in diesem Revier angerufen hat und nicht über den Notruf 110. Die Wasserschützer sollten ausrücken, weil sie sich an Bord eines Kreuzfahrtschiffes auskennen. Wer tut so etwas? Rache zwischen Drogenbanden?«

Liebetrau hob ratlos die Hände. Die anderen schwiegen.

»Das weiße Pulver in dem Rucksack ist tatsächlich Kokain«, stellte der Kriminaltechniker fest. »Ziemlich gute Qualität. Zwei Kilo. Wenn man das mit Backpulver und Milchzucker streckt, ist es im Straßenverkauf gut und gerne zweihundertfünfzigtausend Euro wert.«

»Das ist ein Motiv«, murmelte Koster. »Davon hätten es sich unsere drei verschwundenen Frauen in Deutschland erst mal gemütlich machen können. Vielleicht hat die

Tote die Drogen geschmuggelt, und die Mädchen sind die Kuriere? Wir müssen herausbekommen, wie das gelaufen ist. Der anonyme Anrufer wollte offenbar den Deal hochgehen lassen.« Koster zog einen Zettel zu sich heran, drehte ihn um und notierte sich den Gedanken. Sie hatten eine erste Theorie. »Was hat die Spurensicherung an der Leiche ergeben?«

»Alexander sagt dir bei der Obduktion Genaueres zur Todesursache. Rein äußerlich handelt es sich um einen Stich in den oberen seitlichen Brustbereich.« Er reichte Fotos herum. »Wir haben Haare und Faserpuren. DNA-Analysen und das ganze Gedöns bekommt ihr die Tage. Ihr wisst, wie das läuft. Fingerabdrücke haben wir unendlich viele und solange wir nichts eingrenzen können, sind die unnütz.« Er seufzte und blätterte in seinem Notizbuch. »Die Kabine der Dame war unauffällig. Eine genaue Liste der Gegenstände und die Spurenlage gehen euch morgen mit meinem Bericht per E-Mail zu.«

»Sie hat sich ihre Kabine mit der Barfrau geteilt. Die Frau ist noch nicht befragt worden. Das übernehme ich«, sagte Jacobi.

Er blinzelte Koster fragend an. Jacobi wollte mehr Verantwortung, das wusste Koster schon länger. Er musste ihm Zügel lassen, sonst wäre Jacobi bald weg. Zwar war Liebchen der beste Vernehmungsspezialist in seinem Team, aber da dieser sich nicht rührte, stimmte Koster zu. »Okay, fühl ihr auf den Zahn, was sie über mögliche Drogengeschäfte an Bord weiß. Und frag sie nach dem Verhältnis der Toten zu dem Purser. Die beiden waren ein Paar. Das kann der Frau nicht verborgen geblieben sein.«

Jacobi machte sich eifrig Notizen.

»Ich muss ergänzen...« Koster suchte nach Worten. »Der Mann ist beim Anblick der Leiche zusammengebrochen. Koster seufzte bedauernd. »Das war nicht unsere eleganteste Überbringung einer Todesnachricht. Aber das ahnt man ja nicht.«

Liebetrau fuhr fort: »Der Mann war anschließend nicht mehr zu gebrauchen gewesen. Der Schiffsarzt musste ihm ein Beruhigungsmedikament spritzen. Koster und ich waren noch beim Kapitän und seiner Führungsriege. Der Kaffee schmeckte lecker. Sonst nur betroffenes Entsetzen und diplomatisches Bemühen um Schadensbegrenzung. Die wollen natürlich keine schlechte Presse.« Liebetrau tat das Gespräch mit einer Geste ab.

Koster faltete energisch seinen Zettel zusammen und steckte seinen Stift ein. »Also, lasst uns die Aufgaben für morgen verteilen. Teilt die Aushilfen ein, die sich mit dem Telefoninterview durch die Passagierlisten arbeiten sollen. Wir müssen auch mit den Befragungen der Crew vorankommen, bevor die sich in alle Himmelsrichtungen zerstreuen. Wir gehen im Moment von der Theorie aus, dass der Täter zu den Passagieren oder der Crew gehört, und dass ein Drogendeal lief, den jemand auffliegen lassen wollte. Wir müssen mit den Kollegen von der Drogenfahndung sprechen. Drogengeschäfte an Bord eines Kreuzfahrtschiffes sind ja nicht die Regel. Was ist da los?« Er nickte Richtung Liebetrau. »Warum lag der Rucksack mit dem Koks noch neben der Toten? Liebchen, du organisierst die Befragung des Pursers und der Crew. Wer kannte die Tote und hatte näheren Kontakt zu ihr? Jemand muss was gesehen haben. Bringt mir Zeugen.«

Liebchen lächelte süffisant. »Möchten der Herr sonst noch etwas?«

»Ja. Gerne erste Verdächtige. Die drei vermissten Damen bieten sich an. Wo sind die hin? Die möchte ich möglichst bald hier sitzen haben, um sie befragen zu können. Und wenn ihr euch bei mir einschleimen wollt, dann bringt ihr mir den Glatzkopf, der den roten Rucksack tragen sollte.« Koster grinste in die Runde.

»Sehr wohl, der Herr.« Jacobi ging auf den Tonfall ein. »Ich kümmere mich um die Lieferanten, suche alle Hintergrundinfos raus und spreche mit der Frau, die mit der Toten die Kabine geteilt hat. Ach, und noch etwas, es war eine Besuchergruppe mit einer Vertreterin der Reederei an Bord. Die Namen habe ich unter der Passagierliste extra aufgeführt. Mit denen müssen wir ebenfalls sprechen, denn sie könnten etwas gesehen haben, da sie auch kurz unter Deck im Crewbereich waren.« Er seufzte. »Eine Heidenarbeit. Aber dann haben wir wirklich alle erfasst, die an Bord waren!«

»Okay. Dann gehe ich zur Obduktion. Ist gleich für morgen früh um neun angesetzt«, ergänzte Koster.

»Dann fällt dein Frühstück aus«, sagte Jacobi bedauernd.

»Macht nichts, das kann er bald nachholen. Ich sag nur Fisch-Wette«, feixte Liebetrau.

»Was ist das für eine Wette?«, fragte Jacobi.

Koster winkte ab.

»Ich kann es mir noch nicht vorstellen. Nehmen wir an, die Tote hat einen Drogendeal laufen. Die drei verschwundenen Mädchen gehören als Drogenkuriere dazu. Die Tote trifft sich mit jemandem in der Abstellkammer, um das alles über die Bühne zu bringen. Es kommt zum Streit. Mit wem? Ihrem Abnehmer? Den drei Frauen? Einem Passagier? Dem Glatzkopf? Aus dem Streit wird ein Kampf, sie wehrt sich, und er sticht zu. Die drei Mädchen und der Glatzkopf flüchten. Lassen aber in ihrer Panik das Koks stehen? Die Bombendrohung sollte den Deal auffliegen lassen? Irgendwas stimmt da nicht...«

»Und umgekehrt?«, fragte Liebchen. »Bombendrohung und Ausschalten der Dealerin gehören zusammen und sind ein eiskalt geplanter Racheakt? Die Bombendrohung diente der Ablenkung, um unbemerkt von Bord zu kommen? Derjenige hat dann als Warnung das Kokain stehen gelassen... als Beweis oder so?«

»Als Warnung? Möglich.« Er seufzte. »Wir klären das heute nicht mehr. Also schlaft schön ihr Landratten und dann morgen wieder volle Kraft voraus«, sagte Koster und machte eine scheuchende Bewegung aus dem Handgelenk.

11

Tessa stand in der Küche ihrer kleinen Dachgeschosswohnung und schnitt eine Honigmelone in Spalten. Sie war frisch geduscht und fühlte sich voller Tatendrang. Die typische Ausschüttung von Glückshormonen wie Serotonin und Endorphinen sorgten nach einem gelungenen Einsatz für Hochstimmung.

»Nach Hause…«, murmelte sie. Ich gehe nach Hause, wenn ich dem Tod von der Schippe gesprungen bin. Sie erinnerte sich an die letzte Frage der Journalistin. Ich gehe zu den Menschen, die ich liebe und in die sichere Geborgenheit meines eigenen Heims.

Sie griff nach dem Joghurtbecher auf der Arbeitsplatte, als sie einen Schlüssel im Türschloss hörte.

Es gab zwei Momente, die sie in den letzten Monaten lieben gelernt hatte. Wenn Torben die Wohnung nach ihr verließ und wenn er abends nach Hause kam.

Sie freute sich, seine Spuren in der Wohnung zu entdecken. Vielleicht hatte er noch einen Kaffee getrunken und die Tasse auf dem Tisch stehen lassen, seine Zeitung aufgeschlagen, ein T-Shirt achtlos über die Stuhllehne gehängt – es war schön, die Zeichen seiner Anwesenheit zu entdecken, wenn sie nach Hause kam.

Wenn sich der Schlüssel im Schloss drehte, war das ein Zeichen, dass er zu ihr gehörte. Er klingelte schon lange nicht mehr.

Sie stellte den Joghurt zur Seite, leckte sich einen Tropfen Melonensaft von der Hand und ging ihm entgegen.

Wenn sie an ihre kurze Affäre vor zwei Jahren dachte, als er zu ihr in die Klinik gekommen war, um sich zu verabschieden und sich dann nicht mehr gemeldet hatte, bekam sie noch heute Gänsehaut. Hätten sie sich je wiedergesehen, wären sie jemals ein Paar geworden, wenn nicht vor einigen Monaten ihre Arbeit beim KIT sie wegen des Mordes an einem Feuerwehrmann zusammengeführt hätte? Manchmal fragte sie sich, warum es so lange gedauert hatte, bis sie ihr Glück gefunden hatte. Sie, die Therapeutin. Sie, die anderen half, Konflikte in Partnerschaften zu klären, genügend Selbstvertrauen zu entwickeln, um sich überhaupt auf eine Partnerschaft einzulassen. Sie selbst hatte genauso viele Probleme gehabt, einen Partner zu finden wie andere Frauen. Wobei sie nie engagiert gesucht hatte. Vielleicht ein Fehler. Vielleicht die romantische Sehnsucht, gefunden werden zu wollen.

»Ich bin da«, rief er.

Sie musste lächeln. Ja, er war da. Er hatte sie gefunden. Und mit ihm hatte eine unbändige Lebensfreude Einzug gehalten. Sollte sie ihn fragen, ob er mit ihr zusammenziehen wolle? War es zu früh? Sie hatten nie über die Zukunft gesprochen. Zu belastet war ihre gemeinsame Vergangenheit gewesen.

Aber worauf wollten sie noch warten?

Wohin ging man, wenn man dem Tod von der Schippe gesprungen war? Sie wollte bei Torben sein. In ihrem gemeinsamen Zuhause.

Sie umarmte ihn, schmiegte sich in die Kuhle in seiner Halsbeuge. Sog den Duft seiner Haut ein, die ganz schwach nach seinem Eau de Toilette und Sonne roch.

»Ich habe später mit dir gerechnet. Die Tote vom Kreuzfahrtschiff ist dein Fall, oder?«

Seine Hand wanderte über ihren Körper, nur getrennt durch ihr dünnes Kleid.

»Es tut mir leid, dass ich nicht angerufen habe, es war zu viel los.«

»Was machst du da mit deiner Hand?«

»Was, gar nichts.« Er schob sie etwas von sich und zwinkerte ihr zu.

Sie lachte. »Unverschämtheit.«

»Kochen wir was zum Abendessen?«

»Wir haben noch Krabbencurry aus dem Wok von gestern übrig. Das kann ich uns warmmachen. Hinterher gibt es Melone.«

»Ein Traum. Ich bin völlig zerschlagen. Ist noch eine Dusche vor dem Essen drin? Und dann erzählst du mir von deinem Tag.«

Wenig später saßen sie auf dem winzigen Balkon, der gerade genug Platz für zwei Stühle und einen kleinen runden Tisch bot. Das Curry dampfte in zwei Schüsseln, und die Gläser waren vom kalten Weißwein beschlagen.

Sie musterte ihn mit einem Lächeln auf den Lippen. Wie er ihr gegenübersaß, das kurze, volle, aber schon leicht graue Haar noch nass von der Dusche, ein leichter Bartschatten, ein altes T-Shirt an, Jeans und barfuß, war er nicht nur sehr attraktiv, sondern der Inbegriff der Geborgenheit für sie.

Er bemerkte ihren Blick nicht.

»Was war da an Bord der *Ocean Queen* los?«, fragte sie.

»Erschreckend, wie langsam die Evakuierung voranging. Wenn tatsächlich eine Bombe explodiert wäre, hätte es hunderte Verletzte oder sogar Tote gegeben.«

Er murmelte etwas Unverständliches, während er selig sein Curry löffelte. Tessa geduldete sich, bis er wieder sprechen konnte.

»Stimmt. Und darüber hinaus lag die Erste Hausdame tot im Crewbereich, neben ihr ein Rucksack mit zwei Kilo Kokain, drei Kabinenstewardessen sind nicht an Bord zurückgekehrt, und der Geliebte der Toten ist beim Anblick der Leiche zusammengebrochen.«

Tessa stoppte ihren Löffel auf halben Weg zum Mund. »Wow.«

»Ganz meine Meinung. Lass uns heute nicht mehr davon reden. Ich habe Feierabend.« Er nahm einen Schluck Wein. »Erzähl mir von deinem Tag.«

»Ich denke, du hast Feierabend?«, Tessa grinste. »Im Vergleich zu meinen sonstigen KIT-Einsätzen war es ruhig. Die Menschen waren erschrocken und aufgewühlt, aber mehr nicht. Es ist spannend, wie sich mein Maßstab seit der Arbeit in der Krisenintervention verschoben hat.« Tessa rührte gedankenverloren in ihrer Schüssel. »Und ich habe einen meiner Patienten im Terminal getroffen. Dann gab es noch einen Zwischenfall. Jemand hat ständig ›Mörder‹ gerufen. Sehr skurril.« Tessa legte ihren Löffel beiseite und wischte sich mit der Serviette über den Mund. »Vielleicht erklärst du mir das?«

»Ich? Du bist doch die Psychotherapeutin. Wahrscheinlich ein Verrückter, du weißt doch selbst, wie komisch manche Leute in Stresssituationen reagieren.« Er zeigte auf ihre Schüssel. »Isst du nicht mehr? Kann ich dein Curry haben? Es schmeckt lecker.«

Tessa sah in den Garten. Die Blätter der Bäume, die sich lautlos im Wind bewegten, signalisierten Ruhe und Frieden. Eine Wohltat, nach dem Tag voller Begegnungen mit emotional gestressten Menschen, die alle unterschiedlich reagierten und deren Bedürfnisse ebenso verschieden waren.

Hatte Lisa ihren Stoffhasen gefunden? Und ihr ging ein reizendes altes Ehepaar nicht aus dem Kopf, denen man die Angst vor dem Geschehen angesehen hatte, während Walter Petersen im gleichen Moment und nur ein paar Meter weiter, Todessehnsucht verspürte und sterben wollte.

Sie schüttelte die Gedanken ab, trank den letzten Schluck Wein aus ihrem Glas.

»Eines muss ich dir allerdings beichten: Auf dem Weg zum Einsatzort habe ich zum ersten Mal in meinem Leben richtige Katastrophenvorstellungen gehabt. Das ist mir vorher noch nie passiert! Ich sah eine Szenerie vor mir, als wäre tatsächlich eine Bombe explodiert. Es war grauenhaft. Ich habe richtig körperlich auf meine Gedanken reagiert.«

»Das klingt ein bisschen überdreht. Wie kann dir so etwas passieren?«

»Meine Fantasie ist mit mir durchgegangen und für einen Moment habe ich geglaubt, alles wäre Realität, ich konnte es echt nicht mehr auseinanderhalten. Die Macht der Gedanken über unsere Gefühle ist riesig.« Tessa lachte verlegen. »Sag mir lieber, was wir mit dieser wundervollen Sommernacht anstellen? Es ist erst kurz nach neun.« Tessa überlegte eine Sekunde, ob sie mit der Idee, die ihr durch den Kopf schoss, rausrücken sollte? Warum nicht, schlimmstenfalls hielt er sie für übergeschnappt. Aber sie wollte ihr Leben spüren. Sie hatte einmal mehr erfahren, wie schnell es vorbei sein konnte. Wenn es wirklich eine Bombenexplosion gegeben hätte...

»Ich möchte an die Ostsee fahren. Schauen, ob das Wasser noch da ist. Im Meer schwimmen.« Sie verstummte, als sie seinen ungläubigen Blick sah. Warum sagte er nichts? So hysterisch war der Vorschlag nun auch wieder nicht. Sie begann, die Schüsseln zusammenzustellen.

»Nacktbaden?« Er strahlte. »Du fährst.«

12

Tessa hatte nach ihrem kleinen Ausflug den Rest der kurzen Nacht tief und traumlos geschlafen. Keine Alpträume über explodierende Kreuzfahrtschiffe oder traurige Bilder weinender Menschen hatten sie gequält. Erholt stürzte sie sich in den neuen Tag.

Die Sonne brannte bereits vom wolkenlosen Himmel und versprach erneut einen heißen Sommertag. Tessa hatte sich ein luftiges, aber langes Kleid angezogen, um nicht unter der Hitze zu leiden und gleichzeitig unauffällig angezogen ihren Patienten gegenüberzusitzen. Sie durfte keinen Blickfang darstellen, denn die Patienten sollten sich mit sich und ihren Gefühlen beschäftigen, nicht damit, ob die Frau, die ihnen gegenübersaß, wohlgeformte Beine hatte oder nicht.

Tessa ging summend den Poelchaukamp entlang, über die Kanalbrücke, Richtung Mühlenkamp. An der kleinen Eisdiele blieb sie stehen. Noch stand ein Stuhl im Eingang, damit keine Kundschaft den winzigen Laden betrat, bevor er um elf öffnete, aber von drinnen hörte sie jemanden ein italienisches Lied schmettern. Der Eismann begann sein Tagewerk. Tessa hätte am liebsten mitgesungen.

Torben hatte sie heute Morgen zum Lachen gebracht, als er ganz naiv nach einer Tagescreme für sein Gesicht bat, denn seine war aufgebraucht. Sie hatte auf ihre Tiegel und Töpfchen gezeigt und angefangen zu erklären, wofür welche Pflegecreme war, als sein entsetzter Gesichtsausdruck sie stoppte.

»Wieso hast du so viele davon?«, hatte er gefragt und verständnislos den Kopf geschüttelt. »Früher gab es eine Creme für alles: Gesicht, Lippen, Hände, Körper und zum Schuhe putzen.«

Für solche Sätze liebte sie ihn. Für diesen wunderbaren und banalen Alltag, den sie nach einem KIT-Einsatz besonders zu schätzen wusste.

Beim Bäcker kaufte sie sich ein Franzbrötchen und das *Hamburger Tageblatt*. Sie hatte noch nicht gefrühstückt, da auch Torben nüchtern ins Institut für Rechtsmedizin aufgebrochen war. Er schaute seinem Freund Alexander Clement bei der Obduktion der Toten von der *Ocean Queen* über die Schulter. Er verabscheute das Schlachthaus, wie er es nannte, und vorher frühstücken konnte er schon gar nicht.

Tessa bog zwei Eingänge weiter in das Ärztehaus am Mühlenkamp ein. Ihr Blick streifte das schlichte weiße Schild mit ihrem Praxislogo. Dr. med. Tessa Ravens, Fachärztin für Psychiatrie & Psychotherapie. Eine Telefonnummer. Keinen Hinweis auf Sprechzeiten, Krankenkassen oder einen Internetauftritt. Kein Firlefanz. So gefiel es ihr am besten.

Sie sprang, zwei Stufen auf einmal nehmend, die Stockwerke zu ihrer Praxis hoch. Sie entschied sich gegen einen Milchkaffee und brühte sich stattdessen einen Espresso. Stark und heiß. Dazu setzte sie einen Eistee auf und stellte die Karaffe in den Kühlschrank.

Sie war gespannt, ob Walter Petersen planmäßig zur Therapie erscheinen würde und wohin er gestern so schnell verschwunden war. Nicht einmal verabschiedet hatte er sich.

Kurz war ihr die Frage durch den Kopf geschossen, ob sie sich um ihn sorgen müsste? War er akut suizidal? Sie wollte ihn heute Morgen ohne Umschweife danach fragen und einen Notfallplan mit ihm erstellen. Vorher erwartete sie jedoch noch eine andere Patientin.

Tessa fuhr ihren Laptop hoch und setzte sich mit dem *Hamburger Tageblatt* in ihren gemütlichen Ledersessel. Sie drehte ihre langen Haare durch die Finger und steckte sie mit einer Spange zu einem Knoten hoch. Dann nahm sie einen Schluck Espresso, einen Bissen von dem Franzbrötchen und begann, den Artikel über die Evakuierung der *Ocean Queen* zu lesen. Sie hielt nicht lange durch, bis die Bilder vom Vortag vor ihrem geistigen Auge aufstiegen und legte die Zeitung schnell beiseite. Sie konnte es sich nicht leisten, in die Gefühle des Einsatzes abzutauchen. Sie musste sich auf ihre Patienten konzentrieren. Sie holte sich den Laptop auf die Knie und klickte durch ihre Aufzeichnungen.

Die Ingenieurin, Mitte dreißig, hatte ständig Bauchschmerzen. Manchmal krampfte ihr Magen bis sie sich erbrechen musste. Dann erlebte sie unerwartet ruhige Momente.

Tessa blätterte durch die digitalen Vorbefunde, die ihr die Patientin zugesandt hatte. Die Frau hatte alle Fachärzte abgeklappert, die man sich vorstellen konnte. Die Ärzte waren mit ihrem Latein am Ende und hatten sie zur Aufnahme einer ambulanten Psychotherapie an Tessa überwiesen. Sie vermuteten, dass die ständigen Magenschmerzen eine psychische Ursache hatten.

Tessa knabberte an ihrem Brötchen und trank den letzten Schluck Espresso.

Als es an der Tür klingelte, trug Tessa ihre Tasse und die

Reste des Brötchens in die Küche, klopfte sich die Krümel vom Kleid und freute sich auf eine spannende Sitzung. Zwar erschien die Patientin zu ihrem Gesprächstermin pünktlich, jedoch mit der festen Überzeugung, kein psychisches Problem zu haben.

Nach fünfzig Minuten Gespräch gab sie ihr einen neuen Termin. Tessa war zufrieden mit dem Verlauf der Stunde, denn die Patientin hatte sich bereit erklärt, ihre Symptome, Gedanken und Gefühle zu beobachten und zu protokollieren. So wollten sie erste Zusammenhänge zwischen Magenschmerzen und Sorgen erkennen. Die Patientin würde noch viel über die Macht ihrer Gedanken lernen müssen.

Tessa blieben im Anschluss nur noch wenige Minuten, bis zur nächsten Sitzung mit Walter Petersen. Er und die Patientin ähnelten sich in gewisser Weise. Sie bemühte sich, die rationale Kontrolle über ihr anspruchsvolles und anstrengendes Leben zu behalten, während ihr Körper ihr ständig Signale sandte, dass sie kürzertreten sollte. Ihre geschluckten Gefühle fanden Ausdruck in Magenkrämpfen, und trotzdem konnte sie sich ihre Überforderung nicht eingestehen. Walter Petersen hingegen lebte in einer Welt voller Angst und Bedrohung und konnte diese sehr genau benennen, mit einer Reihe von Wahrnehmungen sogar scheinbar beweisen. Nur leider interpretierte er in seine alltäglichen Beobachtungen subjektive Deutungen hinein, die jeglicher vernünftigen Grundlage entbehrten. Er fühlte sich von Menschen verfolgt, und wer ihn vom Gegenteil überzeugen wollte, entlastete ihn nicht, sondern steckte mit seinen Verfolgern unter einer Decke.

Beide Patienten bemühten sich verzweifelt, Kontrolle über ihr Leben zu behalten. Beide taten dies auf unterschiedliche

Art und Weise. Und beide waren ihr von ihrem Freund und Kollegen Paul Nika zugewiesen worden. Er arbeitete in der Universitätsklinik, auf der gleichen Station, die Tessa vor knapp zwei Jahren verlassen hatte, nachdem ein Oberarzt eine Forschungsstudie manipuliert und es furchtbare Todesfälle gegeben hatte.

Die Ereignisse hatten ihr Vertrauen in die Aussagen der Patienten erschüttert. Sowohl das unbewusste Lügen ihrer damaligen Patienten, als auch das bewusste Manipulieren des Täters, hatten ihre Zuversicht untergraben, als Therapeutin heilen zu können. Wenn sie sich nicht mehr darauf verlassen konnte, was die Patienten ihr versicherten, wie sollte sie dann mit ihnen arbeiten? Sie wollte nicht länger in der Psychiatrie tätig sein und war froh, sich in ihrer ambulanten Praxis die Patienten aussuchen zu können. Sie nahm nur Patienten auf, von denen sie glaubte, ihnen wirklich helfen zu können. Dies gab ihr ein Gefühl von Kontrolle. Tessa schmunzelte über sich selbst. Offensichtlich strebten alle Menschen nach Kontrolle über ihr Leben.

Mit Walter Petersen hatte Tessa seit langer Zeit einen Patienten in Behandlung, der ihr bisher mehr Rätsel aufgab, als sie lösen konnte. Auch wenn er die Unwahrheit sagte, log er nicht. Er missinterpretierte Beobachtungen und ließ sich nicht korrigieren. So fühlte er sich zum Beispiel von einer Frau im Hafen verfolgt. Sie laure ihm häufig am Schuppen 52 auf, wenn er dort spazieren ging. Auf die Frage, was die Frau von ihm wolle, antwortete er vage, dass sie wohl vorhabe, seine Ehe zu zerstören. Er spüre ihre Boshaftigkeit. Die mangelnde Logik, dass keine Ehe daran scheiterte, dass er sich mit einer Frau unterhielt, die im Hafen arbeitete, ließ er nicht gelten. Zumal er noch nie ein Wort mit ihr gesprochen hatte. Woanders spazieren gehen wollte er aber auch nicht. Er spüre, dass *etwas in der Luft lag*. Er war sich darüber hinaus sicher, dass auch die Polizei hinter ihm her sei. Er sah es in den bösen Gesichtern von Polizisten, denen er begegnete. Er war verängstigt und wartete auf seine Verhaftung. Dass er andererseits bei der Wasserschutzpolizei zum alltäglichen Schwatz ein und aus ging, empfand er nicht als Widerspruch.

Außerhalb seines Verfolgungswahns führte Walter Petersen ein ganz normales Leben, und niemand bemerkte seine Erkrankung. Erst durch die Folgen seiner wahnhaften Gedanken fiel er auf: Nach einem missglückten Suizidversuch war er in die Psychiatrie eingeliefert worden. Um seinen imaginären Verfolgern zu entkommen, hatte er versucht, sich zu erhängen. Seine Frau hatte ihn rechtzeitig gefunden. Nun wollte Petersen mit Tessas Hilfe seine Ängste abbauen und neuen Lebensmut finden.

Tessa bat Walter Petersen, Platz zu nehmen.

»Schön, dass Sie da sind. Wie ist es Ihnen nach der Schiffsevakuierung ergangen? Sie waren plötzlich weg.«

Petersens kurzärmeliges Hemd und seine Jeans waren dem Wetter deutlich angemessener, als die warmen Sachen vom Vortag. Zwar hatte er das Hemd falsch geknöpft und seine Haare schien er länger nicht gewaschen, geschweige denn geschnitten zu haben, trotzdem wertete Tessa die Kleidung als mögliches Zeichen, dass er das gestrige Abenteuer gut verkraftet hatte.

»Wir haben das Schiff besichtigt. Ich wollte Christa überzeugen, mit mir eine Kreuzfahrt zu unternehmen.«

»Das ist eine wunderbare Idee. Möchten Sie übrigens einen Eistee? Es ist sehr heiß heute.« Normalerweise durften Patienten sich in der Therapiestunde nicht mit Essen oder Trinken ablenken, sondern sollten sich auf ihre Gefühle konzentrieren. Bei Walter Petersen hoffte Tessa, dadurch eine vertrauensvolle und entspannte Atmosphäre zu schaffen, die ein Wahnkranker dringend brauchte. Sie saß ihm auch nicht gegenüber, sondern hatte den dritten Stuhl über Eck gewählt und diesen nach hinten gerückt. So konnte Walter Petersen den Augenkontakt vermeiden, wenn er wollte, und sie saßen weit genug voneinander entfernt, damit er sich nicht bedrängt fühlte.

Er freute sich über die angebotene Erfrischung.

Tessa ging in die Küche und holte den vorbereiteten Tee aus dem Kühlschrank. Sie legte noch eine Zitrone auf einen Teller und trug alles in den Therapieraum zurück. Sie stellte die Gläser und den Teller mit der Zitrone und dem Obstmesser auf den kleinen Beistelltisch.

»Falls Sie noch ein Stückchen Zitrone mögen...« Sie schnitt sich eine Scheibe ab, ließ sie in ihr Glas fallen und probierte. Der Tee schmeckte köstlich.

Walter Petersen wirkte blass und hielt die Hände umklammert im Schoß. Er rührte sein Glas nicht an.

»Ich kann nicht...« Er brach ab. Setzte neu an. »Ich... niemals...«

Tessa wartete. Aber er sprach nicht weiter. Wenn er nicht wollte, dann eben nicht. Es gab noch etwas, was ihm vielleicht nicht in den Kram passte, aber Tessa hatte sich fest vorgenommen, ihn direkt darauf anzusprechen. Es führte kein Weg daran vorbei. »Wir müssen über Ihre Suizidgedanken reden. Sie können nur gesunden, und ich kann Sie nur behandeln, wenn Sie leben. Wenn Sie ständig auf der Kippe stehen, können wir nicht arbeiten.« Tessa beobachtete ihn genau. Erleichtert stellte sie fest, dass er eher entlastet als angespannt wirkte.

Er erstellte in den nächsten Minuten bereitwillig einen Notfallplan mit ihr und versprach ihr glaubhaft, sich in den nächsten Wochen nichts anzutun. Dann wechselte er abrupt das Thema.

»Vielleicht ist es ganz gut, dass es mit der Kreuzfahrt nicht klappt. Dann brauche ich meinen Hafen nicht verlassen.« Er seufzte. »Ich hasse Veränderungen.«

»Wie lange haben Sie im Hafen gearbeitet?«

»Ich lebe seit sechsundvierzig Jahren dort und ich kann mir nichts Schöneres vorstellen.« Er setzte sich aufrechter hin.

»Sie wohnen dort?« Tessa warf einen Blick auf das Deckblatt der Patientenakte. »Am Kraftwerk«, murmelte sie. »Die Straße liegt im Hafen?«

»In Steinwerder. Direkt am Ausgang des Alten Elbtunnels, gegenüber den Landungsbrücken.« Er deutete ein Lächeln an. »Sie wissen schon ... wenn sie an den Landungsbrücken stehen, sehen sie nur das Stage-Theater. Aber stellen Sie sich den Blick einmal anders herum vor. Vom Südeingang des Elbtunnels aus hat man einen fantastischen Ausblick auf die Landungsbrücken, die Museumsschiffe *Rickmer Rickmers* und *Cap San Diego* bis hin zur Elbphilharmonie. Dieser Blick ist mit nichts zu vergleichen.«

Er seufzte genüsslich, als ob gerade eines dieser Motive vor seinem inneren Auge heraufzog.

»Glauben Sie mir, hinter den Zäunen und den Flutschutzmauern verbergen sich kleine Paradiese. Und wir wohnen direkt über dem alten Kraftwerk. Da gibt es noch zwei kleine Wohnungen. Die eine steht seit Jahren leer. Wir sind die letzten Mieter, denn im Erdgeschoss ist nur noch das alte Batteriehaus.«

»Ich wusste gar nicht, dass man in diesem Teil des Hafens wohnen kann«, antwortete Tessa lächelnd. Sie hatte den stolzen Unterton in Petersens Stimme genau gehört. »Ich dachte, dort wären nur noch Industrie und die dazugehörigen Verwaltungskomplexe angesiedelt?«

Walter Petersen richtete sich im Sessel auf. »Es gibt außer uns nur zwei Wohnblöcke mit insgesamt sechzehn Wohnungen schräg gegenüber. Am Schanzenweg. Vier Wohnungen stehen leer.« Er hielt vier Finger hoch. »Wir haben dort unseren Anker geworfen. Es ist der perfekte Platz. Ich verstehe nicht, dass da keiner wohnen will. Na gut, die Schlipsträger von Blohm + Voss passen nicht in den Hafen. Die kommen morgens angebraust, parken ihre schicken Autos, verschwinden im Gebäude und werden abends wieder ausgespuckt. Moderne Fabrikarbeiter. Aber mit denen hab ich nichts zu tun.« Er schüttelte energisch den Kopf. »Ich mag die ehrlichen Lastwagenfahrer, die fleißigen Hafenarbeiter, Schiffsmakler, Wasserschützer. Ich sehe sie auf meinen Spaziergängen durch den Hafen. Manchmal haben sie Zeit für ein kleines Schwätzchen. Dann gibt es noch ein paar Touristen und Hobbyfotografen, die entdeckt haben, dass sie von der kleinen Aussichtsplattform neben dem Alten Elbtunnel die schönsten Fotos von den Landungsbrücken schießen können, die man sich vorstellen kann. Die kann ich ertragen. Wenigstens lieben sie den Hafen.«

»Erzählen Sie mir davon...«, bat Tessa.

»Die Touristen kommen in der Dämmerung. Dann ist das andere Elbufer schön beleuchtet. Es sind gerade genug, dass Luuk mit seiner kleinen Kaffeeklappe überleben kann.

Luuk steht dort mit seinem roten Wagen, den kennen Sie bestimmt. Er verkauft Kaffee, Schlenderbier, Bockwurst, Eis und Süßigkeiten. Luuk muss sich ganz schön strecken. Das Geld sitzt den Touristen nicht mehr so locker. Ach, die Welt verändert sich ...«

Tessa versuchte herauszufinden, ob Luuk ein Freund war, aber mehr als oberflächliches Plaudern schien die beiden nicht zu verbinden. Sie vermutete, dass Walter Petersen mit seiner Frau recht isoliert lebte.

»Es klingt ein wenig einsam. Haben Sie noch Freunde oder Bekannte aus ihrer beruflichen Zeit im Hafen?«

Hatte Petersen eben noch munter geplaudert, druckste er nun herum: »Ich rede ungern darüber. Das ist privat.«

Tessa wartete. Sie wusste, dass sie mit Schweigen oft mehr erreichte, als mit einer neuen Frage.

»Führt die Elbe Süßwasser oder Salzwasser?«, fragte Petersen plötzlich und lächelte wieder gut gelaunt.

»Sie lenken ab. Salzwasser. Die Elbe mündet in die Nordsee.«

»Falsch. Süßwasser. Die Elbe entspringt als Süßwasser dem Siebengebirge und behält einen niedrigen Salzgehalt bis in die Nordsee.« Er strahlte sie an.

Tessa lachte mit ihm. Er war tatsächlich sehr charmant. »Netter Versuch. Das wusste ich nicht.« Sie schwieg erneut und hoffte, dass Walter Petersen das Vakuum ausfüllte. Die wenigsten Patienten hielten längeres Schweigen aus und füllten die Stille, indem sie anfingen zu sprechen. So bekam Tessa häufig mehr und bessere Informationen, als wenn sie gefragt hätte.

Er knetete seine Hände, bekam Flecken im Gesicht und begann dann leise zu sprechen: »Mit sechzehn bin ich in den Hafen gekommen. Ich hatte ja kaum Schulbildung, und im Hafen gab es Anfang der 60er Jahre noch viel Arbeit. Ich fuhr später einige Zeit auf der *Monte Rosa*. Der alten *Monte Rosa* natürlich, nicht der neuen. Ein Containerschiff. Wir haben vor allem Fleisch und Früchte aus Brasilien geholt, mit Kühlcontainern. Es war eine gute Zeit. Ich habe ganz Südamerika bereist.« Er schaute erschrocken auf. »Aber nicht, dass sie denken, ich hätte in jedem Hafen ein Mädchen gehabt. Mein Herz gehörte schon damals allein Christa.« Er krempelte seinen Hemdsärmel hoch und zeigte auf ein Herz-Tattoo mit dem Schriftzug Christa auf dem Oberarm. Er ließ sich Zeit damit. »Wir sind damals mit der Crew meistens im Hafen geblieben. Wissen Sie, das Rotlichtviertel war nie weit weg, und die Männer mussten sich amüsieren. Alkohol und Frauen waren wichtig, damit die Jungs ihren Spaß hatten und anschließend die Einsamkeit auf See aushielten.«

Tessa neigte den Kopf, um ihre Aufmerksamkeit zu signalisieren und ihn zum Weiterreden zu motivieren.

Erneut stotterte er: »Ich na… natürlich nicht. Nur die… die Decks-Gang. Ich hatte ja Christa. Ich war treu.«

Er zögerte. »Wissen Sie, wenn die Menschen dieser Welt so miteinander umgehen würden, wie wir Seeleute es miteinander tun, dann gäbe es keine Kriege. Wir arbeiten zusammen, wir trinken zusammen, wir feiern zusammen und scheren uns nicht um Herkunftsländer, Religionen und irrwitzige Feindschaften. Wir haben eine gemeinsame Nationalität: Wir sind Seeleute.«

»Ihnen fehlen die alten Zeiten«, sagte Tessa leise. Seine einsame Sehnsucht war spürbar.

»Ich hatte Freunde in allen Bereichen des Hafens. Die

sind aber nun in Rente. Luuk und seine Kaffeeklappe machen es auch nicht mehr lange. Wohnen tut niemand mehr im Hafen. Fiete und ich haben uns manchmal in der Veddeler Fischgaststätte zum Essen getroffen. Kennen Sie die?«

Tessa schüttelte den Kopf.

»Probieren Sie sie aus. Die Holzhütte steht bald seit fünfundachtzig Jahren vor der Freihafenelbbrücke. Brathering, Scholle und frischer Backfisch, selbst gemachter Kartoffelsalat – einfach und frisch.«

»Das klingt gut, aber sie lenken schon wieder ab. Ist Fiete ein Freund von Ihnen?«

»Fiete ist tot. Sterben alle weg.« Er war in Gedanken versunken. »Heute gibt es doch kaum noch Leben im Hafen. Natürlich fährt ein Bus die Fähranleger ab und dann rein nach Wilhelmsburg. Meistens fahren Christa und ich mit dem Fahrrad über die Kaianlagen, entlang des Hansahafens, an den alten Speichern vorbei...«

Sie haben niemanden mehr, dachte Tessa und fühlte Walter Petersens Traurigkeit in sich selbst. Sie leben einsam und alleine in einer Gegend, in der niemand mehr wohnte und wo es kaum Infrastruktur gab. Das Ehepaar war mit der Zeit und den Veränderungen im Hafen zusehends vereinsamt. Wie viele Jahre mochte das schon so gehen? Wie verkrafteten sie das? Sie wusste nicht, warum, aber es schnürte ihr die Kehle zu.

»Maschinen haben die Menschen ersetzt. Ein paar Bastler erhalten die alten Kräne aus der Zeit des Stückgutverkehrs... aber alles vergeht. Nichts ist mehr wie früher... Ich hasse diese Art der Stille. Statt Menschen steuern Computer die Containerbrücken. Furchtbar.«

»So wie Sie es schildern, klingt es, als ...«

»... ob wir alle sterben«, unterbrach er sie. »Ein Sterben auf Raten.«

»Als verändere sich der Hafen, wollte ich sagen. Veränderungen sind schmerzhaft. Sie sind einsam. Warum sind sie nicht umgezogen? Auf die andere Seite der Elbe, nach St. Pauli?«

Es dauerte eine Weile, ehe Petersen weitersprach. »Wir können nicht mehr weg. Christa will nicht. Und ohne sie gehe ich nirgendwohin. Wissen Sie, wie es ist, so viele Jahrzehnte verheiratet zu sein?«

Tessa schüttelte den Kopf. Nein, sie hatte es in ihrem Leben erst auf eine einzige langjährige Beziehung gebracht. Mit Bruno. Das war lange her. Nun war Torben in ihr Leben getreten und mit ihm konnte sie sich vorstellen ... Tessa hob die Augen und konzentrierte sich auf Walter Petersen. Sie durfte nicht abschweifen.

»Es ist wie mit einem alten Paar Lieblingsschuhe. Sie passen sich jedem Huckel oder krummen Zeh an. Sie sitzen perfekt.«

Tessa wollte gerade zustimmend nicken, als er mit veränderter Stimme weitersprach.

»Doch plötzlich geht die Sohle ab, die Nähte halten nicht länger. Das Alter und das Leben zeigen ihre Abnutzungserscheinungen. Aber man gibt sie doch deswegen nicht auf. Man trennt sich nicht. Verstehen Sie?«, flehte er.

Tessa schwieg. Worauf wollte er hinaus?

»Barfuß geht man nicht, neue Schuhe kommen nicht in Frage. Die drücken. Man hat Angst, seine perfekten, oder ehemals perfekten Schuhe zu verlieren.«

»Ich verstehe, dass Sie Ihre Umgebung auf keinen Fall

aufgeben möchten, aber sie brauchen soziale Kontakte und Freunde. Sie können nicht vollkommen isoliert leben.«

»Wir besuchen den Hafenzoll und die Wasserschutzpolizei. Da gibt es noch echte Seeleute.«

»Wie haben sie die Evakuierung der *Ocean Queen* verkraftet? Kannten Sie jemanden an Bord oder die Polizisten vor Ort?«

»Die wissen immer, wo sie mich finden. Sie spionieren mir hinterher. Sie haben mir ihr Funkgerät an mein Ohr gehalten. Als sie die Tote gefunden haben. Damit ich jedes Wort verstehe. Als wäre nicht alles schon schlimm genug.«

»Wer spioniert Ihnen nach?«

»Neulich stand der Wagen vor der Haustür. Die beobachten mich.«

»Wer? Die Polizei?«

»Gehören Sie auch zur Polizei? Ich habe doch nichts getan. Ich bin doch nur ein harmloser alter Mann.« Er schrie plötzlich und sprang aus dem Sessel auf.

Tessa runzelte die Stirn. Was war los? Unmöglich zu erraten, welche Gedanken Walter Petersen umtrieben. Warum glaubte er plötzlich, sie gehöre zur Polizei? »Warten Sie, Sie haben nichts getan, ich habe Sie nur nicht verstanden.« Sie gab ihrer Stimme einen beruhigenden Klang.

»Ich weiß, dass die mir Böses wollen. Sie sollen mich in Ruhe lassen. Ständig sind sie hinter mir her.«

»Sie sind hinter Ihnen her?«

»Sie stecken doch mit denen unter einer Decke. Ich gehe. Kommen sie mir nicht nach, sonst wehre ich mich.«

Tessa beeilte sich zu rufen: »Herr Petersen, bringen Sie bitte zum nächsten Gespräch Ihre Frau mit!«

»Wollen Sie meine Frau beeinflussen? Sich über mich lustig machen?«

»Aber nein! Es ist wichtig, die Sicht der Angehörigen zu kennen. Bitte!«

Walter Petersen riss angstvoll die Augen auf, sein Mund öffnete sich, aber dann drehte er sich um und ging ohne ein weiteres Wort einfach nach draußen. Lautstark knallte er die Tür hinter sich zu.

Tessa blieb verdutzt in ihrem Sessel sitzen. Das war kein vorbildliches Ende einer Therapiesitzung gewesen. Ihr war der Patient auf und davon gelaufen. Sie hatte nicht damit gerechnet. Im Gegenteil, trotz seines impulsiven Auftretens wirkte Walter Petersen auf Tessa eher ängstlich und vor allem sehr verletzlich. Sie wusste, dass Menschen manchmal aggressiv reagierten, um ihre Angst zu verstecken, aber Walter Petersen hatte immer eher ratlos gewirkt im Umgang mit sich selbst. So als wäre er genervt von all seinen sich widersprechenden Gefühlen und könne keine Entscheidung treffen.

Er veränderte sich. Schmerzhaft.

13

Koster parkte den Wagen im Butenfeld. Über diese ruhige Seitenstraße erreichten Besucher den Eingang der Rechtsmedizin. Ein kleiner Trick des Krankenhauses, damit die Leichenwagen der Bestattungsinstitute nicht über das Krankenhausgelände rollten. Man befürchtete, Patienten und Besucher zu ängstigen. Als wüsste nicht jeder, dass im Krankenhaus gestorben wird – und nicht nur dort.

Er genoss die wenigen Schritte in der Sonne, bevor er an der Eingangsschleuse des Rechtsmedizinischen Instituts klingelte. Zwar hatte er im Laufe der Jahre in der Mordkommission an unzähligen Obduktionen teilgenommen, doch daran gewöhnt hatte er sich nie. Der Moment, in dem Alexander das Skalpell ansetzte, und den tiefen Y-Schnitt von beiden Schlüsselbeinen zum Brustbein hinunterzog... Das Geräusch, das entstand, wenn der Sektionsassistent mit Hammer und Meißel den Kopf an der Naht, die die Oszillationssäge hinterlassen hatte, aufspaltete... Das Reißen und Schmatzen. Der Mensch, der dort lag und sich trotz dieser robusten Behandlung nicht rührte. Das wahre Begreifen dessen, was er schon lange verstanden hatte: Dort lag nur noch lebloses Fleisch.

Diese Momente waren umso schwerer auszuhalten, je lebendiger er sich fühlte. Und mit Tessa fühlte er sich mehr als das, er war glücklich.

Er war ungerecht, denn er wusste, mit wie viel Hingabe

und Wertschätzung sein Freund Alexander der Arbeit nachging. Er behandelte die Toten mit viel Respekt. Er ließ nichts unversucht, um herauszufinden, wodurch der vor ihm liegende Mensch sein Leben verloren hatte, auch wenn ihm das nicht immer gelang. Alexander wusste, wie wichtig es für die Angehörigen war, Gewissheit über die Todesursache ihrer Liebsten zu bekommen.

Die Empfangsdame telefonierte, begrüßte ihn nur mit einem Kopfnicken und drückte nebenbei den Türsummer. Koster achtete darauf, ab sofort durch den Mund zu atmen, um den Gerüchen des Todes zu entgehen. Wenn er es schaffte, konsequent durch den Mund Luft zu holen, roch er nichts, und schaltete damit wenigstens diese Sinneswahrnehmung aus.

Alexander hatte sich offenbar im Laufe seiner Berufstätigkeit an den Geruch gewöhnt. Er pfiff ein fröhliches Lied, als Torben ihn im Umkleideraum traf. Er saß auf einer Bank vor den Haken mit den Kitteln und mühte sich, die Gummistiefel abzustreifen.

»Guten Morgen, mein Bester«, grüßte Alexander. »Du kommst zur rechten Zeit für einen Kaffee. Ich brauche eine kleine Pause, dann können wir mit der Schiffsstewardess weitermachen.« Er stutzte. »Sagt man Schiffsstewardess? Oder gibt es Stewardessen nur in Flugzeugen?«

»Stewardess ist schon richtig. Sie war die *Erste Hausdame*.« Koster betrachtete seinen langjährigen Freund. »Dir scheint es ja gut zu gehen.« Egal was Alexander tat oder wo man ihn traf, er hatte stets gute Laune und strahlte einen so herzlich an, dass seine Wärme direkt abfärbte. Kein Wunder, dass die Frauen ihm scharenweise zu Füßen lagen.

»Warum nicht? Der Sommer ist fantastisch: Die Sonne lacht, die Vögel zwitschern, der Urlaub naht.«

»Urlaub? Davon weiß ich ja gar nichts.« Koster zog fragend eine Augenbraue hoch und folgte Alexander aus dem Umkleideraum in Richtung Treppenhaus.

»Julia und ich fliegen nach Sardinien. Sonne, Meer und Strand. Wir wollen surfen. Wir möchten Tessa und dich heute Abend zum Essen zu Julia nach Hause einladen. Sie wohnt doch unten am Hafen, im Portugiesen-Viertel. Das passt prima zu deinem Fall.«

Koster musste lachen, sagte aber erfreut zu. Für ihn war es ein neuer Gedanke, dass Alexander mit einer Frau länger als ein paar Wochen zusammen war. Aber ähnlich wie er mit Tessa, hielt die Beziehung zwischen Alexander und Julia jetzt schon seit acht Monaten. Koster konnte sehen, wie gut es seinem Freund ging, und er wollte die Frau, die es schaffte, ihn zu binden, gerne noch viel besser kennenlernen.

Im ersten Stock angekommen, öffnete Alexander die Tür zu seinem Büro und ging zielstrebig auf die kleine DeLonghi-Siebträgermaschine zu. Koster setzte sich in den Besucherstuhl an Alexanders Schreibtisch, der vergleichsweise aufgeräumt aussah. Dafür blinkte der Anrufbeantworter umso hektischer.

»Also, mein Lieber, du siehst selbst.« Alexander griff zielsicher in einen Aktenstapel, zog einen Aktendeckel hervor und reichte Koster daraus einige Fotos. »Eine schöne Frau. Gemessen haben wir...«, Alexander schaute in die Akte. »1,68 Meter Körpergröße. 58 Kilo leicht.«

Koster begann, die Fotos durchzublättern. Claudia Spiridon lag nackt auf einem der Stahltische und war fotografiert worden, wie sie es sicher niemals gewollt hatte. Entblößt. Die schlanken Arme lagen neben dem Körper ausgestreckt. Koster registrierte, dass ihre Finger- und Fußnägel rot lackiert waren. Ihre schwarzen Haare glänzten. Sie hatte Wert auf ihr Äußeres gelegt. Mit Erfolg.

Er besah sich die Detailaufnahmen der blauen Flecken an den Oberarmen.

»Ich habe vorhin einen kurzen Blick auf die Frau geworfen. Es gibt eine Reihe von Abwehrverletzungen. Blaue Flecken an beiden Oberarmen. Abschürfungen.« Alexander sah Koster bedauernd an. »Ich schätze, dass sie an den Folgen des Stichs in den Brustraum innerlich verblutet ist. Die Tatwaffe ist vermutlich ein Messer. Jedenfalls, den glattrandigen und schlitzförmigen Wunden nach zu urteilen. Ich sehe mir das gleich noch genau an.«

»Was ist da passiert?«, murmelte Koster.

»Jemand hat diese schöne Frau bedroht, geschubst, mit ihr gerangelt. Sie hat sich gewehrt. Sie hat vielleicht um Hilfe geschrien. Hat wirklich niemand sie gehört?«

Koster schüttelte den Kopf.

Alexander ging die beiden Espressotassen holen, nachdem die Maschine ihren Dienst getan hatte.

Köstlicher Kaffeeduft stieg Koster in die Nase. »Wir haben die Tatwaffe nicht gefunden. Wenn der Täter sie mitgenommen hat, müssen wir von einem überlegt handelnden Verbrecher ausgehen. Eine Erklärung oder ein Motiv haben wir noch nicht ausfindig machen können.« Koster starrte lange auf das Foto in seiner Hand. Die Frau musste den Täter gekannt haben. Warum sonst hätte sie in diese entlegene Kammer gehen sollen? Sie hatte sich dort mit ihrem Mörder getroffen. Welches Geheimnis barg die Frau? »Es wäre wichtig, mehr über die Tatwaffe zu erfahren. Und ich muss wissen, ob sie drogenabhängig war oder in letzter Zeit Drogen konsumiert hat. Wir haben eine Menge Kokain neben der Leiche gefunden.« Er seufzte, legte das Foto zurück in die Akte und griff nach der Espressotasse. »Ist schon Zucker drin?«

»Warum nimmst du es so persönlich?«, fragte Alexander. Er hatte seine Tasse abgestellt und sah Koster mit gerunzelter Stirn an.

»Was meinst du?« Koster zögerte, pustete auf seinen Kaffee, um für einen Moment den Augenkontakt zu vermeiden. Sah Alexander ihm an, was ihm durch den Kopf geschossen war? Die Ähnlichkeit der Frau mit Tessa. Die Reaktion des Pursers. Der Gedanke daran, wie schnell einem das genommen werden konnte, was man am meisten liebte im Leben. »Was ist, wenn Tessa eines Tages auf deinem Stahltisch liegt? Manchmal habe ich Angst, sie wieder zu verlieren, jetzt wo ich endlich zu ihr gefunden habe. Wir haben so viel Zeit vergeudet.«

»Du findest, sie sieht Tessa ähnlich?« Alexander reichte ihm die Zuckerdose. »Nein, kein bisschen. Sie haben beide lange schwarze Haare, das war es auch schon. Torben, hör auf zu grübeln. Lass uns heute Abend mit unseren Frauen etwas Leckeres essen und einen guten Wein trinken.«

Koster lächelte. »Du hast wie immer Recht.«

»Braver Junge. Trink den exzellenten Espresso aus und dann gehen wir runter und obduzieren diese Frau. Wenn wir mehr wissen, wirst du ihren Mörder finden. Du wirst klären, warum der Täter sie getötet hat. Wie immer. Das ist dein Job. Darin bist du richtig gut. Basta.«

14

Koster atmete tief ein. Herrlich klar duftende Luft.

Er legte den Kopf in den Nacken und blinzelte in den blauen Sommerhimmel.

Amseln zwitscherten lautstark. Ein wundervolles Geräusch. Er lebte. Und das Leben war schön. Der Himmel, die Sonne, die Luft, die Vögel. Nur weg von den Toten. Rein ins Leben.

Er schlenderte zurück zu seinem Auto. In seinem Beruf war er ständig mit den dunklen Seiten des Lebens konfrontiert. Um fröhlich und gesund zu bleiben und nicht zynisch zu resignieren, durfte er sich nicht gehenlassen. Er wollte achtsam für den Moment bleiben. Er hatte in Tessa jemanden gefunden, die aus eigener Erfahrung wusste, wie kostbar das Leben war. Mit ihr konnte er neue Prioritäten setzen.

Damit der Gedanke nicht pure Theorie blieb, wollte er auf dem Weg ins Präsidium einen Umweg in Kauf nehmen, um sich in seinem Lieblingscafé ein Frühstück zu gönnen.

Er grübelte über Alexanders Worte, die alles verändert hatten. Claudia Spiridon war zum Zeitpunkt ihres Todes schwanger gewesen. Zwar erst im vierten oder fünften Monat, aber es machte einen entscheidenden Unterschied. Die Frau wollte Mutter werden und jemand hatte ihre Pläne zerstört. In seinen Augen untersuchte er ab sofort einen Doppelmord.

Was hatte eine werdende Mutter mit einem Rucksack voller Kokain vor?

Koster parkte in der Nähe des kleinen Cafés.

Nach ein paar Schritten fiel ihm aus der Zeitungsauslage eines Kiosks die Schlagzeile des *Hamburger Tageblatts* ins Auge:

MORD AUF DER OCEAN QUEEN.
Nach Bombenterror springen die Menschen
in Panik über Bord.

So ein Unsinn – es war kein einziger Passagier über Bord gesprungen! Er kaufte die Zeitung. Mit über sechs Seiten waren die Evakuierung und der Mord auf der *Ocean Queen* die Aufmacher des Tages. Haufenweise Bilder von weinenden Menschen heizten die Stimmung an. Koster blieb mitten auf dem Bürgersteig stehen und fing an zu lesen. Minuten später knüllte er die Zeitung zusammen und starrte auf die Gehwegplatten. Ein undefinierbares Unbehagen breitete sich in ihm aus. Jemand hatte Insiderinformationen an die Presse gegeben, vielleicht sogar verkauft. Niemand konnte wissen, dass sie die Tote in einer sogenannten Farbenlast, einer Abstellkammer für Farben und Lacke, gefunden hatten. Das hatte er der Pressestelle der Polizei nicht weitergegeben. Sie hatten extra nur von einem der unteren Decks gesprochen. Der genaue Tatort sollte nicht an die Öffentlichkeit dringen, denn häufig ließen sich Verdächtige über unbedacht mitgeteiltes Täterwissen überführen und anschließend zu einem Geständnis bewegen.

Was hatte die Presse noch erfahren? Und von wem? Wer torpedierte die Ermittlungen? Ihm war natürlich bewusst, dass er einen öffentlichen Tatort nicht vollkommen abschotten konnte. Aber nur wenige Menschen hatten die Tote gesehen und wussten, wo sie gelegen hatte. Die Spurensicherung, sein Team, die Rechtsmedizin, einige Wasserschutzpolizisten ... wusste Tessa davon? Sie hatte mit einer Journalistin gesprochen, das hatte sie gestern am Strand noch erzählt. War ihr etwas herausgerutscht? Vielleicht hatte sich der Lebensgefährte, dieser Purser, ein wenig Geld dazuverdient?

Koster ging langsam die Straße hinunter zu seinem Wagen. Das Unbehagen ließ nicht nach. Er musste herausfinden, wo die undichte Stelle war. Er entschied sich, doch auf ein Frühstück zu verzichten und stattdessen ins Wasserschutzkommissariat zu fahren. Mit den Kollegen wollte er als Erstes sprechen. Liebetrau konnte sich nachmittags den Purser vornehmen. Nur warum sollte der Mann Informationen über seine tote Geliebte an die Presse geben? Das machte keinen Sinn.

Er stieg in sein Auto und fuhr los. Weit kam er nicht, bevor der Verkehr in der Max-Brauer-Allee zum Erliegen kam. Eine der tausend Hamburger Baustellen zwang ihn zur Ruhe.

Hatte ein Polizist für ein paar Euro Informationen verkauft? Oder sich einfach verquatscht?

Endlich rollte der Verkehr an der Baustelle vorbei, und der Fahrtwind sorgte für etwas Abkühlung im Auto. Die Hitze flirrte über den Asphalt und ausgerechnet seit das Hochdruckgebiet Xaver die Stadt fest im Griff hielt, streikte Kosters Klimaanlage.

Warum fühlte er sich so beklommen? Warum zerbrach er sich den Kopf über Nichtigkeiten? Wollte sein Unterbewusstsein ihm sagen, dass er etwas übersah? Koster schmunzelte. Tessa hatte definitiv einen schlechten Einfluss auf ihn. Unterbewusstsein, so ein Kokolores. Und noch während er sich über sich selbst amüsierte, verstand er, was ihm zu schaffen machte.

Was, wenn der Mörder Informationen an die Presse gab? Hetzte der Täter ihm die Presse auf den Hals? Trotz der Hitze erschauderte Koster. Spielte der Mörder ein perfides Spiel mit der Polizei?

Er schlug mit der Hand auf das Lenkrad. Er würde sich den Kerl schnappen. Er würde nicht aufgeben.

Es ging schließlich um Doppelmord.

Der Wachhabende des Wasserschutzreviers begrüßte Koster überrascht. Die Kollegen seien noch mit den Booten unterwegs, kämen aber bald zurück. Ob Koster einen Kaffee möge? Der Mann zeigte Richtung Küche. Er dürfe sich selbstverständlich bedienen.

»Gerne. Ich finde mich schon zurecht.« Koster war zwei Schritte gegangen, als der Wachhabende ihn zurückrief.

»Darf ich dich was fragen?«

Koster drehte sich um. »Natürlich.«

»Ihr habt doch Kokain an Bord der *Ocean Queen* gefunden? Zwei Kilo in einem Rucksack, oder? Ich habe das in den internen Polizeimeldungen gelesen.«

»Weißt du etwas darüber?« Koster ging zurück zum Tresen. Das interessierte ihn. Der Wachhabende, ein Mann um die fünfzig, schütteres graues Haar, drahtige Figur, war sichtlich nervös. Seine Hände schob er unruhig auf der Tischplatte entlang.

»Ich will niemanden reinreiten, aber ... ich spiele in einer Freizeitmannschaft Fußball. Einer meiner Kumpels ist Zöllner und redet von nichts anderem mehr. Ihm droht ein Disziplinarverfahren, und er hat Angst um seine Karriere.«

Koster stützte sich auf den Tresen und wartete gespannt, wohin die Geschichte führte.

»Er hat mit seiner Dienstgruppe zehn Kilo Kokain auf einem Frachtschiff sichergestellt und... davon fehlen zwei Kilo.«

»Genauer bitte«, bat Koster und runzelte die Stirn. Hatte der Mann einen wichtigen Tipp?

»Die ganze Gruppe steht unter Verdacht. Die Zollstelle am Windhukkai hat keine eigene Asservatenkammer und deshalb liefern sie die Drogen ans Zollfahndungsamt. Von dort geht die beschlagnahmte Ware direkt zur Staatsanwaltschaft.« Er stockte.

»Weiter«, ermunterte ihn Koster.

»Ich weiß nicht, ob das für euch interessant ist, aber... na ja, es fehlen zwei Kilo Koks. Mein Kumpel hat erzählt, dass in der Zolldienststelle mächtig Unruhe herrscht. Weil die Kollegen im Verdacht stehen, das Koks beiseitegeschafft zu haben. Die Sache ist erst ein paar Tage her.« Er zögerte verlegen. »Vermutlich wisst ihr das sowieso schon lange. Ich dachte nur, weil... na ja, ist ja schon eine große Sache, wenn beim Zoll Drogen geklaut werden... also jedenfalls meint mein Kumpel, das wäre eine Riesensauerei! Die wollen unbedingt herausfinden, welcher Kollege seine Finger nicht stillhalten konnte, damit nicht alle diesem Generalverdacht ausgesetzt sind.«

»Zoll?« Koster überlegte. Das war eine gewagte Verbindung, aber warum nicht? Er musste jedem Hinweis nachgehen, und Zöllner kamen an illegale Waren und Drogen, wenn auch ein Verlust von solchen Mengen ziemlich außergewöhnlich für die Kollegen sein dürfte. War das die heiße Spur zum Kokain? »Du hast vollkommen Recht. Das passiert nicht alle Tage. Stell mir bitte eine Verbindung zur Dienststelle für interne Ermittlungen her. Die müssten zuständig sein, oder?! Zollstelle Windhukkai, sagtest du?«

Der Mann wirkte noch unglücklicher. »Oh Mann, nicht, dass mein Kumpel noch mehr Ärger bekommt…?«

Ehe Koster antworten konnte, betraten die fünf Kollegen, die gestern auf der *Ocean Queen* dabei waren, das Revier. Verdächtigte Koster sie wirklich, der Presse vertrauliche Informationen gegeben zu haben? Was ihm im Auto noch logisch vorgekommen war, wirkte jetzt übertrieben. Er wollte sie einfach fragen und das Thema dann abhaken.

»Moin. Ihr habt nicht zufällig eine Idee, wie die Presse an die Informationen gekommen ist?« Er hielt ihnen die zerknitterte Tageszeitung mit der Schlagzeile hin.

Alle wirkten verständnislos. »Was ist damit«, fragte endlich einer der älteren Kollegen.

»Es steht Täterwissen im Artikel. Ein Detail, das wir nicht an die Presse gegeben haben.«

»Ach du Scheiße!«, entfuhr es einem anderen.

»Genau.« Koster lächelte, obwohl ihm nicht danach zu Mute war. Genaugenommen wäre es die beste Erklärung, wenn Kollegen übereifrig Interviews gegeben hätten. Dann wäre die Situation eingefangen. Wenn aber der Täter … »Ich muss weiter, es hat sich etwas Interessantes ergeben. Informiert mich, wenn die Presse sich bei euch meldet. Gebt auf keinen Fall Interviews.« Er griff nach seinem Handy und drückte die Kurzwahltaste für Liebchens Anschluss.

»Wir verweisen Journalisten immer an die Pressestelle«, maulte einer der älteren.

Koster nickte ihm wohlwollend zu, da Liebetrau sich meldete. »Liebchen, ich brauch dich am WSPK2.« Hastig unterbrach er Liebchens Entgegnung. »Brich die Befragung der Crew ab. Wir haben eine heiße Spur. Es geht zum Zoll am Windhukkai.«

Die Jagd beginnt, dachte er und verließ das Polizeirevier. Die Jagd beginnt.

15

Nachdem Walter Petersen gegangen war, mochte Tessa sich nicht sofort wieder an den Schreibtisch setzen, um ihre Gedanken zur Therapiesitzung aufzuschreiben. Sie brachte Petersens unberührtes Glas mit dem Eistee und den Teller mit der Zitrone und dem Obstmesser in die Küche. Der Kontakt mit Walter Petersen glich einem Balanceakt auf dem Drahtseil. Eine falsche Frage, eine unklare Bemerkung, und sie stürzte vom Seil hinab. Sie hatte sich bemüht, aber sie konnte keine Regung in seinem Gesicht, keine Veränderung seiner Körperhaltung, keine Anspannung oder Nervosität feststellen, bevor er in seine von Verfolgung dominierte Gedankenwelt flüchtete. Weder veränderte seine Stimme ihre Farbe noch die Worte ihren Zusammenhang. Und doch fühlte er sich plötzlich von ihr bedroht. Und sie hatte es nicht kommen sehen.

Tessa sah aus dem Fenster auf den Mühlenkamp hinunter. Dort herrschte geschäftiges Treiben auf dem Bürgersteig und in den Läden. Menschen warteten auf den Bus, erledigten ihre Einkäufe, kannten ihren Weg, fühlten sich sicher. Sie hingegen bekam kein sicheres Gespür dafür, wann Petersen in der Realität blieb und wann er sich in paranoide Ängste flüchtete. Er wechselte in einer Geschwindigkeit zwischen Realität und Verfolgungswahn, die ihr keine Zeit ließ, den Umschwung zu erahnen und ihm entgegenzuwirken. Sie wusste noch zu wenig darüber, welche Themen

Petersen unangenehm waren und vor welchen er flüchtete. Sie wusste nur, dass seine Wahnvorstellungen die Wirklichkeit verzerrten und er Gesten und Worte plötzlich auf sich selbst bezog, sich angegriffen fühlte. Wenn ihn jemand anlächelte, konnte in seinem Kopf ein höhnisches Grinsen daraus werden. Musste aber nicht. Und genau da lag das Rätsel, das Tessa lösen wollte. Was löste die Wahnvorstellungen aus? Wann driftete Petersen in große Verschwörungstheorien ab und wann nicht? Sie wollte ihm helfen, mehr am Leben teilzuhaben, weniger einsam zu sein, Selbstvertrauen aufzubauen und weniger Angst zu haben. Dann wäre ein großer Schritt getan.

Sie nahm sich vor, ihren Kollegen Paul Nika zu treffen und ihn um Rat zu fragen. Schließlich kannte er Walter Petersen aus der wochenlangen stationären Behandlung besser als sie.

Sie strich behutsam mit den Fingern über ihre Muschelsammlung auf der Fensterbank. Sie sammelte gerne am Ostseestrand passende Muscheln und Steine für ihre Patienten. Große, kleine, helle, dunkle, runde, eckige, ungewöhnliche und kaputte Muscheln und Steine. Je nachdem, welche Assoziationen sie mit den jeweiligen Menschen verknüpfte. Sie wusste genau, welche Muschel zu welchem Patienten passte. Immer. Sie nahm sich vor, in den nächsten Gesprächen mit Walter Petersen auch in sich hineinzuhorchen, welche Muschel oder welcher Stein zu ihm gehörte. Wie sähe er aus? Vielleicht half ihr das, ihn besser zu verstehen. Sie grinste. Nicht unbedingt eine erprobte Strategie, wie sie im Lehrbuch stand. Und keine Lösung des Problems.

Tessa ging zum Schreibtisch, setzte sich vor den Laptop und suchte nach den Formularen, die sie für Petersens Krankenkasse ausfüllen musste. Wenn sie schon um die lästige Bürokratie nicht herumkam, dann konnte sie die auch sofort erledigen und anschließend gleich ausdrucken.

Die erste Überschrift lautete: *Psychopathologischer Befund.* Sie hielt inne, starrte auf die Tastatur. Dann schrieben ihre Finger ganz von alleine: *Der Patient ist wach und bewusstseinsklar. Im Kontaktverhalten mitteilsam und kooperativ, aber auch misstrauisch, teilweise lange Antwortlatenzen.* Walter Petersen hatte einen Unterton in seinen Berichten, der Tessa faszinierte. Sie schrieb weiter: *Es bestehen formale Denkstörungen in Form von Grübeln und inhaltliche Denkstörungen in Form von Verfolgungsfantasien vor.* Ja, Petersen fühlte sich von seinen Mitmenschen beeinflusst und machte sie dafür verantwortlich, dass es ihm schlecht ging. Danach würde sie ihn in der nächsten Sitzung noch eingehender befragen. Sie wusste, dass sie diesen Stein noch ein paar Mal umdrehen musste, um herauszufinden, was sich darunter verbarg.

Der Patient hat starke Insuffizienzgefühle, ist affektlabil und schwankt zwischen depressiver Todessehnsucht und Hoffnung. Aktuell besteht keine akute Suizidalität. Wenn seine Unzulänglichkeitsgefühle und die Todeswünsche stärker werden sollten, hatte er sich bereit erklärt, zu Paul Nika auf die Station zu fahren und sich vor sich selbst und seinen impulsiven Handlungen in Sicherheit zu bringen.

Der Patient ist psychomotorisch unruhig, jedoch im Antrieb gemindert. Er schildert Appetitlosigkeit mit Gewichtsverlust und vernachlässigt seine Körperpflege. Tessa dachte daran, dass es ein Teufelskreis war: Walter Petersen kümmerte sich zu wenig um sich selbst und daher glaubte er, die Welt täte es zu viel. Die anderen würden sich ausschließlich mit ihm beschäftigen.

Welche Gedankengebilde trieben ihn in die Angst? Ängste, von denen er sich und seinen Gesprächspartner mit skurrilen Fragen ablenken musste, und die ihn manchmal bis in die Dissoziation trieben? Raum und Zeit wurden von ihm dann nicht mehr richtig wahrgenommen, er stand wie neben sich, spürte sich nicht mehr und erinnerte häufig nicht, was er getan oder gefühlt hatte.

Die Gedanken waren dabei der wichtigste Schlüssel zur Wahnbildung eines Patienten. Ein gesunder Mensch machte Beobachtungen, die er interpretierte und über die er sich in Bruchteilen von Sekunden eine Meinung bildete. Vielleicht beobachtete jemand Menschen, die auf einer Bank sitzen, aber nicht miteinander sprechen. Vielleicht fragte dieser jemand sich, warum sie dort sitzen, ob sie auf jemanden warten? Das alles passiert innerhalb von Sekundenbruchteilen. Wenn derjenige dann diese Gedanken, auf der Suche nach einer Bestätigung mit der Realität abglich, sieht er vielleicht, dass es sich um eine Bushaltestelle handelt und die Menschen dort vermutlich auf den nächsten Linienbus warten. So wird das Bild reguliert und so nehmen wir die Welt um uns herum wahr. Alles in Ordnung.

Nicht so Walter Petersen. Er war besessen von der Idee, dass sich die ganze Welt um ihn drehte, blieb bei seinen ersten Gedanken hängen und war fest davon überzeugt, dass diese Menschen *ihn* dort erwarteten, *ihn* verfolgen würden, und die Tatsache, dass sie alle in den nächsten Bus einstiegen, überzeugte ihn nicht vom Gegenteil. Erst recht nicht, wenn er ebenfalls mit diesem Bus fahren wollte. Diese Leute waren definitiv seinetwegen dort.

Tessas Curser blinkte nun in dem Feld, in das sie die Medikamente eintragen sollte, die Petersen einnahm.

Er bekam 800 Milligramm Amisulprid täglich. Die psychopharmakologische Behandlung war besonders wichtig, denn alleine mit Psychotherapie ließ sich der Wahn nicht bessern. Tessa half dem Patienten, Auslöser für seine Krankheit zu erkennen, einen Umgang mit den Beeinträchtigungen zu finden, seine Fantasien zu überprüfen, aber all das nützte nur etwas, wenn auch das chemische Ungleichgewicht in seinem Gehirn sich langsam besserte. Bisher hatte das Medikament immerhin bewirkt, dass Petersen nicht mehr so impulsiv handelte.

Sie durchzuckte ein ungebetener Gedanke. Petersen war an Bord der *Ocean Queen* gewesen. Was bedeutete es, dass sich im Umfeld ihres wahnhaften Patienten ein Mord abgespielt hatte? Zufall? Was, wenn er... aber warum sollte er? Er war ein alter ängstlicher Mann. Er war nicht aggressiv. Er war nicht gewalttätig. Und warum sollte er eine ihm unbekannte Frau töten? Nein, das ergab keinen Sinn. Er könnte diese natürliche Hemmschwelle zur Gewalt nicht überwinden. Sie strich sich eine Haarsträhne aus der Stirn.

In der letzten Zeile des Formulars trug sie ihre Diagnose ein: *Wahnhafte Störung (vorherrschender Verfolgungswahn, weitere Wahninhalte nicht ausgeschlossen), Panikstörung, rezidivierende Depression.*

Er ist ein feiner Mensch, dachte Tessa. Wieder überfiel sie diese ungeahnte Traurigkeit, wie schon in der Therapiesitzung.

Es war schmerzhaft, Walter Petersen zuzuhören.

Die Erzählungen seiner Abenteuer als Seemann waren so lebendig gewesen.

Und doch...

Nichts davon war wahr.

Walter Petersen hatte den Hafen nie verlassen. Er war nie zur See gefahren.
Leider.

16

Dass er sie nach der Arbeit abgeholt hatte, war seine Art sich zu entschuldigen. Corine hatte ihre Versöhnung für kurze Zeit genießen können. Dann waren die Bilder wieder präsent.

Heute Morgen konnten sie nicht einmal mehr die Gedanken an Georgs warmen Körper trösten.

Sie stand in ihrem kleinen Badezimmer, das so winzig war, wie der Rest ihrer Wohnung.

Ein Zimmer, Kochnische, Bad. Mehr brauchte sie nicht. Das Bad wünschte sie sich größer. Es nervte, beinahe jedes Mal, wenn sie sich kämmte oder eincremte, mit dem Ellenbogen gegen eine Wand zu stoßen.

Corine zog die Bürste in langsamen und lang gezogenen Bewegungen durch die Haare. Sie musste sie bald nachfärben. Der erste dunkle Ansatz war im Blond zu erkennen.

Ihre Hände zitterten.

Ihre Haare solle sie immer gut pflegen, hatte ihre Mutter ihr eingetrichtert. Sonst bekäme sie Läuse. Die Kindergartenzeiten gehörten der Vergangenheit an, aber die innigen Momente, wenn ihre Mutter sich Zeit genommen hatte, ihr und ihrer Schwester die langen Haare zu bürsten, waren ihr in lebendiger Erinnerung geblieben. Corine hatte sich vorgenommen, diese Tradition an ihre Tochter weiterzugeben. Hoffentlich bald. Sie wünschte sich eine Tochter. Lieber als einen Sohn. Sie hatte die Pille schon vor ein paar Monaten abgesetzt, ohne Georg etwas davon zu sagen. Es konnte ja nicht mehr ewig dauern. Sie war jung und gesund. Sie musste nur Geduld haben.

Corine sah in dem kleinen Spiegel, dass ihr Lächeln auf halben Weg zu ihren Augen erstarb. Stattdessen liefen ihr Tränen über die Wangen.

Sie weinte nicht wegen der ausbleibenden Schwangerschaft. Sie weinte, weil nichts in ihrem Leben verlief, wie sie es sich wünschte. Weil es das noch nie getan hatte. Konnte sie nicht einmal Glück haben? Dass sie Georg vor einem Jahr kennengelernt hatte, war ein erster Wink des Schicksals gewesen. Er hatte ihre Träume nach einem besseren Leben geweckt. Aber sie war noch immer nicht schwanger, und sie wurde verrückt vor Kummer, wenn sie daran dachte, wie das alles weitergehen sollte. Innerlich krümmte sie sich vor Schmerz. Sie konnte so nicht weitermachen. Aber es gab keine Alternative.

Sie streckte den Rücken und legte die Bürste zurück auf das Regal. Nicht aufgeben. Das war immer ihre Devise gewesen. Weitermachen. Egal wie schlecht die Zeiten sind.

Im Zimmer tauschte sie noch schnell die Box mit den leeren Kosmetiktüchern gegen eine volle aus. Babyöl und Kondome lagen bereit. Sie knipste gegen die karge Beleuchtung eine weitere Lichterkette an. Sie tüftelte daran, für ihre Gäste eine maximal erotische Atmosphäre zu zaubern. Rot mochten sie am liebsten. Nicht nur der dunkelrote Teppich, auch die Kissen und die Bettwäsche waren rot. Warm und schwer verhüllten rote Vorhänge die Fenster. Draußen mochte Sommer sein, hier drinnen war es die wohlige Höhle, in die jeder Mann gerne kroch.

Sie hasste Rot.

17

Der Raum roch muffig und schien lange nicht gelüftet. Das Kabuff war nicht annähernd so freundlich wie die offenen Glasbüros, an denen man sie still vorbeiführte. Koster argwöhnte, dass das mit Absicht geschehen war. Der Dienststellenleiter der Zollstelle am Windhukkai war nicht begeistert, die Mordkommission im Haus zu haben. Liebchen und er sollten sich gar nicht erst wohl fühlen. Man wollte nicht in ein Kapitalverbrechen hineingezogen werden. Er verstand das zwar grundsätzlich gut, doch jetzt war die Mordkommission da und verlangte Kooperationsbereitschaft. Es ging schließlich nicht um eine Bagatelle. Es ging um den Mord an einer jungen Frau und ihrem ungeborenen Kind.

Der Dienststellenleiter und der direkte Vorgesetzte der betroffenen Dienstgruppe, die das Kokain im Maschinenraum des Frachtschiffes gefunden hatten, hatten sie zunächst noch freundlich in Empfang genommen, um sie dann so unauffällig wie möglich in den hinteren Bereich der Zollstelle zu führen. Das anschließende Gespräch war aufschlussreich gewesen. Mit zunehmender Dauer war die Atmosphäre allerdings angespannter geworden. Es war menschlich nachzuvollziehen, dass der Dienststellenleiter sich nicht nach vorne drängelte, um ausführlich davon zu berichten, dass sich einer seiner Mitarbeiter eines schweren Dienstvergehens schuldig gemacht hatte. Der Mann hatte Drogen unterschlagen. Die internen Ermittlungen hatten inzwischen genug Indizien gegen einen Zöllner zusammengetragen, um ihn mit dem Verdacht zu konfrontieren. Koster und Liebetrau seien ihnen nur zuvorgekommen. Nun stellte sich jedoch heraus, dass es sich um genau die Menge Kokain in einem roten Rucksack handelte, die neben der Leiche an Bord der *Ocean Queen* gefunden worden war. Das konnte kein Zufall sein, und die versteinerte Miene des Dienststellenleiters drückte aus, was er davon hielt. Nicht nur, dass aus ihrem Verantwortungsbereich Drogen verschwunden waren, nun stand ein Zöllner der Dienststelle auch noch unter dem Verdacht, einen Mord begangen zu haben. Dieser Zöllner hörte auf den wohlklingenden Namen Vinzenz Havenstein. Koster meinte, den Namen schon einmal gehört zu haben, aber ihm fiel der Zusammenhang nicht ein.

Es war furchtbar heiß in dem Raum. Heiß und stickig. Er öffnete ein Fenster und atmete die brütende Luft von draußen ein. Das war auch nicht besser, denn vom nahen Hansahafen drang keine Abkühlung herüber. Die Temperaturen sollten heute Rekordwerte von über dreißig Grad im Schatten erreichen. Vielleicht halfen die heißen Temperaturen, die Befragung zu beschleunigen. Wenn Havenstein das Kokain genommen und Claudia Spiridon getötet haben sollte, würde seine innere Anspannung sein Blut zum Kochen bringen. Wer so unter Stress stand, machte Fehler. Liebchen würde das Gespräch mit dem Zöllner führen und genau diese Fehler provozieren.

Koster war ganz schwindlig geworden, mit welcher Geschwindigkeit die Ermittlungen Fahrt aufgenommen hatten. Er war der Spur des Kokains zum Zoll gefolgt und hatte sofort einen Treffer gelandet.

Drogen und Mord? Warum musste Claudia Spiridon sterben? Wollte sie nicht genug zahlen? Habgier? Wollte sie jemanden ausbooten? Rache?

Koster spürte ein Kribbeln im Magen bei dem Gedanken, dem Ziel ganz nahe zu sein. Noch war der Zöllner Havenstein nur des Diebstahls von Drogen verdächtig, aber dahinter steckte mehr. Er spürte das. Nannte er das Kind doch beim Namen: Der Kerl war ein heißer Anwärter auf die Zelle für den Täter. Jetzt mussten sie herausbekommen, ob er die Gelegenheit zur Tat und ein Motiv hatte.

Er atmete tief durch. Er musste sich konzentrieren, und sie brauchten eine Strategie für die Befragung, damit sie diese Chance nicht versauten.

Koster setzte sich auf einen der Stühle, dessen Polsterbezug seine besten Jahre hinter sich hatte, aber vergleichsweise gemütlich war. Der graue Behördentisch war mit einer Staubschicht überzogen, die unter den einfallenden Sonnenstrahlen besonders auffällig zu sehen war. An diesem Tisch sollte gleich der dreiunddreißigjährige Zöllner sitzen, um ihnen Rede und Antwort zu stehen.

Der Zöllner hatte Heimvorteil. Koster warf einen Blick zu Liebchen, der mit seinen Taschentüchern beschäftigt war. Wenigstens hatte der Dienststellenleiter ihnen ein paar Wasserflaschen und Gläser bringen lassen.

Koster wusste, dass es Liebchen egal war, wo er eine Vernehmung durchführte und unter welchen Bedingungen. Er ließ sich von der ungastlichen Umgebung nicht beeindrucken. Er konzentrierte sich ausschließlich auf sich und sein Gegenüber, blendete alles andere aus.

Die Tür ging auf, und ein Mann betrat den Besprechungsraum. Das musste er sein. Vinzenz Havenstein. Und plötzlich fiel es Koster ein: Es hatte ein hohes Tier in der Hafenverwaltung namens Havenstein gegeben. Ob der mit ihm verwandt war?

Koster musterte Havenstein ungeniert. Der Zöllner hatte eine Ausstrahlung, die Koster überraschte. Er wirkte unbekümmert. Geradezu souverän? Er war über einen Meter fünfundachtzig groß und hatte kurzes blondes Haar. Er war gut gebräunt und trug eine randlose Brille. Nach den gängigen Klischees konnte man den Mann als attraktiv bezeichnen.

»Nehmen Sie bitte Platz, Herr Havenstein.« Koster stellte sich und Liebetrau vor. Havensteins Händedruck war warm und fest. Koster wies auf einen Stuhl am Konferenztisch. So saßen sie ihm direkt gegenüber.

Der Zöllner wich seinem Blick nicht aus und schlug lässig ein Bein über das andere. Er lehnte sich zurück, als wäre er zu einem netten Plauderstündchen eingeladen.

Koster wusste nicht, ob er diese zur Schau gestellte Unbekümmertheit naiv oder dreist finden sollte. Oder war er nur verdorben von all den Gesprächen, die er mit Verdächtigen geführt hatte, und die alle, auf die eine oder andere Art, gestresst auf die Begegnung mit der Mordkommission reagiert hatten. Noch nie war jemand so unbeteiligt gewesen.

Liebetrau suchte in dem Stapel Papier, der vor ihm lag, nach irgendetwas. Koster lächelte Havenstein freundlich an, und der lächelte zurück. Dabei saß der Zöllner bewegungslos. Einmal legte er seine Hände gefaltet auf sein Bein. Am linken Handgelenk blitzte eine Armbanduhr hervor. Sie sah teuer aus. Koster sah genauer hin. Eine Patek Philippe? Die kostete ein Vermögen. Koster war beeindruckt.

»Sie wissen, warum wir Sie sprechen möchten?«, eröffnete Liebetrau das Gespräch.

»Nein.«

Der Mann hatte Nerven, das musste Koster ihm lassen.

»Nein?«, fragte Liebetrau nach. »Dann möchte ich Ihnen gerne sagen, was uns hierher führt. Es geht um das Schiff *Ocean Queen*. Sie waren gestern Morgen dort zur Abfertigung eingeteilt?« Er schaute zur Bestätigung auf seinen Zettel.

»Ja, das stimmt.«

»Gut. Dann haben Sie ja mitbekommen, dass es eine Bombendrohung für das Schiff gab?«

»Nein.«

»Und dass eine Frauenleiche gefunden wurde?«

»Nein.«

»Nein?«

»Nein. Meine Aufgaben an Bord endeten nach der Einklarierung. Ich war von Bord, bevor das Schiff evakuiert wurde.«

»Einklarierung?«

»Schiffe mit ihren Passagieren und der Ladung müssen sich bei den Hafenbehörden, Ämtern und Zoll anmelden und eine Menge Formalitäten erledigen. Es soll ja alles korrekt ablaufen, nicht?«

»Und Sie haben keine Nachrichten verfolgt.«

»Nein. Von einer Toten weiß ich nichts.«

Liebetrau zog eine Augenbraue hoch, kommentierte die Aussage aber nicht. Er suchte ein anderes Papier in seinem Stapel.

»Wenn ich Ihren Dienstplan, den wir von Ihrem Vorgesetzten erhalten haben, richtig interpretiere, waren Sie ursprünglich nicht auf der *Ocean Queen* eingeteilt, sondern ein anderer Kollege. Warum waren Sie dann doch an Bord?«

»Ich habe mit dem Kollegen den Dienst getauscht.«

»Gab es dafür einen Grund?«

»Er hatte einen privaten Termin und bat mich darum. Ich bin zuverlässig.«

Er versucht, nichts preiszugeben, dachte Koster. Havensteins sanfte Stimme begann ihn zu nerven.

»Schön, schö…« Liebetrau nieste mitten im Satz. »Entschuldigung, eine Sommergrippe.« Er suchte nach einem Taschentuch.

Havenstein kam ihm zuvor. Nach einem schnellen Griff in seine Hosentasche zog er ein Päckchen Tempotaschentücher hervor und hielt es Liebetrau hin.

»Oh, danke. Das ist nett von Ihnen.« Liebetrau schnäuzte sich. »Ich mache mal weiter. Ich wollte Ihnen ja berichten, was an Bord passiert ist. Es gab eine anonyme Bombendrohung. Bei der Evakuierung und anschließenden Durchsuchung des Schiffes fanden Polizei und Feuerwehr eine Frauenleiche.«

Havenstein wechselte zum ersten Mal seine Sitzposition und stellte die Beine nebeneinander, rückte an den Tisch vor.

»Ach ja, neben der toten Frau haben wir einen Rucksack mit zwei Kilo Kokain gefunden«, setzte Liebetrau nach. »Nun ist es so, dass genau dieser rote Rucksack mit Kokain seit einem Einsatz ihrer Dienstgruppe verschwunden ist.« Er rückte ebenfalls mit dem Oberkörper nach vorne und legte beide Unterarme mit gefalteten Händen auf den Tisch. »Und deshalb sind wir hier, verstehen Sie?«

War Havenstein unter seiner Bräune blass geworden? Koster kam es so vor.

»Ich verstehe nicht, was Sie von mir wollen«, murmelte er tonlos.

Havensteins Maske fiel. Die Selbstsicherheit bröckelte. Liebetraus Worte hatten ihn getroffen.

»Sie kennen sich aus, Herr Havenstein, ich muss ihnen nicht viel erklären. Sie wissen, dass sie als Beschuldigter nicht aussagen müssen«, sagte Liebetrau, um dann beinahe beiläufig weiterzufragen: »Sie waren damit beauftragt, die Drogen zur Zollfahndung zu bringen, nicht wahr?«,

»Was ich ordnungsgemäß getan habe«, antwortete er.

»Stimmt, Sie haben sich ordnungsgemäß das Kokain quittieren lassen.« Liebetrau schnalzte anerkennend. »Aber es fehlten zwei Kilo.«

Stille. Vier, fünf Sekunden.

»Das ist eine Unterstellung.«

Liebetrau beugte sich vor, und sein Ton klang erstmals schärfer: »Wir haben uns die Quittung angesehen. Es ist Ihre Unterschrift. Warum haben Sie sich den Rucksack *nicht* quittieren lassen?«

Havenstein schien noch blasser zu werden. »Was für einen Rucksack?« Sein Blick flackerte unruhig zwischen Koster und Liebetrau hin und her.

»Der Rucksack, in dem die Drogen versteckt waren. Ihr Kollege hat mit Fotos dokumentiert. In der Box, die Sie am Zollfahndungsamt abgegeben haben, war jedoch kein Rucksack. Und wie gesagt, es fehlten zwei Kilo Kokain.«

Havenstein schwieg, wechselte aber erneut seine Sitzposition.

»Nun frage ich mich, was Sie mit dem Kokain wollten?

Warum haben Sie das Kokain an Bord der *Ocean Queen* gebracht? Und war es ein Zufall, dass Sie die Abfertigung der *Ocean Queen* übernommen haben? Kam Ihnen Claudia Spiridon in die Quere, als Sie ihren Drogendeal ablaufen lassen wollten? Musste sie deshalb sterben?« Er lächelte Havenstein freundlich an. »Sie können uns alles sagen. Jetzt ist die Zeit dazu. Wir hören Ihnen zu.«

Havenstein sagte kein Wort. Er schwitzte zwar deutlich, aber Koster befürchtete, wenn Liebetrau jetzt nicht nachsetzte, würde der verstockte Zöllner keinen Ton mehr rausbringen.

Liebchen schien das genauso zu sehen.

»Was machen wir denn jetzt, Herr Havenstein? Sie wollen nicht mit uns sprechen?«

Liebetrau suchte etwas in seiner Hosentasche. Offenbar fand er es nicht, denn die Hand kam leer zum Vorschein, und er griff stattdessen nach der Wasserflasche und einem Glas. Er schenkte sich ein und nahm einen langen Schluck Wasser.

»Ich sehe nur noch zwei Möglichkeiten«, fuhr er anschließend fort. »Erstens: Sie schweigen und verweigern uns Ihre Hilfe. Dann wären da aber noch die Aussagen Ihrer Kollegen. Die geben übereinstimmend zu Protokoll, dass sehr wohl ein roter Rucksack bei dem Kokain war, dass Sie zur Zollfahndung bringen sollten. Wir müssten also die gesamte Dienstgruppe der Falschaussage bezichtigen. Wollen Sie das?«

Havenstein runzelte die Stirn. »Und zweitens?«

»Zweitens? Sie schützen die Kollegen Ihrer Dienstgruppe, die nichts getan haben, und erzählen uns, wofür Sie das Kokain gebraucht haben. Sie haben es ja vermutlich nicht zum Eigenkonsum benötigt, oder?«

»Nein, ich nehme keine Drogen.«

Jetzt war es Liebetrau, der sich entspannt im Stuhl zurücklehnte.

18

Sie wussten es. Oh mein Gott, sie wussten alles.

Vinzenz schwitzte. Er spürte sein Hemd am Rücken kleben. Er hatte versucht, sich nichts anmerken zu lassen. Er hatte den Ahnungslosen gespielt. Ihnen keine Angriffsfläche geboten. Er hatte nicht damit gerechnet, dass ihm der rote Rucksack zum Verhängnis würde. Wieso hatte der Kerl den Rucksack mit dem Kokain stehen gelassen? Vinzenz verstand gar nichts mehr. Wieso hatte die Polizei das Kokain in der Kammer gefunden? Was war schiefgegangen? Schon wieder schiefgegangen?

»Ich verstehe nicht«, sagte er. Eine ehrliche Antwort, um Zeit zu gewinnen. Er musste nachdenken.

Kommissar Liebetrau zog skeptisch eine Augenbraue hoch und schwieg. Eigentlich hatte er Vinzenz mit seinem warmen Tonfall gut gefallen. Trotz der leicht spöttischen Art. Und nun das. Nun saß er hier, in dem nie benutzten Abstellraum und die Kriminalpolizei befragte ihn. Er war noch nie von der Polizei verhört worden. Er war ein redlicher Mann. Natürlich war er im Straßenverkehr schon mal rücksichtslos gefahren und hatte rüde geschimpft. Aber er hatte noch nie jemandem Unrecht getan.

Der verdammte Rucksack.

Konzentrier dich, ermahnte er sich.

Das verdammte Kokain.

Wenn das Kokain nicht mehr an Bord gewesen wäre,

hätten sie ihm nichts anhaben können. Die interne Untersuchung im Zollamt hätte er überstanden. Aber wie sollte er dem LKA das alles erklären? Er schaute zu dem Mann, der sich als Hauptkommissar Koster vorgestellt hatte. Auch er sah ihn zwar wohlwollend, aber fragend an.

Er holte tief Luft. Räusperte sich. Schluckte. Er hatte einen ausgedörrten Hals. Er wischte erneut fahrig über die Tischplatte und sah dabei im Gegenlicht die Staubkörner in der Luft schweben. Hier hatte lange niemand mehr sauber gemacht.

Aber es half nichts. Er musste rausrücken mit der Sprache. Er musste Schlimmeres verhindern. Die Flucht nach vorne antreten. Seine Karriere konnte er vergessen. Er würde suspendiert werden. Ein Disziplinarverfahren war nicht mehr zu verhindern. Ob sie ihn aus dem Dienst entließen? Egal. Geld hatte er genug. Er war nicht auf den Job angewiesen. Musste er reinen Tisch machen? Gab es keinen anderen Ausweg? Fieberhaft suchte er nach einer Lösung. Ihm fiel keine ein. Er spürte den Schweiß seinen Nacken hinunterrinnen.

»Als ich den Rucksack in die Abstellkammer gestellt habe, war da niemand. Der Raum war leer.«

Sein Satz hätte einschlagen müssen wie eine Bombe, doch dieser Liebetrau zuckte mit keiner Wimper, sah ihn nur aufmunternd an. Er sollte weitersprechen.

Sein Magen revoltierte. Ihm wurde schlecht.

»Sie geben zu, das Kokain von dem Frachtschiff gestohlen zu haben, statt es bei der Zollfahndung abzugeben?«, stellte Koster klar.

»Ich habe die Gelegenheit genutzt. Es war ja nicht für mich«, rechtfertigte er sich hastig. »Ich habe gleich die

Polizei angerufen, aber sie kommen ja nicht, wenn man sie braucht.«

»Moment. Das verstehe ich nicht«, mischte sich Liebetrau ein. »Was wollten Sie mit dem Kokain?«

»Ach, das ist eine lange Geschichte. Eine sehr lange. Sie müssen mir glauben, dass ich niemandem schaden wollte.« Er seufzte. Sie würden ihm natürlich nicht glauben. Die Staubkörnchen tanzten höher durch die Luft. Schwebten im Licht der Sonne, als er in den Augen der beiden Kommissare nach Verständnis suchte.

»Erklären müssen Sie uns das schon. Wir haben Zeit.«

Die beiden Kommissare warfen sich Blicke zu. Ja, sie wollten seine Geschichte hören. Sie waren auf seiner Seite.

»Wissen Sie, es ging um einen Drogendealer. Ich wollte ihm das Handwerk legen. Ich habe jedes Mal die Polizei gerufen. Aber die sind immer zu spät gekommen.«

»Welcher Drogendealer?«

»Der Mistkerl, der Eva unter Druck setzt.« Er verspürte den unerklärlichen Drang, schnell und immer schneller zu sprechen. »Der Muskeltyp, der sie gefangen hält.«

»Herr Havenstein, beginnen Sie bitte am Anfang.« Kommissar Koster beugte sich zu ihm. Er runzelte die Stirn. »Es scheint, Sie haben eine Geschichte zu erzählen. Nutzen Sie die Chance, alles offenzulegen.«

Eine Weile herrschte Schweigen. Vinzenz knetete seine Hände. Konnte er den beiden vertrauen? Was, wenn sie ihn falsch verstünden? Lügen war zwecklos. Sie hatten das Kokain gefunden. Warum hatte es noch in der Farbenlast gestanden? Er schaute Koster direkt in die Augen. Der erwiderte seinen Blick. Der andere legte ein leeres Blatt Papier vor sich hin. Er wollte seine Aussage mitschreiben.

Na gut, dann würde er seine Geschichte erzählen. »Wissen Sie, die Liebe geht seltsame Wege. Es lohnt sich, dafür alles zu wagen.«

19

Sie hob die Zeitung auf, die auf der Bettdecke lag. Der Mord auf der *Ocean Queen* war Titelschlagzeile. Corine fühlte sich taub und schwindlig, wenn sie auch nur für eine Sekunde den Gedanken zuließ, dass Claudia tot war. Wie hatte das alles nur passieren können?

Sie durfte sich nicht hängen lassen. Weitermachen.

Sie griff zu den Kosmetiktüchern und schnäuzte sich. Zwei Gäste noch... dann hatte sie es geschafft. Ob Georg sie abholen käme? Konnte sie sich noch auf ihn verlassen?

Sie nahm eines ihrer drei Handys von der Kommode. Er hatte sich nicht gemeldet. Sie schaltete ein Handy stumm. Das Handy für die Stammkunden ließ sie liegen. Leider hatte sich auch auf dem dritten Telefon niemand gemeldet. Warum riefen sie nicht an? Wo waren sie? Sie kannten sich in Hamburg nicht aus. Warum meldeten sie sich nicht? Sie starrte das Display noch eine Weile an, aber es ließ sich nicht dazu bewegen zu klingeln.

Sie gab auf, stellte es ebenfalls auf stumm und verstaute beide Telefone in der Schublade der Kommode. Sie würde später noch einmal danach sehen. Irgendwann mussten sie sich bei ihr melden. Alles andere wäre eine Katastrophe. Sie fühlte sich ohnehin momentan nicht in der Lage, Probleme zu lösen. Claudias Tod war eine Katastrophe. Dass die Mädchen verschwunden waren, die nächste. Und sie wagte nicht, sich auszumalen, was auf sie zukäme, wenn erst die Abnehmer anriefen. Was sollte sie denn sagen: »Ich weiß nicht, wo ihr Au-pair-Mädchen gerade ist. Sie schaut sich Hamburg an?«

In diesem Moment klingelte es an der Tür. Nur gut. Sie war bereit. Bereit für den nächsten Gast. So nannte sie ihre Besucher. Denn sie waren nur Gäste. Sie blieben nicht. Sie hatten keine Rechte. Sie mussten sich wie Gäste benehmen, sonst flogen sie raus. Ihr Leben, ihre Wohnung, ihre Regeln.

Sie zupfte ihr Bustier ein wenig tiefer.

Gäste. Das klang viel besser als Freier. Sie hinterließen gutes Geld für Corines Zukunft. Hundertzwanzig Euro die Stunde. Minimum.

Ihr wahres Leben fand woanders statt.

Sie hatte ihre eigenen Träume.

Mit Georg.

Auch wenn er manchmal unausstehlich war.

Sie öffnete die Tür.

»Da bist du ja, Süßer«, gurrte sie.

20

Vinzenz brauchte keinen Anwalt. Das machte sie nur misstrauisch. Er würde es den beiden Beamten erklären, dann gäben sie sicher Ruhe. Oder war er zu optimistisch? Er wollte ihnen berichten, wie er sein Leben lang darauf gewartet hatte, »die Richtige« zu treffen. Und wie er sie endlich gefunden hatte. Eva.

Das war die beste Strategie, oder? Der alles entscheidende Ausweg für ihn? Er war sich nicht sicher.

»Ich hatte immer Sorge, die falschen Frauen anzuziehen, denn ich stamme aus einer reichen Familie«, begann er seine Geschichte. Der Name Havenstein galt in Hamburg etwas. Daher hatte er erst sein Nest gebaut und war dann auf die Suche nach der Traumfrau gegangen. Er wusste natürlich, dass sich das merkwürdig anhörte, aber in Eva habe er sein Glück gefunden. Und er wollte gleich alle Karten auf den Tisch legen: *Er* profitiere von einem umfangreichen Familienerbe. *Sie* sei eine Prostituierte. Nein, bitte keine Kommentare. Er wisse, wie sich das für Außenstehende anhören müsse. Tatsächlich habe er lange darüber nachgedacht, ob es möglich sei und darüber hinaus viele Gespräche mit Eva geführt. Sie liebten sich. So sei das Leben eben manchmal. Liebesgefühle ließen sich nicht in Schubladen pressen. Und Eva und Vinzenz seien die Ausnahme von der Regel. Punktum.

»Wie lange kennen Sie diese Prostituierte Eva?«, fragte Liebetrau.

Vinzenz konnte dem Mann nicht anhören, was der von seiner Eröffnung hielt. Er wirkte gefasst und unergründlich.

Er seufzte. »Wir sind seit über einem Jahr zusammen. Wir sehen uns regelmäßig. Wir wollen unser Leben gemeinsam verbringen. Wissen Sie, Eva ist liebevoll, zärtlich, warmherzig und selbstlos. Wir sind sehr glücklich. Wir holen gegenseitig das Beste aus uns heraus. Nur ist das nicht so einfach, denn Eva ist von ihrem Zuhälter abhängig, der sie nicht gehen lassen will. Das Schwein.«

Hatte er hilfreiche Worte gefunden, um zwei skeptische Polizeibeamte zu überzeugen, dass er kein Spinner war? Nur ein einfacher Mann, der seine Seelenverwandte gefunden hatte? Ein Mann, der mit einer Frau in ein Haus ziehen, heiraten, Kinder bekommen und glücklich bis ans Ende seiner Tage leben wollte?

»Seit einem Jahr...«, hakte Liebetrau nach, »...und weiter?«

»Ein Jahr und vier Monate«, korrigierte er.

»Sie haben regelmäßig Sex mit einer Prostituierten namens Eva. Zahlen Sie dafür?«, fragte der Riese von einem Polizisten noch einmal.

Vinzenz protestierte. Sie hatten nicht nur Sex. Wie abwertend sich das anhörte. Er mahnte sich zur Ruhe. Es stand zu viel auf dem Spiel. »Wir halten den Schein aufrecht, bis wir eine Lösung gefunden haben. Ihr Zuhälter ist gewalttätig.«

»Wie soll ich mir das vorstellen? Spazieren gehen, Kino, essen gehen und so?«

»Selten, aber ja, das tun wir.« Der Bulle glaubte ihm kein Wort. »Wir sind ein normales Paar. Wir sprechen viel über uns, über das Leben. Wir mögen die gleichen Dinge im Leben. Wir ähneln uns in den Grundwerten, das ist das Wichtigste. Ich möchte, dass es ihr gut geht. Sie muss raus aus dieser Kiez-Hölle.«

Liebetrau sah ihn skeptisch an.

»Ich weiß, dass sie denken: *Ah, er verliebt sich in eine Nutte und will sie aus dem Milieu retten. Der arme Tölpel.* Aber wissen Sie was? Mir ist egal, was die anderen denken. Ich hole Eva da raus. Ich kümmere mich um sie. Wir werden zusammen glücklich werden.« Er legte alle Überzeugung in die Stimme. Dann nahm er noch einmal Anlauf, um auch den Rest der Geschichte um den Rucksack mit dem Kokain zu berichten. Dann hatte er hoffentlich seine Ruhe.

Eva hatte ihm gebeichtet, dass ihr Zuhälter sie niemals ziehen lassen würde. So laufe das eben im Milieu. Vielleicht, wenn er sie freikaufte. Ohne Abstecke ging nichts. Sie hatte ihn sogar abgewiesen. Mehrfach. Er solle sich in Sicherheit bringen, bevor ihr Zuhälter dahinterkäme. Die Gute. Sie hatte ihn schützen wollen. Sie war bereit, ihn selbstlos aufzugeben, damit ihm nichts zustieße. Konnte es einen schöneren Liebesbeweis geben als diesen Verzicht? Nun war es an ihm zu handeln, oder nicht? Er hatte gezahlt. Eva hatte sich mit Händen und Füßen gewehrt, aber schließlich mitgemacht. Ihrem Zuhälter das Geld übergeben. Nichts. Eva war nicht frei. Der Kerl hatte ihr gedroht, er wollte mehr Geld. Vinzenz hatte es im Grunde vorher gewusst, aber ausprobieren musste er es doch, oder?

»Wie viel Geld haben Sie gezahlt?«, fragte Koster.

»Zwanzigtausend.«

»Das ist eine Menge.« Liebetrau schnalzte mit der Zunge. »Sind Sie so reich?«

»Als er das zweite Mal zwanzigtausend wollte, habe ich

gepasst. Nicht, weil mich das Geld schmerzen würde, ich habe genug, aber es war sinnlos, oder?«

»Haben Sie keinen Vertrag gemacht?«, hakte Liebetrau nach.

»Vertrag? Was meinen Sie?«

»Sie müssen einen Vertrag mit dem Zuhälter machen. Sie wollen seine Ware. Wie weltfremd sind Sie eigentlich?«

Der Bulle schüttelte entgeistert den Kopf. Vielleicht war Vinzenz naiv, aber besser naiv, als dass er sich alles von einem dahergelaufenen Zuhälter kaputtmachen ließe. Er würde das nicht zulassen. Niemals. »Na gut, er hat mich abgezockt. Drauf geschissen. Ich hab nach einer anderen Lösung gesucht.«

Nur, was konnte er gegen einen Zuhälter vom Kiez tun? Er hatte gehört, wie aggressiv die Szene ihre Frauen verteidigte. Er schüttelte sich innerlich. Er war Eva hinterhergeschlichen. Er hatte sich elend dabei gefühlt. Manchmal musste ein Mann schlimme Dinge tun, um Gutes zu bewirken. Er musste herausfinden, wer ihr Bewacher war. Eva hatte natürlich nichts preisgegeben. Ihre Angst war riesig. Er verstand das. Aber er hatte es auch ohne ihre Hilfe erfahren. Ihr Zuhälter war ein gehirnloser Muskelprotz. Ein Angeber, der im Drogengeschäft sein Glück versuchte. Mit dem würde er spielend fertig. Mit Köpfchen. Aus der Distanz. Der Kerl sollte ihn niemals zu Gesicht bekommen. Er würde überhaupt nicht wissen, wie ihm geschah und wer dafür verantwortlich war. Eva wäre stolz auf ihn. Später. Bis dahin würde der Zuhälter hinter Gitter sitzen, und Eva wäre endlich frei.

Er machte eine Pause und bat um ein Glas Wasser. Es war so staubig und stickig in diesem Kabuff. Sein Mund war ausgetrocknet, und er meinte, den Staub auf der Zunge zu fühlen.

»Was meinen Sie mit Drogengeschäften?«, hakte Koster nach.

»Na, was wohl? Der Typ sucht das schnelle Geld, weil er nicht in der Lage ist, ehrlich dafür zu arbeiten.«

Er hatte einen wirklich guten Plan ausgetüftelt. Wenn er ihn nur ohne Hilfe der Polizei hätte umsetzen können. Er seufzte, füllte sich Wasser ins Glas und trank einen großen Schluck. Er wollte das Ganze hier schnell hinter sich bringen, damit er zu Eva fahren konnte. Sie wartete sicher schon auf ihn. Er spürte, wie ihn mit dem klaren Wasser und dem Gedanken an Eva neue Kraft durchströmte. Er stellte das leere Glas vor sich ab und drehte es zwischen den Fingern.

»Eva ist es wert, dass ich über Grenzen gehe. Wissen Sie, ich habe Werte. Ich heirate nur ein Mal – meine Traumfrau. Und die steht nicht jeden Tag vor der Tür. Jetzt, wo ich sie endlich gefunden habe, muss ich mein Glück festhalten. Um jeden Preis. Er hob das Glas, um zu symbolisieren, was er meinte. »Wissen Sie, mein Vater hat immer gesagt: ›Den Keks kannst du loslassen, aber wenn es um die Wurst geht, musst du ziehen.‹« Er schaute die Beamten an. »Welchen Preis wären Sie bereit, für die große Liebe zu zahlen?«

Aha. Der Bär hatte dem Hauptkommissar verstohlen einen Blick zugeworfen. Er hatte es geahnt. Sie verstanden ihn. Koster hatte in der Vergangenheit etwas für eine Frau getan, was, sagen wir mal, nicht perfekt gewesen war. Und der Bär? Er trug einen Ehering am Finger. Ja, die beiden kapierten, wovon er sprach.

»Ist es ein zu hoher Preis, der eigenen Geliebten nachzuspionieren, um herauszubekommen, wer sie gefangen hält?«

Nein. Eva war bereit gewesen, einen viel höheren Preis zu zahlen. Sie wollte ihn gehen lassen, damit er keinen Ärger bekam. Sie wollte auf ihre Liebe verzichten, damit er ohne sie glücklich wäre. Aber das wollte er nicht. Er hatte sich vorgenommen, das Problem zu lösen, um jeden Preis zu lösen. »Und dann kam das Kokain ins Spiel.«

»Sie wollten den Zuhälter mit einem Drogengeschäft hochgehen lassen?«, fragte Koster.

Gott sei Dank. Der Mann verstand ihn. Vinzenz war unendlich erleichtert. Es würde alles gut werden.

»Genau. Nachdem ich wusste, wer er war, bin ich ihm gefolgt, wann immer es ging. Es hat Wochen gedauert. Er ist überall in Hamburg unterwegs gewesen. Aber verdächtig oft im Hafen. An den Kreuzfahrtterminals. Dann, eines Tages, lief er in Hafenarbeiterkluft auf der Pier herum, auf der die Bananen, Ananas und Orangen palettenweise entladen werden. Dass ich nicht lache, der und Hafenarbeiter. Wissen Sie, das war dort am Oswald-Kai, wo die großen Schiffe mit den Früchten aus Kolumbien und Ecuador ankommen.« Havenstein kniff vielsagend ein Auge zu. »Der Kerl hatte sich als Lascher getarnt. Das sind Arbeiter, die die Fracht festzurren und sichern. So kam er an jeden Container. Ist doch klar, dass es um Drogen ging, oder?« Vinzenz erwartete gar keine Antwort auf die rhetorische Frage und fuhr fort: »Also dachte ich mir, warum nicht der Polizei einen Tipp geben, damit sie den Kerl aus dem Verkehr ziehen? Können Sie sich vorstellen, was das für harte Arbeit war, den Mann unbemerkt zu beschatten? Ich habe es nur geschafft, weil ich ein Ziel vor Augen hatte.«

Die beiden antworteten nicht. Beifall mussten sie ja nicht klatschen, aber ein wenig Respekt konnten sie ihm schon zollen. Er setzt das Glas wieder hart auf die Tischplatte auf, nachdem er noch einen Schluck getrunken hatte.

»Na gut, ich habe also bei seiner nächsten Aktion die Polizei angerufen und informiert. Die kamen aber nicht rechtzeitig. Beim ersten Mal dachte ich noch, es wäre ein Versehen. Wissen Sie, wie lange der Streifenwagen brauchte, bis er sich in den Hafen bequemte?« Er sah die beiden Polizisten erwartungsvoll an, die keine Reaktion zeigten.

»Fünfzehn Minuten. Stellen Sie sich das bitte einmal vor. Da war der Kerl natürlich längst über alle Berge. Die machen ja keinen Tagesworkshop aus der Übergabe von Drogen. Das geht blitzschnell.« Er machte eine verächtliche Handbewegung. Dabei stieß er beinahe das Glas um. Er fing es gerade noch auf. »Wissen Sie, am Ende sieht die Sache doch so aus: Der Bürger meldet ein Verbrechen, und ehe die Polizei da ist, sind die Täter über alle Berge. Wie sollte ich die Polizei dazu bekommen, Gas zu geben? Mir fiel nichts ein.« Er strich sich genervt den Schweiß von der Stirn. »Und dann gab es ein Ereignis, das mich aufmerksam werden ließ, nämlich den Fund der alten Fliegerbombe in Steinwerder.«

Er starrte die beiden Beamten an. Dass sie keine Reaktionen zeigten, nervte ihn. Kapierten sie denn gar nichts?

»Der Baggerfahrer der Baustelle an der Buchheister Straße hatte auf einmal eine Fliegerbombe aus dem Zweiten Weltkrieg in der Baggerschaufel. Plötzlich machte die Polizei Alarm. Und mir kam die Erleuchtung. Bei einem Bombenalarm spurt der Apparat. Das wollte ich für mich nutzen. Bei meiner nächsten Alarmierung der Polizei wollte ich deshalb nichts über den Drogendeal sagen, sondern eine Bombendrohung aussprechen, und den Zuhälter dann in den Fokus rücken. Damit wollte ich sicherstellen, dass die Polizei diesmal auch wirklich schnell zum Ort des Geschehens kommen würde. Dass sie keine Bombe, sondern einen Drogenring hochnimmt, spielt doch dann keine Rolle mehr, oder? Na ja, lange Rede, kurzer Sinn: Auch diesmal kam die Polizei zu spät. Mein Gott, ich habe das alles wochenlang geplant.«

»Sie geben zu, der anonyme Anrufer zu sein, der die Bombendrohung ausgesprochen hat?«

Es klang nicht nach einer Frage. Vinzenz winkte ab. Natürlich gab er es zu. Das gehörte ja zu seinem Plan.

»Sie haben die Passagiere in Angst und Schrecken versetzt!«, sagte Liebetrau. Sein Ton war harsch.

»Ich weiß nicht, warum er den Rucksack stehen gelassen hat. Deshalb hat die Polizei ihn wieder verfehlt. Unfassbar.«

Liebetraus Hand knallte auf den Tisch. »Sie haben unschuldige Menschen in Gefahr gebracht!«

Vinzenz hatte es geahnt. Der Mann verstand rein gar nichts.

21

Sie saß auf dem Bett und starrte in die geöffnete Schublade des Nachtschränkchens.

Sie zog den Bademantel enger um sich. Der Gast war gegangen. Der nächste kam bald. Einer wie der andere.

Noch immer kein Anruf. Nicht von Georg und auch nicht auf dem dritten Handy. Sie müssten sich schon lange gemeldet haben. Jeder von ihnen hätte sich melden müssen. Aber alle ignorierten sie. Ihr schossen Tränen in die Augen. Würde ihr Leben jemals besser werden? Sie hatte so viel durchgemacht. Sollte das alles umsonst gewesen sein? Wenn die Mädchen nicht bald anriefen, bekäme sie gewaltigen Ärger. Wie konnten sie so dumm sein und alles wegwerfen, was so vielversprechend begonnen hatte, was war der Anfang eines besseren Lebens?

Sie griff in die Schublade und holte die drei Pässe heraus. Sie öffnete sie nicht. Schaute sie sich nur an und durch sie hindurch. Vor ihrem inneren Auge spielten sich andere Szenen ab.

Die Hitze. Die Männer. Die ausgerissenen Haare. Die brutalen Schläge. Das Blut auf den Lippen. Die Angst zu sterben.

Hatte sich Claudia genauso gefühlt?

Sie warf die Pässe zurück in die Schublade und knallte die Lade zu.

Claudia. War. Tot. Alles. Vorbei.

Durch den Schleier der Tränen sah sie auf die Uhr neben der kleinen Tischleuchte. Er kam sonst nie zu spät. Selbst er ließ sie im Stich.

Wo blieb Vinzenz?

22

»Sie müssen das verstehen. Es geht mir um Evas Schutz«, insistierte Vinzenz. »Ich kann sie nicht mit in die Sache hineinziehen. Genauso wenig wie ich zur Polizei gehen konnte, um den Zuhälter anzuzeigen. Wir wissen alle, wie diese Ermittlungen ausgehen. Und ich wage nicht, daran zu denken, was er Eva angetan hätte.«

»Oder Ihnen?«, sagte Liebetrau.

»Oder mir. Aber das ist nicht der Punkt. Schauen Sie, Eva hat mich erst darauf gebracht, alles hat auf einmal zusammengepasst.« Er lächelte, als er an sie dachte. »Sie telefonierte, als ich aus der Dusche kam. Ich konnte einen Teil des Gesprächs mithören. Ein Drogendeal stand an, das war ziemlich offensichtlich, inzwischen war ich ja sensibilisiert. Ich habe sie vorsichtig ausgefragt. Sie hat gar nicht bemerkt, worauf ich hinauswollte. Der Austausch sollte auf der *Ocean Queen* stattfinden. Und dann passierte gerade dieser große Drogenfund, bei dem ich das Kokain abzweigen konnte, das war fast wie ein Geschenk des Himmels, ein Zeichen.« Er versuchte ein letztes Mal, die beiden Beamten auf seine Seite zu ziehen: »Geben Sie zu, die Polizei hätte mir den Tipp mit dem Kreuzfahrtschiff nicht abgenommen, oder? Und wie emsig meine Zollkollegen arbeiten, na ja....«

»Sie hätten selber der ermittelnde Zollbeamte sein können. Sie haben gewusst, dass Drogen versteckt sind«, erwiderte Koster.

»Aber der Kerl durfte nicht wissen, wer ich bin. Ich hätte nicht vor Gericht aussagen können, ohne dass er mich gesehen hätte. Erfahren hätte, wer ich bin. Kapieren Sie das nicht?«

»Sie hatten Angst.«

Liebetraus Tonfall gefiel Vinzenz nicht. »Und Sie wollten Ihre Geliebte nicht der Polizei ausliefern.«

»Ich hatte einen Plan.« Er goss sich aus der Wasserflasche nach. Der provokante Ton des Kommissars ärgerte ihn maßlos, und die Hitze breitete sich über seinen ganzen Körper aus. »Eine Bombendrohung. Die Polizei sollte reagieren. Niemand zu Schaden kommen.« Er trank einen Schluck. Das Wasser erfrischte ihn nicht mehr. »Ich wollte von Bord sein, bevor es losging.«

»Sie haben sich ein Alibi verschafft«, ätzte Liebetrau.

»Ach was, Alibi. Ich musste weg sein, bevor Eva und ihr Kerl ankamen. Sie durften mich auf keinen Fall sehen. Ich deponierte den Rucksack mit dem Kokain am Treffpunkt, den ich während des Telefonats mitbekommen hatte, und rief die Polizei an.« Er strich mit der Hand über die Tischplatte und hinterließ eine Schneise im Staub. Er starrte auf seine schmutzige Handfläche. »Dieser Zuhälter ist ein Dreckschwein. Ich musste sichergehen, dass er für lange Zeit hinter Gittern verschwindet. Wenn die Polizei sofort auf meinen Anruf reagiert hätte und auf den Mann mit dem roten Rucksack getroffen wäre, dann hätte er mit zwei Kilo Koks in einem Raum nichts mehr zu lachen gehabt. Dann wäre er für ein bis fünf Jahre in den Bau gegangen. Mindestens.«

»Damit haben Sie aber auch Eva ans Messer geliefert«, entgegnete Koster.

Vinzenz zögerte. Dieser Gedanke war ihm natürlich auch gekommen. Es war die Schwachstelle seines Plans. Würde der Zuhälter Eva mit zur Übergabe nehmen? Er war sicher, dass sie nichts mit seinen Drogengeschäften zu tun hatte. Dann würde der Mistkerl doch dafür sorgen, dass Eva nicht dabei war, wenn die Übergabe stattfinden würde, oder? Er wollte sicher keine Mitwisser.

»Eva kann gut auf sich aufpassen.« Seine Stimme klang nicht so fest, wie er sich das gewünscht hätte.

»Können Sie uns das Telefonat schildern? Was hat Eva gesagt?«, fragte Koster.

»Wörtlich bekomme ich das nicht mehr hin. Aber so ungefähr: *Der Termin ist in zehn Tagen. Wir müssen in Raum 43. Ich bringe das Geld mit, sieh du zu, dass du deinen Teil erfüllst.*«

Der Kommissar machte sich eine Notiz. Vinzenz sprach einfach weiter, er musste den Polizisten klarmachen, dass auch sie versagt hatten, dass hier der Falsche saß.

»Wie kann man den Befehl geben, ein Kreuzfahrtschiff im Hafen zu evakuieren? Dafür gibt es gar keine Pläne! Auf See, ja, aber doch nicht im sicheren Hafen. Was sollte das? Es war nur eine Bombendrohung! Sie sollten doch nur hingucken. Stattdessen evakuieren Sie hunderte von Menschen über die einzige Gangway? Wissen Sie, wie viele Tote es bei einer Massenpanik hätte geben können? Unverantwortlich.«

»Wie bitte?«, fragte Koster. »Sie waren es, der mit einer Bombe gedroht hat. Und jetzt wundern Sie sich, dass man Sie ernst genommen hat?«

Wieso verstand der Kommissar ihn nicht? »Also ehrlich. Wäre die Polizei zügig an Bord gekommen, so wie es ihre Pflicht ist, wäre mein Plan aufgegangen. Aber so?« Er zeigte mit dem Glas auf Kommissar Koster, aus dessen Gesicht pure Abneigung sprach. »Alles umsonst, der Kerl ist weg. Den Rucksack hat er stehen lassen. Ich sage ja, der Kerl ist dämlich.«

So, jetzt war hoffentlich bald Schluss mit dieser Fragerei. Er hatte es eilig, zu Eva zu kommen. Mehr würde er nicht erzählen.

Er trank den letzten Schluck Wasser.

»Das ist ja bis hierher eine tolle Geschichte«, sagte Liebetrau. »Aber was ist dann passiert? Ist Ihnen Frau Spiridon in die Quere gekommen? Hat sie etwas gesehen, was sie nicht hätte sehen sollen?«

»Es hätte alles so schön klappen können. Dann wäre Eva frei gewesen. Wir wollen neu angefangen.«

»Das hätten Sie doch ohne dieses ganze Theater tun können«, antwortete Liebetrau.

»Wollen die Frauen nicht immer, dass man ein Held ist?«, antwortete Vinzenz ungeduldig. »Dass man um sie kämpft. Sich anstrengt, kreativ um sie wirbt, witzig und romantisch ist und Durchhaltevermögen beweist? Dass man sie sieht, wertschätzt, respektiert und hofiert?«

Liebetrau schnäuzte sich, statt zu antworten.

»Wissen Sie, die meisten Männer suchen genauso nach der perfekten Frau, wie die Frauen auf den Traumprinzen warten. Sie soll sexy sein, toll aussehen, lieb und mütterlich sein, einem alle Freiheiten lassen und doch alles im Griff haben. So eine Art Krankenschwester in Strapse, die gut kochen kann, den Überblick hat, aber nicht mault, wenn der Mann mal wieder nichts geregelt bekommt.« Vinzenz seufzte. Es war eine wichtige Erkenntnis für ihn: »Auch wenn Sie es nicht glauben können, aber Eva kommt dem verdammt nahe. Sie ist die Richtige für mich. Ich gebe sie nicht wegen eines dahergelaufenen Möchtegernzuhälters auf. Koste es, was es wolle.«

»Ja, ja, das haben wir ja verstanden, dass Sie Ihre Eva lieben. Aber wir möchten wissen, seit wann und woher Sie Claudia Spiridon kennen und wo die drei Kabinenstewardessen sind?« Vinzenz bemerkte den gereizten Unterton in Liebetraus Stimme.

»Stewardessen?« Er hatte es gewusst, sie wollten nichts verstehen, typisch Polizei. Vielleicht wirkte sein Plan für einen Außenstehenden kompliziert. Er hätte ihn jedoch eher ambitioniert genannt. Er mochte knifflige Aufgaben. Und Eva zu befreien war im Grunde nur eine sehr knifflige Angelegenheit. Aber ... sie folgten seinen Argumenten nicht. Er griff erneut nach der Wasserflasche. »Ich habe versucht, Ihnen meine Beweggründe darzulegen. Ich habe versucht, um Ihr Verständnis zu werben. Sie wollen mich nicht verstehen. Gut. Dann sage ich jetzt nichts mehr ohne meinen Anwalt. Nur eines noch: Ich habe den Rucksack mit dem Kokain dorthin gestellt, wo die Geldübergabe stattfinden sollte. Ich habe die Polizei angerufen, um zu erklären, was sie tun soll. Ich habe eine detaillierte Täterbeschreibung gegeben. Mehr geht nicht.« Vinzenz lehnte sich zurück. Mehr würde er nicht preisgeben.

»Wir überprüfen Ihre Angaben«, sagte Koster. »Geben Sie uns den vollständigen Namen, Anschrift und Telefonnummer von Eva.«

Vinzenz schüttelte den Kopf. »Sie kapieren wirklich gar nichts. Ich gebe Ihnen die Nummer auf gar keinen Fall. Ich liefere Ihnen Eva nicht aus. Rede ich gegen eine Wand?« Er merkte, wie langsam Wut in ihm hochkroch.

Liebetrau zuckte mit der Schulter. »Sie glauben doch wohl nicht, dass wir Ihnen diese Story einfach so abkaufen.« Er hob die Hand, bevor Vinzenz protestieren konnte. »Nein, jetzt halten Sie mal die Luft an. Es geht hier um eine Reihe von schweren Delikten ... es geht um Mord. Das hier ist kein Kaffeekränzchen. Drei Frauen werden noch vermisst, und wir haben kein Verständnis für Ihr Liebesgesäusel.«

Das ging zu weit. Vinzenz fuhr halb aus dem Stuhl hoch. Was erlaubte sich der Kerl?

»Stellen Sie die Flasche hin«, zischte Liebetrau.

Vinzenz starrte auf die Flasche in der Hand, die er noch halb erhoben vor dem Körper hielt. Für einen Moment hatte er Lust verspürt, sie dem Bullen über den Kopf zu ziehen.

»Sofort.«

Er ließ die Hand sinken und schleuderte die Flasche mit einer geringschätzigen Geste über den Tisch. Das restliche Wasser lief über die Papiere des Bullen.

Der schob die Zettel zusammen. »Sie sind vorläufig festgenommen.«

23

Nachdem Vinzenz Havenstein von einer alarmierten Streifenwagenbesatzung abgeführt worden und auf dem Weg ins Polizeipräsidium nach Alsterdorf war, um erkennungsdienstlich behandelt zu werden, saßen Koster und Liebetrau eine Weile schweigend am Tisch.

Nur Liebetraus Schniefen unterbrach die Stille. Die Hitze des letzten Wortgefechts lag schwelend im Raum.

Koster stellte sich ans offene Fenster. Kleine Wölkchen platzierten sich am azurblauen Himmel, als hätte Leonardo da Vinci sie hineingetupft. So kitschig schön gab es den Himmel nur auf Postkarten – und an ganz seltenen Sommertagen eben auch über Hamburg.

»Irgendwie glaube ich ihm.« Koster murmelte es mehr zu sich selbst, als dass er ein Gespräch mit Liebchen beginnen wollte.

»Das dachte ich mir schon. Das ist deine romantische Seite. Du denkst, der Mann hat sich aus Liebe zum Narren gemacht. Stimmt's?«

Koster drehte sich zu ihm um. »Na ja, warum sollte er das Kokain klauen und sich dann die Polizei einladen, während er es vertickt? Ich glaube ihm, dass er das Kokain für etwas anderes brauchte. Allerdings eher,... ich weiß nicht, vielleicht um den Zuhälter zu bezahlen? Oder Claudia Spiridon?«

Liebetrau rieb sich mit einem Taschentuch den Schweiß

von der Stirn und seufzte. »Wenn er mit dem Koks den Zuhälter hochgehen lassen wollte und es diese Eva wirklich gibt, dann wäre der Mann ein gefährlicher Irrer. Er hat gestohlen, gedroht, Menschenleben in Gefahr gebracht und sein eigenes Leben ruiniert. Vermutlich sogar gemordet. Das alles im Namen der Liebe? Was soll denn das für eine Liebe sein?«

»Du willst sagen: für eine Prostituierte?«

»Das meine ich nicht. Es ist mir egal, wen er liebt. Ich glaube ihm einfach nicht, dass nicht irgendwo auf seinem Weg ein Restfunken von Verstand gezündet hat.«

»Gut, nehmen wir an, er belügt uns, was ist dann wirklich gelaufen?« Koster begann, im Raum umherzuwandern. »Woher kannten sich Havenstein und die Tote? Da sind wir keinen Schritt weiter. Warum musste Claudia Spiridon sterben?« Er blieb stehen und zog ratlos die Stirn in Falten. Vermutlich erfand Havenstein diese rührselige Geschichte, um von der Wahrheit abzulenken? Aber was war die Wahrheit? Was war an Bord der *Ocean Queen* passiert? Nie zuvor war Kokain aus der Asservatenkammer des Zolls verschwunden, das hatten sie geprüft. Hatte er die Gunst der Stunde genutzt und war der Versuchung erlegen? Was war mit den drei verschwundenen Frauen? »Ich habe mehr Fragen als Antworten. Ist seine ganze Eva-und-das-Paradies-Geschichte nur Ablenkung von einem raffinierten Drogendeal oder womöglich von etwas ganz anderem?«

»Darum habe ich die Befragung abgebrochen«, antwortete Liebchen. »Ich mache morgen Nachmittag weiter. Wir müssen sein Alibi überprüfen. Und wir brauchen mehr Informationen über die Tote, denn ich muss eine handfeste Theorie haben, mit der ich Havenstein konfrontieren kann.«

Koster rümpfte die Nase. »Was mir dabei einfällt: Die Obduktion hat ergeben, dass die Tote schwanger war. Mir geht das schon den ganzen Tag nicht aus dem Kopf. Moralisch gesehen war es ein Doppelmord!« Er nahm seine Wanderung durch den Raum wieder auf. »Es sieht so aus, als plante Claudia Spiridon ein Leben als Mutter. Wollte es zusammen mit dem Purser verbringen. Schön und gut. Dann hatte sie vermutlich mit Drogen nichts am Hut. Aber was hat sie mit der ganzen Sache zu tun gehabt? Oder ist sie zufällig zwischen die Fronten geraten? Warum sollte Havenstein sie getötet haben? Vielleicht lügt er doch, und er kennt sie.« Koster blieb abrupt stehen und zog die Stirn in Falten. »Was hältst du davon: Er klaut das Kokain, um den Zuhälter ans Messer zu liefern, und wird von einer Verflossenen gestellt, die ihm beichtet, von ihm schwanger zu sein?«

»Wie bitte? Langsam!«

Koster musste über Liebchens entgeistertes Gesicht lachen. »Was, wenn nicht der Purser der Vater war, sondern Havenstein? Vielleicht ein One-Night-Stand. Soll ja vorkommen. Oder eine Affäre, was weiß ich... Eine Beziehungstat...«

Liebchen schürzte anerkennend die Lippen. Diese neue Wendung passte anscheinend in seine Theorie. »Das wäre ein handfestes Motiv. Sollte die Geschichte mit Eva wahr sein, hätte Havenstein ihr sicher nicht beichten wollen, dass er mit einer anderen ein Kind gezeugt hatte. Deshalb ergreift er seine Chance und löst das Problem gleich vor Ort. Praktisch, dass er die Tat dann gleich dem Zuhälter in die Schuhe schieben kann.«

Koster stellte sich an das Fenster. Gierig sog er die heiße Luft ein. »Hm. Könnte sein, wir hätten ein Motiv. Aber letztlich klingt die ganze Geschichte doch eher unwahrscheinlich, ich meine, was für ein Zufall, dass sie ihn ausgerechnet bei seinem großen inszenierten Deal stellt, findest du nicht? Das passt alles hinten und vorne nicht zusammen. Alles, was wir wissen ist, wenn Havenstein nicht lügt, wenn er Eva treu war, dass wir es mit einem liebeskranken Zöllner zu tun haben, der behauptet, die schwangere Tote nicht zu kennen, aber eine Tasche mit Koks neben ihr platziert hat. Das ist sehr seltsam.«

Liebetrau stand auf. »Wir bekommen das raus. Er hat zugegeben, diese Eva unter allen Umständen freikaufen zu wollen. Koste es, was es wolle. Er hat zugegeben, das Kokain gestohlen zu haben. Genau dieses Kokain liegt neben der Leiche. Und er will nichts damit zu tun haben? Das glaube ich ihm nicht. Ist er Täter? Mittäter? Zeuge? Egal. Selbst wenn es komplizierter ist als gedacht, unschuldig ist dieser Mann nicht.«

Koster blieb skeptisch. »Liebchen, wir haben zu wenig. Es klingt zu abstrus. Wir dürfen nicht überstürzt handeln. Das kauft uns kein Richter ab. Vielleicht bekommen wir einen DNA-Test genehmigt. Dann wissen wir, ob er der Vater ist oder nicht. Und der Purser soll uns auch gleich eine Probe geben.« Er schüttelte ganz langsam den Kopf. »Wo sind die drei verschwundenen Frauen? Die sind nach wie vor verdächtig.«

Liebchen zuckte mit den Schultern. »Vielleicht ist es Zufall, dass die Mädchen weg sind. Oder sie haben Havenstein dabei beobachtet, wie er Claudia Spiridon getötet hat, und sind vor Angst weggelaufen? Der Typ hat vor lauter kranken Liebesgefühlen seine Aktionen abgespalten oder verdrängt oder was weiß ich. Frag Tessa, wie man so etwas nennt.«

Er holte tief Luft. »Ich weiß nur, dass der Kerl mir ziemlich quer im Magen liegt. Dafür habe ich ein Gespür. Der ist gefährlich naiv und impulsiv. Der merkt doch gar nicht, was er anrichtet.«

Koster wusste, dass sie sich beide nicht mit einfachen Lösungen zufriedengeben würden, bevor sie nicht alle Fäden zurückverfolgt und ordentlich aufgerollt hätten. Sie mussten nur ihre Arbeit machen, darin waren sie Profis, irgendwann würde Licht in die Sache kommen, dessen war er sich sicher. »Nehmen wir einmal an, alles, aber auch alles, was der Zöllner gesagt hat, ist wahr. Was ist dann?«

»Dann ist gar nichts. Dann haben seine liebste Eva und ihr unbekannter Zuhälter eine ihnen ebenfalls unbekannte Frau auf einem ihnen noch unbekannteren Schiff aus einem im höchsten Maße unbekannten Motiv getötet und Havenstein würde seine große Liebe ans Messer liefern. Dafür finde ich nun wirklich keine Superlative mehr.«

»Stimmt.« Koster schloss das Fenster. »Veranlasse, dass alle Spuren sofort mit Havenstein abgeglichen werden. Es muss Indizien geben. Und dann lass uns an der Davidwache vorbeifahren und mit einem Milieufahnder vom Kiez sprechen. Vielleicht haben wir Glück und finden Havensteins Eva, die ihm den Apfel angeboten hat.«

Liebetrau stand mit seinem Papierstapel bereits an der Tür. »Er war am Tatort, er hatte die Gelegenheit zur Tat und vielleicht ein Motiv. Er hat ein Teilgeständnis abgelegt. Ich telefoniere gleich mit dem Staatsanwalt und dann werden Jacobi und ich die Nacht durcharbeiten, bis die Akte für den Staatsanwalt fertig ist. Es besteht eindeutig Fluchtgefahr. Ich will den Kerl nicht mehr draußen sehen, der geht in Untersuchungshaft.« Liebetrau nickte entschlossen. »Du wirst sehen, die Spurensicherung wird Beweise finden, und dann wissen wir mehr.«

»Wozu die Eile?«

»Ich hab 'ne Wette laufen«, Liebchen grinste. »Apropos: Ich habe Hunger. Mittagessen. Mein Immunsystem braucht Unterstützung.«

24

Koster betrachtete Liebchen schweigend von der Seite, während sie über die Freihafenelbbrücke zur Davidwache fuhren.

Sie hatten einen Zwischenstopp in der Veddeler Fischgaststätte eingelegt und Glück gehabt. Sie hatten nicht nur einen der begehrten Plätze im Schatten der kleinen Terrasse ergattert, sondern bekamen noch die letzten frischen Bratheringe des Tages serviert. Obwohl die kleine Bude weitab vom Touristenstrom und jeder Flaniermeile auf der Veddel mitten auf dem Zollhof lag, genoss sie seit Jahrzehnten Kultstatus und war immer gut besucht.

Liebchen hatte einen mürrischen Zug um den Mund und wer ihn nicht kannte, musste ihn für schlecht gelaunt halten. Aber seine Augen blitzten, und er war bester Stimmung. Koster war sich sicher, dass sein Partner konzentriert über die Aussage des Zöllners nachdachte. Liebchen war auf der Jagd. Er machte keinen Smalltalk, um anderen einen Gefallen zu tun oder gut anzukommen. Er ruhte so sehr in sich, dass er nie etwas für andere tat, wenn es nicht von Herzen kam. Für Liebchen zählte im Moment nur die Suche nach der Prostituierten Eva. Liebchen wollte herausfinden, ob die Geschichte, die der Zöllner ihnen aufgetischt hatte, vollkommen verrückt, aber wahr, oder ein kreatives Luftschloss aus Lügen war. Kosters Bauchgefühl ließ nichts Gutes erahnen. Es waren noch zu viele Fragen offen, die Ermittlungen standen ganz am Anfang. Dass die Presse sich so gierig auf die Geschichte stürzte, störte ihn. Mehr noch, diesmal ärgerte es ihn sogar.

Ein Tötungsdelikt war der Presse immer eine Schlagzeile wert. Die Suche nach dem Täter das Wichtigste. Ein Foto vom Abtransport der Leiche nahezu unbezahlbar. Zwar sah man überhaupt nichts, aber bitte schön, der Beweis, dass es Tote gegeben hatte. Widerlich.

Manchmal schrieben die Journalisten dann noch zwei oder drei Sätze über die Opfer und deren Angehörige. Aber wie die Familien mit dem Verlust umgingen und weiterlebten, interessierte eigentlich niemanden. Denn das war viel zu bedrückend und bot viel zu viel Identifikationsfläche. Opfer konnte jeder werden. Darüber wollte niemand nachdenken.

Über den Täter durfte man schreiben. Das war eine andere Welt. Darüber zu lesen war spannend wie ein Kriminalroman. Niemals fand Koster etwas über die Polizisten, die den Angehörigen die Todesnachricht überbringen mussten, in den Artikeln. Über die Kriminalbeamten, die stundenlang über dem zerstückelten Leichnam hockten, um Spuren zu sichern. Über die Last, die auf ihren Schultern ruhte. Die machten bloß ihren Job, nicht wahr? Selbst schuld. Keine Zeile wert.

Koster schmunzelte. Er argumentierte schon wie Tessa.

»Eigentlich müsste man das *Hamburger Tageblatt* anrufen und denen den Marsch blasen!«, sagte er.

Liebetrau brummte.

»Ich hätte nicht übel Lust zu fragen, woher die ihre Informationen haben, und warum sie nicht mal was Sinnvolles schreiben, statt zu behaupten, bei der Evakuierung wären die Menschen vom Schiff gesprungen.«

Wieder brummte Liebchen. Diesmal in einer anderen Tonlage, was bedeutete, dass er diese Lust nicht verspürte.

»Ich ruf die jetzt an.« Er nahm sein Handy aus der Jackentasche und registriere einen erstaunten Blick von Liebetrau. »Was? Ich hab's satt, dass immer alle auf uns rumhacken. Vielleicht füttere ich die mit ein paar Falschinformationen, dann haben wir wenigstens unseren Spaß.«

»Stell auf Lautsprecher«, brachte Liebchen gerade noch heraus, bevor er einen Hustenanfall bekam.

Koster wählte die Nummer des *Hamburger Tageblatts*. Tatsächlich stellte man ihn sofort zum zuständigen Redakteur durch. Eine Frau.

»Torben Koster, Mordkommission«, meldete er sich.

»Oh, Her Koster, wie nett, dass Sie sich melden. Das habe ich gar nicht zu hoffen gewagt. Gibt es etwas Neues in Sachen *Ocean Queen*?«

»Das wollte ich Sie fragen. Ihr Artikel war ziemlich aus der Luft gegrif... na, sagen wir mal, an der Realität vorbeigeschrammt. Andererseits wussten Sie über den Fundort der Leiche Bescheid, obwohl diese Information überhaupt nicht an die Presse gegangen ist. Wie kam es denn dazu?«

»Stimmt es, dass die Frau erstochen wurde? Bislang haben Sie sich noch nicht zur Todesursache geäußert.«

»Das erörtere ich morgen auf einer Pressekonferenz. Wie kommen Sie darauf, dass die Frau erstochen wurde?«

»Dann sehen wir uns morgen und lernen uns kennen, da freue ich mich drauf.«

»Vielleicht vertrauen Sie einem Informanten, der gefährlich ist!«

»Was? Wie meinen Sie das? Ich verstehe nicht.«

»Das habe ich befürchtet. Vielleicht bekommen Sie ja ein paar exklusive Informationen? Und ...«

»Nein, warten Sie, das stimmt nicht ...«

»Und die stammen vom Täter?« Koster lächelte in Richtung Liebchen, der ihn ebenfalls angrinste. »Ich muss Schluss machen, bis morgen.« Er unterbrach die Leitung.

»Pressekonferenz? Der Informant ist der Täter?« Liebetrau schüttelte den Kopf. »Hab ich in meinem Fieberwahn was nicht mitbekommen?«

»Soll sie sehen, wie sie klarkommt.«

»Das war nicht nett von dir. Gar nicht nett. Aber es gefällt mir. Irgendwie.«

Koster beneidete ihn. Liebchen erschien ihm häufig viel sicherer darin, was richtig und falsch war. Er ließ sich nicht beeinflussen. Jetzt suchte er eine bestimmte Prostituierte, und selbst wenn dabei haufenweise nackte Frauen um ihn herumtanzen würden, sähe er sie nicht.

Ob seine Frau wusste, wie sicher sie sich Liebchens Liebe sein konnte? Und umgekehrt, ob Liebchen eifersüchtig war?

»Bist du manchmal eifersüchtig?«, sprach Koster den Gedanken laut aus.

»Auf wen?«

»Ich weiß nicht, auf Männer, die deine Frau kennenlernt?«

»Die lernt keine Männer kennen. Die versorgt zu Hause drei kleine Kinder.«

Liebchen wollte nicht darüber reden. War Havenstein wirklich so blauäugig gewesen, dass er glaubte, er könne eine Prostituierte retten und sich mit ihrem Zuhälter anlegen?

»Wenn du es genau wissen willst. Ja, ich bin eifersüchtig.«

Liebchen sah ihn ernst an. »Ich finde, der LKA-Chef bevorzugt dich. Du hast zwei Besoldungsstufen höher, obwohl ich genauso gut bin wie du. Das macht mich rasend.« Er nickte zur Bekräftigung seiner Worte.

Koster lächelte. Liebchens Beförderung stand demnächst an, und Koster hatte Liebchen die beste Beurteilung ausgestellt, die man sich vorstellen konnte.

Er fühlte sich nach dem Telefonat wohler. Er sah aus dem Fenster, als sie gerade an der Elbphilharmonie vorbeifuhren, bevor Liebetrau am Baumwall in die Straße Vorsetzen einbog. Koster schaute sich das neue Hamburger Wahrzeichen an der Kehrwiderspitze gerne an. Jeden Tag pilgerten Menschenströme dorthin, um den atemberaubenden Blick von der Plaza auf den Hafen zu genießen. Er hatte noch kein Konzert gehört – wie vermutlich die meisten Hamburger noch nicht in den Genuss gekommen waren. Die Veranstaltungen waren Monate im Voraus von Touristen ausgebucht. Er war heute schon ein wenig stolz auf dieses Kulturdenkmal, das sich so perfekt in die Hafenszenerie einpasste. Dabei war die *Elphi* ein finanzielles Desaster, anders konnte man es wohl wirklich nicht sagen. Und sie hatte einen Bauarbeiter das Leben gekostet.

In der Erinnerung des tödlichen Unfalls war er wieder in seinem Beruf angelangt. Er kam einfach aus dem Grübeln nicht heraus. »Mir geht ständig Havensteins Frage im Kopf herum: ›Welchen Preis wären Sie bereit, für die große Liebe zu zahlen?‹«, Koster sah weiter aus dem Seitenfenster. Sie fuhren inzwischen die Davidstraße hinauf, und er schaute sich in Ruhe um, als sie kurz hinter der Herbertstraße an einer roten Ampel hielten. Es war noch nichts los an diesem Nachmittag. Frühestens ab acht Uhr abends kamen die Prostituierten raus, und die Touristen schlenderten in überschaubaren Grüppchen die Straße hinunter. Die ersten Leuchtreklamen für Sex und Schnaps blinkten.

»Ich finde seine Wortwahl problematisch«, warf Liebchen ein. »Preis? Ich zahle kein Geld für die Liebe. Havenstein hat genau das getan. Er kauft sich Liebe. Aber dann ist es keine Liebe. Er hat nicht gefragt, was wir bereit wären zu tun oder zu sagen für unsere Liebe. Ich finde, darin liegt ein großer Unterschied. Du nicht?«

Liebchen bog rechts in den Spielbudenplatz ein und stellte den Wagen auf den Polizeiparkplatz direkt vor der Davidwache ab. Es gab nur noch einen freien Platz. Auf den anderen parkten die Streifenwagen. Jederzeit abfahrbereit, wenn der Tanz begann.

»Er erfüllt sich seine Bedürfnisse mit Geld. Aber Liebe und Anerkennung kann man nicht kaufen.« Koster schaute an dem alten denkmalgeschützten Gebäude hoch. Ein Prachtbau mit langer Historie. Die Davidwache an der Reeperbahn. Die wohl berühmteste Wache Deutschlands. Obwohl die Kollegen mit Abstand das kleinste Reviergebiet in ganz Deutschland hatten, herrschte hier niemals Ruhe. Dafür war das Hamburger Rotlichtviertel einfach zu verderbt und der Kiez magischer Anziehungspunkt für das organisierte Verbrechen und Rockerkriminalität. Zwar war die Zeit der Ludenkartelle, Nutella-Bande und Mucki Pinzner vorbei, doch albanische Banden, Hells Angels und Bandidos sorgten für Unruhe.

»Ich glaube, der Mann ist ein verblendeter Irrer. Der ist Kundschaft für Tessa. Gut, dass wir ihn gestoppt haben.«

Koster spürte ein Kribbeln. Gleich würden sie erfahren, ob die Milieufahnder der Wache Eva und ihren Zuhälter kannten. Dann könnten sie Havensteins Geschichte überprüfen und würden hoffentlich endlich einen Schritt weiter sein.

»Er glaubt, Eva würde nur Gutes aus ihm herausholen? Wenn es die Dame überhaupt gibt, dann holt sie ausschließlich Bares aus ihm heraus.« Liebchen schnalzte verächtlich.

Koster nickte. Bald wüssten sie, ob der Zöllner ein gefährlicher Krimineller oder ein kranker Mann war, der selbstherrlich über alle Grenzen ging.

Eine Stunde später traten sie aus der Wache zurück ins gleißende Licht des Spielbudenplatzes.

»Bist du enttäuscht?«, fragte Koster.

»Ich doch nicht. Wäre auch zu einfach gewesen, eine blonde Prostituierte namens Eva auf Zuruf zu finden. Ich glaube ohnehin nicht, dass es sie gibt«, antwortete Liebetrau. »Immerhin gibt es einen Fahnder, der uns weiterhelfen kann. Sobald der sich bei uns meldet, wissen wir mehr. Und sie haben uns bestätigt, dass sie keine Anhaltspunkte für einen professionell organisierten Kokainhandel über die Kreuzfahrtschiffe haben. Also lügt Havenstein.«

Kosters Handy klingelte. »Hey, Jacobi, gut, dass du anrufst. Liebchen und ich sind auf der Davidwache fertig. Ich stell dich auf Lautsprecher, dann können wir dich beide hören. Ist Havenstein durch den Erkennungsdienst?«

»Davidwache?«

»Ja, das ist eine lange Geschichte. Gleich morgen früh ist Einsatzbesprechung. Was ist mit Havenstein?«

»Ich lasse ihn ins Untersuchungsgefängnis überführen«, antwortete Jacobi. »Kommt Liebchen noch ins Präsidium?«

Koster brauchte nicht zu antworten, denn Liebetrau rief laut: »Worauf du wetten kannst, Süßer.«

Jacobi lachte. »Eine Sache habe ich noch: Es gibt Auffälligkeiten in der Besuchergruppe, die auf der *Ocean Queen* war. Zwei Besucher, ein Paar, hat definitiv falsche Namen und Adressen angegeben.«

»Ach, ehrlich? Lässt die Reederei sich nicht die Ausweise zeigen?«

»Normalerweise schon, aber ein paar Besucher hatten keinen Ausweis bei sich. Sie haben es nicht so genau genommen. Fakt ist jedenfalls, dass die Angaben keiner Überprüfung standhalten. Wer könnte das Pärchen sein?«

»Eva und ihr Adam«, meinte Liebetrau lakonisch.

25

Tessa fühlte beinahe ein Kribbeln im Arm. Torbens Hand umschloss ihre Hand so fest, dass seine Wärme auf sie abstrahlte. Auf ihrem Weg zu Alexander und Julia schlenderten sie durch das Portugiesen-Viertel. Der kleine Stadtteil zwischen den Landungsbrücken am Hafen und der Hamburger St.-Michaelis-Kirche war an diesem lauen Sommerabend ein wahres Fest der Lebensfreude und Tessa fühlte sich entspannt und glücklich. Vergessen die Aufregung der gestrigen Schiffsevakuierung. Vergessen ihre dummen Katastrophenfantasien. Vergessen die vielen Sorgen über den Mord an Bord der *Ocean Queen*. Sie wollte damit abschließen. Es war nicht ihre Angelegenheit. Sie freute sich einfach nur auf einen schönen Abend mit Freunden.

Vor den Restaurants in der Dietmar-Koel-Straße standen die Tische dicht an dicht, als ob die Wirte jeden noch so kleinen Winkel ausnutzen wollten, um Platz für ihre Gäste zu schaffen. Alle tranken Bier oder Wein und ließen sich unter freiem Himmel mediterrane Köstlichkeiten schmecken. Die Menschen saßen friedlich nebeneinander aufgereiht, wie Perlen auf einer Schnur. Lachen, Gläserklirren und ein dezenter Duft nach Knoblauch und Grillfleisch schwebte in der Luft.

Der Geruch des Sommers.

»Ich hab heute Mittag Fisch gegessen«, unterbrach Torben ihre Gedanken. »Hoffentlich hat Julia nicht so üppig gekocht.«

Tessa sah ihn fragend an.

»Liebchen und ich haben eine kurze Pause in der Veddeler Fischgaststätte gemacht, nachdem wir mit dem Zöllner gesprochen hatten. Eine kleine Bude, aber sehr lecker.«

Er hatte ihr bereits auf dem Weg von zu Hause hierher von seinem ereignisreichen Tag berichtet. Er war der Spur des Kokains gefolgt und hatte einen Verdächtigen vorläufig festgenommen. Ein schneller Erfolg.

Tessa war seinem Bericht mit zunehmender Erleichterung gefolgt. Sie hatte sich eingestanden, dass die Sorge, ihr Patient Walter Petersen könnte auf irgendeine mysteriöse Art und Weise in die Vorkommnisse an Bord der *Ocean Queen* verwickelt sein, an ihr genagt hatte. Zwar kannte Petersen weder die Tote, noch konnte er auch nur einer Fliege etwas zu Leide tun, aber trotzdem mochte Tessa diese Art Zufälle des Lebens nicht. Warum musste ausgerechnet ihr Patient in der Nähe eines Verbrechens auftauchen?

Egal, nun stand fest, dass er nur ein alter Mann mit psychischen Problemen war, tatverdächtig war jemand anders.

Torben stoppte. »Hier ist es. Nummer 7.«

Sie standen vor dem Haus, in dem Julia wohnte, und brauchten nicht einmal klingeln, da die Haustür offen stand. Erster Stock, hatte Alexander gesagt.

Von der Last des Zweifels befreit, hatte Tessa sich immer mehr entspannt und war letztlich von der Geschichte des Zöllners, die Torben detailliert geschildert hatte, sehr berührt. Eine aussichtslose und kitschige Liebesgeschichte. Und wenn sie nicht so destruktiv gewesen wäre, hätte sie sogar etwas Romantisches gehabt.

Sie war so fasziniert gewesen, dass sie Torben angebettelt hatte, dass er sie morgen mit zur Verhandlung nehmen möge, in der ein Richter entschied, ob die Voraussetzungen für den Erlass des Haftbefehls gegen den Zöllner weiterhin vorlagen oder nicht.

Und ja, gleichzeitig bekäme sie quasi die richterlich abgesegnete Gewissheit, dass ihr Patient nichts... Stopp. Sie wollte den Sommerabend genießen und sich nicht den Kopf über ihren Patienten zerbrechen.

Torben klingelte. Sie standen in dem schummerigen Treppenhaus vor Julias Wohnungstür.

Tessa griff Torbens Hand noch ein wenig fester. »Weißt du, dass mir ausgerechnet heute mein wahnkranker Patient von dieser Fischbude auf der Veddel erzählt hat? Ist das nicht ein Zufall?«

»Wahnkranker Patient? Was bedeutet wahnkrank? Das musst du mir bei Gelegenheit mal erklären.«

»Na ja, ein Wahnkranker hält an Überzeugungen fest, die der Realität nicht standhalten. Er fühlt sich zum Beispiel verfolgt, obwohl...«

»Nö, ihr sprecht nicht über die Arbeit, oder?«

Alexander hatte die Tür geöffnet und stand wie aus dem Nichts vor ihnen. Er strahlte sie an.

»Hallo, mein Freund. Vielen Dank für die Einladung«, sagte Torben und umarmte Alexander.

»Wie schön, dass es vor unserem Urlaub noch geklappt hat. Julia ist schon ganz aufgeregt. Aua!« Alexander hielt sich lachend die Seite, in die Julia ihren Ellenbogen gestoßen hatte. Sie war an seine Seite getreten und strahlte mit ihm um die Wette.

»Ich bin nicht aufgeregt. Ich freue mich lediglich drauf, Alexander zwei Wochen lang in Badehose zu bewundern.« Sie bat mit einer einladenden Geste in die Wohnung.

»Wir haben dir keine Blumen mitgebracht«, sagte Tessa und bewunderte die breiten Flurdielen des Altbaus. »Ihr fahrt ja morgen schon los...«

»Stimmt. Kommt rein, hier lang, da ist die Küche.« Sie ging voraus und wenig später saßen sie alle an einem langen Holztisch mit einem Glas Wein in der Hand.

Julia schmunzelte. »Na, Tessa, muss ich mir Sorgen machen?«

Tessa hob fragend eine Augenbraue.

»Analysierst du meine Wohnungseinrichtung? Die Bilder an den Wänden? Die Fotos in den Regalen? Ich frage mich oft, ob Psychotherapeuten eigentlich jemals abschalten? Ordnest du nicht alles, was du siehst und hörst gleich in therapeutische Schubladen ein?«

»Keine Sorge, ich vertiefe mich nach Feierabend lieber in das Abendessen, als in die Psyche anderer. Ich hoffe, du bist nicht zu enttäuscht?«

»Im Gegenteil. Dann kann ich es ja zugeben: Ich liebe Kochen und gutes Essen. Ich habe uns Berge von Antipasti gemacht. Auf etwas Warmes hatte ich bei der Hitze einfach keine Lust.«

»Perfekt! Offenbar bist du diejenige von uns, die Gedanken lesen kann.« Tessa half Julia, verschiedene Platten mit gebratenem und in Olivenöl eingelegtem Gemüse, Melone mit Parmaschinken, Tomaten, Mozzarella mit Basilikum und verschiedene Dips auf den Tisch zu stellen. Alexander schnitt selbst gebackenes Walnussbrot in Scheiben, und Torben bewunderte die Riesenplatte Vitello tonnato.

»Wow, sieht das lecker aus«, rief er. »Wenn das kein perfekter Einstieg in den Urlaub ist.«

»Das Beste für dich: Ihr bekommt die Reste mit!«, sagte Alexander und stellte den Brotkorb auf den Tisch.

»Wohin geht es denn eigentlich?«, fragte Tessa und setzte sich.

»Sardinien. Sommer, Sonne, Strand und Meer... herrlich«, antwortete Alexander. »Fahrt ihr auch noch in den Sommerurlaub?«

»Nein... wir haben nichts geplant.« Tessa schüttelte den Kopf.

»Macht doch eine Kreuzfahrt. Torben kommt sicher an günstige Tickets für die *Ocean Queen* ran«, feixte er.

»Lustig. Ich weiß ja nicht mal, ob Tessa Kreuzfahrten mag.« Torben sah sie erwartungsvoll an.

Meinte er das ernst? Tessa schüttelte den Kopf. »Nein, ich glaube nicht. Die Weite des Meeres macht mir Angst. Außerdem werde ich schnell seekrank. Und diese vielen Menschen auf engstem Raum... ich glaube, das ist nichts für mich.«

Sah er enttäuscht aus? Tessa mochte nicht fragen.

»Lasst es euch schmecken«, rief Julia und begann, sich etwas von den Auberginen mit Fetakäse auf den Teller zu legen.

Tessas Magen knurrte plötzlich so laut, dass alle lachten.

»Torben, lass uns auf deinen Erfolg anstoßen«, sagte Alexander und hob sein Weinglas. »Du hast unter großem Druck der Presse einen schwierigen Fall in zwei Tagen gelöst, das ist bewundernswert!«

»Zu viel der Ehre, ich bin... ich bin mir wirklich nicht sicher, ob... also...« Seine Worte erstarben.

Aller Augen waren auf Torben gerichtet.

Julia reagierte als Erste: »Du musst uns alles erzählen. Ich liebe *CSI* und *Tatort*«, sagte sie in die Stille hinein.

»Ich versuche, eine lange Geschichte kurz zu machen.« Er holte tief Luft. »Es gab eine Bombendrohung für das Kreuzfahrtschiff *Ocean Queen*. Das Schiff wurde evakuiert.« Er verzog den Mund. »Das *Hamburger Tageblatt* hat an Katastrophenvokabeln nicht gespart.«

»Früher hat man die Zeitungen noch lesen wollen, heute sind sie nur noch als Sichtschutz beim Frühstück tauglich«, meinte Alexander und stieß die Gabel in die Tomaten, die sich auf seinem Teller häuften. Wieder erhielt er von Julia einen Stups mit dem Ellenbogen. »Aua, ist ja gut.«

»Fakt ist, dass wir ein getötetes Besatzungsmitglied gefunden haben, und neben ihr stand ein Rucksack voller Kokain.« Torben griff nach seinem Weinglas und trank es in einem Schluck leer.

Alexander füllte sofort nach. »Das ist sein berühmter Spannungsbogen…«, flüsterte er Julia zu und erntete ein verliebtes Lächeln.

»Was es besonders tragisch macht, ist die Tatsache, dass die Frau schwanger war.«

»Oh nein«, stieß Julia hervor, und ließ das Besteck sinken. »Das ist ja grauenhaft.«

»Diese Information ist im Übrigen streng vertraulich. Niemand darf davon erfahren.« Er stocherte auf seinem Teller herum.

Julia und Tessa nickten ernst.

»Wir wussten, der Täterkreis ist endlich«, sprach er dann weiter. »Wer war an Bord und hatte Zugang zu den unteren Decks? Ich überspringe mal unsere Ermittlungsarbeit«, er lächelte müde, »und komme gleich zum Ergebnis. Wir sind der Spur des Kokains gefolgt, und ein Zöllner geriet in unser Visier. Liebchen hat ihn vernommen.«

»Liebchen?« Julia schürzte die Lippen. »Tessa, gibt es da etwas, was ich dringend über deinen Freund wissen sollte? Praktiziert ihr eine offene Beziehung oder so etwas?«

»Michael Liebetrau, von mir Liebchen genannt. Mein langjähriger Kollege und Freund«, stellte Torben klar. »Wenn er einen zum Reden ermuntert, erzählen die Menschen, als wären sie das erste Mal seit Jahren bei der Beichte.«

»Da fehlt der wichtigste Teil!«, insistierte Julia und legte ihre Gabel ab. »Du musst erzählen, wie ihr auf den Mann gekommen seid, warum er eine schwangere Frau tötet, was mit den Drogen war, und welche Fragen dein Herr Liebetrau gestellt hat.«

»Lass den armen Mann zwischendurch eine Kleinigkeit essen«, raunte Alexander mit vollem Mund. »Ihr müsst das Vitello probieren. Julia hat sich selbst übertroffen.«

»Das Interessante war die Alibi-Geschichte, die der Zöllner sich ausgedacht hat. Stellt euch vor, er hat in einer Prostituierten die ganz große Liebe gefunden und will sie aus den Händen ihres Zuhälters befreien.« Er malte mit seinen Händen ein übertrieben großes Herz Richtung Himmel. Dann fasste er die Geschichte des Zöllners zusammen und endete mit den Worten: »Er glaubt tatsächlich, dass wir ihm das abkaufen. Der zieht seinen Kopf nicht aus der Schlinge, indem er uns Märchen auftischt.«

»Wieso glaubt ihr dem Mann nicht?«, fragte Julia. Sie rutschte aufgeregt auf ihrem Stuhl nach vorne. »Die Geschichte ist so sentimental. Er liebt die Frau. Er tut alles, um sie aus dem Milieu zu holen. Das ist herrlich romantisch. Wie in *Pretty Woman*.«

»Es ist naiv, gefährlich und kriminell«, antwortete Torben.

»Oder wie im Film«, sagte Tessa und warf Julia einen

verständnisvollen Blick zu. »Wenn die Geschichte stimmt, hat der Mann für seine Liebe alles riskiert. Natürlich ist das vollkommen aus dem Ruder gelaufen. Ich finde, die Geschichte hat einen romantischen und einen lebensfremden, masochistischen Anteil. Der Zöllner schadet sich selbst. Ich möchte Torben gerne morgen zum Gericht begleiten, um mir diesen Liebeskasper anzusehen!«

»Diesen... was?«, fragte Julia. »Ehrlich, ihr beide benutzt Wörter... Liebchen... Liebeskasper...« Sie ließ sich wieder in ihren Stuhl zurückfallen und griff nach einem Stück Brot.

»So nennt man jemanden, der allen zeigen will, wie sehr er eine andere Person liebt. Meistens ist der Liebeskasper ein Mann, der so vernarrt ist in eine Frau, dass er nicht merkt, wie lächerlich er sich mit seinem Liebeswerben macht. Er kennt keine Grenzen.« Tessa suchte nach Worten. »Dass ein Freier eine Prostituierte aus dem Milieu holen will, ist genaugenommen der Klassiker. Die Frau hat meistens gar kein Interesse daran, mit dem Freier zu leben oder ihn zu lieben. Aber der Liebeskasper glaubt ihr das einfach nicht, egal was die Frau sagt. Er wirbt immer weiter, opfert alles für seinen Lebenstraum.« Tessa lächelte. »Ich habe natürlich keine Ahnung, ob das bei diesem Mann so ist, aber möglich wäre es.«

Die Männer schüttelten verständnislos den Kopf.

»Ich finde das spannend«, sagte Julia. »Wollen nicht alle Frauen so geliebt und umworben werden?«

»Ja, aber nur, wenn die Frau diese Liebe erwidert«, warf Alexander ein. »Ich mache mich doch nicht zum Stalker, indem ich einer Frau hinterherlaufe, die mich nicht will.«

»Gott sei Dank, wenn ich mich trennen möchte, werde ich dich schnell los...« Julia seufzte gespielt.

»Ich finde, die Liebe geht so viele verschiedene Wege, dass

wir gar nicht genau sagen können, wann und warum Paare zueinanderfinden. Gleich und Gleich gesellt sich gern oder Gegensätze ziehen sich an. Beides funktioniert.« Tessa griff nach ihrem Weinglas. Sie drehte es nachdenklich in ihren Fingern, ohne daraus zu trinken. »Ich behandele in meiner Praxis einen Mann mit einer wahnhaften Störung. Er ist seit Jahrzehnten mit seiner Frau verheiratet, und wenn er über sie und die alten Zeiten erzählt, wünschte ich, mir würde es einmal genauso ergehen. Er hat einen Ausdruck in der Stimme, der mir verrät, wie sehr er seine Frau liebt.«

»Unvorstellbar.« Alexander schüttelte den Kopf. »Jahrzehnte mit der gleichen Frau im Schlafzimmer ...«

»Erzähl weiter, Tessa. Ignoriere seine Kommentare. Du hast einen so spannenden Job. Ich liebe deine Geschichten...«, sagte Julia.

»Mein Patient war mit seiner Frau in einer Besuchergruppe auf der *Ocean Queen*, genau zu dem Zeitpunkt, als diese evakuiert ...«

»Hast du ihn gefragt, ob er etwas beobachtet hat?«, unterbrach Torben.

»Torben«, mahnte Tessa, »natürlich habe ich meinen Patienten nicht gefragt, ob er etwas gesehen hat. Es ist schlimm genug, dass er diese Evakuierung erleben musste. Er hatte Todeswünsche und war sehr aufgewühlt.«

»Ich hätte auch Todesangst gehabt, wenn ich an Bord gewesen wäre. Stellt euch vor, da geht eine Bombe hoch. Ich wäre über Bord gesprungen und weggeschwommen«, sagte Julia.

»Er hatte eigentlich keine Angst. Er wollte sterben. Manchmal überwältigen ihn Suizidgedanken. Er ist ... ein wenig beschädigt.« Tessa lächelte.

»Er wollte sterben? Dann liebt er seine Frau wohl doch nicht so sehr, was?«, witzelte Alexander.

»Das verstehe ich auch nicht«, sagte Julia. »Wie soll seine Frau nach so langer Ehe alleine weiterleben, wenn er stirbt? Soll sie die lustige Witwe spielen, obwohl sie ihre große Liebe verloren hat?«

»Ich weiß es nicht. Es hängt wohl mit seiner Wahnerkrankung zusammen. Vor ein paar Wochen hat er versucht, sich zu erhängen. Seine Frau hat ihn gerettet.«

»Wie furchtbar! Wie bekommt man so einen Wahn? Ich meine, hat er was Schlimmes erlebt?«, fragte Julia nachdenklich. »Kann ich das auch bekommen?«

»Ehrlich gesagt ist das eine schwierige Frage. Die Wissenschaft weiß über die isolierten Wahnerkrankungen nicht viel. Der Hirnstoffwechsel ist nachhaltig gestört. Vor allem bestimmte neuronalen Botenstoffe stören die Interaktion verschiedener Gehirnteile. Aber wir wissen nicht, warum das so ist. Jedenfalls nicht bis ins Detail.« Tessa holte tief Luft und suchte nach den richtigen Worten. »Wenn nicht Alkohol- oder Drogenkonsum die Auslöser sind, dann geht der Erkrankung meist eine Phase der Lebensveränderung und starken Stresses voraus. Durch die Überforderung und Überlastung kippt das chemische Gleichgewicht im Gehirn. Der Betroffene versucht, sich seine fremdartigen Gefühle irgendwie zu erklären, um die Kontrolle über sein Erleben zu behalten. So entsteht ein Wahnsystem.« Tessa hob bedauernd beide Hände. »Welche Überlastung bei welchen Menschen diese Symptome auslösen, können wir leider nicht vorhersagen.« Sie strich mit einer Hand nachdenklich über ihren Arm. »Manchmal ist es schon ein Problem, wenn jemand über einen langen Zeitraum allein und sozial zurückgezogen lebt. Wir sind soziale Wesen, und der Entzug von menschlichen Kontakten führt zur Unterbeschäftigung des Gehirns. Dann sorgt das Gehirn von alleine für Anregung.«

»Das habe ich über Folteropfer gelesen, die man in Isolationshaft hielt«, wandte Torben ein. »Die halluzinierten schon nach kurzer Zeit.«

»Genau. Das Gehirn ist sehr anspruchsvoll. Zu viel oder zu wenig Stimulation führen zu geistigen Störungen. Mein Patient zum Beispiel lebt vereinsamt im Hafen. Kaum Nachbarn, kaum Kontakte. Ich bin sicher, es gibt Tage, da spricht er mit niemandem, außer mit seiner Frau. Da können schon kleinste Ungereimtheiten des Alltags zu großen Verschwörungen in seinem Kopf mutieren.«

»Wow, das ist ja gruselig.« Julia sah bedauernd auf ihr Glas Wein. »Also kein Alkohol mehr, um meine Botenstoffe nicht zu verwirren?« Sie wandte sich an Alexander. »Sonst werde ich schizo.«

»Nein, eine Schizophrenie ist wieder etwas anderes«, lächelte Tessa, legte ihr Brot auf den Teller und griff nach ihrem Glas, um das Thema zu wechseln und auf Alexanders und Julias Urlaub anzustoßen.

Das Klingen der Gläser ließ sie alle lächeln. Sommer, Wein, Freundschaft. Sie waren gesund und genossen das Leben. Das war schön in einer Welt voll Tod und Krankheiten.

»Wie hilfst du dem Mann?«, fragte Julia, nachdem sie eine Weile schweigend weitergegessen hatten.

»Das ist nicht so einfach. Medikamente helfen leider in diesem Fall nur sehr bedingt, sie haben keinen Einfluss auf unsere Gedanken. Fantasien sind verdammt mächtig.« Tessa schob ihren Teller zur Seite.

»Nur schade, dass wir sie nicht gezielter einsetzen können«, sagte Alexander.

Tessa nickte. »Stimmt. Aber zurück zu deiner Frage, Julia. Wir versuchen, wahnkranke Menschen ins Leben zu integrieren und die Macht ihrer Gedanken zu reduzieren, ihr Selbstvertrauen aufzubauen, so dass sie Widerstand gegen ihre Gedanken leisten können.«

»Das klingt unerfreulich. Leiden die Menschen sehr?«, fragte Julia.

»Du wirst den meisten Wahnkranken zunächst gar nichts anmerken. Sie sind vollkommen unauffällig – mit Ausnahme ihres Wahn-Themas. Mein Patient glaubt zum Beispiel, dass andere Menschen ihn verfolgen und Frauen ihm nachstellen. Er präsentiert dafür Beweise, die absurd sind. Aber er erkennt seine Erkrankung nicht. Er hält seine Gedanken für die Realität.«

»Vielleicht ist dieser Liebeskasper ja auch wahnkrank?«, fragte Alexander und sah Torben dabei fragend an. Die Atmosphäre des Gesprächs hatte mit einem Schlag ihre Leichtigkeit verloren.

Torben zuckte mit den Schultern und wandte sich Tessa erwartungsvoll zu.

Sie versuchte, eine Antwort zu finden. »So wie Torben den Zöllner geschildert hat, ist er zwar unbelehrbar in seinen Gefühlen, aber er weiß, was er tut«, sagte Tessa. »In einem Punkt gebe ich dir Recht: Wer verliebt ist, ist nicht mehr zurechnungsfähig.«

Alexander lächelte Julia an. »Und das fühlt sich ziemlich gut an. Andererseits ...« Alexander druckste auf einmal herum. »Na ja, ich habe es selber einmal erlebt, die Liebe kann auch furchtbar sein. Paare können viel Gutes aber auch

Schlechtes aus sich und ihrem Partner herausholen. Und der, der mehr liebt, ist immer verletzlich. Umso verwundbarer wir sind, desto mehr versuchen wir, uns zu verteidigen, und damit kommen unsere schlechten Seiten an die Oberfläche. Das gilt genauso für deinen Patienten wie für den Liebeskasper.«

Tessa schaute Alexander betroffen an.

Hatte er womöglich Recht? Konnte sich Liebe gegen einen wenden?

26

Am nächsten Morgen hatte sich das Team im Konferenzraum der Mordkommission versammelt und wartete auf ihn.

Koster sah, dass Jacobi auf mehreren Metaplanwänden die Ermittlungsergebnisse der letzten beiden Tage aufgehängt hatte. Fotos vom Tatort und Nahaufnahmen des Opfers. Auszüge aus den Befragungen der Crew. Eine Zeichnung der Pier und der umliegenden Gebäude. Ein Zeitplan über die Abläufe, die sie bisher rekonstruieren konnten.

Sie legten ein Puzzle.

Ein Teil war zu viel.

Der Täter, den sie bisher hatten. Den mussten sie aussortieren.

Der dritte Tag ihrer Ermittlungen war angebrochen und wenn man Liebetrau Glauben schenken durfte, klärte sich bis heute Abend der gesamte Fall auf. Koster hätte nichts dagegen.

Die Stimmen erstarben, als er das *Hamburger Tageblatt* auf den Tisch legte. »Ich wünschte, ich könnte euch aus vollem Herzen einen guten Morgen sagen, aber leider stehen wir erneut in den Schlagzeilen.«

Jacobi schaute betreten in seinen Kaffeebecher. Liebchen zog eine leidende Miene und wedelte die Zeitung demonstrativ mit den Händen weg.

Jacobi rührte sich als Erster. »Ich hab es gelesen. Liebchen hat erzählt, dass du das *Tageblatt* gestern angerufen hast.«

»Ich frage mich, vorher diese Journalistin wusste, dass Claudia Spiridon erstochen wurde?«, fragte Koster. Meist veröffentlichten die Tageszeitungen falsche Informationen und wüste Spekulationen, um irgendetwas zu drucken, wenn die Polizei wenig Information preisgibt. Dieses Mal hatten sie jedoch richtiges Insiderwissen. »Gestern schon der Fundort der Leiche. Ihr wisst, was das bedeutet. Wir haben ein Leck!«

»Nicht bei uns«, maulte Liebchen. »Du weißt, dass wir eher Strafzettel verteilen, als Informationen an die Presse weiterzugeben. Wir pinkeln uns nicht ans eigene Bein.«

»Das weiß ich natürlich. Ich habe euch auch nicht in Verdacht. Bitte haltet die Ohren offen, wer hier unfair spielt. Mir ist es lieber, ein Kollege verdient sich ein paar Euro dazu, als dass der Mörder ein Katz-und-Maus-Spiel mit uns veranstaltet.« Koster sprach aus, was ihn so beschäftigte. Gab der Täter Informationen an das *Tageblatt* weiter? Spätestens, wenn das *Tageblatt* weiteres Täterwissen veröffentlichte, wüssten Sie Bescheid.

»Havenstein ... das wäre ja dämlich«, Liebetrau schüttelte den Kopf. »Die Informationen können von vielen Beteiligten kommen. Wir können einen öffentlichen Tatort nicht geheim halten.«

»Du hast Recht. Fangen wir an«, sagte Koster. Er räusperte sich, um das dumpfe Gefühl in seinem Magen zu übertönen. »Den Obduktionsbericht habt ihr vorliegen. Die Frau wurde erstochen.« Er suchte die Stelle in dem Bericht. »Da habe ich es: inneres Verbluten durch einen Stich in die Brust mit Seitenverlagerung des Herzens.« Er legte den Obduktionsbericht beiseite. »Jemand hat ihr ein Messer zwischen den Rippen hindurch in die Seite gestoßen. Die Frau hat nach innen aus den verletzten Gefäßen geblutet. Dieses viele Blut hat ihr Herz zur Seite gedrückt, wo das Herz dann die Blutgefäße auf der anderen Körperseite abgeklemmt hat. Das Messer haben wir nicht gefunden. Ich gehe davon aus, dass der Täter es mitgenommen oder in der Elbe versenkt hat. Irgendwelche Einwände?«

Liebchen und Jacobi schüttelten den Kopf.

»Eine neue und wichtige Erkenntnis ist, dass die Tote im vierten oder fünften Monat schwanger war. Das verändert die Tat aus meiner Sicht ganz erheblich. Jetzt kommen ganz neue Gefühle und Motive ins Spiel. Vielleicht ging es um das Kind? Von wem ist es? War es ein Wunschkind oder nicht? Zwischen Drogen und einer Schwangerschaft als Motiv liegen Welten. Claudia Spiridon hat übrigens kein Kokain konsumiert.«

In diesem Moment klingelte das Telefon, das zwischen ihm und Liebetrau auf dem Tisch stand. Er sah erwartungsvoll zu Liebchen hinüber, der sich nicht bewegte. »Das könnte ein Telefonat sein, Liebchen.«

»Da will ich nicht mit reingezogen werden«, murmelte der und zog ein Taschentuch aus seiner Jackentasche.

Koster lachte. Liebetrau zelebrierte seinen Schnupfen. Er griff nach dem Telefonhörer und legte wenige Sekunden später auf. »Der Pressesprecher hat die Pressekonferenz nach Havensteins Haftprüfungstermin angesetzt. Er hofft, die Spekulationen eindämmen zu können. Wir müssen das *Hamburger Tageblatt* zähmen. Wir sind uns doch einig, dass die Tatsache, dass die Frau schwanger war, nicht nach außen dringt?! Nachrichtensperre! Wenn ich das morgen im *Tageblatt* lese, bekomme ich einen Tobsuchtsanfall.« Koster schenkte sich einen Kaffee ein und bat Jacobi, mit seinen Ermittlungsergebnissen fortzufahren.

»Fangen wir mit dem Einfachsten an. Die Stimmanalyse hat ergeben, dass Vinzenz Havenstein der anonyme Anrufer im WSPK2 war.« Jacobi sah zu Liebetrau herüber. »Brauchst du das schriftlich für Staatsanwalt und Richter?«

Liebchen lächelte. »Den Richter donnern wir so zu mit Indizien, dass der Mann glaubt, er habe bei dem Mord zugeschaut. Wehe, der Staatsanwalt überzeugt ihn nicht, Havenstein in Untersuchungshaft zu behalten. Er ist dringend tatverdächtig, und es besteht Fluchtgefahr. Das sollte als Haftgrund doch wohl ausreichen.«

»Er ist Beamter und hat einen festen Wohnsitz. Warum sollte er flüchten?« Koster spielte den Advocatus Diaboli.

»Er hat genug Geld, um sich abzusetzen. Er hat angekündigt, mit seiner Geliebten neu anfangen zu wollen. Er schert sich einen Teufel um seinen Job. Es besteht Fluchtgefahr. Basta.«

»Streitet euch nicht. Der Staatsanwalt wird das genauso sehen.« Jacobi reichte Liebetrau ein Blatt Papier über den Tisch. »Tatsächlich sind aber ein paar Angaben von Havenstein korrekt. Es hat anonyme Anzeigen gegeben, dass angebliche Drogendeals laufen. Gefunden haben weder die Kollegen noch der Zoll irgendetwas.« Jacobi zuckte mit den Schultern. »Das spricht gegen die Hypothese, dass es Havenstein ist, der mit Drogen dealt. Er würde sich kaum selber anzeigen.«

Niemand antwortete ihm. Er berichtete weiter, was er bisher über die Tote Claudia Spiridon herausgefunden hatte. Sie war zweiunddreißig Jahre alt und die feste Freundin vom Chief Purser. Die beiden kannten sich, seit er vor gut zwei Jahren an Bord gekommen war. Sie fuhr seit fünf Jahren für die Reederei, die meiste Zeit davon auf der *Ocean Queen*.

»Der Purser hat bestätigt, dass Claudia Spiridon von ihm schwanger war. Sie hätten sich auf das Kind gefreut, wollten heiraten und sich in Rostock niederlassen. Er hat bereits einen Bürojob in der Reederei *Ocean Dream Lines* angenommen. Er hat mir seinen neuen Arbeitsvertrag vorgelegt. Das klingt alles plausibel.«

Koster überlegte laut: »Die Rechtsmedizin soll überprüfen, ob das Kind wirklich vom Purser ist. Wenn Havenstein der Vater wäre, hätten beide Männer ein Motiv. Vielleicht wollte die Spiridon raus aus dem armen Moldawien, um eine biedere deutsche Hausfrau und Mutter zu werden. Da wäre eine Schwangerschaft vom falschen Mann hinderlich.«

»Genau. Der Zöllner schiebt ihr einen Braten in die Röhre...«, sagte Liebchen nachdenklich. »... und dann muss er die Frau loswerden, um seine Beziehung zu der Prostituierten nicht zu gefährden. Oder dem Purser sind in einem Anfall von Eifersucht die Sicherungen durchgebrannt, als seine Zukünftige ihm ein Kind unterschieben will.«

Zustimmendes Gemurmel.

»Was ist mit den Alibis der beiden Männer?«, fragte Koster.

Jacobi schüttelte den Kopf. »Beide behaupten zwar, dass sie nicht in der Nähe waren, aber beweisen lässt sich das nicht. Und das, obwohl Alexander den Todeszeitpunkt auf anderthalb Stunden eingrenzen konnte, weil sie so schnell gefunden wurde.«

»Havenstein hat kein Alibi.« Liebetrau schrieb eifrig mit. »Er hatte die Gelegenheit zur Tat, und entweder der geplatzte Drogendeal oder die ungewollte Schwangerschaft ist sein Motiv. Was wissen wir über seine finanziellen Verhältnisse?«

Jacobi blätterte nach einem weiteren Bogen, den er Liebetrau reichte. »Die Auskunft der Bank ist eindeutig. Der Mann ist reich. Alte Adelsfamilie. Zwar nicht alles flüssig, aber er kann jederzeit das Land mit seiner angeblichen Eva verlassen. Daher besteht eindeutig Fluchtgefahr. Der kommt nicht aus der Untersuchungshaft, keine Sorge.«

»Wer weiß, wer weiß…« setzte Liebetrau an, doch Jacobi unterbrach ihn.

»Ich weiß es. Denn das Beste kommt bekanntlich zum Schluss!«

Liebchen kniff die Augen zusammen und fixierte Jacobi. Auch Koster griff unwillkürlich nach einem Stift. Wenn Jacobi seine Sätze so begann…

»Also, wir haben alle Crewmitglieder im Schnelldurchlauf befragt. Ihr wisst schon: »Kennen Sie die Tote? Haben Sie was Auffälliges bemerkt oder gehört? Können Sie Angaben machen? Rausgekommen ist dabei leider nichts. Absolut gar nichts. Außer… einer klitzekleinen Anekdote, die mir die Kabinennachbarin der Toten beschrieb. Sie wusste von der Liaison mit dem Purser. Daraus haben die beiden kein Geheimnis gemacht. Daher erinnerte sie sich, dass die beiden vor ein paar Wochen einen heftigen Streit hatten. Der Purser sei handgreiflich geworden. Die Tote habe das ihrer Freundin erzählt. Dabei gewesen sei sie allerdings nicht. Aber, jetzt kommt es, der Streit sei nicht durch die beiden beigelegt worden, sondern weil ein… Zöllner… dazwischengegangen sei.« Jacobi strahlte in die Runde. »Leider kann sie nicht sagen, ob das Havenstein war, und sie konnte sich auch nicht an den Tag erinnern. Aber sie meinte, es wäre einfach das Datum herauszufinden, da es in Hamburg passiert sei. Bei dem letzten Anlauf der *Ocean Queen* vor…« Er blätterte in seinen Unterlagen. »Am 6. Mai diesen Jahres.«

Liebetrau schnalzte mit der Zunge. »Besorgst du mir die Dienstpläne der Zöllner? Ich stelle mir vor ...«

»Liebchen, Süßer, ich lese dir alle Wünsche von den Augen ab, noch bevor du selber weißt, welche Wünsche du hast. Die Antwort deiner Träume lautet: Ja, Havenstein hat an diesem Tag die Zollabfertigung für die *Ocean Queen* gemacht. Er war an Bord.«

Jacobi strahlte immer noch in die Runde.

Liebetrau griff nach dem Zettel. »Jacobi, wenn ich nicht schon verheiratet wäre, würde ich dir jetzt einen Antrag machen.«

Jacobis Strahlen erstarb, und er verzog entsetzt den Mund. Das löste die Spannung. Alle lachten und Koster spürte, dass sie ein wichtiges Puzzleteilchen an die richtige Stelle gelegt hatten. Havenstein hatte gelogen. Er kannte die Tote. Havensteins anonyme Hinweise auf den Drogendealer erschienen mehr und mehr Teil seines perfiden Plans. Wenn sie beweisen konnten, dass die Prostituierte Eva und ihr Zuhälter nicht existierten, wären sie am Ziel.

»Liebchen, du hast jetzt genug beisammen für den Staatsanwalt. Ich bereite die Informationen für die Pressekonferenz auf, und wir konzentrieren uns darauf, diese Eva und ihren Zuhälter zu finden. Wenn die Frau nicht existiert, ist Havenstein fällig. Gibt es sie doch, finden wir heraus, ob ihr Zuhälter die Finger im Spiel hatte. So oder so brauchen wir die beiden.« Er holte tief Luft. »Männer, ihr seid super!« Koster stand auf.

Jacobi hob die Hand, um ihn daran zu hindern zu gehen. »Eine Sache wäre da noch.« Er nahm sein Notizbuch zur Hand. »Also, ich hab mich ein wenig mit unserem Hafen und den Kreuzfahrtschiffen beschäftigt. Wusstet ihr, dass die Hamburger ganz verrückt auf diese Riesendampfer sind? Wenn die *Queen Mary 2* einläuft, stehen zigtausende Menschen entlang der Elbe, um ihr zuzuwinken. Wahnsinn, oder?«

Niemand antwortete.

»Na gut. Wir haben ungefähr hundertsiebzig Anläufe von Kreuzfahrtschiffen mit über 650.000 Passagieren pro Jahr. Dazu noch die Cruise Days mit dem Blue Port und der Hafengeburtstag.« Jacobi bemühte sich um einen sachlichen Tonfall. »Das schwemmt ordentlich Geld in Hamburgs Kassen.«

»Ist ja schön, aber worauf willst du hinaus?«, fragte Liebetrau. Er rutschte unruhig auf seinem Stuhl nach vorne.

»Kreuzfahrtschiffe sind unsere Achillesferse bei den Vorsichtsmaßnahmen gegen den Terror. Es sind zu viele und sie sind zu ungesichert. Wir haben zwei falsche Namen in der Besuchergruppe und uns fehlen drei Kabinenstewardessen. Das stimmt mich nachdenklich. Die Sicherheitsvorkehrungen scheinen mir verbesserungswürdig.« Jacobi blätterte eine Seite um. Er machte eine Pause, als müsse er sich neu sortieren. »Auf den Schiffen, die Hamburg anlaufen, liegt der Anteil deutscher Passagiere bei achtzig Prozent. Die Crews hingegen bestehen zu neunzig Prozent aus Ausländern. Filipinos, Nepalesen, Kroaten, Asiaten, ein paar Europäer … alle friedlich nebeneinander. So weit, so gut.« Jacobi holte tief Luft. »Die drei Frauen sind nicht an Bord zurückgekehrt. Ihre Pässe fehlen. Und wer kommt an die Pässe ran?«

»Ist nicht unserer labiler Purser für die Creweinstellung verantwortlich?«, fragte Liebetrau, plötzlich wieder interessiert.

Jacobi stimmte brummend zu. »Und damit haben wir leider jemanden im Schlepptau, der Vinzenz Havenstein Konkurrenz auf den Täter-Thron macht, denn nur er oder seine Verlobte Claudia Spiridon konnten den Frauen die Pässe zurückgeben. Wenn es also doch um die drei Frauen geht?«

Liebchen verzog den Mund, als hätte er in eine Zitrone gebissen. »Wir brauchen die U-Haft für Havenstein. Dann beeinflusst er keine Zeugen mehr, verwischt keine Spuren und kann keinen Kontakt mehr zu Eva aufnehmen. Mal sehen, welche Zeugen dann aus ihren Löchern krabbeln. Vielleicht tauchen sogar die drei Damen auf.«

Koster nickte nachdenklich. Es passte noch nicht alles, aber ihre Theorien waren eine gute Grundlage. »Jacobi, hast du mehr über die Besuchergruppe an Bord des Schiffes herausgefunden?«

Jacobi wiegte bedauernd den Kopf. »Die Journalistin vom *Tageblatt* war in der Besuchergruppe registriert. Sie war an Bord. Aber, wie ich gestern schon sagte, sind zwei Namen definitiv falsch. Ein Mann und eine Frau. Viel weiter bin ich noch nicht. Es ist schwierig, da irgendetwas zu ermitteln.«

»Sprich bitte mit der Besuchergruppe. Tessa hat mir erzählt, dass ein Patient von ihr in dieser Gruppe war. Vielleicht kannst du Beschreibungen der Personen bekommen, deren Namen falsch waren?«

»Tessa?«, fragte Liebetrau. »Jetzt sag nicht, dass ihre Klappskallis an Bord waren?«

Koster ignorierte die Bemerkung. »Wir brauchen die Unbekannten aus der Besuchergruppe und die verschwundenen Frauen. Ich will wissen, ob es diese Eva gibt. Das ist das reinste Versteckspiel. Los jetzt, schaut in jede dunkle Ecke, dreht jeden Stein um, setzt alles in Gang, was wir haben. Findet diese Leute!«

Alle schauten ihn skeptisch an.

»Wie denn?«

27

Corine sah ihn eindringlich an und hoffte, dass er begriff, warum sie ihn nicht früher eingeweiht hatte. »Bald ist es so weit. Ey, freu dich doch mal. Übermorgen ist der Scheidungstermin. Ich bin seit sechs Jahren mit ihm verheiratet. Ich habe jetzt ein Bleiberecht, verstehst du?« Sie pustete auf ihre Fingernägel und hoffte, dass der rote Lack schnell trocknete. Sie wollte Georg am liebsten um den Hals fallen. Aber er war mal wieder schlecht gelaunt.

»Ich bin ja nicht blöd. Ich verstehe nur nicht, was ich damit zu tun habe.«

»Georg, sei nicht so... wir können unsere Zukunft planen. Ich bin frei. Ich bezahle ihn und... Es muss doch mal weitergehen in meinem Leben.«

»Woher hast du so viel Geld?«

Er stellte die falschen Fragen. Saß da vor dem Fernseher wie ein alter Mann und guckte Sport. Warum freute er sich nicht? Ärger wallte in ihr hoch. Sie pustete energisch auf die Fingernägel ihrer rechten Hand, bevor sie damit nach der Tageszeitung griff. Wehe, sie verschmierte seinetwegen den Lack. Sie hatte weder Lust noch Zeit, noch einmal von vorn anzufangen. »Vinzenz Havenstein, der Mann, den die Bullen verhaftet haben, hat gezahlt.« Sie warf ihm die Zeitung in den Schoß.

»Wie bitte? Woher kennst du den Mann?«

Wenigstens wandte er seinen Blick von dem blöden Fernseher ab. »Nun stell dich doch nicht so an. Er ist ein Kunde.« Sie lächelte kokett. »Bist du etwa eifersüchtig. Das brauchst du...«

»Du hast einen Kunden erpresst? Womit denn?«

Jetzt reichte es ihr aber gleich. »Nix erpresst, Mensch. Der Blödmann wollte mich freikaufen. Ich hab gesagt, du verlangst zwanzigtausend Euro.«

»Ich?«

Er sah sie so ungläubig an, dass sie lachen musste. »Ja, mein Zuhälter gibt mich sonst nicht her.« Sie strahlte. »Gut, nicht?«

»Und wo ist mein Geld?«

»Tststs. Liebling, das Geld geht an meinen Noch-Ehemann. Sonst wäre ich ja nicht frei für dich.«

»Was meinst du denn damit?«

Er hatte sich wieder zum Fernseher gedreht. Was sollte das? »Ich wünsche mir einen Heiratsantrag«, maulte Corine. Sie hatte sich das alles viel romantischer vorgestellt, aber Georg war manchmal schwer von Begriff. Sein kleiner Hustenanfall ließ ihren Ärger weiter anschwellen. »Jetzt tu nicht so, als wüsstest du das nicht. Ich möchte Kinder, eine richtige Familie.«

Sein Hustenreiz ebbte ab.

»Warte mal, Schätzchen. Von Heirat war nie die Rede. Ich... ich will keine Kinder. Jetzt noch nicht... ich... nur weil deine Schwester schwanger war...« Er schürzte die Lippen. »Es tut mir leid. Hey, ist ja gut...«

Corine hatte Tränen in den Augen. Sie konnte sie nicht zurückhalten. Er freute sich nicht. Er wollte keine Kinder mit ihr. Claudia war tot. Alle ihre Träume zerplatzen wie Seifenblasen. Sie fühlte die Wut heiß und giftig in sich aufsteigen. »Heißt das, du willst mich nicht?«, schrie sie. Sie stand auf und ging auf ihn zu. Die Fingernägel waren ihr plötzlich egal. Alles war unwichtig.

»Corine, bitte, ich will nicht heiraten, mein Gott. Ist doch nicht so schlimm. Wir sind doch auch ohne Trauschein glücklich. Lass uns lieber überlegen, wie es mit den drei Mädchen weitergeht.«

»Was weißt du schon von den Mädchen? Es geht nicht weiter.« Sie stemmte die Hände in die Hüften und wollte einfach nur weg. »Claudia ist tot. Verstehst du das nicht? Ohne sie kommen keine neuen Mädchen auf das Schiff und damit nach Deutschland. Es ist vorbei.«

»Können wir die Frauen kontaktieren? Wir haben doch ihre Pässe. Ohne die Pässe kommen sie nicht weit, oder?«

»Lass mich bloß damit in Ruhe.« Sie griff nach ihrem Handy und ihrer Handtasche. Sie hielt es hier keine Sekunde länger aus. Scheiß auf den Nagellack. »Wen interessieren denn die Pässe? Ich hab dich mit aufs Schiff genommen, damit du mir hilfst, und was machst du? Wer hat denn den Ärger mit den Abnehmern am Hals? Wenn sie dort nicht ankommen, brauchen sie auch diese blöden falschen Pässe nicht.« Sie schrie ihre Wut über seinen Verrat heraus, während sie nach ihrer Jacke griff. Er war so ein Hurensohn. Er hatte ihr einfach einen Korb gegeben, eiskalt.

»Nun warte doch, wir suchen die Mädchen. Hast du ein Versteck für sie? In einem Laufhaus?« Er griff nach der Fernbedienung und schaltete den Apparat ab.

Sie starrte ihn an. Die Mädchen waren ihm wichtig? Dafür verzichtete er sogar auf seinen geliebten Sport. Aber er zerbrach sich keinen Moment den Kopf über sie und eine gemeinsame Zukunft. Wie hatte sie sich so täuschen können?

»Lass mich wenigstens mit den Kunden sprechen und sie um Geduld bitten. Warte, ich hab's nicht so gemeint…«

Sie rannte in den Flur. Sollte sie zur Polizei gehen? Alles erzählen? Ihm alles in die Schuhe schieben.

Sie knallte die Wohnungstür zu, so laut sie konnte.

28

Christa machte in der Küche klar Schiff. Walter saß in seinem Schaukelstuhl im Wohnzimmer und schaukelte langsam vor und zurück. Vor und zurück.

Er hatte seiner Psychotherapeutin nichts davon erzählt. Dabei fand er Doktor Ravens unglaublich nett, und sie bemühte sich sehr um ihn. Aber sie konnte ihm nicht helfen. Niemand konnte das. Warum sollte er ihr also davon erzählen?

Das Problem musste er selber lösen. Deshalb saß er hier und schaukelte. Nicht einmal eine Therapeutin konnte die Dämonen kennen, die ihn trieben. Die ihm zuriefen, was für ein Versager er war, und dass er endlich das Problem lösen solle.

Claudia Spiridon war tot.

Erstochen.

Vinzenz Havenstein als Täter verhaftet.

Daran ließ sich nichts mehr ändern.

So hatte es in der Zeitung gestanden. Er hatte die Artikel immer wieder gelesen und war erschöpft vom Nachdenken.

Er musste die Kontrolle behalten. Er durfte keine Fehler mehr machen. Vielleicht würde dann alles gut werden.

Wenn sie nur nicht ständig hinter ihm her wären.

Vor und zurück.

Heute Nacht hatte er wieder einen Alptraum gehabt. Er war schweißgebadet aufgewacht und still liegen geblieben, um Christa nicht zu wecken. Die Schwärze des abgedunkelten Zimmers hatte ihn umhüllt und seinen Brustkorb zusammengepresst. Das Herz raste. In den Ohren rauschte es.

Er erzählte Christa nichts davon, obwohl die Angst immer öfter kam. Die allmächtige Panik, die ihn umklammerte und langsam von ihm Besitz ergriff. Die flüsternden Stimmen, die ihn einen Versager schimpften. Allein bei dem Gedanken daran verengte sich seine Brust, und er atmete flacher.

Schaukelte vor und zurück.

In seinen Träumen war er allein. Abgeschnitten von Christa. Von der Nabelschnur, die ihn am Leben erhielt. Er taumelte durch den Hafen, das alte Rossterminal entlang und suchte sie. Je weiter er lief, umso tiefer er in den innersten Hafen eindrang, desto weiter rutschte er ab. Verfolgt von den Frauen. Um sein Leben laufend. Sterbend.

Stets schreckte er kurz vor seinem letzten Atemzug hoch. Sog dann gierig Luft ein und erkannte, dass er in seinem Schlafzimmer lag. Nachdem er sich beruhigt hatte, konnte er nicht wieder einschlafen. Er brauchte immer länger, um ins Gleichgewicht zu kommen.

Er war zu müde, zu alt und zu verrückt, um eine Lösung zu finden.

Er konnte Havenstein nicht helfen.

Er schaukelte vor und zurück.

Die Medikamente halfen ihm. Etwas. Nicht sehr viel. Die Therapiesitzungen schon eher. Trotzdem dauerte alles viel zu lange. Er schwamm gegen den Strom, und die Strömung riss ihn unerbittlich mit in die falsche Richtung. In letzter Zeit zog er sich einfach in sich selbst zurück, bis das Rauschen im Kopf, die fordernden Stimmen, die Angst und die Sehnsucht nach dem Tod, erstarben.

Vor und zurück.

Was war ein Leben wert, wenn er nicht mehr zwischen Wahn und Wirklichkeit unterscheiden konnte?

Aber er musste weitermachen.

So viel hatte er verstanden.

Ganz gleich, wie viele Pillen er schluckte, wie viele Therapiestunden er nahm: Er konnte nicht ohne Christa existieren.

Sie war sein Leben.

Auch im Tod.

29

Die gerichtliche Anhörung zum Erlass des Haftbefehls von Vinzenz Havenstein fand um 11.30 Uhr in einem kleinen Büro im Strafjustizgebäude am Sievekingplatz statt. Tessa wollte auf keinen Fall zu spät kommen, und saß schon zwanzig Minuten vorher auf einer Bank im Gang vor dem kleinen Raum des Richters.

Heute Morgen würde entschieden, ob die Staatsanwaltschaft ihren Haftbefehl gegen Vinzenz Havenstein aufrechterhalten durfte und er im Untersuchungsgefängnis blieb.

Liebchen hatte den Staatsanwalt gut präpariert, denn er unterbreitete dem Haftrichter mit ruhiger, sonorer Stimme geduldig alle bisherigen Ermittlungsergebnisse.

Tessa hörte die Geschichte des Zöllners erstmals von einem Fremden und musste gestehen, dass sie sehr rührselig klang. Der Staatsanwalt sparte nicht an einem spöttischen Tonfall und betonte, dass Havensteins angebliche Geliebte nicht zu finden sei und selbstverständlich keinen Kontakt zu Havenstein aufgenommen hatte, obwohl sie doch sicher von seiner Verhaftung erfahren hatte. Es war offensichtlich, dass er nicht daran glaubte, dass es diese Prostituierte gab.

Tessa hörte Liebchen neben sich zustimmend schnaufen. Sie wusste, dass die intensiven Bemühungen der Mordkommission, die Prostituierte zu finden, bislang erfolglos geblieben waren.

Der Staatsanwalt endete mit seiner Zusammenfassung

und forderte den weiteren Verbleib in der Untersuchungshaft. Der Zöllner weigerte sich zwar ein Geständnis abzulegen, was den Tod von Claudia Spiridon betraf, aber er hatte die Gelegenheit zur Tat, kein Alibi, ein Motiv, und es bestand Fluchtgefahr.

Tessa beobachtete Havenstein in aller Ruhe. Er saß reglos auf seinem Stuhl, den Rücken stockgerade und die Arme auf dem Tisch verschränkt. Er folgte den Ausführungen des Staatsanwalts konzentriert und zog mitunter seine Augenbrauen zusammen, als habe er Schmerzen. Tessa vermutete, dass ihn der Spott des Staatsanwalts kränkte.

Sie hielt es für möglich, dass der Mann sich wirklich in eine Prostituierte verliebt hatte und sie aus dem Milieu holen wollte, warum auch nicht? Allerdings hatte sein Liebeswerben pathologische Züge angenommen. Es war nicht normal, eine geliebte Person zu verfolgen und dabei straffällig zu werden. Warum hatte Havenstein diesen Weg gewählt? Warum hatte er hunderte Menschen an Bord der *Ocean Queen* mit einer Bombendrohung in Angst und Schrecken versetzt?

»Eines will mir nicht in den Kopf«, sagte der Richter und nahm seine Brille ab. Er neigte leicht den Kopf und sprach beinahe väterlich auf Havenstein ein. »Sie sind ein gut aussehender Mann«, sprach der Richter weiter. »Aus gutem Hause und mit einer anständigen Arbeit. Wie kommt es, dass Sie so naiv daran glauben, dass eine Prostituierte sich aus dem Milieu lösen wolle?«

»Aus gutem Hause?«, wiederholte Havenstein. »Na ja, wie man es nimmt. Ein reiches, aber ein schwieriges Elternhaus. Mit Stammbaum. Na und? Es hat mir Werte vermittelt. Gut. Ich glaube an die Liebe. Auch wenn Sie das vielleicht nicht verstehen können. Es gibt sie. Eva und ich haben uns gefunden. Ich will mich dafür nicht mehr rechtfertigen.«

Erstmals hörte Tessa Havenstein mehrere Sätze hintereinander sprechen – und sie glaubte ihm.

»Was war denn so schwierig an ihrem Elternhaus?«, fragte der Richter.

Interessant. Tessa setzte sich unwillkürlich auf und streckte den Kopf, um Havenstein besser hören zu können. Er sprach sehr leise. Hoffentlich machte er es sich nicht zu einfach und schob seiner Mutter die Schuld in die Schuhe. Nach dem Motto, »sie hat mich nicht genug geliebt«. Hatte er schon eine Wahrnehmung dafür, dass nur er seine Beziehungsgestaltung ändern konnte? Dass eine Partnerin nicht alle seine Wünsche erfüllen konnte?

»Mein Vater war kein liebevoller Mensch.«

»Erzählen Sie mal.«

Havenstein runzelte die Stirn und schien darüber nachzudenken, wie er dieser Aufforderung nachkommen sollte. »Wissen Sie, was mein Vater immer zu mir gesagt hat? Er hat gesagt: ›Mach die Augen zu, dann siehst du, was dir gehört.‹«

Das ist bitter, dachte Tessa. Keine Chance, ein gutes Selbstwertgefühl aufzubauen, wenn der Vater sich für was Besseres hält und sein Kind entwertet. Vielleicht war das eine Erklärung für sein Imponiergehabe der Prostituierten gegenüber, dennoch keine Entschuldigung für seine Taten.

»Wir kommen aus einer wohlhabenden Familie, aber mein Vater wollte nicht, dass ich mir etwas darauf einbilde. Er wollte, dass ich durch die harte Schule gehe. Wenn Sie verstehen, was ich meine?« Havensteins Stimme bettelte um Verständnis.

»Nein«, antwortete der Richter und fuhr fort, seine Brille zu putzen.

»Er hat geschlagen und gedemütigt. Nie gelobt. Immer nur gefordert. Ich war für nichts gut genug. Nie. Dass ich mit dreißig Jahren noch nicht verheiratet bin und Enkelkinder nach Hause gebracht habe, war für meinen Vater die Bestätigung meines Versagens.« Havenstein holte tief Luft, als hätte ihm dieses Geständnis schwer auf der Seele gelegen.

»Wie ist das Verhältnis zu ihren Eltern heute? Was sagen Ihre Eltern zu Ihrer Freundin?«

»Sie sind tot. Autounfall vor einem Jahr. Mein Vater war ein hohes Tier bei der Hafenverwaltung. Ich habe ihm seine Demütigungen heimgezahlt: Der Sohn des großen Hafenchefs ist bloß eine kleine Maus beim Zoll. Er hat geschäumt vor Wut.« Ein gequältes Lächeln huschte über sein Gesicht. »Eva hätte ihm nicht gefallen.«

Der Richter wollte das genauer wissen.

»Eva ist eine starke Frau. Mein Vater duldete nur devote Frauen. Meine Mutter entsprach seinem Ideal. Sonst hätte ihre Ehe nicht lange gehalten. Mein Vater wollte auch kein zweites Kind mehr, nachdem es beim ersten Kind gleich *geklappt* hat. Ein Junge. Ein Stammhalter. Er wollte kein Risiko eingehen, ein Mädchen zu bekommen. Für ihn spielte es keine Rolle, wie sehr sich meine Mutter noch ein Kind gewünscht hat.«

»Warum verschweigen Sie der Polizei den Namen und die Telefonnummer Ihrer Geliebten? Die Polizei konnte sie bislang nicht ausfindig machen, und es steht im Raum, dass es sie gar nicht gibt. Ihre Geschichte wäre um ein Vielfaches glaubwürdiger, wenn die Frau eine Aussage machte.«

»Ich ziehe Eva nicht mit in die Sache hinein. Ich alleine

trage die Konsequenzen meines Handelns. Glauben Sie mir, mit dem Tod der Schiffsstewardess habe ich nichts zu tun.«

»So kommen wir nicht weiter. Sie folgen Ihren eigenen merkwürdigen Maßstäben. Ich finde Ihre Erklärungen nicht schlüssig. Sie stellen sich als Opfer dar und erkennen offensichtlich Ihr eigenes Handeln und dessen Konsequenzen nicht. Ich bin versucht, Sie kommentarlos der Untersuchungshaft zuzuführen. Aber ich will wissen, ob Sie uns etwas vorspielen oder tatsächlich nicht verstehen können, welche Schuld Sie auf sich geladen haben.« Der Richter setzte seine Brille auf und rückte sie noch mit dem Zeigefinger etwas die Nase hinauf. »Sie bleiben in Untersuchungshaft. Sie wollen mit ihrer angeblichen Geliebten fliehen, und Sie verfügen über die entsprechenden Geldmittel. Das geht nicht. Darüber hinaus ordne ich eine psychiatrische Untersuchung an. Ich möchte wissen, ob Sie zum Zeitpunkt der Tat voll schuld- und einsichtsfähig waren. Ich muss wissen, ob Sie gefährlich für sich und andere sind.«

»Aber das ist doch Unsinn. Ich bin …«

»Sie werden in den nächsten Tagen einem forensischen Psychiater vorgestellt. Ich rate Ihnen zur Kooperation.«

Der Verteidiger des Zöllners erhob sich und insistierte im Namen seines Klienten, dass dieser natürlich zu jeglicher Kooperation bereit sei. Er sei schließlich kein Verbrecher, das sei jedem klar geworden. Er habe aus verzweifelter Liebe eine Dummheit begangen, habe aber niemandem schaden wollen. Und mit dem Tötungsdelikt habe er nun wirklich nichts, aber auch gar nichts zu tun. Daher sei eine Untersuchungshaft überzogen. Der Richter habe den Angeklagten gehört. Halte er diesen aufrechten Mann für einen Schwerkriminellen? Es bestehe keine Fluchtgefahr, der Angeklagte sei ein geschätzter Bundesbeamter mit Elternhaus in Hamburg. Und, flüsterte der Anwalt, schließlich könne der Zöllner die Stadt ohne seine Geliebte gar nicht verlassen. Er befinde sich in einer psychischen Abhängigkeit, die sich so schnell nicht auflösen lasse.

Tessa verfolgte während des Geplänkels der Juristen weiter das Gesicht des Zöllners. Inzwischen war seinem Unverständnis darüber, dass der Richter ihm nicht glaubte, tiefe Resignation gewichen. Er ließ den Kopf hängen und faltete die Hände im Schoß, als bete er, dass endlich ein Wunder geschehen möge.

Der Richter beendete den Monolog des Verteidigers mit einem ernsten Nicken und wandte sich an den Angeklagten. »Haben Sie den Ausführungen Ihres Anwalts noch etwas hinzuzufügen?«

Vinzenz Havenstein schluckte. Seine Stimme zitterte, als er den Kopf hob und den Richter direkt ansah: »Es tut mir leid. Ich habe das alles nicht gewollt.«

30

Tessa stand mit Torben auf den Stufen vor dem Gerichtsgebäude. Die Sonne brannte vom Himmel, und es war ausnahmsweise keine Freude an die frische Luft zu kommen.

»Ihr Frauen habt es gut. Nur ein luftiges Kleidchen an, während wir Männer in Jeans und Hemd schwitzen«, beschwerte sich Torben.

»Hast du noch Zeit für ein Eis, oder fährst du gleich weiter?«, fragte Tessa. Sie wollte sich in Ruhe über die Verhandlung mit ihm austauschen.

»Ich bin spät dran. Ich muss gleich zur Pressekonferenz. Sehen wir uns heute Abend?«

»Später. Ich bin um sieben mit Paul Nika zum Essen an der Alster verabredet.« Tessa schmiegte sich an ihn. »Heute Nachmittag überprüfe ich eine Verfolgungsfantasie meines Patienten Walter Petersen im Hafen.« Sie neigte den Kopf. »Den anschließenden Hausbesuch habe ich ihm auch noch aufgezwungen.«

»Die knallharte Therapeutin?« Torben schob sie weg. »Du bist zu heiß.«

»Da hast du Recht.« Tessa lachte.

Koster zog sie wieder an sich. »Ich meinte zwar eher deine Körpertemperatur, aber dein Temperament steht der in nichts nach.«

»Weißt du«, fragte Tessa ernst. »Wir sind genauso albern

wie Havenstein. Seine Geschichte hat mich angerührt. Er tut mir leid. Schlimmer noch, ich halte ihn für unschuldig.«

»Warum?«

»Intuition?«, erwiderte Tessa.

»Ach so.«

Tessa lachte. »Ernsthaft. Havenstein ist vollkommen auf seine Eva fixiert. Er ist sanftmütig. Warum sollte er eine andere Frau umbringen wollen?«

»Weil sie in seine Drogengeschäfte geraten ist?«

»Drogen? Findest du wirklich, dass dieser Mann aussieht wie ein kleiner Drogendealer? Ein Dealer, der an Bord eines Kreuzfahrtschiffes geht, um einen Rucksack mit Kokain abzugeben, den er vorher aus seiner Dienststelle geklaut hat? Glaubst du, dass er Drogen an Kinder auf dem Schulhof verteilen lässt? Warum sollte er das machen? Du hast doch gehört, dass er genug Geld hat.«

Koster zuckte mit den Schultern. »Ich habe schon die merkwürdigsten Täter gesehen. Man sieht ihnen ihre Taten nicht an. Mich wundert nichts mehr. Aber, ehrlich gesagt vermuten wir ein Motiv in der Schwangerschaft der Toten oder den verschwundenen Frauen. Irgendetwas stimmt da nicht. Die Tote hat die Pässe der Mädchen geklaut. Wofür brauchte sie die? Warum sind diese blutjungen Dinger in Hamburg untergetaucht?«

Tessa überlegte einen Moment. Sie war mit ihren Gedanken noch bei Havenstein. »Er ist ein Liebeskasper. So wie Havenstein über Eva spricht und was er alles im Namen seiner Liebe getan hat, projiziert er alles, was ihm fehlt, in diese Beziehung. Er benimmt sich, als wäre diese Liebe das Allheilmittel für seinen Schmerz, mangelndes Selbstwertgefühl, Ungeliebtsein und die Zurückweisungen durch den Vater. Er will sie erobern, seine innere Leere mit ihr füllen. Sein Plan war total verrückt und sehr gefährlich – aber folgte seiner inneren Logik. Havenstein reflektiert nicht, wie bedürftig er um Anerkennung buhlt. Er steckt voller unerfüllter Sehnsüchte und unausgesprochener Erwartungen. Er braucht seinen Heldenmut, um sich selbst etwas zu beweisen. Erst wenn er Eva zur Frau hat, ist er am Ziel. Dass die Welt dann nicht besser ist, ahnt er nicht. Eine Frau kann ihm seine Bedürfnisse nicht erfüllen. Zwar mag diese Fixierung sich nach einem perfekten Motiv für einen Mord an jemandem anhören, der ihm in die Quere kam. Aber nur von außen betrachtet.« Sie nahm Torbens Hand. »Ein Mord passt nicht in seine innere Logik. Er wirkt kaum irritiert oder verzweifelt. Ich glaube einfach nicht, dass er einen Mord überspielt.« Sie seufzte. »Ich hoffe, du findest bald stichhaltige Beweise, die ihn entlasten.«

»Havenstein kann in Untersuchungshaft keinen Schaden mehr anrichten. Innere Logik hin oder her. Wir müssen auch die Bürger schützen. Ich bin ja selbst nicht überzeugt von seiner Schuld. Aber solange er in Untersuchungshaft ist, nutzen wir die Zeit, alle Indizien gründlich zu prüfen und neue Hinweise zu suchen.«

Tessa gab ihm einen Kuss. »Du schaffst das.«

31

Drei Stunden später standen Tessa und Walter Petersen am Hansahafen. Hier war die Frau, die ihn angeblich verfolgte, verschwunden. Tessa hoffte, die Frau sprechen zu können.

Die *Spedition und Transport Porte Mare GmbH* war in einem historischen Backsteingebäude der ehemaligen Hebestelle ansässig. Das lag malerisch neben den alten Portalkränen direkt am Wasser. Weit ab vom quirligen Leben der Großstadt beschworen die alten Gebäude die Bilder eines Hafens der 20er und 30er Jahre herauf. Tessa nahm sich vor, noch einmal in Ruhe an diesen Ort zurückzukehren, denn sie konnte sich seiner Schönheit nicht entziehen. Walter Petersen hingegen hatte dafür keinen Blick. Er ging nervös neben ihr auf und ab und mied ihren Blick.

Tessa zögerte. Konnte sie ihren Patienten mit der unbekannten Frau konfrontieren? Wie würde er reagieren? Und wie die Frau? Es war ein Wagnis. Ein nicht kalkulierbares Risiko. Aber wer nicht wagt, der nicht gewinnt.

»Lassen Sie uns reingehen und fragen. Vielleicht bekommen wir eine Auskunft und falls nicht, müssen wir das leider auch akzeptieren.« Sie trat einen Schritt vor und hielt Walter Petersen die Tür auf.

Sie klingelten im zweiten Stock, und als der Türsummer ging, traten sie ein. Es gab einen kleinen Empfangstresen, an dem eine ältere Frau saß und auf die Tastatur ihres Computers hämmerte.

»Ja? Was kann ich für Sie tun?«, fragte sie, während ihre Finger weiter über die Tasten flogen.

Tessa lächelte sie an und brachte höflich ihr ungewöhnliches Anliegen vor. Sie seien auf der Suche nach einer Hafenarbeiterin, die vermutlich für die *Porte Mare* tätig sei und deren Namen sie nicht kannten, aber sie konnten gut beschreiben, wie die Frau aussah.

Die Frau runzelte die Stirn. »Was wollen Sie denn von der Frau?«

»Sie arbeitet in dieser Firma?«, fragte Walter Petersen und beugte sich über den Tresen.

»Das weiß ich nicht, Sie haben mir ja noch nicht gesagt, wen Sie suchen. Ich möchte wissen, was Sie von der Frau wollen, bevor ich darüber nachdenke, ob sie eine unserer Mitarbeiterinnen ist.«

Ihr Tonfall hatte sich verändert. Tessa spürte, dass sie schnell etwas Beruhigendes sagen musste, damit das Gespräch nicht abrupt endete. Sie legte ihren Personalausweis und eine Visitenkarte auf den Tresen. »Mein Name ist Dr. Tessa Ravens. Ich bin Psychotherapeutin und dies ist Walter Petersen, mein Patient.« Sie hatte vorher mit Walter Petersen besprochen, dass es nötig werden könnte, ihre Identitäten preiszugeben. Petersen hatte kurz gezögert, war dann aber einverstanden gewesen. »Wir möchten herausfinden, ob die Beobachtungen von Herrn Petersen der Realität entsprechen. Er trifft auffallend regelmäßig eine schlanke Frau mit roten langen Haaren an den beiden alten Speichern und fühlt sich von ihr beobachtet. Er glaubt, sie warte dort auf ihn.« Tessa probierte, alle Überredungskunst in ihre Worte zu legen. »Ich weiß natürlich, dass dies eine sehr ungewöhnliche Bitte ist, aber Herr Petersen hat manchmal

Probleme, die Realität mit seinen inneren Überzeugungen in Einklang zu bringen, und ich möchte ihm dabei helfen, das zu tun.« Tessa merkte, wie absurd sich ihre Geschichte anhörte. Sie hätte sich besser vorbereiten müssen. So konnte das nichts werden.

»Ich verstehe kein Wort.« Die Empfangsdame griff zum Telefon und wählte eine kurze Nummer. »Stefanie, kommst du bitte mal nach vorne? Hier fragt eine Therapeutin nach dir.«

Sie legte den Hörer auf und sah Walter Petersen fragend an.

»Die Frau verfolgt mich.«

»Ach ja?«

Eine extrem schlanke Frau um die dreißig kam von der Seite auf den Tresen zu. Die Beschreibung passte, dachte Tessa, obwohl sie statt des Blaumanns einen gut geschnittenen Hosenanzug und eine weiße Bluse trug.

»Sie wollen mich sprechen?« Die Frau hatte eine ungewöhnlich tiefe Stimme, die nicht so recht zu ihrem filigranen Körperbau passen wollte.

»Warum verfolgen Sie mich?« Walter Petersen ging einen Schritt auf die Frau zu, bevor Tessa eingreifen konnte.

»Wie bitte? Ich verfolge niemanden«, fragte die Frau freundlich, aber angespannt. »Wer sind Sie überhaupt?«

»Entschuldigen Sie bitte, Herr Petersen möchte nur eine Beobachtung überprüfen. Er hält sich häufig an den alten Schuppen 50 und 52 auf und ist Ihnen dort öfter begegnet. Erkennen Sie Herrn Petersen?«

Die Sekretärin hinter dem Tresen hatte aufgehört zu tippen und reichte jetzt Tessas Personalausweis und die Visitenkarte an die Frau weiter. »Chefin.« Die Rothaarige warf einen schnellen Blick darauf und reichte ihn an Tessa zurück.

»Frau Dr. Ravens, es muss sich um ein Missverständnis handeln.«

»Sie haben so getan, als würden Sie die Kräne entrosten, aber Sie haben keine Grundierung benutzt vor dem Anstrich, damit haben Sie sich verraten. Sie sind nur da, um mich zu beobachten. Was wollen Sie von mir? Wollen Sie mich bloßstellen?«

»Ich bin die Besitzerin dieser Firma und werde im Büro gebraucht. Ich entroste oder streiche keine Kräne, und ich beobachte oder verfolge auch niemanden. Dafür habe ich überhaupt keine Zeit.« Sie sah Petersen musternd an. »Vielleicht bin ich dem Herrn einmal in meiner Mittagspause begegnet, das will ich nicht ausschließen, aber ich erinnere mich nicht an ihn.«

So etwas hatte Tessa bereits vermutet, als sie die teure Kleidung der Frau gesehen hatte. Sie konnte sich diese Frau nicht beim Lackieren von Kränen vorstellen.

»Aber, Sie waren ... ständig dort ...« Walter Petersen fing an zu stammeln.

»Ich verbringe am Speicher ab und zu meine Mittagspause.«

»Wir danken Ihnen für Ihre Mühen. Haben Sie noch einen schönen Tag.« Tessa bugsierte Walter Petersen aus dem Büro heraus.

Draußen angekommen sah sie Walter Petersen an. Er sah mitgenommen aus. Er murmelte leise vor sich hin.

»Herr Petersen, Sie haben Beobachtungen gemacht, die Sie falsch interpretiert haben. Mehr nicht. Das ist nicht schlimm. Im Gegenteil, Sie wissen nun, dass diese Frau hier im Büro arbeitet und Sie sie einmal beim Spazierengehen getroffen haben. Und es gibt vermutlich auch eine andere Frau, die Kräne streicht. Aber mehr nicht. Es gibt sie, und sie will Ihnen nichts Böses. Sie will auf keinen Fall ihre Ehe zerstören.«

»Aber ich fühle mich verfolgt, weil sie mich beschattet.« Er wirkte wie ein trotziges Kind. »Das muss aufhören.«

Walter Petersen glaubte der Frau nicht. Er hielt beharrlich an seinem Irrtum fest. Tessa dachte fieberhaft nach. Wenn Petersen solchen Widerstand gegen die einfache Erklärung leistete, dann hatte er ein Interesse an der Aufrechterhaltung seines Verfolgungswahns. Warum? Was war noch bedrohlicher für ihn?

Sie versuchte, ihn zu konfrontieren: »Sie dürfen Ihren Gedanken nicht *mehr* Glauben schenken, als Ihren tatsächlichen Wahrnehmungen. Die können Sie überprüfen. Es gibt diese Frau. Sie sind ihr begegnet. Mehr nicht.«

»So sehr kann ich mich nicht täuschen«, murmelte er.

Tessa spürte, dass Petersen kurz davor war, die Möglichkeit zuzulassen, dass er sich geirrt hatte. Sie traute sich kaum zu atmen. Käme hier und jetzt der Durchbruch in der Behandlung?

Leise setzte sie nach: »Sie haben es so erlebt. Es ist Ihre innere Realität. Daneben gibt es noch eine äußere Realität. Und die sagt, dass die Frau die Besitzerin der Logistikfirma ist, in diesem Büro arbeitet und ihre Mittagspausen an den Speichern verbringt. Sie ist keine Hafenarbeiterin.«

»Mittagspause? Und warum hat die Frau dann nie etwas zu essen bei sich? Oder zu trinken? Oder zu lesen?«

»Vielleicht...«

Er unterbrach sie. »Und warum zieht sie sich in der Mittagspause einen Blaumann an?«

»Sie fühlen sich verfolgt, weil Sie *denken*, dass Sie beschattet werden. Die Frau kennt sie nicht. Sie folgt Ihnen also auch nicht. Sie brauchen Ihre Fantasien nicht, halten Sie nicht daran fest.«

»Das ist keine Einbildung. Ich weiß es sicher. Warum lassen mich die Frauen nicht in Ruhe? Die bringen nur Ärger«, sagte er.

Er lief unruhig auf und ab, und Tessa spürte seinen inneren Kampf.

»Die Rothaarige, die Frau Doktor… nur Ärger, nur Ärger…«, grummelte er und lief im Kreis. »Es muss jemand helfen.«

»Ich möchte Ihnen helfen. Herr Petersen, es ist alles in Ordnung. Wir stehen hier im Hafen und…« Weiter kam sie nicht, denn Petersen blieb plötzlich stehen und sah sie durchdringend an.

»Was sind Dockschwalben, und warum dürfen sie nicht mehr an Bord kommen?«, schrie er.

»Nicht ablenken, Herr Petersen. Es ist nichts passiert. Wir sind…«

»Sie verstehen gar nichts.« Petersen drehte sich um und stiefelte wütend die Straße hinunter.

Tessa sah ihm frustriert hinterher. »Mist.« Sie hatte ihn kurz erreicht, dann hatte er die Flucht in seine skurrilen Fragen gesucht. Am Ende war er der Konfrontation mit der Realität ausgewichen. Tessa hatte so gehofft, dass sie Petersen in seinen Überzeugungen irritieren konnte. Aber der Wahn ließ sich nicht überrumpeln. Immerhin war er kurz erschüttert gewesen und hatte mit dem Gedanken gespielt, dass er sich irrte. War das ein Anfang?

Sie lief ihm hinterher. Noch einmal war er ihr einfach davongelaufen.

Was Tessa irritierte, war sein aggressiver Tonfall. Für einen Bruchteil einer Sekunde hatte sie sich unwohl gefühlt. Konnte Walter Petersen gewalttätig werden? Konnte er die Kontrolle verlieren, wenn man ihn nur streng genug mit einer Realität konfrontierte, die seinem Bild von der Welt widersprach? Bislang hatte sie keine Anzeichen dafür entdeckt. Aber konnte sie die Frühwarnzeichen immer gesichert erkennen? Was, wenn Petersen doch gefährlich war? Wenn sie etwas übersehen hatte?

Sie konnte es nicht mit Bestimmtheit sagen. Denn das konnte man nie.

Ein Mensch ließ sich nicht lesen wie ein Buch.

32

Vinzenz' Gedanken schwirrten durch seinen Kopf. Wie hatte er in diesem Elend landen können? Wie war er in diese Zelle gekommen? Natürlich war er Risiken eingegangen, aber er hatte niemandem schaden wollen.

Sie hatten ihn verhaftet. Ein Alptraum. Er hätte nie damit gerechnet, dass der Richter ihn ins Untersuchungsgefängnis stecken würde. Niemals.

Die Justizbeamten hatten ihm noch im Büro des Richters die Handfesseln angelegt und zur Hintertür hinausgeführt. Sie gingen wortlos mit ihm durch die grauen Gänge. Über ihnen kühle Neonröhren. Vor den tristen grauen Türen braune Stühle oder Holzbänke, auf denen niemand saß. Unter ihnen graues Linoleum. Die Gänge so einsam und elend, wie er sich in seinem Inneren fühlte.

War er ein Schwerverbrecher?

Stand er unter Schock?

Etwas in ihm zerbrach. Sein Lebenstraum ging zu Bruch. Zerschellte auf dem grauen Plastikfußboden in Millionen Einzelteile.

Sie hatten ihm alles genommen. Seinen Beruf, seine Liebe, seinen Traum und nun auch noch seine Freiheit.

Er hatte einen letzten Blick auf den Himmel werfen können, bevor eine Stahltür hinter ihm zugeschlagen war und sie mit ihm die Treppen in den Tunnel zum Untersuchungsgefängnis hinunterstiegen.

Das Geräusch dröhnte noch immer in seinen Ohren. Hallte dort wider und schlug in seinem Gehirn umher wie eine Flipperkugel. Er hatte geschrien, dass alles ein Irrtum sei, aber niemand hatte ihm zugehört.

Ein Justizbeamter rechts, einer links. Der auf der rechten Seite hatte sein Handgelenk an seines gefesselt. Demütigend. Unfassbar demütigend. Er hatte an der Fessel gezerrt. Zwecklos. Nur schmerzhaft. Der Justizbeamte hatte sich beschwert und ihn wie einen Verbrecher behandelt.

Aber das war er nicht.

Der lange Tunnel verband das Strafjustizgebäude mit der Untersuchungshaftanstalt. Er hatte den Kopf einziehen müssen, um nicht an die niedrige Tunneldecke zu stoßen. Sie brachten ihn in ein Verließ. Tiefstes Mittelalter. Er hatte sich geweigert, auch nur einen Schritt weiter zu gehen. Das Mittelalter war vorbei. Das durfte alles nicht wahr sein. Wann wachte er aus diesem Alptraum auf?

»Komm schon. Es gibt kein Zurück. Du kannst nur vorwärtsgehen und wenn wir dich tragen«, hatten sie gesagt und ihn ausgelacht.

Gab es nie mehr ein Zurück in sein altes Leben? Dann wollte er lieber sterben.

Sie hatten ihn in eine Zelle geschoben. Die Tür zugeknallt und abgeschlossen.

War sein Schicksal besiegelt?

Er saß in dieser winzigen Zelle, hatte seine Brille abgenommen und den Tränen freien Lauf gelassen. Niemand sah ihn. Niemand interessierte sich für ihn.

Eine Toilette und ein Waschbecken. Aus Stahl. Es ekelte ihn bei dem Anblick.

Ein Tisch und ein Stuhl. Er hockte auf der vordersten Kante des abgeschabten braunen Stuhls. Ein Bett. An der Wand befestigt. Die Matratze... er würgte.

Es stank. Alles stank. Nach Angst, Schweiß, Dreck und Verzweiflung. Pure Verzweiflung.

Niemals.

Niemals würde er hier überleben.

Er musste raus.

Sofort.

Er konnte das nicht. Das mussten sie doch einsehen. Er war kein Verbrecher. Er war für diese Umgebung nicht geschaffen. Auf dem Weg hierher hatte er seine Strafe schon erhalten. Er war zerbrochen. Was wollten sie noch? Ihn einzusperren war wie foltern. Das konnten sie nicht tun.

Sie taten es.

Er wusste es.

Er sollte von einem Psychiater auf seine Zurechnungsfähigkeit untersucht werden. Das machte die Gesellschaft also daraus, wenn ein Mann eine Prostituierte liebte. Kein Wunder, dass Eva nicht an eine gemeinsame Zukunft glaubte. Sie war clever, und er? Naiv. Weltfremd. Dumm. Ein Träumer.

Gab es noch eine Zukunft?

Er konnte nicht mehr.

Er wurde verrückt.

Er musste hier raus.

33

Walter war aufgewühlt und wütend. Die Frau aus dem Büro log. Er irrte sich nicht. Auch wenn ihm niemand glaubte. Bilder verschiedenster Frauen schwirrten durch seinen Kopf.

Und nun wollte Dr. Ravens auch noch mit Christa sprechen. Er hatte Christa heute Morgen erst gebeichtet, dass der Therapeut, zu dem er seit dem Klinikaufenthalt in Behandlung ging, eine *Frau* Doktor war. Christa hatte sich hintergangen gefühlt. Sie war wütend geworden und hatte mit ihm gestritten. Und nun? Nun kam die Frau Doktor zu ihnen nach Hause und Christa würde sehen, wie hübsch sie war. Das hatte er ihr besser nicht erzählt. Warum ließen sie ihn nicht alle in Ruhe?

Er wies Frau Ravens den Weg ins Wohnzimmer. Sie setzte sich auf das Sofa, Christa wartete im Sessel. Er zögerte, ob er sich auf das Sofa setzen oder stehen bleiben sollte.

Das war ein Test. Bestimmt war es ein Test. Er konnte nicht stehen bleiben, aber wenn er sich zu der Therapeutin auf das Sofa setzte... Walter drehte sich um und holte sich den Stuhl vom kleinen Sekretär. Schob ihn an den kleinen Wohnzimmertisch. Ein guter Kompromiss.

Niemand sprach. Er würde alleine den Kurs halten müssen. Nur wie? Ob er die Therapeutin auffordern sollte zu gehen? Das wäre unhöflich. Christa reichte ihm eine Tasse Kaffee, und er hielt sich mit beiden Händen daran fest, als hätten sie im Wohnzimmer starken Seegang.

Er spähte kurz zu Christa hinüber und versuchte, sie mit den Augen seiner Therapeutin zu sehen. Eine kleine, weißhaarige Frau mit vielen Falten im Gesicht. Lebenslinien. Christa trug eine schwarze Bluse, schwarze Hosen und bequeme Schuhe. Sie war auffällig geschminkt, fand Walter. Rote Lippen und Rouge. Als hätte sie sich für ein Bewerbungsgespräch hübsch gemacht. Na ja, vielleicht war es ja auch so eine Art Bewerbung. Nur, dass nicht Christa den Job brauchte, sondern er. Würde Christa ihn verraten? Und würde Doktor Ravens ihr glauben?

»Hübsch wohnen Sie. Ich wusste nicht, dass man in diesem Teil des Hafens leben kann, bis Ihr Mann es mir erzählt hat.«

Was mochte die Therapeutin sehen, als sie sich neugierig in seinem Wohnzimmer umsah? Er war nicht mehr dazu gekommen, die Pappe von den Fensterscheiben zu nehmen, mit denen sie die Außenwelt fernhielten. Dafür hatte Christa die vielen kleinen Stehlämpchen angeschaltet, die warfen ein sanftes Licht in den Raum.

»Ich freue mich, dass es mit einem gemeinsamen Gespräch geklappt hat«, fuhr die Therapeutin fort, bevor er sie zum Gehen auffordern konnte. »Es ist für uns Therapeuten wichtig, auch die Angehörigen kennenzulernen und zu erfahren, wie sich die Erkrankung aus ihrer Sicht darstellt.« Doktor Ravens nickte seiner Frau aufmunternd zu. »Ihr Mann ist ja erst seit kurzer Zeit bei mir in Behandlung, und wir ergründen noch, wie sehr ihn seine Probleme einschränken.«

Christa schaute ihn lobend an. Als wäre er ihr wohlgeratenes Kind, das gerade gute Schulnoten nach Hause gebracht hatte. Er wusste es besser. Sie war noch böse auf ihn. Trotzdem lächelte er zurück.

»Mein Mann hat mir nicht erzählt, dass er bei Ihnen in Therapie ist! Ich muss sagen, ich bin überrascht.«

Christa säuselte die verräterischen Sätze förmlich in seine Richtung.

»Oh, Sie wussten das nicht?«

Dr. Ravens reagierte so, wie er es erwartet hatte.

Was sollte er sagen? Wie sollte er die Klippe umschiffen?

»Ich wollte meine Frau nicht beunruhigen. Sie hat sich so gesorgt nach meinem Klinikaufenthalt. Ich wollte, dass alles wieder in Ordnung ist.« Ein jämmerlicher Versuch.

Dr. Ravens sah ihn fragend an. Sie konnte sich wohl keinen Reim darauf machen. Das war ihm egal. Er musste zur Not gegen die Strömung fahren.

Sie überbrückte den peinlichen Augenblick. »Wie ist es denn für Sie, Frau Petersen, dass Ihr Mann in ambulanter Behandlung ist?«

Die Therapeutin machte das zwar sehr geschickt, aber sie konnte die Katastrophe nicht abwenden.

»Ich will nur, dass mein Mann gesund wird«, flötete Christa. »Es soll ihm gut gehen. Selbst wenn die Hilfe von so einer hübschen und jungen Therapeutin kommt.«

»Wie geht es Ihrem Mann aus Ihrer Sicht? Wann haben Sie bemerkt, dass er sich verändert hat?«

»Wir sind seit Jahrzehnten glücklich verheiratet. Wissen Sie, da kennt man den anderen in- und auswendig. Dass Walter sich das Leben nehmen wollte, kam für mich vollkommen überraschend.«

Das glaubte Walter ihr aufs Wort. Sie war entsetzt, panisch und auch Tage später noch geschockt gewesen. Wie sie es wohl verkraftet hätte, wenn er sich nicht so dumm angestellt hätte? Er bekam ein schlechtes Gewissen, wenn er daran dachte, sie alleine zurückzulassen.

Walter merkte, dass das Gespräch inzwischen weitergegangen war. Die letzten Sätze hatte er verpasst.

»Entschuldigung, wie war das bitte?«, sein Blick wanderte zwischen den beiden Frauen umher.

»Walter, konzentriere dich«, schimpfte Christa.

»Ihre Frau hat berichtet, dass sie Sie im Keller gefunden hat. Mit einem Strick um den Hals. Sie hatten die Kiste, auf der Sie standen, umgestoßen.«

Ein erbärmlicher Anblick, wie er da gelegen hatte. Ein alter Mann, der auf dem Boden krabbelte wie ein Käfer, nachdem der Haken aus der Decke herausgerissen und er heruntergestürzt war.

»Ich wollte Christa nicht länger zur Last fallen«, sagte er leise. Immer noch kläglich, fand er.

»Er fällt mir nicht zur Last. Es ist anstrengend mit ihm. Wissen Sie, wir sind manchmal im Hafen unterwegs, um mit Bekannten zu plaudern. Und Walter lässt sich schnell ablenken. Sie wissen schon…«

»Nein, was meinen Sie?«, entgegnete Dr. Ravens mit betont ahnungsloser Miene.

Oh Christa.

»Na, er lässt sich schnell von fremden Reizen verführen. Das ist nicht gut.« Sie lachte verlegen.

Von wegen verführen. Die Dame war ihm gefolgt. Dafür konnte er doch nichts. Die Therapeutin war extra mit ihm zu der Firma gegangen, um mit der Frau zu sprechen. Sie hatte unverblümt behauptet, dass sie Walter nicht kenne. Ein abgekartetes Spiel. Natürlich hatte die Therapeutin ihm nicht geglaubt.

»Wir gehen nicht mehr viel raus. An die Kaffeeklappe und zum Wasserschutz«, hörte er Christa sagen. »Die sind immer sehr zuvorkommend. So höflich.«

»Ich hatte den Eindruck, er ist nicht so gut auf die Polizei zu sprechen.«

Christa rief im Brustton der Überzeugung ein »Natürlich mag er die Wasserschützer« aus. Hoffentlich ließ die Therapeutin jetzt endlich von dem Thema ab. Dann sollten sie doch lieber über die Sache im Keller sprechen, auch wenn er sich schlecht dabei fühlte.

»Ihr Mann hat mir erzählt, dass er sich von der Polizei verfolgt fühlt. Können Sie sich das erklären?«

Sie ließ aber auch nicht locker. Wenn Christa jetzt … Vielleicht hätte er seine Therapeutin nicht anlügen sollen. Aber für diese Erkenntnis war es zu spät. Er fühlte die Erschöpfung über sich hereinbrechen.

»Was sollte die Polizei von uns wollen?« Christa zwinkerte Walter zu.

Sie legt ihren Köder aus, dachte Walter. Würde Dr. Ravens danach schnappen?

»Vielleicht können wir das überprüfen, Herr Petersen?« Sie wandte sich an ihn. »Können Sie sich vorstellen, einmal mit mir ins WSPK2 zu gehen?«

Das war ja wohl nicht ihr Ernst. Wie konnte er das abwenden? Oh mein Gott.

»Ich weiß, es hört sich ungewöhnlich für Sie an, aber es ist wichtig, die wahnhaften Befürchtungen zu überprüfen.«

Sie hatte doch keine Ahnung, wovon sie da sprach. Er hielt es nicht mehr aus.

»Wissen Sie, warum im Hafen ein goldenes Kalb steht?«, fragte er.

»Wie bitte, ein Kalb?«, fragte Tessa.

»Ja, ein goldenes. Soll ein Kunstwerk sein. Steht da auf einem alten Brückenpfeiler rum. Abends beleuchten sie das Vieh. Eines Tages war es weg.«

Dr. Ravens fixierte ihn förmlich mit ihren Blicken. Er konnte sich nicht gut konzentrieren. Er musste unbedingt verhindern, dass sie zur Polizei gingen. »Ich hab angerufen und gesagt, dass die Kuh weg ist. Und niemand hat mir geglaubt.«

»Walter, das musst du richtig erzählen. Die Künstlerin hat neben der Argentinienbrücke ein goldenes Kalb aufgestellt. Für den wirtschaftlichen Mythos, der der Hafen ist oder so... Na, jedenfalls hat sie das Kalb für eine andere Ausstellung abgeholt und vergessen, es der Polizei mitzuteilen. Deshalb haben sie ihm nicht geglaubt. Aber Walter hatte natürlich Recht. Inzwischen steht das Kalb ja auch wieder da, wo es hingehört. Sollten Sie sich mal anschauen.«

»Das war sehr aufmerksam von Ihnen, Herr Petersen. Dann sind Sie doch auf dem Revier in bester Erinnerung.«

Das konnte doch nicht wahr sein, jetzt waren sie schon wieder bei diesem Thema.

»Aber, ich kann nicht... ich möchte nicht... das geht nicht...« Walter gab auf. Er starrte die Frauen an. Ihre Gesichter verschwammen vor ihm. Das Gefühl, Watte im Kopf zu haben, verstärkte sich. Er verlor die Kontrolle. Die Farben verblassten und ließen die Frauen in Schwarz-Weiß zurück. Er hörte sein Herz hämmern. Irgendetwas war damit nicht in Ordnung. Er hatte das Gefühl, nicht mehr zu seinem Körper zu gehören. Er stand neben sich. Und dieses Rauschen in den Ohren. Das hasste er am meisten.

»Seemann lass das Träumen«, sang er. Erst leise, doch die

Melodie übertönte das Rauschen. »Denk nicht an zu Haus.« Er spürte den irritierten Blick von Dr. Ravens mehr, als dass er ihn sehen konnte. Er sang lautstark weiter: »Seemann, Wind und Wellen, rufen dich hinaus.«

»Herr Petersen, was ist los? Was soll das?«

»Deine Heimat ist das Meer. Deine Freunde sind die Sterne.« Er sang. Sang um sein Leben. »Deine Liebe ist ein Schiff, deine Sehnsucht ist die Ferne. Und nur ihnen bist du treu... bist du treu...«

Christa lachte leise.

34

Während der Ausgabe des Mittagessens sah er seine Chance. Gestern hatte Vinzenz die Häftlinge angesprochen. Heute verkaufte ihm endlich einer die Rasierklinge. Ihm schwindelte. Vor Glück.

Er wollte schneiden. Tief schneiden. Nicht zu tief. Sein Körper würde das schon aushalten…

Er setzte sich an einen Tisch. Die anderen Insassen starrten ihn an. Er passte nicht hierher. Das merkten sie auch. Er ignorierte sie, sah auf seinen Teller. Erbsensuppe mit Würstchen.

Ihm wurde speiübel.

Er fühlte nach der Klinge in seiner Hosentasche.

Sein Herz raste.

Er musste es tun. Jetzt.

Hier. Am Tisch. Damit die anderen den Arzt rufen konnten. Das würden sie doch tun, oder?

Er zögerte.

Er erinnerte sich an ihr liebliches Gesicht. Sie war es wert. Er wusste, für wen er es tat. Er hatte ein Ziel.

Sein Arm. Er zog die Klinge tief durch das weiche Fleisch. Schnell. Von unten nach oben. Noch ein Stückchen. Er stöhnte vor Schmerz. Das Blut ergoss sich in einem großen Schwall auf die Hose, tropfte auf das Linoleum.

Ihm schwindelte. Übelkeit kroch ihm den Hals hoch.

Er kippte seitlich vom Stuhl auf den Boden.

Die Männer um ihn herum sprangen auf. Angeekelt vom quellenden Blut. Riefen nach der Aufsicht. Er wand sich unter Schmerzen. Dann übergab er sich. Es ging ihm wirklich elend – gut so. Er steigerte sich in seine Rolle hinein. Alles hing davon ab, wie glaubhaft er war. Und ob er tief genug geschnitten hatte. Er musste die Verlegung in die Chirurgie erzwingen. Wenn er zu tief geschnitten hatte, war alles umsonst. Dann verblutete er auf diesem Steinfußboden, eingesperrt im Gefängnis.

Die Schließer trieben die Häftlinge auseinander.

Vinzenz spielte um sein Leben. Der Schmerz machte es ihm leicht. Er war echt. Er täuschte nichts vor.

Plötzlich war ein Arzt neben ihm. Vinzenz reagierte nicht auf dessen Ansprache. Er stöhnte lauter.

Der Mann band seinen Arm ab. Bemühte sich vergeblich, die Blutung zu stoppen. Rief nach Verstärkung.

Sie kamen mit einer Trage. Legten ihm eine Infusion an. Trugen ihn fort. In die Freiheit.

Vinzenz kämpfte mit der Ohnmacht. Er musste die Augen geschlossen halten, aber er durfte unter keinen Umständen wirklich in Ohnmacht fallen. Dann war alles umsonst.

Als sie ihn in den Krankenwagen schoben, blinzelte er kurz. Zwei Rettungssanitäter, ein Justizbeamter. Keine Waffe am Gürtel.

Blaulicht. Martinshorn. Einer fuhr den Wagen.

Was nun? Er konnte sich nicht mehr an seinen Plan erinnern. Es fiel ihm unendlich schwer, einen klaren Gedanken zu fassen.

Angreifen. Er war so müde. So schwach.

Er musste raus. Egal wie. Er musste es schaffen.

Sie hatten ihn noch nicht festgeschnallt, wollten ihm

noch die Sweatjacke auszuziehen und eine zweite Infusion anlegen.

Als der Rettungssanitäter an seinem Kopf stand und ihm den Rücken zuwandte, mobilisierte Vinzenz seine letzten Kräfte. Er musste angreifen.

Der Justizbeamte hatte sich an die Wagenwand gelehnt, um ein Formular auf dem Klemmbrett auszufüllen.

Jetzt.

Sein Atem ging immer schneller. Sein Herz raste.

Womit? Womit sollte er den Justizbeamten in Schach halten? Warum hatte er nicht weiter als bis hierher gedacht? Vorsichtig öffnete er die Augen und sah sich um. Nichts, was er als Waffe... die Infusionsnadel!

Hatte er genug Kraft in seiner linken Hand? Trotz des tiefen Schnitts. Trotz des Verbands. Ja, denn es ging um sein Lebensglück.

Er nahm sein Ziel ins Visier.

Er riss den linken Arm hoch und mit einem fürchterlichen Schrei zog er sich die Kanüle aus der rechten Armbeuge. Die Männer zuckten zusammen. Mit einer weiteren schnellen Bewegung, rammte er dem Justizbeamten die Nadel in den Hals. Er schrie weiter. Unartikuliert und tierisch. Steigerte sich in einen Adrenalinrausch.

Für den Bruchteil einer Sekunde sah der Wärter Vinzenz an, als wolle er sich auf ihn stürzen. Dann weiteten sich seine Augen vor Entsetzen. Seine Hand schnellte zum Hals, als der Schmerz einsetzte.

Vinzenz rollte sich von der Trage und rammte dem Mann sein Knie in den Unterleib. Der krümmte sich stöhnend, hielt sich den blutenden Hals und leistete keinen Widerstand mehr.

»Was um alles in der Welt...« Der Sanitäter stand schockiert und wie angewurzelt auf der anderen Seite der Trage. Er konnte Vinzenz nicht gefährlich werden.

Vinzenz wie im Rausch, verstand benommen, dass er es tatsächlich fast geschafft hatte. Er griff an den Türriegel, riss die Schiebetür zur Seite.

Raus.

Der Fahrer hatte den Tumult mitbekommen und trat instinktiv auf die Bremse.

Die Tür flog auf.

Vinzenz sprang hinaus. Fiel hin.

Rollte sich ab. Spürte quälenden Schmerz. Sah die Straße vor sich. Rappelte sich hoch und lief.

Lief um sein Leben.

Einige Minuten später ließ das Adrenalin langsam nach. Seitenstiche zerrissen ihm die Brust, und er stolperte. Blieb stehen. Lehnte sich an eine Hauswand. Er musste Luft schöpfen. Der Schwindel ließ ihn schwanken. Seine Knie wollten nachgeben, doch wenn er sich setzte, würde er nicht wieder aufstehen können. Das war ihm klar.

Wohin sollte er jetzt gehen? Die Justiz würde ihn nicht einfach von der Anwesenheitsliste streichen, sondern mit der Polizei nach ihm fahnden. In wenigen Minuten würde die ganze Gegend vor Streifenwagen nur so wimmeln. Das Adrenalin pumpte langsamer durch seinen Körper. Er fühlte ein unfassbar schweres Gefühl von Schwäche heranrollen.

Eva.

Eva käme ihn abholen. Er brauchte ein Telefon. Er hatte kein Geld. Selbst wenn er hier irgendwo noch eine vergessene öffentliche Telefonzelle finden sollte, konnte er nur den

Notruf betätigen, und das wäre in seiner Lage wohl eher kontraproduktiv.

Er drehte sich um die eigene Achse. Hektisch nach einer Lösung suchend.

Dort.

Auf dem kleinen Platz vor dem Sternschanzenpark saß eine Gruppe Jugendlicher. Er taumelte auf sie zu und mahnte sich zur Ruhe. Er durfte keinen Fehler begehen. Er musste cool bleiben. Alles hing davon ab, wie geschickt er sich anstellte.

Er hatte keine Wahl, das war seine einzige Chance.

»Hey. Hört mal, ich bin total abgebrannt und müsste telefonieren. Leiht mir jemand für ein Telefonat sein Handy?«

»Digga? Is nicht dein Ernst, oder? Bist du behindert?«

»Bitte, ich will nur kurz meine Freundin anrufen, ich wurde ausgeraubt, es dauert wirklich nicht lange.«

Die Jugendlichen rollten mit den Augen, sahen sich kurz an. Nonverbale Verständigung. Vinzenz wusste genau, was sie dachten, sie fanden seine Geschichte unglaubwürdig, aber wahrscheinlich hatten sie auch so etwas wie Mitleid – und dass Vinzenz in seinem Zustand nicht einfach wegrennen konnte, sahen sie vermutlich auch.

»Alter, du bleibst hier, damit wir dich sehen. Wenn du mit dem Handy abhaust, mach ich dich tot.«

»Ja, auf jeden Fall, danke!«

Der Junge reichte ihm das Handy. Sehr gut. Er schwankte ein paar Schritte von der Gruppe weg, drehte sich zu ihnen um, um zu signalisieren, dass er keinesfalls vorhatte, sich aus dem Staub zu machen. Mit zittrigen Händen tippte er Evas Nummer ein. Den linken Arm zu heben kostete ihn unmenschlich viel Kraft. Bitte, flehte er innerlich, bitte nimm ab.

»Hallo«, hauchte ihre Stimme durch den Hörer.

Er hätte vor Erleichterung fast das Handy fallen lassen. Sie war da. Jetzt würde alles gut werden.

»Eva. Ich bin's, Vinzenz. Du glaubst nicht, wie froh ich bin, deine Stimme zu hören. Ich...«

»Vinzenz«, ihre Stimme überschlug sich. »Wo bist du? Haben sie dich frei gelassen? Ich dachte, du...«

»Liebling, ich hab was Dummes gemacht. Die Polizei glaubt mir einfach nicht. Sie halten mich für verrückt. Ich bin abgehauen.«

Stille.

»Eva. Hör mal, ich kann nicht lange sprechen. Eva?«

»Ja. Ich weiß auch nicht. Meinst du nicht, du solltest lieber zurück? Ich meine...«

»Zurück? Nein, Liebes, kannst du mich abholen? Ich muss jetzt erst mal irgendwo unterkommen und mich ausruhen, nachdenken. Meine nächsten Schritte planen. Holst du mich bitte ab?«

»Ich? Du, also das geht nicht. Ich habe auch gar keine Zeit. Ich arbeite. Du kannst mich da doch nicht mit reinziehen.«

»Eva, mach dir keine Sorgen. Ich mach das doch alles nur für uns. Mir wird eine Lösung einfallen. Das mit dem Kokain ist keine große Sache... Hol mich bitte erst mal ab. Ich bin am Sternschanzenpark. Wir können einen Treffpunkt...«

»Vinzenz, ich kann dich nicht holen. Wie stellst du dir das vor?«

»Wie ich mir das vorstelle? Eva, Liebes, bald haben wir es geschafft...«

»Geschafft? Verdammt, wovon redest du?«

»Wir werden zusammen glücklich werden. Heiraten. Kinder. All das, was du dir immer gewünscht hast. Wir haben so oft darüber gesprochen.«

»Ja, aber doch nicht mit dir!«

Sie schrie jetzt fast in den Hörer. Was war nur los mit ihr? Was meinte sie damit? Nicht mit ihm?

»Mein Gott, du nervst jetzt aber echt. Ich habe alles, was ich brauche. Meine Pläne mache ich nicht mit dir, was denkst du denn?! Du bist mein Kunde, schon vergessen? Ich lege jetzt auf. Viel Glück.«

»Eva?«

Die Verbindung war abgerissen. Er schüttelte das Handy. Tot. Sie hatte einfach aufgelegt. Er traute dem Display nicht. Was war passiert? Was war mit ihnen beiden passiert? Oder stand ihr Zuhälter neben ihr und sie hatte Angst? Sie hatte sich zwar nicht ängstlich angehört, aber …«

»Digger, das reicht. Telefon her.«

Er ließ sich das Handy widerstandslos aus der Hand nehmen. Er hätte nicht mal mehr einen Wattebausch halten können. Das Adrenalin wirkte nicht ewig. Er drohte auf der Straße in die Knie zu gehen. Was sollte er jetzt tun? Was war mit seinem Leben passiert? Er verstand die Welt nicht mehr.

Er schlurfte mechanisch und wie ferngesteuert Richtung U-Bahn.

Und was jetzt? Wohin sollte er gehen?

Wohin?

»Denk nach, Vinzenz«, murmelte er. »Denk nach.« Es fiel ihm unendlich schwer, einen einzigen klaren Gedanken zu fassen. Er stand schnaufend und elend vor dem Haltestellenplan der U-Bahn.

Da sah er sie.

Die letzte Möglichkeit.

Es gab nur noch einen einzigen Platz auf dieser Welt.

Wenn er ihm nicht half, dann endete sein Leben, oder vielmehr das, was davon noch übrig war.

Er merkte, wie ihm die Tränen über das Gesicht liefen. Er wischte sie nicht weg. Schleppte sich einfach weiter.

Zu dem einzigen Menschen, dem er jetzt noch vertraute.

35

Der Sitzungssaal des Polizeipräsidiums war knapp zu einem Drittel gefüllt mit Pressevertretern. Stimmen surrten durch die Luft.

Als Koster den Raum betrat, nahm er sofort die Krawatte ab. Obwohl alle Fenster offen standen, war es unerträglich stickig. Wohin mit der Krawatte? Er stopfte sie in die Hosentasche.

Das Gemurmel erstarb.

Er setzte sich neben den Pressesprecher, Schlohmann. Ein erfahrener Mann. Vielleicht zähmte er die Meute.

Tatsächlich begann er routiniert die Medienvertreter zu begrüßen, um dann eine kurze Zusammenfassung der Ereignisse zu liefern und zu betonen, dass es zu diesem Zeitpunkt nicht viel Neues zu berichten gab, gleichwohl die Polizei mit ihren Ermittlungen gut vorankam.

Koster lächelte innerlich. Er war beeindruckt, wie lange und gekonnt Schlohmann reden konnte, ohne irgendetwas Substantielles zu sagen.

Es bestünde dringender Tatverdacht gegen einen Zöllner, so dass Haftbefehl erlassen worden sei. Der Mann befinde sich derzeit in der Untersuchungshaft und würde in den nächsten Tagen einem forensischen Psychiater vorgestellt werden.

»Die Geschichte des Zöllners klingt so abenteuerlich, die müsste die Polizei doch schnell widerlegen können, oder?«, fragte ein Journalist aus der vordersten Reihe. Koster wusste, dass er vom *Abendkurier* kam, aber sein Name fiel ihm nicht ein.

Schlohmann drehte sich zu ihm um. Täuschte Koster sich oder enthielt Schlohmanns Blick eine Missbilligung? Weil er keine Krawatte trug? »Vielleicht möchte Kriminalhauptkommissar Koster antworten?«

Koster räusperte sich und sah den *Abendkurier*-Reporter an. Ein sympathischer Typ in Jeans, weißem T-Shirt und Turnschuhen. Er sah so sommerlich aus, als wollte er nach der Pressekonferenz direkt an den Elbstrand. Vermutlich konnte er seinen Artikel überall in sein Tablet tippen und online verschicken. Das moderne Home-Office. Sollte er auch mal beantragen.

»Wir sind dabei, jeden Teil der Aussage zu überprüfen. Wir fahnden nach der Frau und bitten sie, sich bei uns als Zeugin zu melden. Aus Rücksicht auf die Ermittlungen darf ich Ihnen leider nicht mehr sagen. Alles Weitere erfahren Sie zu gegebenem Zeitpunkt.«

Fragen prasselten auf ihn ein. Er arbeitete sie der Reihe nach ab. Bohrende Nachfragen nach dem detaillierten Tod von Claudia Spiridon beantwortete er nicht. Koster erwähnte weder die Tatwaffe noch, dass die Frau im fünften Monat schwanger war.

»Gibt es noch eine Frage?« Koster schob seinen Stuhl zurück und stand auf, als eine junge Frau die Hand hob und langsam vom Stuhl aufstand. »*Hamburger Tageblatt*. Herr Koster, wir haben schon miteinander telefoniert…«

Aha. Das war sie also, dachte Koster. Die Frau, die einen anonymen Informanten hatte und ihm Rätsel aufgab. Sie ließ sich Zeit mit ihrer Frage, und er betrachtete sie ungeniert. Er schätzte sie auf Anfang dreißig. Sportlich, schlanke Figur, ein fröhliches Lachen in einem hübschen Gesicht.

Sie strahlte ihn zwar an, aber ihre Augen lachten nicht mit. Sie las etwas von ihrem Handy ab, bevor sie es in die Höhe hielt. »Vielleicht ist es ja nicht wichtig, aber mich interessiert ... ihre Interpretation ... zu dem, was man mir vor ein paar Momenten mitgeteilt hat. Wie ist ihrem Hauptverdächtigen – dem Zöllner – die Flucht geglückt?«

Es fühlte sich an, als hätte sie ihm die Faust mit dem Handy in den Magen gerammt. »Wie bitte?«, krächzte er.

»Wussten Sie es nicht?«, sie blickte gespielt erstaunt in die Runde. »Na, so was, der Hauptverdächtige ist flüchtig, und die Kriminalpolizei weiß nichts davon?!«

»Das ist unmöglich. Eine Ente.«

»Suizidversuch. Meine Quelle sagt, der Mann hätte auf dem Weg ins Krankenhaus das Begleitpersonal überrumpelt und sei auf und davon ...«

Blitzlichtgewitter ging auf ihn nieder. Er stand vollkommen erstarrt. Unmöglich. Das war der einzige Gedanke, der ihm durch den Kopf schwirrte: unmöglich.

Schlohmann schubste Koster vorwärts. »Schnell, raus.«

Die Meute bombardierte ihn mit Fragen: Herr Koster, ist die Bevölkerung in Gefahr? Wie schützen Sie die Hamburger vor dem Mörder? Wie konnte er aus dem Gefängnis fliehen? Wie verrückt ist der Mann? Herr Koster, wie konnte das passieren? Gibt es personelle Konsequenzen? Herr Koster ... wann warnen Sie die Öffentlichkeit?

Havenstein auf der Flucht?

Was war passiert?

Unmöglich. Absolut unmöglich.

36

Es klingelte an der Haustür. Walter erhob sich mühsam aus dem Sessel. Beide hatten sie schon bessere Tage gesehen. Der Sessel und er, der verrückte Alte.

Er war furchtbar erschöpft von der letzten Panikattacke. Es hatte eine gefühlte Ewigkeit gedauert, bis Christa Doktor Ravens zur Tür gebracht hatte. Christa war furchtbar böse auf ihn gewesen. Sie hatte kein Wort gesagt, doch ihre Bewegungen hatten alles verraten. Angespannt und kantig war sie durch die Wohnung gegangen. Es hatte ihn erleichtert, als sie sagte, sie müsse an die frische Luft und wolle einen Spaziergang machen. Die Tür hatte sie zugeknallt.

War er eingeschlafen?

Warum benutzte Christa nicht ihre Schlüssel?

Er schleppte sich durch den kleinen Flur und öffnete die Tür einen Spalt breit.

»Jungchen!«, er konnte den überraschten Ausruf nicht unterdrücken. Vor ihm stand Vinzenz. Er sah mindestens so erbärmlich aus, wie Walter sich fühlte.

»Walter. Hilf mir!«, bettelte Vinzenz.

»Jungchen! Wie siehst du denn aus? Komm rein.« Er öffnete die Wohnungstür.

Vinzenz drängelte sich herein und schob sofort die Tür ins Schloss. Dann blieb er stehen, als hätte ihm diese Bewegung seine letzte Kraft geraubt. Vinzenz sah ihn aus weit aufgerissenen Augen an.

»Die Zeitungen sind voll von deiner Verhaftung. Komm...« Walter zeigte auf das Wohnzimmer. »Ich dachte...«

»Walter, du musst mir helfen. Du bist der Einzige, dem ich noch vertrauen kann. Ich bin weggerannt. Ich will mit Eva ein neues Leben anfangen. Bitte, hilf mir.«

»Eva? Ein neues Leben... Ich verstehe nicht.« Walter überlegte fieberhaft, wovon Vinzenz sprach. »Ich hab gelesen, dass du eine Bombendrohung... das warst du nicht, oder?«

»Keine Bombe, Walter. Aber ich hatte gute Gründe«, erwiderte Vinzenz. Er hatte sich in den Sessel fallen lassen.

»Christa und ich waren an Bord«, flüsterte er.

Vinzenz schaute zu ihm hoch. »Das wusste ich nicht. Oh Gott, Walter, das tut mir leid. Euch ist nichts passiert, oder?«

Walter schüttelte den Kopf.

»Kannst du mir ein paar Schmerztabletten geben, bitte?«

Erst jetzt sah Walter den blutdurchtränkten Verband an Vinzenz linkem Arm. »Was um Himmels willen ist passiert?« Er trat einen Schritt näher an den Sessel heran. »Das sieht böse aus. Warst du im Krankenhaus?«

»Ich liebe Eva. Eine wunderbare Frau, Walter. Ich habe mich bemüht, sie von ihrem Zuhälter freizukaufen... Sie ist eine... Ich erkläre dir alles, aber nicht jetzt. Bitte vertrau mir einfach, ja?!«

Walter wartete, ob Vinzenz noch mehr sagte. Hatten sie Schmerztabletten im Haus? Hoffentlich kam Christa bald nach Hause. Sie würde wissen, was zu tun wäre.

»Was soll ich tun, Walter?«

»Du bist weggelaufen? Bitte, sprich mit der Polizei...«

Vinzenz warf ihm einen derart strengen Blick zu, dass

ihm das Wort im Hals stecken blieb. Er versuchte es anders: »Erzähl ihnen, wie es wirklich war.«

»Das habe ich. Sie glauben mir nicht. Sie denken, ich sei ein gefährlicher Spinner. Was soll ich denn machen?«

Das wusste Walter auch nicht. Mühsam setzte er sich auf den anderen Sessel und starrte auf den Boden. »Was würde dein Vater dir raten, Jungchen?«

»Mein Vater?«

»Ich denke, er hätte sich gewünscht, dass du die Dinge klärst. So hat er sein Leben gelebt und so hat er dich erzogen.«

»Du warst ihm immer ein guter Freund. Sein einziger Freund.«

»Fiete und ich... das ist jetzt egal... Dann ruf sie an. Sie kommt und holt dich, wenn sie dich wirklich liebt. Wenn nicht, hast du dich getäuscht. Dann bringen wir dich ins Krankenhaus.« Er stockte. »Wer zueinandergehört, geht weite Wege für eine gemeinsame Zukunft.«

Vinzenz sah ihn dankbar an. »Darf ich dein Telefon benutzen?«

Walter nickte. Der Junge stand an einem Wendepunkt in seinem Leben. Er hatte alles für eine Frau geopfert. Wenn diese Eva ihn ausnutzte, hatte er alles verloren. Walter seufzte.

Vinzenz nahm das Telefon vom kleinen Sofatisch und gab eine Nummer ein. Am anderen Ende nahm jemand ab.

»Eva. Gott sei Dank. Eva leg nicht auf, ich muss mit dir reden.« Eva schien etwas zu erwidern, denn Vinzenz schwieg. »Eva bitte, lass mich dir alles erklären. Ich weiß, was in den Zeitungen steht. Aber ich habe das Kokain für uns gestohlen. Für unsere Zukunft. Ich hab gehört, wie du telefoniert hast, und ich wollte deinem Zuhälter ein für alle Mal loswerden. Ich hab gehört, wie er dich benutzt. Wie er dich mit dem Geld zu dem Raum bestellt hat.« Vinzenz hielt kurz das Telefon von sich weg und drückte die Lautsprechertaste. Nun hörte Walter Evas Stimme zum ersten Mal. Ein angenehmer Sopran. Was sie sagte, klang allerdings überhaupt nicht nett.

»Bist du total irre? Kokain? Wir haben mit Drogen nichts am Hut! Für wie blöd hältst du mich denn? Ich werde meinen Scheidungstermin in einem Raum 43 haben. Mein Mann bekommt Geld von mir. Das hatte nichts mit dem Schiff zu tun.« Sie klang aufgebracht und sprach immer schneller.

»Scheidung?« Vinzenz Stimme kippte. »Eva, ich liebe dich. Ich liebe dich mehr als alles andere auf der Welt. Ich möchte mein Leben mit dir teilen. Bitte. Du liebst mich doch auch, ich habe es immer gespürt. Wir gehen zusammen weg, in ein neues, gutes Leben. Ich habe genug Geld. Bitte komm mit mir.«

»Das kannst du vergessen!«, keifte sie. »Ich hab mein eigenes Leben. Ich will nicht mehr von Männern wie dir abhängig sein. Du bezahlst mich nur für den Sex. Das ist mein Beruf, verdammt, wann verstehst du das endlich? Ich verdiene mein Geld damit, dass Männer wie du denken, ich sei nur für sie da. Du bist einer von vielen Kerlen, die mit mir schlafen dürfen, wenn sie genug auf den Tisch legen. Mehr nicht.« Sie schnaufte verächtlich. »Und außerdem: Du bist ein gesuchter Verbrecher. Ich will damit nichts zu tun haben. Zieh mich da bloß nicht mit rein.«

»Das kann nicht sein. So kann ich mich nicht geirrt haben. Du hast doch immer gesagt, wie besonders das ist, was wir beide miteinander teilen.«

»Hast du wirklich alles geglaubt, was ich dir erzählt habe? Du bist mein Kunde. Ich habe null Interesse an deinem Leben. Ich erzähle jedem Kunden das Gleiche. Das, was ihr hören wollt. Mit mir hat das nichts zu tun.«

»Nein, das glaube ich nicht. Du lügst, Eva. Ich will dich glücklich machen. Ich weiß, was gut für dich ist.«

Walter zuckte innerlich zusammen. Das Telefonat entwickelte sich in die falsche Richtung. Vinzenz bettelte.

Walter hörte die Frau weiter zetern. Vinzenz war in seinem Sessel nach vorne gesackt und an den bebenden Schultern erkannte Walter, dass er weinte.

»Du glaubst, du rettest mich? Wenn einer gerettet werden muss, dann ja wohl du. Du zahlst für Liebe? Du armer Wicht. Lass mich endlich in Ruhe. Ruf mich nie wieder an.«

Walter rückte mühsam im Sessel nach vorne und nahm dem Jungen das Telefon aus der Hand. Er ließ ihn eine Weile schluchzen. »Sie tut dir nicht gut.«

»Ich liebe sie«, wimmerte er.

Walter stand auf und streichelte ihm ungeschickt über den Kopf. »Ja, ja, die Liebe.«

Vinzenz kramte in seiner Hosentasche. Er hielt Walter ein Foto hin: »Das ist sie. Meine Eva.«

Walter suchte auf dem Tisch nach seiner Lesebrille. Setzte sie auf. Dann sah er sie. Seine Hände zitterten. Er konnte es nicht unterdrücken.

Er kannte die Frau. Es war die Blonde aus dem Terminal. Die Frau, die unbedingt an Bord zurückgewollt hatte.

Die Blonde und der Typ mit den Tattoos.

Die Rosen, die sich um das Kreuz rankten.

Es verschlangen und vernichteten.

37

Tessa sah Paul Nika schon von Weitem an der Ampel der Ecke Krugkoppelbrücke und Eichenpark stehen. Er trug einen weißen Leinenanzug und einen Strohhut auf dem Kopf. Seine Nickelbrille blitzte in der Sonne. Er hatte einem Treffen sofort zugestimmt. Sie ersehnte den Rat ihres früheren Kollegen aus der Klinik, der vor ihr für Walter Petersen verantwortlich gewesen war. Konnte er ihr helfen, ihren Patienten besser zu verstehen?

Tessa winkte ihm zu. Sie spürte den leichten Wind, der ihr durch die Haare strich.

Die Luft war erfüllt von Grilldüften. Familien hatten es sich auf den Alsterwiesen gemütlich gemacht, grillten und spielten mit ihren Kindern Fußball oder Frisbee. Sonnenverbrannte Touristen schlenderten mit einem Eis in der Hand an ihr vorbei.

»Wie schön, dich zu sehen! Ist das nicht ein wunderbarer Abend?« Paul strahlte sie an und deutete mit weit ausholender Geste auf die Alster, auf der die Ruder- und Segelboote malerisch ihre Bahnen zogen.

»Perfekt«, gab sie zurück und umarmte ihn fest.

»Komm, wir gehen zum Cliff und versuchen einen Platz auf dem Steg zu ergattern«, sagte Paul und zog sie mit sich. »Dann schauen wir uns diese fleißigen Wassersportler in Ruhe an.«

Tessa hakte sich bei ihm ein, und sie fingen gleichzeitig an zu sprechen. »Wie läuft es in der Klinik?«

»Erzähl, wie geht es dir mit Torben?«

»Langsam«, lachte Tessa. »Ich genieße den Sommer und mit Torben ist alles gut. Was will ich mehr?«

»Nach eurem schwierigen Start klingt das vielversprechend.«

Tessa dachte daran, wie Paul sie damals davor gewarnt hatte, sich in einen verheirateten Mann zu verlieben. Er hatte gemahnt, dass das in der Regel zum Scheitern verurteilt war. Leider ließen sich Liebesgefühle aber nicht von einem Stück Papier beeindrucken. Am Ende hatte Torben sich dafür entschieden, seiner Ehe eine Chance zu geben und hatte sich nicht mehr bei ihr gemeldet... Es war viel passiert in der Zwischenzeit. Sie schob den Gedanken beiseite.

Sie gingen an einer gelben Prachtvilla vorbei und sahen zwei vorbeischwimmenden Schwänen auf der Alster hinterher. Paul berichtete den neuesten Klatsch aus der Klinik. Obwohl Tessa seit zwei Jahren nicht mehr dort arbeitete, interessierte es sie, wie es den Kollegen erging und welche Wechsel sich ereignet hatten. Die Fluktuation war groß und bald würden die letzten ihr bekannten Kollegen nicht mehr dort arbeiten.

»Ich brauche deinen Rat.« Tessa fiel gleich mit der Tür ins Haus. »Darf ich dir trotz Feierabend von Walter Petersen erzählen?«

»Klar. Ich bin ganz Ohr. Achtzig Euro für die Supervisionsstunde, für liebe Kollegen.« Er grinste.

»Nein, ich bekomme Schmerzensgeld von dir, weil ich dir diesen merkwürdigen Patienten abgenommen habe.«

»Wir teilen die Zeche im Cliff.«

»Abgemacht. Pass auf, der Mann ist reizend. Charmant. Er...«

»Klingt traumhaft!«, unterbrach Paul sie.

»Er mausert sich zu einem Alptraum. Ich verstehe ihn nicht. Ich dringe nicht zu ihm durch. Er erzählt mir verrückte Sachen. Und ich bin unsicher, ob er nicht gewalttätige Impulse hat.«

»Hast du dich gefragt, warum er dir verrückte Dinge erzählt?«

»Klar, manches ist einfach. Er erzählt von der Seefahrt, obwohl er nie zur See gefahren ist. Er erträumt sich eine bessere Vergangenheit. So weit, so gut. Aber sein Verfolgungswahn gibt mir Rätsel auf. Wir waren heute Nachmittag eine seiner Wahnvorstellungen überprüfen.« Tessa berichtete Paul ausführlich von ihrem Besuch bei der *Porte Mare GmbH*.

»Für mich war die Sache eindeutig. Er hat eine Wahrnehmung falsch interpretiert. Die Frau existiert. Er ist ihr vermutlich in ihrer Mittagspause ein paar Mal im Hafen begegnet. Das war's. Sie spioniert Petersen nicht hinterher.« Tessa blieb abrupt stehen. »Er behauptet, sie hätte anders ausgesehen. Er widerspricht sich. Warum tut er das? Ich verstehe das nicht. Dabei hatte ich kurz den Eindruck, dass er sich korrigieren lässt und seinen Irrtum eingesteht, aber dann ist er mir wieder entwischt. Hat geschimpft, dass ich mit ihr gemeinsame Sache mache. Ist das Zögern nun ein Fortschritt? Oder die Abwehr ein Rückschritt?«

Sie waren am *Cliff* angekommen und glücklicherweise war ein Tisch am Ende des Stegs frei. Große Sonnenschirme spendeten Schatten und der Blick auf die Alster war unverstellt. Sie bestellten Currywurst und Alsterwasser. Die Grilldüfte waren zu verlockend gewesen.

»Weißt du, wenn du einigermaßen gesund bist, passt du

dein Selbstbild den Rückmeldungen der Realität an. Je neurotischer du bist, umso weniger gelingt dir das, aber du gibst halbherzig nach, wenn die Beweise erdrückend sind. Ein psychotischer Mensch hingegen lässt sich durch die Wirklichkeit nicht beirren. Was nicht in sein Bild passt, wird nicht akzeptiert. Zur Not deutet er seine Wahrnehmungen so lange um, bis sie zu seiner inneren Haltung passen.« Nika steckte sich eine Zigarette an. »Wahrnehmungserweiterung um wahnhafte Zusatzannahmen nennt man das. Faszinierend, oder?«

»Und wie helfe ich Petersen zu erkennen, dass ihn niemand verfolgt? Er soll sich sicher fühlen. Seine Angst besiegen.«

»Gib dir nicht zu viel Mühe. Je mehr du versuchst, ihn vom Gegenteil zu überzeugen, umso mehr denkt er, dass du mit zu einem Verschwörungskomplott gehörst. Dann geht nichts mehr.« Paul zog an seiner Zigarette und lächelte der Bedienung zu, die die Getränke brachte. »Wenn er dir so sympathisch ist, wie du sagst, dann hilf ihm, sich selber als wertvoll zu erleben. Mit allem, was er ist und was er nicht ist. Was er leistet und was nicht. Auch Seiten an uns, die wir selbst nicht mögen, sind wertvoll. Er wollte immer zur See fahren und hat es nicht geschafft? Er ist kein Versager. Er ist ein fleißiger Hafenarbeiter gewesen. Hat sich sein Leben lang geplackt. Das ist eine große Leistung.«

Er hob das Bierglas und prostete ihr zu.

»Das verstehe ich, und ich empfinde es genauso. Nur habe ich noch keinen Weg gefunden, wie er sich selbst akzeptiert.«

»Konzentriere dich nicht zu sehr auf seinen Wahn. Lass ihn. Er lehnt sich selbst mehr ab, als du ahnst. Wenn du ihn auch ablehnst, und seien es nur seine Wahnthemen, schlägst du in die gleiche Kerbe.«

»Also lege ich den Fokus darauf, dass er lernt, sich selbst zu mögen?«

»Zunächst. Konfrontiere ihn ruhig mit den Realitäten. Aber sei vorsichtig. Er muss sich von dir in jeder Sekunde wertgeschätzt fühlen. Unternimm nichts mit der Brechstange.«

»Vielleicht war ich zu voreilig. Im Hafen habe ich gesagt, dass er seine Fantasien nicht mehr braucht, obwohl ich glaube, dass sie eine Funktion für ihn haben. Ich weiß nur noch nicht, welche. Und vorhin habe ich ihm vorgeschlagen, eine Übung bei der Polizei mit ihm durchzuführen.« Tessa seufzte. »Er hat plötzlich angefangen, laut zu singen. Er war nicht mehr erreichbar.«

Nika lachte. »Lass mich raten: Elvis Presley? Ich weiß, Velvet Underground!«

Tessa rollte mit den Augen. Sie trank einen großen Schluck Alsterwasser. »Hm, das tut gut.«

»Sag nicht die Beach Boys. Bitte nicht. Beatles?«

»Ein Shanty. Irgendetwas mit Seefahrt und Treue... oder so.«

Nika drückte seine Zigarette im Aschenbecher aus. »Wie enttäuschend. Ein alter Rocker ist er jedenfalls nicht.«

»Vielleicht bin ich in unserem Gespräch an einem heiklen Punkt angekommen, und er brauchte etwas, um sich davor zu schützen«, erwiderte Tessa.

Die Bedienung unterbrach ihren Gedankengang, als sie mit den Currywürsten kam. Nach ein paar Bissen machte Tessa eine Pause. »Die Soße ist aber scharf.« Sie nahm noch einen großen Schluck Bier.

»Hm.« Paul widmete sich seinem Essen mit Hingabe.

»Warum hat seine Frau nichts gesagt?«, fragte Tessa. »Sie hat mit keiner Wimper gezuckt, als ihr Mann anfing zu singen. Sie hat nur über ihn gelacht. Also, ich war sprachlos.« Tessa griff zur Gabel. »Es war total skurril. Stell dir vor, die beiden haben die Fenster mit Pappe verklebt. Sie haben den ganzen Tag Licht an.«

»Sie schotten sich ab«, antwortete Paul. »Wahrscheinlich besteht er darauf.«

»Ja, das hab ich auch vermutet. Es gibt noch etwas, was mich beunruhigt, ohne dass ich zu sagen vermag, warum das so ist.« Tessa sah gedankenverloren über die Alster. Sie nahm die Segelboote kaum wahr, suchte nach Worten, um auszudrücken, was sie mehr als Intuition und Sorge spürte denn als klaren Gedanken. »Es bedrückt mich, dass mein Patient an Bord der *Ocean Queen* war, als dort ein Mord geschah.« So, jetzt war es heraus.

Tessa berichtete Paul über alles, was sich im Betreuungszentrum zugetragen hatte.

»Vom Verstand her weiß ich, dass mein Patient kein gewalttätiger Mensch ist. Kein Mörder!« Sie holte tief Luft und wählte die nächsten Worte mit Bedacht. »Es ärgert mich auch, aber ... ich werde das Gefühl nicht los, dass ich etwas übersehe. Dass Walter Petersen vielleicht doch etwas mit der Tat zu tun hat. Ich vertraue meinem Patienten nicht mehr bedingungslos. Und das finde ich grauenhaft. Wenn ich ihm nicht vertraue, wer dann? Du hast selbst gesagt, er muss sich von mir wertgeschätzt fühlen. Aber wie soll er das, wenn ich irgendwo in den Tiefen meines Herzens Zweifel an ihm habe.« Tessa sah Paul hilfesuchend an. »Ich kann mich nur dir anvertrauen. Verstehst du mich? Ich weiß, meine Gedanken sind furchtbar. Die Zweifel unbegründet. Aber ich weiß mir einfach keinen Rat.«

»Liebes, dein ungutes Gefühl hat vielleicht mehr mit dir zu tun als mit deinem Patienten. Das ist Gegenübertragung. Du richtest deine eigenen Vorurteile auf deinen Patienten.« Tessa verzog unwillig den Mund. Paul sollte ihr nicht mit Sigmund Freud kommen.

»Du hast schlimme Erfahrungen mit dem gewaltsamen Tod gemacht. Dein emotionales Gedächtnis springt sofort darauf an. Du fühlst dich unwohl, in der Nähe einer solchen Tat aufzutauchen.« Nika rückte seine heruntergerutschte Brille auf den Nasenrücken nach oben. »Es ist *deine* Nähe zu der Tat, nicht *seine*. Oder glaubst du, Walter Petersen hat eine junge Frau an Bord eines Kreuzfahrtschiffes erstochen?«

Tessa zuckte mit den Schultern. Es war eine hilflose Geste, und sie lächelte schwach. »Nein, natürlich nicht. Er kennt die Tote doch gar nicht.«

»Hast du ihn gefragt, ob er etwas mit der Tat zu tun hat?«

»So viel Konfrontation hält er nicht aus. Ich weiß doch, dass er ein feiner Mensch ist und keiner Fliege etwas zu Leide tun kann. Nur manchmal besorgt mich sein aggressiver Ton.«

»Siehst du, es ist abwegig. Walter Petersen hat nichts mit einem Mordfall zu tun. Er ist krank. Sehr krank.« Er zögerte kurz, suchte nach Worten. »Weißt du, Wahn hat ein Ziel. Er entflammt am Unterschied zwischen dem, was wirklich ist und dem, wie Walter Petersen die Welt gerne sähe. Es ist der Versuch, den Kampf gegen die Wirklichkeit zu gewinnen.«

»Das ist schwer zu verstehen.« Tessa überlegte. Wie wollte Walter Petersen die Welt sehen? Wünschte er sich, dass ihm die Frauen hinterherliefen? Nein, er strickte eine Verfolgungsidee daraus. Er wollte seine Ruhe haben. Warum konnte er keine Begegnungen mit Frauen aushalten?

»Hat Walter Petersen ein Problem mit einer weiblichen Therapeutin? Bist du zu hübsch und lenkst ihn ab?«

»Mal angenommen, er will keine Begegnungen mit Frauen und entwickelt deshalb einen Verfolgungswahn, dann müsste er mich doch auch darin einbauen, oder nicht?«

»Vielleicht bist du schon einbezogen. Beziehen sich seine Verfolgungsgedanken ausschließlich auf Frauen?«

Tessa schüttelte den Kopf.

»Wie kommst du mit Torbens Arbeit zurecht? Erzählt er dir von seinen Ermittlungen?«

»Nun lenkst sogar du ab. Natürlich erzählt er mir davon. Das macht mir nichts aus. Es hat ja nichts mit mir zu tun. Was mich mitnimmt ist die Tatsache, dass mein Patient in der Nähe des Tatorts war. Ein Zufall, aber...«

»Es hat mehr mit dir zu tun, als du wahrhaben willst. Du brauchst genauso viel Geduld und Verständnis für dich, wie für Walter Petersen. Er muss sich dir mitteilen, dir alles erzählen dürfen, und du bietest ihm dem Raum dafür. Er muss sich deines Bemühens und deiner Offenheit gegenüber seinen Wahnvorstellungen sicher sein. Sei bereit, auch das Unverständliche zuzulassen. Vielleicht ist nicht immer alles nachvollziehbar und verstehbar. Lass es so stehen. Stärke sein Selbstwertgefühl.«

»Das tue ich gerne. Ich habe mir überlegt, dass...« Ihr Handy klingelte. Das war Torben. »Darf ich schnell rangehen?« Sie warf Paul ein verschmitztes Lächeln zu. Er verzog amüsiert die Lippen und griff nach einer weiteren Zigarette. »Wenn du das nächste Bier bezahlst.«

»Na, du? Ich sitze mit Paul im *Cliff*. Was treibst du?«

Tessa hörte an Torbens ersten Worten, dass etwas ganz und gar nicht in Ordnung war. Er klang angespannt und wütend. Was er in kurzen knappen Sätzen berichtete, bestätigte sie in ihrem Eindruck. Tessa war sprachlos. Sie konnte kein tröstendes Wort finden, und Torben beendete das Gespräch, da er eine turbulente Nacht vor sich hatte. Er würde spät nach Hause kommen.

»Ich warte auf dich.«

Tessas Gesichtsausdruck musste Bände gesprochen haben, denn Paul sah sie fragend an.

Tessa atmete tief durch. »Entschuldige, ich bin total überrascht. Torben hat einen dringend tatverdächtigen Zöllner verhaftet. Heute war die Verhandlung, ob der Haftbefehl aufrechterhalten bleibt. Ich war dabei. Ich kann es nicht glauben, aber der Zöllner hat versucht, sich umzubringen, und ist auf dem Weg ins Krankenhaus geflohen.«

»Autsch«, Paul lehnte sich in seinem Stuhl zurück. Offenbar löste diese Nachricht bei ihm nicht halb so viele Emotionen aus wie bei Tessa.

»Das ist eine Katastrophe. Für alle. Die Presse wird auf die Polizei einprügeln und den Zöllner zum Schwerkriminellen abstempeln.«

»Ist das falsch?«

»Ich habe keine Ahnung, wie das passieren konnte, aber Torben muss es ausbaden. Und der Zöllner... Ich hab ihn gehört, ehrlich Paul, er ist ein Liebeskasper, aber kein Mörder.«

Tessa erzählte von der morgendlichen Verhandlung.

»Liebeskasper sind harmlos«, bestätigte Paul. »Ich finde, deine Zeit in der eigenen Praxis ist wesentlich aufregender als meine in der Klinik. Brauchst du zufällig einen Praxispartner?«

Tessa lachte. »Ich könnte mir niemand Besseren als dich vorstellen, aber du gehörst in die Klinik und nirgendwo anders hin. Du bist ein Teamplayer, keine One-Man-Show.«

»Konfrontation mit der Realität und Loben der Stärken – du hast es kapiert!«

38

»Torben, aufwachen… dein Wecker klingelt.«

Er spürte, wie Tessa ihn küsste. Die wenigen Stunden Schlaf, die er sich dieser Tage gönnte, waren in Sekunden vorbei gewesen. Er streckte sich. Eine Qual. Er war so verspannt wie seit Jahren nicht mehr. Seit zwei Tagen suchten sie vergeblich nach Vinzenz Havenstein. Er war wie vom Erdboden verschluckt.

Sein Lächeln verrutschte kläglich. »Guten Morgen.«

Tessa nickte wissend. »Ich mache uns Frühstück.«

Er brauchte ihr nichts zu erklären. Sie wusste, dass er es als persönliche Niederlage empfand, dass sie Havenstein noch nicht aufgespürt hatten. Dass ihm davor graute, das *Hamburger Tageblatt* aufzuschlagen und zu lesen, wie sie ihn in der Luft zerrissen und aus dem Zöllner ein blutrünstiges Monster machten. Was die Journalisten nicht wussten, war, dass er sich selber die größten Sorgen machte. Er befürchtete, dass Havensteins Leben in Gefahr war, sollte der Pöbel ihn vor der Polizei entdecken.

Unter der heißen Dusche kehrten seine Lebensgeister zurück, und als er mit noch feuchtem Haar durch die Küche auf den kleinen Balkon ging, knurrte sein Magen. Tessa hatte Omelett gemacht. Mit Champignons und Schinkenwürfeln. Genau das Richtige, um in einen weiteren schwierigen Tag zu starten.

»Gebratenes Ei, Kaffee, Brötchen und die Druckerschwärze einer Tageszeitung... ein berauschender Frühstücksduft, oder?« Er beugte sich zu ihr und küsste sie.

»Ist es so schlimm?«, fragte sie und legte den Finger damit in die Wunde.

Er goss sich frischen Kaffee ein, trank einen Schluck und überlegte. Frühstück auf dem Balkon. Über ihnen blauer Himmel und strahlender Sonnenschein. Ein ganz normaler Sommertag für viele. Nicht für ihn. Er spürte, dass ihm ein heißer Tag bevorstand. In jeder Hinsicht. Tja, wie schlimm war es? »Es ist ein komisches Gefühl. Wir machen unsere Arbeit. Wir haben die Rettungssanitäter befragt, den Justizbeamten durch die Mangel gedreht und versucht, seinen Fluchtweg zu rekonstruieren. Der Justizbeamte im Rettungswagen hat Mist gebaut. Er hat den Zöllner nicht gesichert. Aber der Kerl kann sich ja nicht in Luft auflösen.« Er nahm noch einen Bissen des Omeletts. »Wir haben sogar einen Mantrailerhund kommen lassen. Wir konnten seine Spur ein gutes Stück verfolgen, dann ist er in die U-Bahn gestiegen. Wir haben alle Videobänder angesehen, versucht, die Station zu finden, an der er ausgestiegen ist...« Er seufzte. »Er ist nicht halb so naiv, wie er getan hat. Er ist hochkriminell. Er hat den Justizbeamten schwer verletzt und offenbar seine Kleidung in der U-Bahn verändert. Wir konnten seine blaue Sweatjacke an keiner Station beim Aussteigen wiedererkennen. Wahrscheinlich hat er sie ausgezogen und mit der schlechten Auflösung der Videobänder war er dann nicht mehr zu identifizieren. Der Arsch weiß genau, was er tut.«

»Habt ihr bei seinen Freunden und Kollegen nachgefragt?«

Er nickte. »Das volle Programm. Ohne Erfolg.« Er zeigte

auf den Brötchenkorb. »Legst du Wert auf das Kürbiskernbrötchen?«

»Er muss furchtbar verzweifelt sein. Er versucht sicher, zu dieser Eva zu kommen. Wisst ihr, wer sie ist und wo sie wohnt?«

»Verzweifelt? Eher voller krimineller Energie. Ich hoffe, der Milieufahnder meldet sich heute endlich und führt uns zu Eva. Oder wie sie wirklich heißen mag. Es ist dämlich vom Zöllner zu glauben, er könne sich ewig versteckt halten. Er ist schwer verletzt, er muss ärztlich versorgt werden. Wir kriegen ihn doch sowieso. Es ist nur eine Frage der Zeit.«

Tessa schaute ihn nachdenklich an. »Du glaubst immer noch nicht, dass es diese Frau gibt? Diese Eva?«

Er zuckte mit den Schultern. Zu diesem Zeitpunkt war das nicht wichtig.

»Torben, so eine Geschichte denkt sich doch niemand ...«

Sein Handy klingelte und unterbrach Tessa mitten im Satz.

»Ich muss los. Du hast mir heute Morgen das Leben gerettet. Danke.« Er griff nach der Zeitung. »Diese wunderbare Lektüre nehme ich mit, ja?«

»Pass auf dich auf. Ich bin vormittags in der Praxis zu erreichen, falls was ist. Nachmittags fahre ich mit meinem Patienten Walter Petersen zum WSPK2.«

»Hat Jacobi schon mit deinem Patienten gesprochen? Wir müssen ihn dringend zu der Besuchergruppe befragen.«

Sie zuckte die Schultern und lachte, aber für ihn hörte es sich bemüht an. Er zögerte, nahm sich aber nicht die Zeit, um nachzufragen.

39

Im Polizeipräsidium begegneten Koster mitleidige Blicke. Sie hatten alle von der spektakulären Flucht gehört. Es machte ihm nichts aus, denn es gab eine erste gute Nachricht. Im *Tageblatt* hatte in den letzten Tagen nichts von der Schwangerschaft der toten Claudia Spiridon gestanden. Es gab also keinen Tippgeber in seinem Team oder aus der Rechtsmedizin. Immerhin.

Er bog in den Konferenzraum ein, der noch leer war. Er warf die Zeitung auf den Tisch und stellte sich vor die Metaplanwände. Was übersahen sie? Welche Rolle spielte die Prostituierte? Wo waren die drei Frauen? Er griff nach dem Telefon, um noch einmal bei den Zivilfahndern der Davidwache nachzufragen, als Jacobi und Liebchen den Raum betraten. Sie sahen mitgenommen aus. Liebchens Augen waren rot unterlaufen und seine Nase wund.

»Ich rufe gerade im PK 15 an...«

»Das kannst du dir sparen, das haben wir schon gemacht.« Liebetrau setzte sich und holte eine Packung Taschentücher raus. Koster legte den Hörer auf.

»Du siehst grauenhaft aus. Du gehörst ins Bett.«

»Sehe ich genauso, aber geht grad nicht. Pass auf, die Milieufahnder haben eine Spur zu dieser Eva. Das ist vermutlich nicht ihr richtiger Name, aber zu der Beschreibung von Havenstein haben die anderen Mädels eine Eva zugeordnet. Die Kollegen bleiben dran. Wir sollten sie heute Nachmittag im Präsidium sitzen haben.«

»Also gibt es Eva wirklich?« Warum war er so überrascht? Hatte er nicht selber gesagt, dass er Havenstein glaubte?

»Sieht so aus«, sagte Jacobi. »Und dann gibt es da noch etwas. Die DNA-Analysen und Auswertungen der Faserspuren sind gekommen. Havenstein hat die Tote nicht berührt. Er war nicht einmal in der Nähe von Claudia Spiridon.«

Koster kniff die Augen zusammen. »Genauer, bitte.«

»Die Faserspuren müssen wir zwar noch mit der Kleidung von Havenstein vergleichen. Aber die Techniker sagen, es war ein leichter Baumwollstoff. Blau. Das passt nicht zu Havensteins Uniform. Darüber hinaus, und das ist sicher das entscheidende Argument, konnten sie winzige Blut- und Gewebespuren an der Toten sichern. Claudia Spiridon hat sich gewehrt und offenbar die Täterin leicht verletzt.«

»Die Täterin?«

Jacobi seufzte. »Die Täterin!«

»Wir suchen nach einer Frau?« Koster konnte es nicht glauben. »Das ist nicht euer Ernst?«

»Doch! Havenstein ist nicht der Mörder von Claudia Spiridon. Die Spurenlage schließt ihn eindeutig aus«, Liebchens Stimme hatte neben seinem Krächzen einen resignierten Unterton bekommen. »Die ganze verdammte Ich-liebe-sie-so-Geschichte, scheint wahr zu sein. Er hat das Kokain geklaut, es am Tatort platziert, kein Alibi, die Tote gekannt ... und trotzdem hat er nichts mit ihrem Tod zu tun! Das ist total irre!« Er schüttelte ungläubig den Kopf. »Das ist mir in meinen ganzen Berufsjahren noch nicht untergekommen, wie jemand so außergewöhnlich dämlich sein kann. Und dann flüchtet er? Ich werde langsam zu alt für diesen Job.«

»Havenstein ist auch nicht der Vater des Kindes«, ergänzte Jacobi. »Das Labor hat heute Morgen schon eine E-Mail geschickt. Der Purser ist der Vater. Das ändert zwar nicht viel, aber wir können uns jetzt ganz auf die Prostituierte und ihren Zuhälter konzentrieren. Da gibt es...«

»Und wir müssen den Zöllner finden, bevor es ein Unglück gibt.« Koster war wie elektrisiert. »Die Presse stilisiert ihn gerade zum Monster. Nicht dass da irgendein übereifriger Bürger Hand anlegt. Wir müssen unbedingt schneller sein!« Er stockte. »Ich habe kein gutes Gefühl. Ich kann es nicht erklären, aber es braut sich was zusammen.« Wieder überlegte er einen Moment. Jacobi wollte ihn schon unterbrechen, aber er hob die Hand. Er spürte, dass die Ermittlungen eine entscheidende Wende nahmen. »Vielleicht können wir die Presse diesmal für unsere Zwecke nutzen. Sie sollen veröffentlichen, dass Havenstein unschuldig ist. Was meint ihr?«

Die beiden reagierten zunächst nicht. Sie prüften seinen Vorschlag.

»Ich hole unseren Pressesprecher ins Boot«, sagte Jacobi schließlich. Er stimmte zu. Und Liebchen? Koster wandte sich ihm zu.

»Versuchen wir es. Sprich mit dem *Tageblatt*. Mit dieser Journalistin. Die hat immerhin was wiedergutzumachen.«

Koster nickte. »Ich rufe sie gleich an.«

»Da gibt es noch etwas«, warf Jacobi gehetzt ein. »Ich wollte es euch eben schon sagen. Es verkompliziert alles. Die Zivilfahnder vom PK 15 haben noch mehr herausgefunden.« Er wiegte den Kopf hin und her, als wolle er die Informationen noch einmal in Ruhe durchdenken, bevor er sie laut aussprach. »Die Prostituierte Eva interessiert uns noch in einem ganz anderen Zusammenhang. Wenn es unsere Eva ist, dann kommt sie aus Moldawien, aus Ungheni – genau, wie Claudia Spiridon. Das kann kein Zufall sein. Zwei Frauen aus derselben kleinen Stadt in Moldawien?« Er hielt kurz inne. »Ich habe mich gefragt, ob die beiden Frauen sich vielleicht kennen? Das wäre doch möglich. Vielleicht sind es Freundinnen, Bekannte oder sie sind auf irgendeine Art und Weise miteinander verwandt?«

Jacobi sah ihn erwartungsvoll an. Bevor er jedoch antworten konnte, sprach Jacobi schnell weiter, als ob er es hinter sich bringen wollte.

»Ich habe mit dem Konsulat telefoniert. Die bestätigen, dass Claudia Spiridon eine Schwester hat, jedoch wissen sie nicht, wo diese Schwester lebt. Ich hab den Purser kontaktiert. Er ist nie Verwandten oder Freundinnen von seiner Verlobten begegnet. Vielleicht ist es eine Sackgasse, aber was, wenn Eva und Claudia sich kennen?«

»Das ist interessant«, murmelte Koster, »nehmen wir an, deine Vermutung stimmt. Die Frauen treffen sich auf dem Schiff. Sie streiten sich. Eva sticht auf Claudia Spiridon ein. Warum?«

»Na ja, es war kein fröhliches Wiedersehen, sonst hätten sie sich ja nicht so konspirativ verabreden müssen«, krächzte Liebetrau. »Vielleicht hat Havenstein das Telefonat vollkommen falsch interpretiert. Eva wollte sich in Raum 43 mit Claudia Spiridon treffen? Sie wollte Geld mitbringen? Das hat sie offenbar wieder mitgenommen, denn wir haben es nicht gefunden. Was hat sie im Gegenzug von der Getöteten erhalten? Das ist die große Preisfrage. Das Kokain hat sie jedenfalls stehen lassen.«

Jacobi rutschte auf seinem Stuhl nach vorne und lehnte

sich auf den Tisch. »Und wenn Eva Geld mitgebracht hat, um von Claudia etwas zu erhalten, was sie hier in Hamburg in ihrem Business gebrauchen kann?« Er sah in die Runde. »Versteht ihr? Die drei jungen Frauen... Vielleicht wollte Eva für die Pässe zahlen. Und die drei Frauen.«

Liebetrau riss die Augen auf. »Junge Mädchen aus Moldawien? Menschenhandel? Du spinnst!«

40

Tessa trug Kaffeetassen und Teller vom Balkon in die Küche und stellte sie in den Geschirrspüler. Sie war mit ihren Gedanken bei Torben und dem flüchtigen Zöllner. Hoffentlich ging das alles gut. Torben hatte so angespannt gewirkt, als ahne er Böses. Würde der Zöllner noch eine Straftat begehen?

»Verdammter Mist!« Tessa schrie auf, als ihr das Marmeladenglas aus der Hand auf den Tisch zurückfiel und von dort auf das Holzdeck des Balkons kullerte. Torben hatte den Verschluss mal wieder nicht richtig zugeschraubt. Eine lästige Angewohnheit. Natürlich war das Glas zersprungen und die Marmelade suchte sich ihren Weg zwischen Scherben und durch die Ritzen der Holzplanken. Tessa holte Küchentücher und einen Lappen.

Es lief nicht rund. Havenstein konnte flüchten, und Torben legte sich mit der Presse an, statt Ruhe zu bewahren.

Die Marmelade war klebrig zäh in die Zwischenräume der Planken getropft. Keine Chance da ranzukommen.

Auch sie musste behutsamer agieren. Sie wollte versuchen, heute Nachmittag mit Walter Petersen das Tempo zu drosseln. Wofür brauchte Petersen seine Ablenkungsstrategien? Er hatte gesungen, nach der Elbe und Dockschwalben gefragt. Von einem goldenen Kalb erzählt. Immer mitten im Gespräch. Als sie ihm zu nahegekommen war. So viel hatte sie kapiert. Welches Thema machte ihm so viel Angst?

Mit den Dockschwalben hatte er von der Erkenntnis ablenken wollen, dass er sich geirrt hatte. Hatte er diese massive Angst vor den Frauen oder vor seinem Irrtum?

Mit dem goldenen Kalb hatte er das Thema wechseln wollen, als es um die nächste Übung ging. Dann hatte er angefangen zu singen.

Beunruhigten ihn die Übungen? Er wirkte verstört und belastet. Warum hatte er nicht den Mut, sich seinen Irrtum einzugestehen? Je länger er verleugnete, dass die Frau nur eine zufällige Begegnung war, desto schwerer wurde es doch, sich jemals von diesem Gedanken zu lösen. Er bliebe in seinem Wahn gefangen.

Aua! Herrgott noch mal. Jetzt hatte sie sich an einer Scherbe geschnitten. Sie lief in die Küche und hielt ihren linken Zeigefinger unter fließendes Wasser, bis der Schmerz nachließ.

Walter Petersen hatte als vorherrschendes Wahnthema die Verfolgung. Er fühlte sich von der Frau im Hafen verfolgt. Von der Polizei verfolgt. Vielleicht war die Idee, mit ihm ins WSPK2 zu gehen, um ihm zu zeigen, dass ihm dort alle wohlgesinnt waren, zu voreilig?

Sie wollte Petersen die Wahl lassen. Sie wollte ihn nicht zwingen. Sie konnten auch einfach im Hafen spazieren gehen, und er zeigte ihr die schönsten Stellen. Seine Lieblingsplätze? Sie könnten sich die Graffiti an der Argentinienbrücke ansehen oder das goldene Kalb, so konnte sie Petersen in die Position des Experten bringen.

Sie wollte sein Selbstwertgefühl stärken.

Der Schnitt hatte aufgehört zu bluten, dafür pochte er fürchterlich.

41

Tessa ging nachdenklich die zwei Etagen zu ihrer Praxis hoch.

Ihr verletzter Finger war verbunden und schmerzte deutlich weniger.

Sollte sie Walter Petersen anrufen und fragen, ob er wirklich ins WSPK2 wollte, oder sollte sie sich wie geplant dort mit ihm treffen und von dort aus spazieren gehen?

Sie kramte den Praxisschlüssel aus der Handtasche, als ihr Blick auf das Schloss fiel.

Sie stutzte.

Das Holz der Tür war um das Schloss herum gesplittert, die Tür nur angelehnt. Die Erkenntnis durchzuckte sie wie ein Stromstoß: Einbrecher. Jemand war in ihre Praxis eingebrochen.

Sie erstarrte mitten in der Bewegung.

Das war unmöglich. In einem großen Ärztehaus brach niemand einfach eine Tür auf. Sie runzelte die Stirn. Ihr Herz raste.

Ganz ruhig bleiben, murmelte sie. Sie musste ganz leise die Treppe hinunterschleichen und von der Straße aus die Polizei rufen. Waren die Einbrecher noch in der Praxis?

Sie atmete schneller, Gedanken jagten durch ihren Kopf. Und plötzlich spürte sie Wut durch ihren Körper branden. Wut, die ihre Angst auffraß.

Sie nahm ihren Mut zusammen und schlug mit aller Kraft

die Tür nach innen auf. Wer immer sich noch in der Praxis befand, sollte hören, dass die Besitzerin zur Arbeit erschien.

»Ist da jemand?«, schrie sie. »Ich komme jetzt rein.« Sie sprang in den Flur, taumelte, hätte beinahe das Gleichgewicht verloren.

Schnell klemmte sie sich einen Schlüssel fest zwischen Daumen und Zeigefinger, um ihn zur Not als Waffe einzusetzen zu können. Ihre Hand zitterte.

»Hallo? Ist da jemand? Raus aus meiner Praxis!« Keine Antwort.

Sie verspürte Lust, jemanden zu schlagen. Niemand brach in ihre Praxis ein. Dies war ein geschützter Raum, verdammt noch mal.

Es gab kein Geld, keine Rezeptblöcke ... nur Bücher. Wer stahl schon psychiatrische Fachbücher?

Sie sah durch den Flur. An der Garderobe stand ihr Regenschirm. Hatte sie den nicht an den Haken gehängt?

Sonst konnte sie keine Veränderung feststellen. Die Praxisräume lagen verlassen da. Sie ging langsam weiter.

»Hallo«, rief sie noch einmal leiser. Niemand antwortete.

Langsam öffnete sie die Tür zum Therapiezimmer und blieb wie paralysiert im Türrahmen stehen.

Ihr Atem ging stoßweise.

Sie sah die Verwüstung. Ihr Blick wanderte langsam von links nach rechts. Vermaß den Raum in seiner Länge und Breite. Verwüstung und Harmonie. Verwüstung an der Seite, an der ihr Schreibtisch stand und der Schrank mit den Patientenakten. Aufgebrochen. Die Akten ausgeschüttet, durchwühlt und auseinandergerissen.

Harmonie auf der anderen Zimmerseite. Ihre Steinsammlung auf der Fensterbank lag unberührt da, als wäre nichts passiert.

Die Bücherregale unangetastet. Die Vase mit den Blumen stand da, wo sie immer stand. Die Sonne, die durch das Fenster strahlte, ließ die Staubkörner im Gegenlicht über dem Chaos auf dem Boden vor dem Schreibtisch tanzen.

Sie war sprachlos. Hatte eben noch ihre Wut die Angst besiegt, fühlte sie sich jetzt ratlos.

Wer hatte das getan? Und wozu? Was wollte der Einbrecher mit ihren Patientenakten?

Die bessere Frage war vielleicht: Welche Aufzeichnungen hatte der Dieb gesucht? Information über welchen Patienten?

Tessa trat langsam näher. Stieg vorsichtig über die Papiere, die auf dem Boden lagen. Manche lose, manche zusammengeheftet in Schnellheftern.

Sie ging langsam ein paar Schritte in den Raum, bückte sich und las die ersten Sätze einer Akte, die ihr in die Finger kam.

Die Ingenieurin mit den Bauchschmerzen.

Wo war der Aktendeckel zu dieser Patientin? Die Unterlagen schienen ihr vollständig. Wenn das die Patientin wüsste. Nicht auszudenken. Sie fand das Hängeregister und schob die Papiere hinein. Sie wollte sie in den Schrank zurücklegen, als ihr einfiel, dass sie vielleicht nicht aufräumen durfte. Die Polizei wollte sicher alles so sehen, wie sie es vorgefunden hatte.

Sie musste die Polizei anrufen.

Aber erst wollte sie wissen, welche Papiere fehlten. Es ging um ihre Patienten.

Sie machte sich an die Arbeit.

Es dauerte eine Weile, bis sie die einzelnen Akten zusammengesucht hatte. Es war ein einziges Chaos.

Es klingelte.

Tessa fuhr vor Schreck derartig zusammen, dass die Akte, die sie gerade hielt, mit einem lauten Klatschen auf das Parkett fiel und alle gerade sortierten Papiere wieder herausrutschten und sich über den Fußboden verteilten. Sie stand erstarrt da und hielt die Luft an. Innerlich raste ihr Herz, und es fühlte sich an, als ob ihr ganzer Körper bebte.

War er das? Der Einbrecher? War er zurückgekommen? Hatte er draußen darauf gewartet, dass sie in die Praxis kam? Um ihr etwas anzutun? Warum hatte sie nicht die Polizei gerufen, wie jeder normale Mensch es getan hätte. Um ihre Patienten zu schützen? Wie absurd.

Es klingelte erneut. Ein Einbrecher klingelt nicht. Tessa versuchte, sich selbst Mut zuzusprechen. Kein Killer klingelt artig und zieht dann ein Messer, um sie zu ermorden. Wieder ihre blühende Fantasie. Oder zu viel Fernsehen.

Tessa starrte Richtung Flur. Bewegte sich die Tür ein bisschen? Ihr wurde heiß. Dann überkam sie eine unbändige, hilflose Wut.

Er kam zurück? Bitte sehr. Er sollte sie kennenlernen. Das Miststück. Sie ballte die Fäuste und lief zur Tür. Riss sie auf und starrte dem Postboten ins Gesicht.

»Ähm, alles okay? Ihre Tür sieht aufgebrochen aus!«

Tessa atmete geräuschvoll die Luft aus, die sie unbewusst angehalten hatte. Der Postbote. Sie kannte ihn seit Jahren. Er war nicht einfach vorbeigegangen, sondern kümmerte sich. Dankbarkeit durchflutete sie.

»Danke, danke, dass Sie nicht vorbeigegangen sind. Hier

ist eingebrochen worden. Ich habe es gerade erst entdeckt. Es ist niemand mehr da.«

»Eingebrochen? Im Ärztehaus? Na, die trauen sich was. Soll ich bleiben, bis die Polizei kommt?«

Tessa war gerührt von seiner Fürsorge.

»Danke, das ist nicht nötig. Ich rufe gleich den Schlüsseldienst an.«

»Okay, dann ... hier ist Ihre Post.«

Tessa sah dem Mann hinterher, als er kopfschüttelnd die Treppe hinunterging. Langsam zählte sie bis zehn. Sie lehnte die kaputte Tür an und ging zurück in das Therapiezimmer. Sie atmete noch einmal tief durch. Sie fühlte sich regelrecht schwindlig von dem Wechselbad der Gefühle.

Sie legte die Briefe auf den Schreibtisch und sortierte weiter ihre Patientenakten.

Da sie aktuell einundzwanzig Patienten behandelte, war ihr bald klar, welche Akte fehlte.

Und insgeheim hatte sie damit gerechnet. Das unbestimmte Gefühl hatte sie beschlichen, als sie noch geschockt auf das Chaos geblickt hatte.

Der Einbrecher hatte nur diese eine Akte gesucht. Er hatte die restliche Praxis nicht angefasst, verwüstet, beschmiert oder geschändet. Kein Vandalismus. Alles stand an seinem Platz. Die Muschelsammlung unberührt. Die angebrochene Packung Kekse auf dem Schreibtisch unbeachtet. Die Bilder an den Wänden unangetastet. Keine Blumenvasen verrückt, keine Lampen verstellt, der Teppich sauber und unbeschmutzt.

Aber die Eingangstür und der Dokumentenschrank waren aufgebrochen.

Und doch: Der Einbrecher hatte nichts gegen sie persönlich gehabt. Tessa war sich sicher. Es gab auch keine versteckte Nachricht. Nur die verzweifelte Suche nach Papier.

Bestimmtes Papier.

Eine Hängemappe war leer.

Tessa zuckte wieder zusammen, als das Telefon klingelte. Sie ging nicht ran. Sie wollte jetzt nicht mit einem Patienten sprechen. Aber sie stellte den Lautsprecher an, um zu hören, was auf den Anrufbeantworter gesprochen wurde.

»Guten Tag, Frau Ravens. Hier spricht Stefanie Runge. Ähm... also ich rufe wegen ihres Besuches an.«

Die Stimme der jungen Frau zögerte merklich. Welcher Besuch? Tessa erkannte die Stimme nicht und konnte sich keinen Reim auf den Satz machen.

Stille. Hatte die Anruferin aufgelegt?

»Ach so, ich bin die Besitzerin der *Porte Mare GmbH*. Das sollte ich vielleicht dazusagen. Also ich rufe an wegen ihres Besuches mit Herrn Petersen bei uns im Hafenbüro. Ich weiß nicht, ob es für Sie wichtig ist, aber wir haben uns erinnert, dass Herr Petersen früher in dieser Firma gearbeitet hat. Noch für meinen Vater. Ich habe ja erst vor einem Jahr übernommen... also, was ich nur sagen wollte: Wir kennen Herrn Petersen.« Sie verabschiedete sich und legte auf.

Tessa stand da wie gelähmt. Was bedeutete das? Hatte Walter Petersen doch nicht fantasiert?

Sie starrte auf das leere Hängeregister in ihrer Hand.

Eine Akte fehlte.

Die von Walter Petersen.

Tessa spürte heftiges Kribbeln im Magen.

Sie musste es Petersen sagen.

Dass die Frau angerufen hatte. Dass jemand seine Akte gestohlen hatte.

Und wenn er es wusste? Wer sonst hätte seine Akte stehlen sollen, wenn nicht er selbst? Niemand wusste, dass Petersen bei ihr in Therapie war, nur seine Frau.

War er gefährlicher, als sie dachte? Oder gesünder als vermutet?

Sie musste die Polizei anrufen.

Torben informieren.

Den Schlüsseldienst bestellen.

Einen Espresso trinken.

Nachdenken.

Sie würde das alles tun.

Nur nicht in dieser Reihenfolge.

42

Tessa erreichte Torben auf seinem Handy, als der Schlüsseldienst gerade das Schloss austauschte. Sie beschrieb ihm, was passiert war. Er schimpfte, weil sie die Schutzpolizei nicht gerufen hatte. Tessa fragte sich, wofür das gut sein sollte. Die Polizei würde den Einbrecher eh nicht suchen, und sie ahnte, wer eingebrochen hatte. Er musste es gewesen sein. Und trotzdem lieferte sie ihren Patienten nicht der Polizei aus. Erst wollte sie mit ihm sprechen und versuchen, die Angelegenheit zu klären, dann neu entscheiden.

Wenn der Schlosser erst fertig war, war die Praxis wieder sicher. Na gut, ein neuer Aktenschrank wäre fällig, und der Schlosser musste bezahlt werden. Das konnte Walter Petersen gerne übernehmen. Strafe musste sein.

»Ich bin gleich mit Walter Petersen bei der Wasserschutzpolizei verabredet. Ich werde ihn mit dem Einbruch konfrontieren. Mal sehen, was er dazu zu sagen hat.«

»Warte auf mich. Ich muss deinen Patienten ohnehin befragen, denn er war zur Tatzeit an Bord der *Ocean Queen*. Ich komme zu euch, das kann ich gleich bei denen auf dem Revier machen.«

Tessa spürte wieder das bohrende Gefühl, das ihr langsam vertraut war. Ihr Augenlid begann zu zucken.

Ihr Patient war zur Tatzeit an Bord gewesen … er hatte die Gelegenheit zur Tat gehabt. Wie sich das anhörte. Er kannte die Tote nicht mal. Warum sollte er …

»Ich bin im Revier sicher, du musst dir keine Sorgen machen.« Sie legte ihren verbundenen Finger auf das Auge. Schluss mit diesen diffusen Sorgen.

»Liebchen und ich kommen – du wartest. Verstanden?«

»Aye, aye, Kapitän!« Es sollte witzig klingen. Aber Torben lachte nicht. Er legte einfach auf. Und ihr ungutes Bauchgefühl blieb.

Tessa parkte ihren Wagen gegenüber dem Wasserschutzkommissariat und sah Walter Petersen und seine Frau am Fuß der Treppe, die zum Eingang führte, stehen. Sie hatten sich ein schattiges Plätzchen gesucht und plauderten mit einem jungen Polizisten, der dort stand und rauchte.

Tessa wollte sich zu ihnen gesellen, als hinter ihr ein Auto hupte. Torben und Liebetrau hatten sich wirklich beeilt.

Nun würde alles gut werden.

»Alles in Ordnung?«, fragte Torben.

»Mein Gott, Liebchen, wie siehst du denn aus?«

»Wenigstens eine, die meine Verfassung zur Kenntnis nimmt. Ich sterbe beinahe.«

Tessa hielt seine Hand ein wenig länger. »Sommergrippe. Das ist hässlich. Da hilft nur Bettruhe und Pflege. Du siehst weder nach dem einen noch nach dem anderen aus.«

»Meine Frau sagt, sie hätte schon drei Kinder. Mich bräuchte sie nicht auch noch im Haus. Undankbares Weib.«

Tessa lachte. Sommergrippe. Das war ihr Alltag. Banal und glücklich. Überschaubar und ungefährlich. Einbruch, Drogen und Mord gehörten nicht dazu. Sollten nicht dazugehören.

»Ich stelle euch die Petersens am besten gleich vor, dann können wir reingehen.«

Sie straffte sich und holte tief Luft. Sie musste jetzt reinen Tisch machen. Walter Petersen konnte sich nicht rausnehmen, was er wollte, nur weil er ihr Patient war. Er hatte eine Grenze überschritten.

»Frau Petersen, Herr Petersen, ich möchte Ihnen die Kommissare Koster und Liebetrau vorstellen. Sie kommen vom Landeskriminalamt und untersuchen die Zwischenfälle auf der *Ocean Queen*. Da Sie beide an Bord waren, möchten die Herren kurz mit Ihnen sprechen. Gehen wir rein.«

Die kleine Kolonne stapfte wortlos die Treppe hoch, während der junge Polizist in aller Seelenruhe weiterrauchte.

Am Wachtresen meldeten sich Koster und Liebetrau an. Der Wachhabende kam aus dem Dienstraum und führte die Gruppe schweigend in ein Büro direkt gegenüber den Zellen. Er fragte, ob sie einen Kaffee trinken wollten? Alle lehnten ab. Das Büro war im Grunde zu klein für fünf Personen. Sie saßen zu dicht nebeneinander, und die Atmosphäre verdunkelte sich von Minute zu Minute. Daran änderte auch die wundervolle Aussicht aus dem Fenster nichts. Das Wasser des Trave-Hafens glitzerte im Sonnenlicht. Vor dem Schuppen 80 lag ein einsamer Stückgutfrachter. Malerische Ruhe.

Trügerische Ruhe.

Tessa konnte die Konfrontation nicht länger hinauszögern.

»Sie merken ja sicher, dass unsere Übung, die wir hier eigentlich verabredet hatten, in den Hintergrund getreten ist. Das LKA möchte Sie sprechen, und ich möchte Sie darüber in Kenntnis setzen, dass ein Unbekannter gestern Abend oder heute Morgen in meine Praxis eingebrochen ist. Mein Aktenschrank war aufgehebelt. Es fehlt nur eine einzige Patientenakte: Ihre Akte, Herr Petersen.« Tessa rief sich innerlich zur Ordnung. Sie sprach viel zu gestelzt. *In Kenntnis setzen ...* mein Gott, wie distanziert, ohne jedes Mitgefühl. »Herr Petersen, ich weiß, dass das alles nicht leicht für Sie ist. Ich finde, wir sind auf dem richtigen Weg. Wenn Sie also überprüfen möchten, was ich über Sie denke oder aufschreibe, dann fragen Sie mich das nächste Mal doch einfach.« Noch immer war ihr Ton schärfer als beabsichtigt.

Walter Petersen wand sich unter ihrem Blick.

»Haben Sie sich Zutritt zu meiner Praxis verschafft?« Jetzt gelang ihr ein sanfter Tonfall. Walter Petersen litt unter dieser Anschuldigung. Das konnte sie sehen. Er sackte in sich zusammen, presste die Lippen fest aufeinander und senkte den Kopf. Er antwortete nicht.

»Wie reden Sie denn mit meinem Mann?«, mischte sich Christa Petersen dafür umso lautstärker ein. »Das ist ja ein unerhörter Vorwurf.«

Tessa ignorierte sie. »Herr Petersen?«

Er hob den Kopf. Zorn lag in seinem Blick. Und noch etwas anderes. Schmerz. Vielleicht sogar Angst.

»Mein Mann würde nie ...«, keifte Christa Petersen und stand auf, »Komm Walter ...«

Koster unterbrach sie. »Setzen Sie sich doch bitte wieder. Wir haben noch nicht begonnen, Sie zu befragen. Also ...«

»Wir setzen uns nicht, wir gehen ...« Sie warf einen wütenden Blick in Tessas Richtung und griff nach der Hand ihres Mannes.

»Ich muss Ihnen etwas sagen«, setzte Walter Petersen mit leiser Stimme an.

Tessa sah, dass er schwitzte. Angstschweiß. Walter Petersen war in höchster Not, und sie hatte ihn so weit gebracht.

»Vinzenz Havenstein hält sich bei uns zu Hause versteckt.«

Seinem Satz folgte entgeisterte Stille.

»Und genau da gehen wir jetzt hin«, fing sich Christa Petersen als Erste. »Vinzenz wartet schon auf uns.«

»Wie bitte?«, bellte Liebetrau und stand auf, ging um den Tisch herum und baute sich vor den Petersens auf. »Sie kennen den Zöllner Havenstein?«

Christa Petersen presste die Lippen zu einem schmalen Streifen zusammen und kniff wütend die Augen zusammen.

Walter Petersen nickte kleinlaut.

Liebetrau drehte sich zu Tessa um. Sie konnte nur entgeistert mit den Schultern zucken.

»Wir kennen einige liebe Menschen, junger Mann«, setzte Christa Petersen giftig nach und versuchte, den Arm ihres Mannes zu fassen zu bekommen.

Liebetrau hob die Hand und gebot ihr Einhalt.

»Der Zöllner ist bei Ihnen in der Wohnung? Er hält sich jetzt dort auf?«

Christa Petersen nickte trotzig. »Na und?«

»Sie bleiben hier. Tessa, du passt auf.« Er winkte Richtung Koster. »Wir fahren sofort dorthin.«

»SEK?«, fragte Torben. Seine Stimme klang gereizt.

»Nein. Keine Zeit«, erwiderte Liebetrau und drehte sich zu Walter Petersen um. »Wo wohnen Sie?«

»Beim Kraftwerk 1. Erste Etage«, murmelte Tessa.

Hatte sie nicht eben noch geglaubt, dass jetzt alles gut werden würde?

43

Vinzenz Sinne waren so gespannt, dass er das Auto sofort kommen hörte. Kein Wunder, in diese Sackgasse fuhr nur alle paar Tage mal ein Auto. Er sprang vom Küchenstuhl auf, war mit einem Schritt am Fenster und schob mit der Hand die Pappe, die Walter vor das Fenster geklemmt hatte, zur Seite.

War Walter zurück? Mit dem Taxi? Hoffentlich hatte er sich nicht verplappert. Ihm war nicht wohl gewesen, als Walter erzählt hatte, dass seine Therapeutin sich mit ihm im Revier der Wasserschutzpolizei treffen wollte. Walter war ein lieber Mensch, aber inzwischen so kauzig geworden, dass Vinzenz ihm nur noch bedingt vertraute. Walter wollte ihm sicher nicht schaden, aber konnte er ein Geheimnis für sich behalten? Vinzenz schwitzte, und sein Hemd klebte ihm am Rücken.

Er sah einen Streifenwagen langsam näher kommen.

Er hatte es geahnt. Sein Bauchgefühl hatte ihn nicht betrogen. Ach Walter, was habe ich dir zugemutet? Wo sollte er sich jetzt verstecken? Vielleicht fuhren sie am Haus vorbei?

Er sah nach links auf den Küchentresen. Dreckige Teller mit Essensresten, benutzte Kaffeetassen, Paprikaschoten in einer Plastikverpackung.

Wenn niemand die Tür öffnete, würden sie doch nicht einfach hereinkommen, oder?

Doch, würden sie.

Sein Blick fiel auf den Messerblock. Er zog ein Messer heraus. Lang und scharf. Er behielt es in der Hand, als er durch den Flur rannte.

Raus aus der Wohnung. Sie war eine Falle. So schnell wie möglich in den Keller. Von dort gelangte er in die angrenzenden Gärten. Dann im Schutz der Bäume weiter. Wenn die Polizisten in der Wohnung blieben, konnte er es bis zur Lagerhalle schaffen. Dort hatte er Deckung. Von dort über den kleinen Steg in die Containeranlagen. Dann wäre er in Sicherheit.

Er nahm zwei Stufen auf einmal.

Die Polizisten waren vor dem Haus angekommen.

Er rüttelte an der Kellertür, die ins Freie führte. Sie war verschlossen. Er drehte sich um seine eigene Achse. Wo war der Schlüssel? Kein Haken am Türrahmen, kein Schlüssel. Wo? Er fingerte mit den Händen auf dem Türrahmen.

Da. Er hatte ihn, steckte ihn ins Schloss.

Die Türklingel schrillte. Er zuckte erschrocken zusammen. Sie kamen ihn holen.

Er öffnete die Hintertür, spähte vorsichtig hinaus. Niemand da. Die Türklingel schellte erneut. Raus.

Er sprang auf die kleine Grünfläche.

Und plötzlich ließ die Energie nach. Er sackte förmlich in sich zusammen, spürte seinen Arm schmerzen.

Wofür? Für wen die Flucht? Wohin sollte er gehen? Es gab niemanden mehr.

Eva wollte ihn nicht, das hatte sie ihm unmissverständlich klargemacht, und was sollte es dann noch? Das Leben? Was war ein Leben ohne Liebe wert?

Trotzdem rappelte er sich hoch. Vielleicht fiel ihm noch

eine Lösung ein. Vielleicht hatte Eva es nicht so gemeint. Nur erst einmal weg.

Er sprintete los, zur Pforte des Schanzenwegs. Keine vierzig Meter entfernt. Er war durch. Am linken Wohnblock vorbei, zu den Büschen. Er hatte den kleinen Grünstreifen vor den Bäumen erreicht, als er rechter Hand von sich ein Geräusch hörte. Er wirbelte herum.

»Polizei. Stehen bleiben. Legen Sie das Messer weg.«

Ein junger Polizist stand mit der Hand an seinem Holster und gespreizten Beinen vor ihm. Zitterte. Würde er schießen? Vinzenz hob das Messer, richtete es auf den Polizisten. »Und... wollen Sie mich jetzt erschießen?«

»Legen Sie das Messer weg, auf den Boden, sofort«, keuchte der Mann und tänzelte um ihn herum.

Havenstein spürte, dass der Mann Angst hatte. Vor ihm? Lächerlich. Er konnte keiner Fliege was zu Leide tun.

Er war erschüttert, als der Polizist tatsächlich die Dienstwaffe zog. Er zielte aus sechs Metern Entfernung mit einer scharfen Waffe auf ihn? Unglaublich.

Er hatte in all seinen Dienstjahren beim Zoll nie seine Waffe gezogen. Es war wirklich das letzte Mittel der Wahl, denn, wer eine Waffe zog, setzte sie auch ein.

Vinzenz zögerte eine Sekunde. Ja, wer eine Waffe zog... dann entschied er sich. Er ging mit gezücktem Messer auf den Polizisten zu.

Der taumelte zurück und wäre dabei fast hingefallen.

Ein Schuss zerriss die Idylle des Gartens.

Vinzenz stoppte abrupt.

Er hörte die Schreie »Polizei« von der Straße. Sie kamen in ihre Richtung gelaufen.

Das Gesicht des Polizisten war puterrot angelaufen. Eine

Ader schwoll auf seiner Stirn an. Vinzenz wunderte sich, dass er das alles so genau wahrnehmen konnte, obwohl der Schmerz sein Bein zerriss.

»Legen Sie sofort das Messer weg«, presste der Polizist zwischen den Zähnen hervor. Der Mann konnte nicht weiter zurückweichen, weil er mit dem Rücken an der Staumauer stand.

Da hatte der blöde Bulle sich in eine missliche Lage gebracht, triumphierte Vinzenz. Er spürte nahezu Glücksgefühle aufsteigen. Das musste das vielgepriesene Adrenalin sein, welches ein verletzter Körper zirkulieren ließ.

Ihm wurde schwindlig. Und kalt.

Wo hatte die Kugel ihn getroffen? In die Wade oder den Oberschenkel? Er spürte den Schmerz überall. Er traute sich nicht, an sich hinunterzuschauen. Er fixierte den Polizisten. Der Mann hatte sich keinen Millimeter bewegt. Er konnte nur noch seitwärts ausweichen.

Nun sah Vinzenz an seinem Bein herunter. Das Blut sickerte deutlich sichtbar durch seine Hose. Vinzenz fror und doch tropfte ihm der Schweiß von der Stirn.

Er sah aus den Augenwinkeln die Kriminalbeamten der Mordkommission von der Seite auftauchen. Die Dienstwaffen ebenfalls im Anschlag.

»Bleiben Sie ruhig. Legen Sie das Messer weg. Sofort.«

Vinzenz überlegte einen Augenblick, ob er sich ergeben sollte? Seine Gedanken liefen wie Sirup durch seinen Kopf. Nicht ins Gefängnis. Nur nicht ins Gefängnis. Der einzige Gedanke, der ihm in den Sinn kam. Niemals zurück ins Verlies. Dann eher sterben.

»Ich liebe Eva«, stammelte er, hob das Messer und trat einen weiteren Schritt auf den jungen Beamten vor der Staumauer zu.

Er hörte Vögel zirpen.
Er hörte den Schuss.
Zwei Schüsse.

44

Koster bewegte sich als Erster. Er schob sich an Liebetrau vorbei und rief dem Polizisten zu, dass er seine Waffe zurück in das Holster stecken solle. »Sofort! Waffe weg.«

Koster drehte sich zu Havenstein um. Der lag auf dem Rücken. Blut sickerte aus zwei großen Wunden in seinem Oberkörper. Die Augen standen weit offen.

»Liebchen, ruf den Notarzt.« Er sah aus den Augenwinkeln, wie Liebetrau nach seinem Handy griff.

Koster kniete sich hin und legte Havenstein zwei Finger an den Hals. Suchte nach einem Puls. Er fühlte nichts. Er konnte keine Atmung feststellen. Kein Heben oder Senken des zerfetzten Brustkorbs erkennen.

Zwei Augen starrten ihn an.

War der Mann tot?

Liebetrau telefonierte mit der Leitstelle. Koster hörte nur Wortfetzen. »...Schüsse in den Oberkörper... das Haus auf der rechten Seite, Rettungswagen und Notarzt sollen sich beeilen...«

Der Rettungswagen käme zu spät.

So wie sie zu spät gekommen waren.

Wie hatte das passieren können?

Koster stand mühsam auf. Er fühlte sich erschöpft. Hieß es nicht immer, dass man unter Stress hektisch sei und Atemnot bekam? Er fühlte eher ein Bleigewicht auf seinen Schultern.

Er wandte den Blick mühsam vom toten Havenstein ab und sah geradeaus über die Staumauer. Die andere Elbseite erstrahlte in tausenden Lichtern. Sie gaukelten eine heile Welt vor. Der junge Polizist, der eben noch die Waffe gehalten und geschossen hatte, rutschte wie ein Häufchen Elend die Staumauer hinab und starrte reglos auf den toten Havenstein.

Liebchen näherte sich ihm vorsichtig von der Seite. Er hatte doch nicht etwa Sorge, dass der Kollege die Waffe noch einmal zog? Egal. Es war richtig, dass Liebchen vorsichtig war. Wären sie das nur vor fünf Minuten gewesen. Er hätte damit rechnen müssen, dass Havenstein erneut fliehen wollte. Er hatte sich davon einlullen lassen, dass Havenstein unschuldig war und keinen Grund hatte zu flüchten. Aber das wussten nur sie, alle anderen glaubten, dass er der Mörder war, der eine Frau mit einem Messer erstochen hatte.

Ein Polizist hatte geschossen. Koster hatte es nicht verhindern können. Seine Gedanken rasten. Warum hatte Havenstein das Messer nicht weggelegt? Warum war er auf den Beamten zugegangen? Warum waren er und Liebchen nicht eher da gewesen? Warum hatte der Polizist nicht am Auto gewartet, wie vereinbart?

Warum? Warum? Warum?

Er spürte, wie jemand ihn an der Schulter rüttelte.

Die Rettungssanitäter waren da.

Koster ging ein paar Schritte zur Seite, um den Notarzt vorbeizulassen.

Der Notarzt hörte die Herztöne ab, legte ein EKG an.

Der Zöllner war tot.

Kosters Blick irrte umher.

Liebetrau führte den Schützen vom Grundstück. Er

musste Meldung machen. Ein Mensch war erschossen worden, und die Mordkommission hatte dabei zugesehen.

Plötzlich hörte er Liebetrau schreien: »Ich hatte dir gesagt, du sollst am Wagen warten? Welchen Teil davon hast du nicht verstanden?«

»Er hat schon mal jemanden erstochen«, japste der junge Beamte.

»Herrje, der Mann war nur ein Idiot, kein Mörder.«

»Liebchen!«, Kosters Ton war scharf. Liebetraus Ausbruch war wie eine kalte Dusche. Sein Kopf war wieder klar. »Lass ihn. Lass ihn in Ruhe. Er macht sich selbst größere Vorwürfe, als du es je könntest. Wir haben versagt.«

»Scheiße, das weiß ich.« Liebetrau presste die Lippen zusammen und schlug nach etwas. »Überall diese verdammten Mücken.«

Der Notarzt kam ihnen entgegen und blieb stehen. »Der Mann ist tot, es tut mir leid.«

Koster kam es vor, als wolle der Mann sich entschuldigen.

»Zwei Schüsse in die Herzgegend. Vermutlich Herzbeuteltamponade. Er hatte keine Chance. Bei eurer Munition...« Er senkte den Blick.

Koster seufzte. »Bleiben Sie bitte, bis die Kollegen alles aufgenommen haben. Es werden gleich weitere Beamte eintreffen.«

»Noch mehr? Hier steht doch schon alles voll.« Kopfschüttelnd ging der Mann zum Rettungswagen.

Koster sah sich um. Tatsächlich stand die halbe Straße voll mit Streifenwagen. Uniformierte Beamte standen im Garten und auf der Straße verteilt. Funkgeräte knisterten.

Einer der Polizisten kam auf Koster zu und flüsterte ihm etwas ins Ohr.

Koster nickte. »Hast du zufällig eine Zigarette für mich?«

Der Kollege gab ihm eine, und als Koster sie hilflos zwischen den Fingern hielt, holte er noch ein Feuerzeug heraus und zippte es an. Koster beugte den Kopf und hielt die Zigarette in die Flamme, während er zog. Er nahm einen tiefen Atemzug und nickte dem Polizisten dankbar zu.

Er drehte sich um und ging auf den zitternden Kollegen zu, der gerade seine Waffe in eine Papiertüte fallen ließ, die Liebetrau ihm hinhielt. »Hör mal, dein Revierführer holt dich gleich ab. Er begleitet dich ins WSPK2 und anschließend nach Hause. Sprich in Ruhe mit ihm. Der Polizeipsychologische Dienst ist ebenfalls informiert. Die Kollegen werden sich um dich kümmern, okay?«

Der Mann reagierte nicht. Er wirkte apathisch. Koster sog kräftig an der Zigarette. Er hatte sich das Rauchen eigentlich abgewöhnt. Es war so schwer gewesen, dass er sich geschworen hatte, nie wieder mit der Qualmerei anzufangen. Aber jetzt brauchte er etwas, dass er in den Händen halten konnte, das beruhigend wirkte und ihm ein paar Minuten Zeit verschaffte. Ein weiterer Zug, und er begann zu husten. Erbärmlich. So schnell verlernte man das Rauchen.

Er wartete auf das gute Gefühl. Wenigstens das? Nein, er fühlte nichts. Im Gegenteil, ihm wurde schlecht. Frustriert trat er die Zigarette aus, als Liebchen zu ihm trat.

»Ganz schöner Mist«, sagte er und sah zu dem tot auf dem Rasen liegenden Vinzenz Havenstein. »Kommt die Spurensicherung bald?«

»Sind auf der Zielgeraden. Die zweite Mordbereitschaft ist ebenfalls im Anmarsch. Wir arbeiten das hier sauber ab«, antwortete Liebetrau.

»Chef«, rief jemand.

Koster und Liebetrau drehten sich um und sahen Jacobi auf sie zulaufen. »Chef, was ist denn passiert? Da bin ich einmal nicht dabei und schon... ich habe das Team mitgebracht.«

»Das brauchen wir nicht, die Kollegen der zweiten Mordbereitschaft müssen den Tatort untersuchen. Wir dürfen das nicht. Wir sind involviert.«

Jacobi ging zögernd ein paar Schritte auf den reglos daliegenden Vinzenz Havenstein zu.

Dann suchte er den Augenkontakt zu Koster. Er war froh, darin kein Mitleid zu entdecken, sondern sachliches Interesse. »Jacobi, ich übergebe den Sachverhalt an die Kollegen, aber unsere Ermittlungen sind noch nicht abgeschlossen. Ich will gleich morgen früh die große Runde. Und haltet mir die Presse vom Leib.«

Jacobi nickte. »Wo ist der Kollege, der geschossen hat?«

»Sein Revierführer holt ihn ab. Ist alles organi...«

Ein Tumult an der Hausecke unterbrach sie. Eine Frau schrie hysterisch, dass man sie sofort durchlassen solle, das sei schließlich ihr Garten. Eine ihm nur zu vertraute Stimme versuchte, die Frau zu beruhigen. Tessa. Sie war mit den Petersens eingetroffen. Zum denkbar schlechtesten Zeitpunkt. Er ging schnell auf die Gruppe zu. »Bitte regen Sie sich nicht auf. Sie können jetzt nicht in den Garten. Bitte gehen Sie direkt in ihre Wohnung. Ich werde gleich zu Ihnen kommen.« Er drängte Christa Petersen weiter nach hinten und gab gleichzeitig einem Schutzpolizisten zu verstehen, dass er helfen solle. »Bitte, Tessa, bring die Petersens ins Haus.« Tessa verstand sofort und hakte sich bei Christa Petersen ein.

»Kommen Sie, der Beamte begleitet uns. Er wird uns im Haus erzählen, was passiert ist.«

Tessas Stirn war zerfurcht von Sorgenfalten. Sorgte sie sich um die Petersens oder um ihn? Liebchen? Havenstein? Vermutlich um alle gleichzeitig. Kein Wunder. Sie steckten alle tief drin in diesem Riesenschlamassel. Er hatte so eine Ahnung gehabt, als die Presse anfing, sich auf diesen Todesfall zu stürzen. Es war von Anfang an anders gewesen als bei anderen Fällen.

Havenstein mit seiner irren Liebesgeschichte hatte einen falschen Zungenschlag hineingebracht. Tod und Liebe. Und dann war er geflohen. Mutiert vom verkannten Liebhaber zum kriminellen Mörder in wenigen Stunden.

Was würde er morgen im *Hamburger Tageblatt* lesen müssen? *In den Tod aus Liebe? Er gab sein Leben für die Liebe?* Koster sah die Schlagzeile schon vor sich: *Polizei erschießt Unschuldigen!*

Denn das war Havenstein. Er war der Falsche. Er war nicht der Mörder von Claudia Spiridon. Das war ein Fakt. Egal was die Presse daraus machen würde. Er musste den wahren Täter finden.

Die Täterin.

Am besten noch heute Nacht.

Er ermahnte sich zur Ruhe.

Zuerst die Petersens.

Koster ging ums Haus herum zum Eingang, um einer alten Frau und ihrem verrückten Mann zu erklären, dass ein toter Zöllner in ihrem Garten lag, ein Freund.

Als er um die Ecke bog, sah er direkt in die Kameras von mehreren Pressefotografen.

45

Torben setzte sich wortlos zu ihnen an den Küchentisch. Tessa und die Petersens hielten sich schweigsam an ihren Teetassen fest.

Jeder hing seinen eigenen Gedanken nach, starrte vor sich ins Leere und lauschte auf die Geräusche, die von der Straße vor dem Haus zu ihnen hinaufdrangen. Funkgeräte knisterten und unverständliche Sätze waren zu erahnen. Männerstimmen, die sich etwas zuriefen. Einmal das Martinshorn eines Streifenwagens. Ob das Bestattungsinstitut Vinzenz Havenstein inzwischen abgeholt hatte? Tessa bekam das Bild des auf dem Rasen liegenden Zöllners nicht aus dem Kopf. Wie hatte es so weit kommen können? Die Hilflosigkeit, die Tessa in sich spürte, machte sie rastlos. Es musste doch etwas geben, was sie Torben und den Petersens Gutes tun konnte? Aber an dieser Situation war eben nichts gut. Also gab es keinen echten Trost. Und billige Sätze à la »Es wird schon wieder« waren nicht angebracht. Es wurde eben nicht wieder. Vinzenz Havenstein war tot, und das war unumkehrbar. Unfassbar. Eine Katastrophe.

»Warum haben Sie uns nicht eher darüber informiert, dass sich Herr Havenstein bei Ihnen versteckt hält?«, fragte Torben in die lähmende Stille. Sein Ton klang erschöpft und fordernd. Sie sah erstaunt, dass seine Hand zitterte.

Tessa wartete auf eine Reaktion der Petersens. Die beiden blieben stumm.

Er schaute sie fragend an. Sie zuckte die Schultern. Sie wollte sich nicht einmischen.

»Ist Vinzenz Havenstein direkt nach seiner Flucht zu Ihnen gekommen? Was hat er Ihnen erzählt?«

»Möchten Sie auch einen grünen Tee? Tee ist gesund, wissen Sie?«, fragte Christa Petersen. »Sie dürfen natürlich nur solche Tees nehmen, die nicht oxidiert haben. Sonst macht das keinen Sinn. Und vom Koffein bekommt man leicht Pickel.«

»Wie bitte?«, fragte Torben.

Tessa spürte, dass seine Anspannung mit jeder Minute wuchs.

»Habe ich im Fernsehen gesehen. Wissen Sie in einer dieser Verkaufssendungen. Wo ist denn eigentlich ihr netter Kollege? Dieser bärige Gefährte. Der Wikinger.« Sie kicherte wie ein kleines Mädchen.

Torben starrte sie an. Es hatte ihm die Sprache verschlagen.

»Was ist ein Polder?«, fragte Walter Petersen in die Stille. »Und wozu braucht man das?«

Torben drehte seinen Kopf verdutzt zu Walter Petersen.

Tessa musste etwas tun. Die Situation retten. Nur wie?

»Was ist ein Polder«, wiederholte Petersen.

»Wollen Sie jetzt Ratespiele spielen?«, fragte Torben konsterniert.

Tessa stockte der Atem. Sie merkte, dass Torben gleich explodieren würde. Er verstand die Petersens nicht. Sie waren einfach nicht in der Lage, auf seine Fragen zu antworten. Sie waren überfordert. Sie wollten in Ruhe gelassen werden. Aber das war nicht möglich.

»Was ist eine Laufkatze?«

»Mir reicht's. Ich habe keine Lust mehr auf Ihre Schrulligkeiten. Verstehen Sie, dass es hier um Menschenleben geht? Verstehen Sie das?«

Walter Petersen schaute betreten zu Boden.

»Ich weiß, was eine Laufkatze ist«, freute sich Christa Petersen. Sie hob einen Finger in die Luft, als wolle sie für ihren Lehrer aufzeigen. »Ich weiß es. Darf ich es sagen?«

»Torben, ich glaube, das wird heute Abend nichts mehr.« Entschuldigend versuchte sie, für die Petersens um Verständnis zu werben.

Torben nickte und stand auf. »Na dann. Herr Petersen, Sie finden sich morgen früh um Punkt zehn Uhr auf dem Polizeipräsidium in Alsterdorf ein, um vernommen zu werden. Bringen Sie Ihren Rechtsbeistand mit, den werden Sie brauchen.«

Christa Petersen nahm langsam ihren Finger herunter und fing an zu schluchzen.

46

Tessa schenkte sich ein weiteres Glas Chardonnay ein. Der Verband um ihren Finger war schmutzig. War es erst wenige Tage her gewesen, dass sie beide hier auf diesem Balkon gesessen, Krabbencurry gegessen und rumgealbert hatten? Sie hatte die kindische Idee gehabt, nachts noch an die Ostsee zu fahren, und sie waren nackt und unter einem wundervollen Sternenhimmel schwimmen gegangen. Auch Vinzenz Havenstein war verliebt gewesen.

Die Küchenuhr zeigte halb zwei an, nachts.

»Nein, lass, ich muss einen klaren Kopf bewahren, nachdenken.« Koster legte abwehrend die Hand über sein Glas.

»Heute Nacht kannst du nichts mehr ausrichten. Und wenn du dir das Hirn zermarterst.« Tessa nahm einen großen Schluck. »Ich will jedenfalls nicht mehr denken. Was für ein Chaos. Ich wollte nie wieder in einen Mord involviert sein – und jetzt versteckt mein Patient den Täter und ein Polizist…«

Koster seufzte gequält auf.

Wie heute Morgen saßen sie auf dem Balkon, als wäre es eine normale Sommernacht. Eine Petroleumlampe spendete ein wenig Licht in der Finsternis. Es war absolut still um sie herum. Die Geräusche der nahen Straße drangen nicht bis auf den Balkon ins Dachgeschoss.

Es war Unvorstellbares geschehen. Die Welt hatte sich verändert.

»Was wird aus dem Kollegen, dem Schützen?«, fragte Tessa leise.

Koster brauchte eine Weile, ehe er antwortete. »Das Dezernat für interne Ermittlungen untersucht den Schusswaffengebrauch. Ich hoffe, der Kollege wird gut beraten, lässt sich krankschreiben. Ansonsten schiebt er Innendienst. Seine Waffe ist er jedenfalls erst mal los.« Er starrte in die Dunkelheit. »Sein Revierleiter hat mir erzählt, dass er auf seine Versetzung zu den Ermittlern für Gefahrgut wartet. Vielleicht war er deswegen so übermotiviert. Ich hätte das erkennen müssen.«

»Wie hättest du das erkennen sollen? Du kanntest den Mann gar nicht. Der Grad zwischen Engagement und Übereifer ist schmal.«

»Trotzdem.«

»Hör auf, dich verantwortlich zu fühlen für Entscheidungen, die du mit viel weniger Informationen getroffen hast, als du jetzt hast. Du musstest einen Streifenwagen mitnehmen.« Tessa tat es weh zu sehen, wie Torben sich quälte.

»Der Kollege hat Havenstein für einen entflohenen Mörder gehalten. Er dachte, dass Havenstein eine Frau erstochen hat und nun mit einem Messer auf ihn zugeht. Bereit, es zu benutzen. Er wusste ja nicht, dass Havenstein nicht der Täter war. Ich habe die Kollegen nicht informiert. Ich habe es nicht für nötig erachtet. Mein Fehler.«

»Der Kollege musste sich verteidigen. Außerdem ist man hinterher immer klüger. Und seit wann werden Schutzpolizisten detailliert über eine laufende Mordermittlung informiert? Bitte, hör auf damit.«

»Du magst Recht haben, aber es tröstet mich nicht.«

»Ich weiß. Es ist traurig, Torben. Furchtbar traurig. Havenstein hätte nicht sterben müssen. Aber er hat eine Wahl getroffen.« Tessa drückte sanft Torbens Hand.

»Wie meinst du das?«

»Ihr habt alle gesagt, dass er nach dem ersten Schuss noch einmal auf den Kollegen mit der Waffe zugegangen ist?«

»Worauf willst du hinaus?«

»Ich glaube, Havenstein wollte, dass der Mann schießt.« Tessa stutzte. Der Gedanke war ihr gekommen, während sie ihn aussprach. Es war keine wohlüberlegte Hypothese. Es war eine Erkenntnis. »Er wollte nicht stehen bleiben.«

»Suicide by Cop? Warum?«

»Keine Perspektive? Lebenslügen? Erschöpfung? Verschmähte Liebe? Kränkung? Wir werden es nie erfahren. Du musst damit leben, dass du ihn nicht retten konntest. Es war Havensteins Entscheidung. Nicht deine.«

Sie schwiegen. Versunken in die Tragweite von Tessas Verdacht.

»Liebe. Sie kann einem so viel Kraft geben – und gleichzeitig alle Kraft rauben. Warum tun Menschen sich das an? Die meisten Tötungsdelikte geschehen im Namen der Liebe. Manchmal wird Liebe zu Hass, oder Rache für unerwiderte Liebe führt zu Gewalt. Jedes Mal geht jemand zu weit für die Liebe. Oder für das, was er für Liebe hält.«

»Das stimmt«, murmelte Tessa traurig.

»Ich weiß nicht, wie du das alles aushältst?«

»Was meinst du?«

»Deine Arbeit. Die Patienten. Die Krisenintervention. Ich verstehe diese ganzen psychischen Störungen nicht. Dieser durchgeknallte Walter Petersen. Und seine Frau ist auch neben der Spur, oder? Wie soll man mit solchen Menschen vernünftig reden? Wie konnte Havenstein so liebeskrank sein, dass er einen Unschuldigen benutzt, um sich selbst das Leben zu nehmen? Warum nimmt er sich überhaupt das Leben? Das ist doch alles total irre. Wo soll das alles hinführen?«

»Wir gehen jetzt besser schlafen.« Tessa trank ihr Glas aus. »Ich wünschte, mein Patient hätte mir gesagt, dass er Vinzenz Havenstein kennt. Wir haben nie über die Tat an Bord gesprochen, obwohl er dort war. Das ist mein Versäumnis. Ich habe das Thema vermieden. Ein großer Fehler.«

»Hinterher ist man immer klüger«, sagte er und schmunzelte.

Sie lächelte zurück. Geschlagen mit den eigenen Waffen. Und trotzdem glaubte sie, dass sie anders hätte handeln sollen, nicht die Augen hätte verschließen dürfen. Weil es bequemer gewesen war. Leichter. »Wieso bist du auf einmal so sicher, dass Havenstein nicht der Täter war?«

»Wir suchen eine Täterin. Eva.« Koster klang bitter. »Die Mörderin, für die der naive Idiot in den Tod gegangen ist.«

47

Eine helle Kinderstimme weckte Tessa. Wie spät war es? Es kam ihr vor, als habe sie nur eine oder zwei Stunden geschlafen. Sie rieb sich die Augen und sah auf die Uhr. Es war kurz vor zehn Uhr und die Sonne stach ihr in die Augen. Torben hatte die Gardinen zurückgezogen. Vogelgezwitscher und Kinderstimmen, die aus dem Hinterhof durch das Fenster hereinwehten, klangen wie aus einem anderen Leben.

Einem normalen Leben. Ohne einen toten Zöllner im Garten.

Die Bettseite neben ihr war leer. Die Wohnung still. Torben bereits gegangen. Gott sei Dank war Sonnabend und sie hatte keine Patiententermine.

Im Bett fühlte sie sich sicher und geborgen und dieses Gefühl wollte sie gerne noch etwas länger auskosten. Sie drehte sich um, um dem Sonnenlicht auszuweichen.

Nein. Sie war zu nervös. Sie konnte nicht liegen bleiben. Torben war an einem Tiefpunkt der Ermittlungen angekommen, und Tessa konnte sich ausmalen, wie er sich fühlte. Sie wünschte, sie könnte ihm helfen.

Aber erst mal brauchte sie selber Hilfe.

Wie sollte sie mit Walter Petersen umgehen?

Sie stand auf und spähte in den Hinterhof. Es war niemand mehr zu sehen. Nur ein Kinderfahrrad lag einsam und vergessen auf dem Asphalt. Die Sommerferien hatten begonnen.

Tessa tappte in die Küche. Dort fand sie eine kurze Notiz von Torben. Auf der Arbeitsplatte standen die beiden Weingläser von gestern Nacht. Mehr nicht. Er hatte nicht mal einen Kaffee getrunken.

Sie nahm den Zettel und setzte sich an den Tisch.

Er bat sie, gegen zwölf Uhr am Revier der Wasserschutzpolizei in Steinwerder zu sein. Die Pläne hatten sich kurzfristig geändert. Walter Petersen käme nicht um zehn ins Präsidium, sondern um zwölf Uhr ins WSPK2 zur Befragung. Er hatte sich nicht in der Lage gesehen, den weiten Weg ins Präsidium nach Alsterdorf anzutreten. Koster war darauf eingegangen, denn er wollte ihn nicht unnötig stressen. Er wollte Ergebnisse. Sie behandelten Petersen ab sofort als Mittäter, denn immerhin hatte er sich der Strafvereitelung schuldig gemacht.

Tessa ließ den Zettel sinken.

Sie hatte es geahnt und Torben gestern extra nicht mehr danach gefragt. Nun kam also auf Walter Petersen eine polizeiliche Ermittlung zu. Wie sollte er das verkraften? Seine Wahnvorstellungen würden äußere Realität werden. Verfolgt – von der Polizei.

Wenn sie in knapp zwei Stunden im Hafen sein sollte, blieb ihr wenig Zeit. Für eine Sekunde überlegte sie, Torben anzurufen und abzusagen. Sollte er Walter Petersen doch alleine befragen. Aber nein, sie konnte die beiden nicht im Stich lassen. Genau wie Walter Petersen, musste sie sich der harten Realität stellen – auch wenn es ihr genauso schwerfiel wie ihm.

Bevor sie losfuhr, musste sie noch etwas herausfinden. Das Gespräch mit den Petersens und etwas, was Torben gestern Abend gesagt hatte, ließen ihr keine Ruhe. Sie nahm das Telefon und rief in der Klinik an. Vielleicht wusste Paul Nika Rat.

Er nahm nicht ab. Sie hinterließ die dringende Bitte um Rückruf auf dem Anrufbeantworter.

Was nun?

Sie fuhr den Laptop hoch und fing an, das Internet zu durchforsten. Sie druckte zwei Artikel aus, die sie später lesen wollte. Sie fand wenig. Sah sie Gespenster? Sie machte sich ein paar Notizen auf dem Ausdruck und kaute dann ratlos am Bleistift. War das möglich?

Wenigstens konnte sie sicher sein, dass ihr Patient kein Mörder war. Koster suchte die Prostituierte Eva als Täterin.

Entnervt warf sie schließlich den Stift auf den Tisch und ging unter die Dusche.

Im WSPK2 erwarteten sie Tessa. Sie hatte sich um eine Viertelstunde verspätet. An der Rezeption kam der Polizist um den Tresen herum, reichte ihr ernst die Hand und bat sie, ihm zu folgen. Durch die Glasscheibe konnte sie in den Wachdienstraum sehen und fing betretene Blicke auf. Man nickte ihr still zu. Kein Lachen. Keine Sprüche. Nicht einmal Worte.

Die Stimmung hatte einen Tiefpunkt erreicht. Ein Kollege der Wache hatte einen Menschen erschossen. Das war für alle ein Schock.

Der Polizist führte sie in das gleiche Büro, in dem sie gestern schon gesessen hatte. Direkt gegenüber den Zellen. Wie passend, dachte sie. Dann haben sie es ja nicht besonders weit mit Petersen.

Der Polizist klopfte an die Tür und öffnete sie für Tessa. Jetzt gab es kein Zurück mehr. Sie trat ein.

Und stutzte.

Torben stand auf und kam ihr entgegen.

Liebchen lächelte.

Sonst war niemand im Raum.

Walter Petersen war noch nicht da.

Sie hatte sich innerlich so darauf eingestellt, ihm zu begegnen, dass sie irritiert war, ihn nicht anzutreffen. Da war sie wieder, die Macht der Gedanken, die unsere Gefühle bestimmte. Unsere Gedanken, die scheinbar die Realität abbildeten. Bis wir eines Besseren belehrt wurden.

»Guten Morgen, danke, dass du gekommen bist«, murmelte Torben, während er sie umarmte.

»Ich bin da, aber ich weiß nicht, wie ich euch helfen kann?«

»Ich möchte, dass du und Liebchen mit Walter Petersen sprecht«, antwortete er.

Diese Idee traf sie unvorbereitet. Wann hatte er sich das denn ausgedacht?

»Ich? Ich habe keine Ahnung von Vernehmungen«, stotterte sie.

»Liebchen sitzt neben dir. Er stellt die Fragen, doch Walter Petersen vertraut dir. Gestern ist es verdammt schiefgelaufen, das können wir uns heute nicht noch mal leisten. Bitte. Du kannst übersetzen. Gutes Wetter machen. Ihn milde stimmen. Oder was Wahnkranke eben so brauchen. Ich benötige eine Aussage von ihm. Wir müssen diese Eva finden. Heute noch!« Er atmete pustend aus. »Petersen kennt Havenstein. Vielleicht hat der Zöllner Petersen etwas von ihr erzählt?«

»Und ihr glaubt, Eva ist die Täterin? Mein Patient kennt eine Mörderin?«

»Es geht jetzt nicht um deinen Patienten, Tessa. Bitte! Eva war am Tatort. Sie kommt ebenfalls aus Moldawien, genau wie die Tote, sogar aus der gleichen Stadt. Wir vermuten eine persönliche Beziehung zwischen Eva und der Toten. Wir müssen herausbekommen, was in dieser Abstellkammer vorgefallen ist. Wir brauchen diese Frau!«

Er hatte sein ganzes Pulver an Argumenten verschossen und sah sie flehentlich an.

Erst der Praxiseinbruch, dann die Schüsse, nun eine Vernehmung ihres eigenen Patienten. Ein Patient, der vielleicht eine dringend des Mordes verdächtigte Frau kannte.

Kriminalfälle waren spannend – aber nur, wenn man nicht daran beteiligt war. Wenn man zu Hause auf dem Sofa saß, eine Tüte Chips im Schoß und den Krimi im Fernsehen sah. Wer wollte schon im realen Leben daran beteiligt sein? Tessa spürte tiefe Unsicherheit und eine undefinierbare, lähmende Sorge. Ein Knoten im Magen, der immer weiter anschwoll.

Auf der anderen Seite hätte der Spuk vielleicht ein Ende, wenn sie mit ihrer Hilfe die Täterin fänden. Aber wie sollte sie anschließend ihrem Patienten noch eine vertrauensvolle Therapeutin sein? Petersen hätte doch Recht, wenn er behauptete, sie stecke mit der Polizei unter einer Decke. Tessa schüttelte den Kopf. Nichts war so verrückt wie die reale Welt. Jetzt wurden die Wahnfantasien ihres Patienten zur bitteren Realität.

Andererseits schaffte sie es nicht, sich Torbens Bitte zu verweigern. Besser, es fand schnell ein Ende.

»Mach dir keine großen Hoffnungen«, wiegelte sie in einem letzten Versuch ab. »Eine Therapiesitzung ist kein Verhör. Ich werde mich ziemlich dumm anstellen.«

»Das glaube ich kaum«, meldete sich Liebchen erstmals zu Wort. »Wir versuchen, sein Vertrauen zu gewinnen und stellen ihm unsere Fragen. Entweder er antwortet oder eben nicht. So viel kann man da nicht verkehrt machen.«

Tessa warf ihm einen zweifelnden Blick zu. »Du darfst ihm nicht zu viel Druck machen«, sagte Tessa. »Er ist labil, verwirrt und paranoid. Bei ihm führen Vorwürfe oder Worte wie *Strafvereitelung* und *Behinderung der Justiz* dazu, dass er die Schotten dichtmacht. Vermutlich macht er sich schreckliche Vorwürfe, dass er Havenstein verraten hat. Sei bitte vorsichtig, ja?«

»Ich weiß, dass bei dem nicht alle Nadeln an der Tanne kleben, aber ich werde ihn nicht gleich fressen«, beschwichtigte sie Liebetrau.

Tessa lächelte. Liebchen hatte sie genau verstanden.

Liebetrau erwiderte ihren Blick. Sie hatten einen Pakt geschlossen.

»Na gut. Vielleicht ist sein Wahnsystem nicht betroffen, wenn es um Havenstein geht. Wir werden sehen.« Sie seufzte einmal tief und stand auf. »Meine Therapie kann ich ohnehin vergessen.«

48

Als Walter Petersen das Büro betrat, wurde es Tessa eng ums Herz. Er sah erbärmlich aus. Um Jahre gealtert, zusammengesunken und noch blasser als zuvor. Es sah so aus, als trüge er noch die Kleidung vom Vortag. Sie bemerkte, dass sein Hemd falsch geknöpft war und wusste, dass niemand im Raum nur ansatzweise ahnte, wie sehr dieser Mann darunter litt, seinen Freund verraten zu haben.

Warum hatte er das getan?

Tessa ging auf ihn zu und berührte ihn sanft an der Schulter. »Herr Petersen, wie geht es Ihnen?«

Walter Petersen hob den Kopf, und sie sah die unsägliche Qual in seinen Augen. »Kein guter Morgen.«

Tessa spürte, wie der alte Mann zerfiel. Sie drückte seine Schulter. »Ich weiß. Es ist ein grauenhafter Morgen. Ich will versuchen, Ihnen zu helfen. Die beiden Beamten müssen Ihnen ein paar Fragen stellen. Anschließend bleibe ich bei Ihnen.«

Er seufzte.

Liebetrau forderte mit einer Handbewegung alle auf, Platz zu nehmen und schaltete das Aufnahmegerät ein.

»Herr Petersen, ich hoffe, Sie erinnern sich an mich. Mein Name ist Michael Liebetrau. Dort drüben sitzt mein Kollege Torben Koster.«

Tessa war Liebchen dankbar, dass er Polizeijargon vermied und einen sanften und warmen Tonfall anschlug, der bereits Wirkung zeigte. Petersen starrte nicht mehr ausschließlich auf seine Hände, sondern sah immer mal für ein paar Sekunden in Liebchens Richtung.

»Ich muss Ihnen ein paar Fragen zum Tod von Vinzenz Havenstein stellen. Wir vernehmen Sie hier im Hafen, statt im Präsidium, um Ihnen entgegenzukommen. Helfen Sie nun auch uns.«

»Er war mein Freund. Ich kann einem Freund doch nicht die Tür vor der Nase zuschlagen.« Petersens Stimme war schleppend und so leise, dass Tessa sich anstrengen musste, ihn zu verstehen. Jedes seiner Worte schien verschüchtert mit einem Fragezeichen versehen.

Zwar hatte er begriffen, dass er Havenstein nicht hätte verstecken dürfen, dachte Tessa, aber er wusste nicht, was er anderes hätte tun sollen. Sie verstand ihn nur zu gut. Was hätte sie getan, wenn ein Freund vor ihrer Tür gestanden hätte? Sie hätte ihn auch reingelassen und anschließend hätte sie jemanden gebraucht, der für diese Entscheidung Verständnis gehabt hätte.

Walter Petersen brauchte also ihr Verständnis und Hoffnung auf eine Zukunft. Sie nickte ihm aufmunternd zu.

»Sie kannten also den Zöllner Vinzenz Havenstein gut?«, fragte Liebetrau.

Petersen schwieg.

»Sie waren Freunde. Sie haben zu ihm gehalten. Erzählen Sie uns mehr. Seit wann kannten Sie ihn?«

»Ich bin schuld an seinem Tod. Wie soll ich damit weiterleben?«

»Nein, Sie sind nicht schuld. Geschossen hat ein Polizist. Erzählen Sie mir bitte, seit wann Sie den Zöllner kannten«, sagte Liebetrau.

Er kann das nicht hören, dachte Tessa. Walter Petersen konnte nicht hören, dass er nicht schuld sein sollte. Und wenn doch, dann glaubte er es nicht. In seinen Augen hatte er sich falsch entschieden, als er der Polizei gesagt hatte, dass Vinzenz Havenstein bei ihm zu Hause auf ihn wartete. Er hatte die Loyalität zu seinem Freund gebrochen.

Warum hatte er das getan? Tessa fand einfach keine Antwort auf diese Frage. Er hatte sich entschieden, ihm ein Versteck zu bieten. Warum hatte er seine Meinung geändert?

Sie mischte sich ein. »Sie haben mir nicht erzählt, dass Sie mit ihm befreundet waren.«

Walter Petersen murmelte vor sich hin und Liebetrau sah Tessa fragend an. Sie schürzte die Lippen und mahnte zur Geduld. Petersen brauchte eben manchmal seine Zeit.

»Ich bin mit seinem Vater Friedrich Havenstein befreundet gewesen. Fiete und ich wir... wir haben uns vor Jahrzehnten in der Veddeler Fischgaststätte kennengelernt. Er aß dort, so oft er konnte. Er liebte es, den Backfisch traditionell mit zwei Gabeln zu essen. In der Veddeler Gaststätte ist alles noch so wie früher. Zwei Gabeln zum Fisch, statt schickem Fischbesteck. Kartoffelsalat. Zitrone. Fertig. Kein Gedöns.« Er schluckte und fuhr mit ausdrucksloser Stimme fort: »Fiete ist tot, und den Vinzenz kenne ich seit seiner Geburt.« Petersen hob vorsichtig den Kopf und schaute Tessa an.

Glauben sie mir, fragte dieser Blick.

Tessa nickte. »Von Fiete haben Sie mir erzählt. Sie kennen die Familie also schon sehr lange. Haben Sie Vinzenz regelmäßig gesehen?«

»Manchmal. Er hat nach Fietes Tod das Elternhaus renoviert, und er arbeitet beim Zoll im Hafen. Ich hab ihn manchmal besucht.«

Tessa hatte es für einen aberwitzigen Zufall gehalten, dass Havenstein ausgerechnet bei Walter Petersen gestrandet war. Dass sie sich lange kannten, damit hatte sie nicht gerechnet. Sie musste alle Erzählungen von Walter Petersen vor diesem Hintergrund neu bewerten. Wenn sie seine Angstthemen nicht berührten, war Petersen frei von Wahnideen.

Liebchen hatte eine weitere Frage gestellt. Walter Petersen quälte sich mit der Antwort.

»Das ist umgekehrt. Er arbeitet doch dagegen. Er ist Zöllner. War. Keine Drogen. Niemals.« Er erhob die Stimme und klang erbost.

Liebchen gab sofort klein bei. »Ist gut. Ich habe verstanden, Herr Petersen, Sie sind sich sicher, dass Herr Havenstein nicht im Drogengeschäft war. Hat er Ihnen erzählt, dass er das Kokain gestohlen hat?«

»Für die Dockschwalbe! Er wollte... er hat ihren Luden angezeigt. Keiner hat auf ihn gehört.«

Tessa erstarrte. Die Dockschwalbe. Wann hatte Petersen schon einmal davon gesprochen?

»Ich weiß, er hat versucht, einen Mann anzuzeigen, der angeblich mit Drogen gehandelt hat. Kennen Sie diesen Mann?«

Petersen saß regungslos da.

Das Wort hallte in Tessa wie ein Ohrwurm: Dockschwalbe. Wann war das gewesen?

»Können Sie den Mann beschreiben?«

Petersen hob die Schultern und ließ sie wieder sinken. Er wirkte unglücklich.

Als sie aus der *Porte Mare GmbH* kamen. Tessa erinnerte sich. Als er verstanden hatte, dass die Frau ihn nicht verfolgte. Da hatte er von Dockschwalben gesprochen. Warum in diesem Moment?

»War es ein Freundschaftsdienst? Wollten Sie Vinzenz ein guter Freund sein?« Liebchen lächelte Petersen gewinnend an.

Petersen fixierte Liebetrau misstrauisch. Auch der Blick, den er Tessa zuwarf, war nicht netter. Deine Zeit läuft ab, Liebchen. Beeile dich, er entschwindet uns, dachte sie.

»Gute Freunde verraten einen nicht. Ich bin ein Verräter!«

»Wann war Vinzenz Havenstein das letzte Mal bei Ihnen?«

»Gestern. Und er hätte das nicht sagen sollen.« Sein Blick ging an die Decke.

»Was hat er gesagt?«, frage Tessa. Sie erhielt keine Antwort. »Hat er sie gekränkt?«

Wieder keine Antwort.

»Wann kam er zu Ihnen«, fragte Liebetrau konkreter nach.

»Vorgestern? Oder der Tag davor. Ich weiß nicht.«

»Worüber haben Sie gesprochen? Hatte Vinzenz Probleme?«

»Er war verliebt.«

»Ja?«

»Er hat sie nicht mitgebracht. Liebe ist seltsam. Manche bleiben für immer und ewig zusammen, und manche finden nicht den Weg zueinander.«

»Kennen Sie seine Freundin?«

»Eva?«

»Genau, Eva heißt die Frau«, insistierte Liebchen. »Wissen Sie, wo diese Frau sich aufhält?«

Petersen rutschte unruhig auf dem Stuhl hin und her.

Tessa wusste, dass er der Vernehmung nicht mehr lange standhielt. Er war dieses Kreuzfeuer von Fragen nicht gewohnt.

»Die Dockschwalbe. Er hat mir ein Foto von ihr gezeigt. Sie saß mit uns im Terminal. Dann hab ich ihm gesagt, dass er sie anrufen soll. Das war ein Fehler.«

»Er hat mit Eva telefoniert, während Sie dabei waren?«

»Sie hat ihn verraten, diese Schlange.«

»Keine Eva, sondern die Schlange, die ihn aus dem Paradies vertrieben hat«, murmelte Liebetrau.

Anspannung breitete sich im Raum aus. Hatte der Zöllner die Wahrheit gesagt? Hatte er sein Leben für diese unerwiderte Liebe gegeben?

»Hat er Ihr Telefon benutzt?«

Tessa hielt den Atem an. Konnte Walter Petersen den Kontakt zu der verzweifelt gesuchten Eva herstellen?

Er nickte.

Oh mein Gott. Liebetrau hatte einen Treffer gelandet. Tessa warf einen schnellen Blick hinter sich. Koster lächelte.

»Können wir Ihre Frau anrufen und sie bitten, uns die Telefonnummer von Eva zu geben?«, fragte Liebetrau mit sanfter Stimme.

Er wollte Petersen auf den letzten Metern nicht verlieren.

Walter Petersen griff sich an den obersten Hemdenknopf. Öffnete ihn. »Es ist so heiß hier.«

»Möchten Sie ein Glas Wasser? Ich lasse ihnen eine Apfelsaftschorle bringen, Wasser oder Kaffee? ... Herr Petersen?« Liebetrau sah sich nach Tessa um, aber sie war aufgesprungen und stand jetzt neben Walter Petersen.

»Herr Petersen, bitte sehen Sie mich an. Atmen Sie ganz

ruhig. Es ist eine Panikattacke. Sie kennen diese Anfälle. Es passiert Ihnen nichts. Atmen Sie ruhig weiter.«

Liebetrau und Koster standen auf und schauten sie fragend an. »Nichts Schlimmes, aber ihr könnt ihn nicht weiter befragen. Ich bleibe noch ein bisschen mit ihm sitzen.

Liebetrau stürmte aus dem Raum. Koster flüsterte ihr zu, dass sie sich jetzt bei Walters Frau die Telefonnummer besorgen würden.

»Dann bitte sie, ins Revier zu kommen, um ihren Mann abzuholen«, sagte Tessa.

Er nickte. Dann war er weg.

Tessa setzt sich ganz dicht neben Walter Petersen.

Sie fühlte sich elend.

Sie glaubte, den gemeinsamen Nenner gefunden zu haben. Aber was sollte sie nun tun?

Ihr fiel nur noch eine einzige Möglichkeit ein.

49

Corine lag bewegungslos auf dem breiten Bett und starrte gegen die Decke. Der Spiegel, der dort hing, zeigte ihr die pure Verzweiflung in ihrem hübschen, perfekt geschminkten Gesicht.

Sie riss die Hand nach oben und wischte sich mit einer wütenden Geste den roten Lippenstift ab.

Es konnte nicht mehr schlimmer kommen.

Claudia. Tot.

Havenstein. Tot.

Die Mädchen. Weg.

Die Abnehmer hatten ihr ein Ultimatum gestellt. Sie musste liefern oder die Konsequenzen tragen. Sie konnte die Drohungen nicht ignorieren. Diese undankbaren Weiber. Sie hatte es ihnen ermöglicht, ein neues Leben anzufangen. Und wie dankten sie es ihr?

War ihr neues Leben beendet, ehe es richtig begonnen hatte?

Georg hatte sich nach ihrem letzten Streit nicht mehr gemeldet, ging nicht ans Telefon, reagierte nicht auf ihre SMS.

Georg. Sie hätte ihn nicht mit an Bord nehmen dürfen. Sie hätte ihm nicht vertrauen dürfen. Nun wusste er zu viel.

Wie sollte sie dieses Chaos bereinigen?

Ihre Träume. Tot.

50

Koster und Liebetrau saßen sich schweigend in einem kargen Schreibraum gegenüber und hingen ihren Gedanken nach. Liebchen hatte sich in der Küche eine heiße Zitrone zubereitet, die er mit Todesverachtung trank. Seine Erkältung hatte ihren Höhepunkt erreicht, und er war trotz der erfolgreichen Befragung von Walter Petersen schlechter Laune.

»Hast du eigentlich was von dem jungen Kollegen gehört, der Havenstein erschossen hat?«, fragte Koster ihn trotzdem.

»Nein, nichts«, grummelte Liebchen.

»Hoffentlich wird er gut betreut.«

Liebchen brummte etwas Unverständliches.

»Der Junge steckt doch in einem blöden Dilemma.«

Liebetrau knurrte.

»Als Beschuldigter sollte er besser keine Aussage machen und schweigen. Als Polizist hat er eine Unterstützungspflicht seinem Dienstherrn gegenüber … Ein Dilemma. Und das gleich am Anfang seiner Karriere. Mir tut er leid. Findest du nicht?«

»Das hätte eben nicht passieren dürfen. Wir haben alle Fehler gemacht«, krächzte Liebetrau.

»Stimmt, leider.« Koster massierte sich die Schläfen. Die Kopfschmerzen blieben. Hoffentlich hatte er sich nicht bei Liebchen mit dieser verdammten Erkältung angesteckt!

Sie konnten im Moment nur abwarten, bis die Kollegen Eva über die Handyortung gefunden hatten. Jacobi saß im Wachdienstraum und koordinierte die Suche von dort aus. Er hatte wortlos das *Hamburger Tageblatt* auf den Tisch gelegt. Koster hatte einen kurzen Blick daraufgeworfen. Er wusste, dass ihm der Wind ins Gesicht blasen würde. Und tatsächlich hatte die Schlagzeile ihn nicht enttäuscht.

Polizei erschießt unschuldigen Zöllner.

Vergessen der Aufschrei von vor ein paar Tagen, als eben jener Zöllner angeblich ein mordendes Monster war.

Er wünschte, er könnte genauso schnell vergessen wie die Presse. Koster seufzte. Was für ein Chaos. Das Leben des Zöllners war brutal erloschen. Die Presse zerriss sich das Maul über ihn und walzte seine Inkompetenz aus. Er griff nach der Zeitung, und las den ganzen Bericht.

Stutzte.

Las ihn noch einmal. Dann sah er auf. »Liebchen!« Seine Stimme hatte einen scharfen Unterton bekommen, den er selbst erschrocken bemerkte. »Hast du den Artikel gelesen?«

Liebchen schüttelte den Kopf.

»Das *Tageblatt* weiß schon wieder Dinge, die eigentlich nur der Täter wissen kann!«

Liebchen starrte ihn verständnislos an. »Was?«

»Diese Brandstätter beschreibt das Armkettchen mit Herz, das die Tote um ihr Handgelenk trug. Das haben wir nie veröffentlicht.«

Liebetrau ballte eine Hand zur Faust. »Ruf Sie an, frag nach ihrem Tippgeber. Wenn sie nicht kooperiert, lasse ich sie sofort abholen. Sag ihr, ich schicke ihr das verdammte

Sondereinsatzkommando in die Redaktionsräume. Sie wird als Hauptverdächtige mit großem Brimborium abgeholt, wenn Sie nicht sofort den Mund aufmacht.« Er schniefte. »Ich bin gerade in der richtigen Stimmung für große Taten.«

Koster nickte. Er stimmte Liebchen zu. Die Zeit der einfühlsamen Gespräche war vorbei. Er wählte die Redaktionsnummer, stellte das Telefon auf laut. Es dauerte eine gefühlte Ewigkeit, bis die Journalistin endlich das Telefon abnahm. Sie klang, als wäre sie außer Atem. »Ja?«

»Kriminalhauptkommissar Koster. Ich habe keine Zeit für lange Vorreden. Ich muss sofort von Ihnen wissen, von wem Sie die Insidertipps bekommen?«

Keine Antwort. Der Frau hatte es anscheinend die Sprache verschlagen.

»Äh, wovon sprechen Sie?«

»Das Tötungsdelikt. Frau Brandstätter, woher wissen Sie von dem Armkettchen? Dem Herzanhänger?«

Stille.

»Es gibt zwei Möglichkeiten: Entweder Sie sind die Täterin, dann lasse ich Sie in wenigen Minuten mit dem SEK aus den Redaktionsräumen zerren, oder Sie haben einen Tippgeber. Jemand, der den Täter kennt oder die Tat selbst verübt hat. Also, antworten Sie.«

»Äh, also, na ja, ich darf meine Quellen nicht preisgeben, aber wenn Sie denken, ich hätte etwas mit der Sache zu tun, dann täuschen Sie sich, ich ...«

»Wer? Ich kann auch in ein paar Minuten bei Ihnen sein und mit dem großen Gedeck die Redaktionsräume durchsuchen lassen. Ich werde Ihre Telefonanlage sicherstellen und niemand in Ihrer Redaktion kann noch arbeiten, Ihr Chefredakteur wird ...«

»Äh, eine Frau«, unterbrach sie. »Sie ruft mich an, und da ihre ersten Informationen gestimmt haben... dass die Frau in einer Farbenlast gefunden wurde, dass sie erstochen wurde... und sie hat mir auch erzählt, dass sie den unschuldigen Zöllner erschossen haben.«

»Welche Frau? Name? Telefonnummer? Alter? Auffälligkeiten in der Sprache? Irgendetwas?«

»Äh, nein. Sie spricht wirklich immer nur kurz und legt dann auf. Sie hat gestern von dem Kettchen erzählt... dass der Liebhaber der Toten ihr das geschenkt habe... ich weiß nicht mehr genau, was sie gesagt hat, wirres Zeug.«

»Sie glauben irgendeiner x-beliebigen Anruferin, über die sie nichts wissen? Haben Sie wirklich keine Telefonnummer von ihr? Haben Sie sie nie zurückgerufen? Sich mit ihr verabredet?«

»Äh, nein. Sie ruft immer von einem Prepaid-Handy an. Das habe ich überprüft. Ich dachte, es wäre eine Polizistin. Ich ahne doch nicht... die Täterin? Habe ich mit der Mörderin gesprochen?«

»Sie behindern polizeiliche Ermittlungen. Verstehen Sie das? Und überhaupt, warum vertrauen Sie irgendeiner Person, das ist doch auch gefährlich für Sie und Ihren Job«. Koster legte auf. Er war wütend. Wütend auf die Journalistin, die ihre Arbeit nicht richtig machte. Er schätzte kritischen Journalismus, darum ging es gar nicht. Kritische Berichterstattung war wichtig, auch wenn er nicht immer persönlich mit allem einverstanden war, was geschrieben wurde. Was ihn aufregte, war diese Gier nach reißerischen Geschichten, wenn die Zeitungen nicht recherchierten, sondern lieber auf Skandale und Übertreibungen setzten, so wie jetzt gerade. Darauf war er wütend. Und auf Walter Petersen. Und... auf sich selbst. »So eine blöde Kuh. Die telefoniert mit der Täterin und will das nicht gemerkt haben? Glaubt sie, ihr will jemand einen Gefallen tun, und lässt ihr deshalb die exklusivsten Informationen zukommen? Warum in aller Welt habe ich nichts Anständiges gelernt? Bäcker vielleicht, oder Gärtner? Dann müsste ich mich nicht mit solchen Leuten herumschlagen.« Entnervt starrte er Liebetrau an, der ein Taschentuch nach dem anderen verbrauchte.

Sie standen wieder am Anfang. Warteten auf eine Prostituierte, um sie zu verhören, und um ihre DNA mit der vom Tatort abzugleichen. Warum gab Eva der Presse diese Hinweise und Tipps? Was wollte sie damit erreichen?

»Was zum Teufel ist zwischen den beiden Frauen an Bord passiert?«, fragte er Liebchen.

Wenn sich Eva und Claudia Spiridon tatsächlich kannten, und wenn die drei Frauen illegal nach Deutschland geschmuggelt werden sollten, was hatten sie anschließend mit ihnen vor? Prostitution? War das nicht ein wenig umständlich? Was war an Bord der *Ocean Queen* passiert, das am Ende eine der beiden Frauen tot in der Abstellkammer lag?

Liebchen schenkte sich eine Tasse Kaffee ein. Gift für seinen empfindlichen Magen. »Ich habe die ganze Nacht gegrübelt. Lass es uns ein letztes Mal durchspielen«, sagte er. »Nehmen wir an, Claudia Spiridon bringt junge Mädchen nach Hamburg, und Eva holt sie ab?«

»Wozu? Die Frauen sind aus Rumänien. Sie sind EU-Bürgerinnen, man muss sie nicht schleusen. Prostituieren können sie sich auch ohne diese Geheimnistuerei.«

Liebchen nickte. »Vielleicht wurden sie gegen ihren Willen auf das Schiff gebracht? Oder die drei sind eben doch keine EU-Bürgerinnen. Vielleicht kommen sie, wie die beiden Schwestern, aus Moldawien...«

»Die Pässe...«

Liebchen schüttelte unwillig den Kopf. »Ich weiß... trotzdem. Die beiden Frauen streiten sich... worüber auch immer. Eva brennt die Sicherung durch, und sie ersticht Claudia...«

»Hätte sie die Kraft gehabt, die Frau zu überwältigen?«, fragte Koster. Sie kamen der Sache näher.

»Eva war nicht allein«, antwortete Liebchen.

»Ihr Zuhälter war dabei?«

Liebchen nickte. »Sie streiten um Geld. Das häufigste Motiv: Habgier. Eva will mehr. Sie hat Havenstein erpresst. Sie kann den Hals nicht vollkriegen. Claudia weigert sich, sie ist schwanger, sie will aussteigen.«

»Warte, das ist ein guter Gedanke«, rief Koster dazwischen. »Sie ist schwanger. Sie will heiraten. Sie zieht nach Rostock. Sie verlässt das Schiff. Sie will raus aus dem Geschäft. Sie kann keine Mädchen mehr besorgen. Das lassen sich Eva und ihr Adam nicht gefallen. Sie wollen, dass die Geldquelle nicht versiegt.« Sein Kopfdruck ließ nach. »Wie machen sie mit den Mädchen Geld?«

»Sie zwingen Sie zur Prostitution?«, sinnierte Liebchen. »Oder zu mehr...«

»Dem Zuhälter wird der Streit zu bunt, er überwältigt Claudia, sie wehrt sich. Eva nimmt ein Messer... und sticht zu.«

»Woher hat Eva das Messer? Man rennt doch nicht mit einem Messer in der Hose rum?« Liebchen zog fragend eine Augenbraue hoch. »Die beiden rennen weg«, spann er den Faden weiter. »Den Rucksack mit dem Kokain haben sie im ersten Schock vergessen. Oder nicht bemerkt. Die Bombenevakuierung hilft ihnen, in der aufgeregten Menschenmenge unterzutauchen.«

Beide sahen sich an. War es so gewesen?

»Nein«, sagten beide gleichzeitig.

»Die Schleusergeschichte passt hinten und vorne nicht.« Koster seufzte. »Es wäre doch lange aufgeflogen, wenn die Spiridon häufiger Mädchen geschleust hätte? Sie ist viel zu selten in Hamburg gewesen. Je nach Route des Schiffes viele Monate gar nicht.«

»Haben wir die Reederei gefragt, ob mehrfach Mädchen verschwunden sind?«, fragte Liebetrau.

Koster schüttelte den Kopf. »Vielleicht Jacobi?«

Wie auf ein Stichwort riss genau in diesem Moment Jacobi die Tür auf und unterbrach ihr Gedankenspiel. Er stand verdutzt und mit offenem Mund da, ohne ein Wort zu sagen.

»Was?«, fragte Liebchen. »Hast du die Kollegen so genervt, dass sie dich ins Betrugsdezernat versetzt haben?«

»Ihr werdet es mir nicht glauben, aber unten steht ein Mann.«

»Oh, das ist wirklich sensationell, da steht jemand vor einem Polizeirevier. Das bringt uns ganz weit nach vorne«, grummelte Liebchen.

»Georg Seiler. Evas Zuhälter. Er steht unten am Wachtresen. Ist einfach ins Revier marschiert und will bei uns eine Aussage machen.«

»Was?« Koster und Liebchen sprangen gleichzeitig von ihren Stühlen auf.

»Er sagt, dass er den Namen und Aufenthaltsort von Eva kennt.«

51

Tessa beobachtete Walter Petersen, der in sich versunken auf seinem Stuhl saß. Die Stille zwischen ihnen gab ihr Zeit, ihre Gedanken zu sammeln und all ihren Mut zusammenzunehmen. Dieser romantische alte Hafenarbeiter rührte sie zutiefst und ließ sie vor der Konfrontation zurückschrecken. Und doch konnte sie ihm nicht helfen, wenn sie nett zu ihm war und tröstend den Arm um ihn legte. Nicht jede Lebenssituation verbesserte sich durch liebevolle Zuwendung. Manchmal war die harte Auseinandersetzung wichtiger.

Sie musste herausfinden, wie weit Petersen für seine Frau gegangen war. Auch wenn es sie alle schmerzte.

Walter Petersen griff nach der Wasserflasche. »Möchten Sie auch?«, fragte er höflich.

»Gerne. Es ist heiß heute.« Jetzt waren sie schon beim Wetter angelangt. So ging das nicht weiter. Jetzt oder nie.

»Ich habe viel über Sie nachgedacht, Herr Petersen«, flüsterte sie.

Tatsächlich hob er den Kopf und schaute sie an, um sie besser zu verstehen. Tessa hielt den Blickkontakt.

»Sie haben paranoide Verfolgungsfantasien. Sie driften in Panikattacken oder andere Ablenkungsstrategien ab, wann immer ich Ihnen zu nahekomme. Diese skurrilen Fragen, die Sie stellen, sind nicht spannend, sie glänzen nicht mit Wissen. Sie wollen vor allem von irgendetwas ablenken. Und ich habe mich immer wieder gefragt, was das Muster ist? Welches Thema wollen sie vermeiden? Was ist so gefährlich für Sie?«

Walter Petersen riss die Augen auf und schnappte nach Luft. Tessa konnte förmlich sehen, wie er nach einer neuen Frage suchte, die er stellen konnte, um sie abzulenken. Seine altbewährte Strategie. Aber nichts würde sie davon abhalten, ihre Karten nun auszuspielen. Nicht mal eine seiner Panikattacken. Sie wollte die Kontrolle über das Gespräch nicht aus der Hand geben.

»Ich bin nicht gleich draufgekommen, weil Sie so charmant sind. Weil ich dachte, Sie hören mit den Ablenkungsstrategien auf, wenn Sie erst Vertrauen zu mir gefasst haben. Aber so ist es nicht.« Tessa strich sich eine Haarsträhne aus dem Gesicht und sprach endlich aus, was ihr auf dem Herzen lag. »Ihre Frage nach der *Dockschwalbe* ging mir nicht aus dem Kopf. Darüber bin ich gestolpert.«

Er wisperte ein Wort.

»Wie bitte?« Sie lehnte sich näher zu ihm über den Tisch.

Er wiederholte es: »Warum?«

»Warum mir die *Dockschwalbe* aufgefallen ist? Ich finde, der Ausdruck passt nicht zu Ihnen. Er klingt vulgär. Es gab nur zwei Möglichkeiten. Erstens: Sie wollten von der Begegnung mit der Frau aus der *Porte Mare GmbH* ablenken. War es so?« Tessa unterbrach sich selbst. Nicht zu schnell, mahnte sie sich und trank einen Schluck Wasser, um ihm Zeit zu geben, seinen inneren Kampf auszutragen. Sie bewegte ihre Schultern. Sie spürte die Anspannung und versuchte, die Muskeln zu lockern. Walter Petersen hingegen blieb reglos in seinem Stuhl sitzen.

Er antwortete nicht.

»Herr Petersen, glauben Sie immer noch, dass die Frau

aus der Logistikfirma Sie verfolgt? Ist die Frau die gesuchte Eva?«

Er blinzelte. Sein Mund klappte lautlos auf und zu. Schließlich schüttelte er den Kopf. »Nein.«

Tessa fiel ihr Fehler sofort auf. Sie hatte zwei Fragen gestellt. Auf welche hatte er geantwortet? Sie war zu aufgeregt. Noch mal. »Die Frau verfolgt sie also nicht?«

Er schüttelte den Kopf.

Tessa jubelte innerlich. Ich habe Recht. Ich kann ihm helfen. Mach weiter, Tessa. Mach weiter.

»Die zweite Möglichkeit...«

In diesem Moment klopfte es an der Tür, und Christa Petersen betrat das kleine Büro.

»Liebling, was ist passiert? Was tun sie dir an?«, rief sie und lief zu ihm, ohne Tessa eines Blickes zu würdigen. Sie umarmte ihren Mann fest und ließ ihn nicht mehr los.

»Danke, dass Sie gekommen sind.« Tessa wollte ihr die Hand reichen, aber Christa Petersen umklammerte weiter ihren Mann. »Ihr Mann hat sich tapfer geschlagen. Er...«

»Erst erschießt die Polizei unseren Freund und jetzt beschuldigen sie meinen Mann, was weiß ich getan zu haben. Ich verstehe das nicht.« Sie hatte Tränen in den Augen.

Ein Bollwerk, dachte Tessa. Ein seit Jahrzehnten eingespieltes Team. War der eine ohne den anderen vorstellbar? Sie musste endlich die Karten auf den Tisch legen.

»Frau Petersen, ist es für Sie in Ordnung, dass Ihr Mann zu mir in die Therapie kommt?«, fragte Tessa. Sie spürte, wie absurd die Frage klang, aber die Antwort war wichtig.

»Nach seinem Suizidversuch hatte ich Angst um ihn. Es soll ihm wieder besser gehen«, erwiderte sie, rückte etwas ab von ihm, drückte aber die Hand ihres Mannes.

Tessa nickte. »Ihr Mann und ich sprechen gerade über seine Erkrankung. Wir sprechen darüber, dass ich glaube, dass er nicht so krank ist, wie ich dachte.«

»Oh, das ist schön. Hörst du, Walter, es ist alles halb so schlimm.«

»Er hat bei mir in der Praxis eingebrochen. Das war ein Fehler.«

Er protestierte. »Nein.«

»Warum fehlt ausgerechnet Ihre Akte? Das hätte Ihnen doch klar sein müssen, dass ich nun weiß, dass Sie auch mich kontrollieren wollen. Oder hat Ihre Frau Sie darum gebeten?«

Tessa holte tief Luft, bevor sie sich direkt an Christa Petersen wandte. »Ich fragte mich die ganze Zeit, warum Ihr Mann der Polizei plötzlich verraten hat, dass sich Vinzenz Havenstein bei Ihnen zu Hause versteckt hielt?«

Beide setzten zu einer Erwiderung an, die Tessa mit einer Handbewegung unterbrach. »Ich glaube, es ist Ihnen sehr schwergefallen«, Tessa schaute wieder zu Walter Petersen. »Sie waren in einem furchtbaren Konflikt. Sie haben Ihren Freund verraten, weil Sie etwas noch Wichtigeres schützen wollen.«

Christa Petersen ließ erstmals von ihrem Mann ab. Ihre Arme fielen schlaff an ihrem Körper herunter.

»Sind Sie nun seine Therapeutin, oder nicht? Jetzt machen Sie meinem Mann auch noch Vorwürfe.« Ihr Protest klang matt. Erste Tränen liefen ihr über die Wangen.

Tessa spürte tiefes Mitleid in sich aufwallen, aber sie durfte jetzt nicht einknicken. Sie hypnotisierte Walter Petersen förmlich mit ihrem Blick. Sie wünschte sich so sehr, dass er antwortete. Es wäre ein wichtiger Schritt zu seiner Heilung.

»Bitte«, flehte sie. »Sprechen Sie es aus, nur ein Mal…«

Doch er schwieg. Er atmete heftig, schluckte schwer und schwieg.

Dann eben mit der Brechstange, dachte Tessa.

»Ich glaube, Sie schützen Ihre Frau, Herr Petersen.« Sie wartete, aber die beiden rührten sich nicht. »Sie fühlen sich verfolgt, damit Sie rechtfertigen können, Frauen begegnet zu sein. So wie der Frau im Hafen. Dockschwalben nennen Sie die Frauen. Huren. Nutten. Abwertend, ängstlich, paranoid.« Tessa legte alle Sanftheit in ihrer Stimme, derer sie fähig war. »Ich glaube, Ihre Frau ist extrem eifersüchtig. Paranoid eifersüchtig. Hat sie deshalb Ihre Patientenakte sehen wollen?« Tessa beobachtete aus den Augenwinkeln, wie und ob Christa Petersen reagierte. »Aber wissen Sie, so richtig habe ich es erst verstanden, als wir nach den Schüssen auf Vinzenz Havenstein bei Ihnen in der Küche saßen. Sie haben wieder abgelenkt mit Ihren merkwürdigen Fragen.«

»Es war so schlimm. Ich war überfordert mit allem.«

»Ich weiß, wir waren alle überfordert. Aber Sie, Frau Petersen, Sie fanden die Fragen, die Ihr Mann plötzlich gestellt hat, mit nahezu kindlicher Freude lustig. Dann fingen Sie plötzlich an zu weinen, als niemand mitspielen wollte. Ich habe es in meinem eigenen Schock erst nicht gesehen, aber auch Hauptkommissar Koster hat bemerkt, dass diese Situation schwer für Sie war, Sie waren emotional am Ende. Das stimmt doch, oder?!«

Tessa spürte, wie sich die Atmosphäre im Raum veränderte. Sie roch anders. Angst lag im Raum.

»Da habe ich es verstanden. Ihre Frau ist die eigentlich Kranke in dieser Ehe. Wir nennen das, was Sie haben, Herr Petersen, einen induzierten Wahn. Ein schwieriges Wort, aber das heißt, dass Sie sozusagen gemeinsam mit Ihrer Frau paranoid geworden sind, sich verfolgt fühlen. Das passiert ganz unbewusst, damit Sie sich nicht ständig mit Ihrer Frau streiten müssen, die extrem eifersüchtig ist und sich von den anderen Frauen verfolgt fühlt. Ihre Frau befürchtet, dass ihr eine Frau den Mann wegnehmen will. Und Sie wollten ihr gemeinsames Leben schützen. Einen Weg finden, mit den wahnhaften Vorstellungen Ihrer Frau umzugehen, aber niemand hat Ihnen dabei geholfen. Deshalb haben Sie so getan, als würden Sie verfolgt. Damit haben Sie ihrer Frau gezeigt, dass Sie überhaupt nichts dafür konnten, wenn Sie Kontakt mit anderen Frauen hatten, dass Sie sogar alles getan haben, um ihnen zu entfliehen. Und Sie wollten ihre Frau so unbedingt beruhigen, dass Sie bald selbst die Realität nicht mehr richtig einschätzen konnten. Sie haben wirklich geglaubt, verfolgt zu werden. Nicht wahr? Für Ihre Frau. Für Ihre Ehe. Für Ihre Liebe. Sie haben die wahnhaften Vorstellungen Ihrer Frau zu Ihren eigenen gemacht, um mit ihr weiterleben zu können. Sie leben isoliert und ganz alleine im Hafen. Es hat sich langsam eingeschlichen, nicht wahr? Schon vor Jahren, oder?« Tessa holte tief Luft.

Walter Petersen sah sie traurig an. Seine Hand griff nach der seiner Frau.

»Es gibt eine Krankheit, die nennt man Folie à deux. Das ist Französisch. Übersetzt heißt das: Verrücktsein zu zweit. Das ist eine psychische Störung, bei der ein Partner erkrankt und den anderen sozusagen ansteckt. Eigentlich wie bei einer Erkältung… Und ich bin überzeugt davon, dass Sie beide an dieser Krankheit leiden. Sie kommt wirklich sehr selten vor, aber es gibt sie. Sie sind nicht die Einzigen, die davon betroffen sind.«

Tessa spürte, wie Christa Petersen sie mit feindseligen Blicken durchbohrte. Kein Wunder, sie verstand sie sogar ein bisschen. Tessa musste die beiden auffangen, Ihnen klarmachen, dass sie sich aus dieser Situation befreien konnten. Ihnen verständlich machen, dass die Diagnose einer Krankheit, keine Anschuldigung war.

»Man kann Ihnen beiden mit Medikamenten und Psychotherapie helfen. Aber nur, wenn Sie sich getrennt voneinander in einem Krankenhaus behandeln lassen. Sie dürfen sich für eine längere Zeit nicht sehen, keinen Kontakt zueinander haben. Dann haben Sie eine gute Chance, beide wieder gesund zu werden. Ich weiß, dass Sie sich nicht trennen wollen. Aber es ist nötig, für eine gewisse Zeit. Verstehen Sie das?«

Sie wollte Walter Petersen dazu bekommen, einer Einwilligung zur Behandlung seiner Frau zuzustimmen, sonst würde sich Christa Petersen niemals helfen lassen.

»Sie und Ihre Frau haben eine Folie à deux. Sie können nicht zusammenbleiben. Nicht in nächster Zeit«, sagte sie mit einer Stimme, die keinen Widerspruch duldete.

»Folie à deux?« Christa Petersen wischte sich mit einer wütenden Geste die Tränen aus dem Gesicht. »Sie wollen also behaupten, ich sei krank?« Ihre Stimme hatte einen ruhigen aber gefährlich klingenden Unterton angenommen.

Tessa ließ sich nicht provozieren. »Sie sind seit Jahrzehnten ein Paar, Frau Petersen. Ich weiß, dass Sie sich eine Trennung nicht vorstellen können. Sie sind eifersüchtig auf jede Frau, die sich Ihrem Mann nähert. Auch auf mich, nicht wahr?«

»Na und? Mein Mann ist dem anderen Geschlecht eben sehr zugetan. Und das in seinem Alter. Da muss man als

Frau schon aufpassen. Das sollten Sie übrigens auch tun, meine Liebe, keine Frau ist sicher vor anderen Frauen!«

Drohte ihr Christa Petersen? Tessa war es egal. Sie musste jetzt vorankommen. Nicht auf halber Strecke stehen bleiben, mahnte sie sich in Gedanken. »Sie können gesund werden. Die Behandlung mit Medikamenten hilft. Ein Krankenhausaufenthalt kann ... »

»Wissen Sie, was der Blaue Peter ist?«, flüsterte Walter Petersen.

»Nicht ablenken, Herr Petersen, bitte, helfen Sie mir. Für Ihre Gesundheit.«

»Nein, Walter, nein ...«, rief Christa Petersen mit hoher Stimme. Sie hatte die Augen weit aufgerissen und starrte ihren Mann an.

»Die Flagge? Blau mit einem weißen Rechteck in der Mitte. Wissen Sie, was der Blaue Peter bedeutet?«

»Hören Sie auf, jetzt ist keine Zeit für ...«, sagte Tessa und stand auf. Es hielt sie nicht mehr auf dem Stuhl.

»Abschied. Abschied ...«, murmelte er.

Tessa wusste nicht mehr, was sie sagen sollte.

»Oh Walter, nein, das darfst du nicht, niemals ...« Christa Petersen begann, auf ihren Mann einzuschlagen.

52

Koster wusste nicht, was er erwartet hatte, die Zeit war vielleicht auch zu kurz, um überhaupt irgendeinen klaren Gedanken zu fassen. Aber als der Zuhälter vor ihm stand, war er überrascht. Ein sympathisch aussehender Mann mit Glatze.

Der Glatzkopf mit dem roten Rucksack, von dem Havenstein erzählt hat, dachte Koster. Auf ihn sollten die Polizisten achten, er war Evas Zuhälter, vor dem Havenstein Eva so sehr beschützen wollte, dass er mit dem Leben bezahlen musste.

Der Typ wirkte kein bisschen aufgeregt, nervös oder schuldbewusst.

»Setzen Sie sich, bitte. Herr…?« Koster gab ihm die Hand. »Tobias Berkenthien, alias Georg Seiler. Landeskriminalamt. Ich arbeite als verdeckter Ermittler.« Er legte ungefragt seinen Polizeiausweis auf den Tisch.

Koster stand der Mund offen. Jacobi sog hörbar die Luft ein und pustete sie nach einer langen Pause wieder aus.

Liebetrau fing sich am schnellsten. »Prima, Herr Kollege, bevor wir Nettigkeiten austauschen, brauchen wir fix die Adresse der Prostituierten Eva. Wir würden wahnsinnig gerne ein wenig mit ihr plaudern.« Sein Tonfall war scharf.

Kosters Gedanken rasten. »Ich gebe zu, ich bin überrascht.« Er hob ratlos die Hände und hielt mit seinen Gefühlen nicht hinterm Berg. »Ich hoffe, Kollege, du kannst Aufklärung in einen hässlichen Fall bringen. Wie du vielleicht weißt, gibt es inzwischen zwei Tote und bevor es noch mehr werden, wäre ich dir für uneingeschränkte Kooperation sehr dankbar.« Damit hatte er der Freundlichkeit Genüge getan. Er schwieg. Alles, was er jetzt noch sagen wollte, war aus dem Ärger gespeist, dass der Mann erst jetzt auftauchte. Wo war er in den letzten Tagen gewesen?

»Eva arbeitet in der Hein-Hoyer-Straße 178. Erster Stock, rechts.«

Koster warf Jacobi einen eindeutigen Blick zu und dieser lief sofort raus, knallte die Tür hinter sich zu. Jacobi würde nun alles veranlassen, um die Frau innerhalb kürzester Zeit auf das Revier zu bringen.

»Ich bin ganz Ohr, Herr Berkenthien-Seiler«, sagte Liebetrau.

Der Angesprochene ließ sich nicht aus der Ruhe bringen. Er schenkte sich ein Glas Wasser ein. Auf seinem Unterarm prangten tätowierte Rosen, die sich um ein Kreuz rankten. Koster beobachtete jede seiner Bewegungen, versuchte zu interpretieren, was es bedeutete, dass der Mann sich nicht drängen ließ, keine Regung zeigte, Liebetrau nicht die Leitung des Gesprächs überlassen wollte.

»Ich bin seit über einem Jahr auf Eva angesetzt. Inzwischen bin ich ihr Zuhälter.«

»Rasanter Aufstieg«, erwiderte Liebetrau trocken, und Koster liebte ihn dafür. Aber sie waren auf den Mann angewiesen. Liebchen durfte sich nicht von seinem Ärger hinreißen lassen. Ein Duell konnten sie nicht gebrauchen.

»Das LKA verfolgt schon länger die Aktivitäten eines europaweiten Menschenhändlerrings. Mein Part ist nur ein kleiner Teil innerhalb einer großen Operation des Bundeskriminalamtes.«

»Menschenhandel?« Koster fiel von einer Ohnmacht in die nächste. Sollten sich ihre abstrusen Gedankenspiele bestätigen? »Was hat das alles mit der *Ocean Queen* zu tun? Und warum erfahren wir das alles erst jetzt?«

»Wie gesagt, ich spiele hier nur einen kleinen Part, und musste mich erst bei der LKA- und BKA-Leitung absichern, dass ich nicht die ganze Operation gefährde, wenn ich mich bei euch melde und eine Aussage mache. Es war nicht klar, wie viel ihr überhaupt erfahren dürft.«

Koster schluckte die Entgegnung, dass er Menschenleben gefährdet hatte, hinunter. Er musste mit gutem Beispiel vorangehen. Er schwieg.

»Eva, oder mit bürgerlichen Namen Corine Fischer, geborene Spiridon, ist die Schwester eurer Toten von der *Ocean Queen*.«

53

Tessa bemühte sich, Christa Petersen daran zu hindern, weiter auf ihren Mann einzuschlagen. Der wehrte sich nicht einmal, duckte sich nur unter den Schlägen seiner Frau zur Seite.

»Was tun Sie uns an?«, keifte sie. »Hören Sie nicht, was er sagt: Der Blaue Peter ist die Abschiedsflagge an Bord eines Schiffes. Sie bringen ihn noch dazu, dass er sich wieder das Leben nehmen will.«

»Frau Petersen, hören Sie auf damit.« Tessa griff nach dem Arm der Frau, aber zog damit nur ihren geballten Zorn auf sich.

»Wir lassen uns nicht trennen«, giftete Christa Petersen. »Niemals. Ich werde immer auf meinen Mann aufpassen.«

»Ich weiß, Sie haben Angst. Ich verstehe das, aber es wird alles gut werden.« Sie versuchte, beruhigend auf Christa Petersen einzuwirken.

Walter Petersen murmelte Unverständliches vor sich hin. Plötzlich erhob er seine Stimme: »Wer ist der weiße Schwan? Der weiße Schwan? Wer schließt die Flutschutztore? Wer schließt sie? Wer schließt sie? Wer schließt?«

Er schrie jetzt fast, und Tessa fuhr jeder einzelne Satz wie Messer in die Haut. Walter Petersen war in höchster Not, und sie musste einen Weg finden, die Situation zu beruhigen. Sie musste Christa Petersen erreichen, sie war der Schlüssel, das hatte Tessa jetzt endlich verstanden.

»Schauen Sie, wie weit Ihr Mann geht, um *Sie* vor dem Krankenhaus zu schützen. Sie müssen sich helfen lassen, sonst geht er daran zu Grunde. Er kann nicht mehr. Bitte lassen Sie mich Ihnen helfen.«

Walter Petersen verstummte. Alle Kraft hatte ihn verlassen. Er griff nach dem Arm seiner Frau. »Es tut mir so leid. Ich wollte das alles nicht«, murmelte er und sah ihr dabei liebevoll in die Augen. »Ich habe Claudia Spiridon an Bord der *Ocean Queen* erstochen.« Jetzt sah er Tessa an.

»Sehen Sie, was Sie mit meinem Mann machen?«, stotterte Christa Petersen und begann wieder zu weinen.

Tessa ließ sich in den Stuhl zurückfallen vor lauter Entsetzen. Die Situation war vollkommen außer Kontrolle geraten. Ihre Worte machten offensichtlich alles nur noch schlimmer. Nun lenkte Walter Petersen nicht nur mit skurrilen Fragen vom Thema ab, sondern mit einem absurden Geständnis. Er war kein Mörder. Sie musste ihn zur Besinnung bringen.

»Nein. Sie beide haben mit der Tat nichts zu tun. Sie kennen die Tote nicht einmal«, insistierte sie. »Bitte, Sie müssen sich jetzt beide beruhigen. Es ist nichts Schlimmes geschehen, im Gegenteil, ich möchte Ihnen zeigen, dass es Hilfe für Sie beide gibt. Eine Behandlung ist keine Strafe, sie soll Ihnen guttun. Sie müssen sich trennen, ja, aber nur eine Zeitlang. Nicht, weil Sie etwas falsch gemacht haben, sondern damit Sie gesund werden können.«

»Ich habe es getan«, behauptete er noch einmal. »Ich kenne Frau Spiridon aus der Universitätsklinik. Ich habe sie dort kennengelernt, als ich in der Psychiatrie war. Wir sind uns in der Cafeteria nähergekommen.«

Walter Petersen sprach plötzlich klar und geordnet. Als hätte sein Ausbruch eben überhaupt nicht stattgefunden.

»Das geht zu weit. Sie können doch nicht einen Mord gestehen, den Sie nicht begangen haben. Schluss damit.« Tessa fühlte sich so hilflos, dass sie ärgerlich wurde. Hatte sie die ganze Situation vollkommen falsch interpretiert? Ihr Patient war nicht nur an Bord der *Ocean Queen* gewesen, er behauptete auch, die Tote gekannt zu haben, legte sogar das Geständnis eines Mordes ab. Über ihr schlug eine Welle des Entsetzens zusammen. Was sollte das alles?

»Ich möchte eine Aussage machen. Ich habe Claudia Spiridon erstochen. Mit einem Messer«, erwiderte Walter Petersen und schlug mit der Faust auf den Tisch. »Deshalb hatte ich solche Angst vor der Polizei. Ich wusste, sie holen mich irgendwann. Ich möchte jetzt eine Aussage machen. Jetzt sofort. Und bringen Sie endlich meine arme Frau hier weg. Sie hat nichts getan.«

54

Sie waren so dicht dran gewesen. Ihre Spekulationen gingen in die richtige Richtung. Wäre der verdeckt arbeitende Kollege früher aufgetaucht, hätte diese Ermittlung Havenstein vielleicht nicht das Leben gekostet. Koster fühlte sich so elend, wie schon lange nicht mehr. Und es war ihm nicht besonders gut gegangen in den letzten Tagen.

»Claudia und Corine stammen aus einem kleinen Dorf in Moldawien«, berichtete der falsche Zuhälter.

»Ungheni?«, fragte Liebchen.

»Genau. Corine, oder Eva, wie ihr wollt, ist als Jugendliche von Menschenhändlern nach Deutschland verkauft worden. Sie hatte eine harte Zeit in Deutschland. Kennt ihr das Geschäft mit den Au-pair-Mädchen?«

Liebetrau schüttelte den Kopf. »Du sprachst von Menschenhandel. Mit Au-pair-Mädchen? Wozu? Es gibt doch haufenweise Bordelle.«

»Es geht nicht nur um Prostitution. Die jungen Mädchen werden mit Geld und Karriereaussichten gelockt. Sie kommen freiwillig ins gelobte Deutschland. Sie sind jung, naiv und unschuldig. In ihrem Herkunftsland haben sie keine Perspektiven. Sie glauben, jeder Deutsche wäre reich.«

Er legte den Kopf etwas schief. Um sein Mitgefühl zu signalisieren?

»Kaum hier angekommen, werden die Mädchen an private Haushalte als Au-pair-Mädchen verkauft. Für fast kein

Geld sind sie Babysitter, Putzfrauen und werden tatsächlich auch als Sexobjekt missbraucht. Weil sie über keine Mittel verfügen und illegal hier sind, kommen sie natürlich nicht raus, das klassische Spiel. Der Schwarzmarkt ist riesig. Das LKA versucht seit geraumer Zeit, an die Köpfe heranzukommen. Die Geschwister Spiridon sind kleine Lichter – aber mit guten Kontakten.«

Koster schüttelte fassungslos den Kopf. Er hatte die Au-pair-Mädchen-Geschichten für übertriebene Gerüchte gehalten, aber wenn das BKA einen solchen Aufwand betrieb, musste was dran sein.

»Eva hat sich vor ein paar Jahren aus dieser modernen Sklaverei gerettet, mit einer Scheinehe. Sie arbeitet heute für den Menschenhändlerring, von dem sie selbst gekauft und verkauft wurde. Ermöglicht hat ihr das ihre Schwester Claudia, die einen Job an Bord der *Ocean Queen* ergattert hat. Sie hat es besser getroffen als ihre Schwester. Vielleicht hat sie ihr deshalb geholfen. Die beiden Schwestern haben in den letzten fünf bis sechs Jahren unregelmäßig junge Mädchen aus Moldawien nach Deutschland geschleust.«

Liebetrau hatte aufgehört mitzuschreiben. »Bei der Übergabe von drei neuen Mädchen hat es dann Probleme gegeben. Claudia wollte aussteigen. Zum ersten Mal hat Eva mir vertraut und von ihrer Schwester erzählt. Ich hatte keine Ahnung von den Schleuserwegen. Das war meine Chance. Nun würde ich mehr erfahren – diese Information war wichtig für die Gesamtoperation, ein richtiger Fortschritt.«

»Die drei verschwundenen Frauen vom Schiff?«

»Genau. Keine Ahnung, wo die abgeblieben sind. Sie haben sich vermutlich während der Evakuierung abgesetzt und sind ja offensichtlich bisher nicht wieder aufgetaucht.«

Koster unterbrach den Redefluss. »Uns interessiert vor allem, was genau auf dem Kreuzfahrtschiff, in dem Raum, in dem Claudia Spiridon gestorben ist, geschehen ist?«

Der Glatzkopf musterte ihn amüsiert. Er war die Ruhe selbst, und ließ sich nicht drängen. »Das weiß ich nicht.«

»Wie bitte?«, Liebchens Stimme klang verdächtig leise.

»Bleib ruhig, ich will ja helfen. Die Frauen haben sich gestritten. Claudia hatte den Rucksack mit dem Kokain entdeckt und war außer sich. Sie dachte, Eva hätte nebenbei noch einen Drogendeal laufen.«

»Wir wissen, von wem der Rucksack mit den Drogen stammt.«

Berkenthien berichtete weiter, dass Eva Geld für die Überfahrt an Bord gebracht hatte, und im Gegenzug die echten, aber falschen Pässe und die Mädchen in Empfang nahm, um sie in Hamburg weiterzuverkaufen. Die Abnehmer warteten sehnsüchtig auf die Mädchen.

»Wieso falsche Pässe?«, fragte Koster.

»Die Pässe sind zwar echt, aber es sind nicht die Pässe der drei verschwundenen Frauen.« Er erzählte ihnen, wie man moldawische Frauen mit echten rumänischen Pässen ausstattete. Arme Familien in Rumänien verdienten sich etwas Geld, indem sie ihre Pässe an Menschenhändler verkauften. Sie hatten ohnehin kein Geld zum Reisen. Die Frauen mit den Pässen und die echten aus Moldawien mussten sich ähnlich sehen, und schon war es ein Leichtes für Claudia, ihrem Verlobten, dem Purser, die Frauen als Rumäninnen, und damit visumfreie EU-Bürgerinnen, unterzujubeln. Der Mann hatte vermutlich keine Ahnung, da Claudia stets darauf achtete, dass er Frauen und Pässe nie gleichzeitig zu Gesicht bekam.

Koster schüttelte ungläubig den Kopf. »Warum musste Claudia Spiridon sterben?«

»Claudia…«

Jacobi riss die Tür auf und winkte Koster raus. »Sie bringen gerade Eva ins Büro nebenan. Die Zivilfahnder haben sie in der angegebenen Wohnung angetroffen.«

»Sehr gut. Fang an, ich komme gleich dazu. Ich muss vorher mit der Reederei telefonieren.«

»Ich möchte ihr möglichst nicht begegnen… wenn es geht. Zwar ist mein Auftrag beendet, aber…« Berkenthien war es offensichtlich unangenehm, dass man Eva aufs gleiche Revier gebracht hatte. Koster ließ es auch nur zu, weil die Zeit so drängte. Er nickte Berkenthien zu, und der nahm den Gesprächsfaden wieder auf.

»Claudia hatte angekündigt, dass es die letzte Lieferung sein sollte, und das passte Eva natürlich nicht. Die Mädchen sind eine lukrative Einkommensquelle.«

»Sie hat ihre Schwester wegen des Geldes getötet?«, fragte Liebchen. »Wie banal.«

»Ho, ho, langsam. Sie haben gestritten. Es ging um so ein Ding zwischen Schwestern. Du hast alles – ich habe nichts… und so. Claudia war schwanger und wollte heiraten. Und Eva…«

»… wollte das verhindern.«

»Nein, sie wollte auch Familie und ein Kind. Sie hat geheult wie ein Schlosshund.«

Koster und Liebetrau sahen sich an. Das sollten sie glauben?

»Weiter«, sagte Koster.

»Bevor ich den Streit schlichten und mehr herausfinden konnte, kam uns diese verdammte Evakuierung dazwischen.

Für Claudia war die Sache erledigt, aber Eva... sie kann rabiat werden, wenn ihr etwas nicht in den Kram passt.«

»Und du hast nicht verhindert, dass die Frau zusticht?«, fragte Liebetrau. »Wolltest du dich in Evas Augen unsterblich machen? Um an den Mädchenhändlerring zu kommen?« Er holte tief Luft. »War dir deine Karriere beim LKA wichtiger als das Leben von Claudia Spiridon?«

55

Als Koster in das anliegende Büro zu Jacobi und Eva, beziehungsweise Corine, wechselte, hatte er ein frustrierendes Gespräch mit dem Schiffsmakler der *Ocean Queen* hinter sich. Zwar sei es aufgefallen, dass in den letzten Jahren in größeren Abständen Frauen der Crew nicht an Bord zurückkamen, aber nicht jede Schiffsführung hätte das zur Anzeige gebracht. Es seien EU-Bürger und letztlich wäre die Reederei die Geschädigte, da die Frauen ihre Verträge nicht erfüllten. Es habe manchmal sogar eine Anzeige gegeben, aber die sei jedes Mal erwartungsgemäß im Sande verlaufen.

Koster schüttelte sich. Die aufgehobenen Grenzkontrollen und der liberalisierte Schiffsverkehr hatten ihre Vorteile, aber sie spielten Menschenhändlern in die Hände. Es gab keine Kontrollen mehr, und jeder konnte gehen, wohin er wollte. So schön das auch war, fiel es aber eben auch nicht auf, wenn Frauen verschwanden.

Er nahm sich einen Stuhl und setzte sich der Blonden gegenüber. Die hatte ihn keines Blickes gewürdigt, da sie vollauf damit beschäftigt war, Jacobi für sich einzunehmen.

Trotz seiner Anspannung, musste Koster schmunzeln. Sie sah toll aus. Eine Blondine mit langen Beinen und großem Busen, die ihre Stärken gut in Szene zu setzen verstand.

Nun, Jacobi war immun gegen ihre Flirtversuche.

»Sie haben keinen Ausweis?«

»Ich kann natürlich nach Hause fahren und ihn holen,

mein Süßer«, schnurrte sie und strich sich verführerisch die langen Haare aus dem Gesicht. »Magst du mich begleiten?«

»Sie müssen uns Ihre Personalien angeben. Da führt kein Weg dran vorbei.«

»Ist ja gut.« Ihr Ton war von einer Sekunde auf die nächste hart geworden. »Corine Fischer. Eva ist mein Künstlername. Zufrieden?«

Jacobi zuckte mit keiner Wimper. »Sie kennen Vinzenz Havenstein?«

»Wozu ist das denn wichtig?«

Jacobi zog beide Augenbrauen hoch.

Sie sah angestrengt nach oben, als müsse sie sich mühsam erinnern. »Du meinst den irren Zöllner? Den ihr abgeknallt habt? Klar, Süßer, der war Stammkunde.«

Jacobi warf Koster einen Blick zu.

Koster ließ ihn noch etwas gewähren, aber er musste sich bald einschalten, denn Jacobi kannte die neusten Entwicklungen aus der Vernehmung mit Berkenthien, alias Georg Seiler, nicht.

»Und Sie beide wollten heiraten?«

»Ne, Süßer, wie kommst du denn darauf?« Ihr schrilles Lachen sollte vermutlich zum Ausdruck bringen, für wie absurd sie die Vorstellung hielt, einen Zollbeamten zu ehelichen.

Jacobi fasste eine verkürzte Version von Havensteins Geschichte zusammen und schloss mit den Worten: »Sie haben ihn erpresst.«

Ihre Antwort kam schnell. Zu schnell. »Der lügt.«

Koster beschloss, die Sache zu verkürzen. »Wir wissen, dass Sie Corine Spiridon sind. Lassen Sie uns also gleich zur Sache kommen.«

Wenn Blicke töten könnten, müsste er jetzt um sein Leben fürchten, dachte Koster. Jetzt fuhr sie die Krallen aus. Sie kaute zwar hektisch auf ihrem Kaugummi, würdigte ihn jedoch keiner Antwort.

»Sie sind die Schwester der Toten von der *Ocean Queen*«, fuhr Koster fort. »Sie waren an Bord, als Ihre Schwester getötet wurde. Wir möchten wissen, was dort geschehen ist.«

Jacobi zeigte mit keiner Regung, dass diese Information für ihn genauso neu war wie für Eva, die sich darauf einstellen musste, dass die Polizei mehr wusste, als ihr lieb war. Sie fing sich erstaunlich schnell.

»Wollt ihr jetzt zu zweit auf mich losgehen? Wie unhöflich.«

Koster wartete.

»Darf ich mein Schwesterherz nicht besuchen?«

»Sie waren zusammen mit Georg Seiler in der Besuchergruppe?«

»Was du alles weißt. Schleichst du mir hinterher?« Sie neigte leicht den Kopf.

»Georg sitzt gerade nebenan und packt aus. Er nimmt kein Blatt vor dem Mund.«

War sie blass geworden? Er vermochte es nicht zu sagen, da sie sich mit den Händen gerade für einen kurzen Augenblick die langen Haare demonstrativ zusammenhielt, nur um sie dann wieder fallen zu lassen. Eine Geste der Unsicherheit? Überraschung? »Von ihm haben wir freundlicherweise Ihre Adresse bekommen«, legte er nach.

Sie war blass geworden. Definitiv. Da nützte auch das Blasenwerfen mit dem Kaugummi nichts mehr. Er konnte ihr anmerken, wie verunsichert sie war. »Haben sich die drei Frauen bei Ihnen gemeldet? Die Nummer mit den echten und doch falschen Pässen, die ist wirklich gut. Darauf wären wir ohne Georg nie gekommen.«

So, das verschlug ihr die Sprache. Sie starrte ihn mit offenem Mund an. Vorbei war es mit der coolen Fassade. »Wie können Sie die Mädchen einfach so verkaufen, haben Sie denn nichts aus ihrer eigenen Biografie gelernt?«

»Ey, Sie erlauben sich kein Urteil über mich, o.k.?! Sie nicht.«

Sie presste die Worte zwischen ihren Lippen hervor. Die mühsam unterdrückte Wut blitzte aus ihren Augen.

»Sie haben keine Ahnung, wie es bei uns zu Hause ist. Ich gebe den Mädchen eine Chance. Die einzige Chance, die sie je bekommen werden.« Sie hob den Zeigefinger und stieß ihn wütend Richtung Koster. »Nur damit Sie Spießer das kapieren: Die Frauen sind aus Heimen, ohne Verwandte und Freunde, bettelarm, ohne Schulbildung. Die vegetieren in unserem Land vor sich hin. Die wollen da nur noch raus, koste es, was es wolle. Hier können sie arbeiten, heiraten, die Schule nachholen und ein eigenes Leben haben. Sie wollen sich hocharbeiten. Sie haben keine Probleme damit, ihren Geldgebern gefällig zu sein. Die machen das alles freiwillig. Ich helfe ihnen nur dabei. Oder meinen Sie, die wollen zurück nach Moldawien? Wir stehen hier ein paar Jahre durch. Dann heiraten wir und haben ein neues Leben.«

Erschöpft von ihrem Ausbruch brach sie plötzlich ab. Ihr Blick irrte durch den Raum.

»Wir?«, setzte Koster nach. »Sie sprechen von sich selbst? Sieht so Ihr neues Leben aus? Erpressung und Menschenhandel?«

»Ich habe hart für all das gearbeitet. Ich bin sogar noch

verheiratet. Ich habe mein Aufenthaltsrecht ganz legal erworben.«

»Noch? Sie wollen sich scheiden lassen?«

»Na und? Da bin ich ja wohl nicht die Erste, oder?«

»Wo hält sich ihr Mann zurzeit auf?«

Sie zuckte die Schultern. »Wir leben getrennt, haben kaum Kontakt.«

»Wie praktisch. Sie leben ja mit Georg Seiler, richtig?«

»Wir wollen heiraten. Deshalb die Scheidung.«

»Ihre Schwester wollte auch heiraten.«

»Sagt wer?«

»Ihre Schwester wollte keine Mädchen mehr schleusen. Sie wollte ihren Job kündigen und Mutter sein.«

»So war es schon immer«, murmelte sie und starrte auf den Tisch.

Koster wartete, ob sie weitersprach, aber sie schwieg. »Erzählen Sie uns, wie es war.«

»Sie hat alles im Leben bekommen, was sie haben wollte. Ich wurde als Sklavin verkauft, sie bekam einen Job auf einem Luxusschiff.« Sie sah Koster direkt an. »Jetzt bin ich dran. Verstehen Sie? Georg und ich ... Ich habe nichts mit dem Tod meiner Schwester zu tun. Ich brauche sie überhaupt nicht. Ich habe meinen eigenen Traum. Ich habe Georg.«

»Wollten Sie das Kind treffen?« Jacobi hatte die ganze Zeit geschwiegen, jetzt meldete er sich mit einer ungeheuerlichen Anschuldigung zu Wort. Er unterstellte ihr, dass sie das ungeborene Kind ihrer Schwester hatte töten wollen.

Sie ließ sich nicht provozieren. Lächelte ihn verächtlich an.

»Ihr Traum vom Glück. Geld, ein Heim, ein Kind von

dem Mann, den Sie lieben. Er ist zerplatzt. Da kann einem schon mal die Sicherung durchbrennen. Da sind Sie auf Ihre Schwester losgegangen.« Koster sprach mehr zu sich selbst als zu ihr. »Die Geschichte kenne ich. Genauso ist es Vinzenz Havenstein mit Ihnen ergangen. Ist Ihnen klar, dass er sein Leben für den gemeinsamen Lebenstraum mit Ihnen gegeben hat?«

»Ach, jetzt bin ich schuld, dass ihr Bullen ihn erschossen habt? Ich habe nichts mit diesem Zöllner gemeinsam. Nichts.«

»Doch, Sie haben sehr viel mit ihm gemeinsam. Georg Seiler heiratet sie nämlich niemals. Er ist nicht mal der, für den er sich ausgibt.« Koster wollte sie provozieren. Sie sollte endlich aus sich herauskommen. »Sie werden nie das Leben haben, das für Ihre Schwester vorgesehen war. Sie bekommen keine Kinder mit Georg Seiler.«

»Wir werden sehen...« Sie blies sich eine Haarsträhne aus der Stirn.

»Sie haben Ihre Schwester ganz umsonst getötet. Georg Seiler ist Polizist. Sie werden nicht mal seinen richtigen Namen erfahren.«

In den nächsten Sekunden schien es, als hielten alle drei die Luft an. Das Gesicht der Blonden war so fahl geworden, dass Koster befürchtete, sie würde gleich in Ohnmacht fallen.

»Wo ist die Toilette? Ich muss mich übergeben.«

Sie sprang auf.

56

Koster und Liebetrau folgten Eva in den Gang vor dem Wachtresen. Sie verschwand in den Toiletten.

»Jacobi, warte hier auf sie, ich schaue, wie weit Liebchen mit dem Kollegen…« Er kam nicht dazu, seinen Satz zu Ende zu sprechen, als eine weitere Bürotür aufging und Tobias Berkenthien und Liebchen heraustraten.

»Wir sind so weit fertig, Torben«, krächzte Liebetrau. Seine Stimme klang wie eine rostige Schubkarre. »Der Kollege gibt Eva ein Alibi. Sie haben Claudia Spiridon lebend verlassen, als der Evakuierungsalarm losging.«

Koster schüttelte resigniert den Kopf. Er hatte es befürchtet. Sie fingen schon wieder von vorne an.

In diesem Moment ging die Tür zur Toilette auf, und Eva trat heraus.

»Hab ich doch richtig gehört. Die Stimme meines geliebten Georg. Da bist du ja wieder. Hast du meine SMS bekommen, ja?« Die Blondine drängelte sich zwischen Jacobi und Koster durch. »Du bist also ein Scheißbulle? Du hast mich verpfiffen? Warum, Georg?« Sie stürmte auf ihn zu und trommelte mit den Fäusten auf ihn ein.

»Beruhige dich.« Es war ein Leichtes für den großen Mann, die Arme der zierlichen Frau festzuhalten. Das Sprechen konnte er ihr jedoch nicht verbieten.

»Du hast mich ausspioniert? Und ich hab dich Miststück geliebt – wie konnte ich nur so dämlich sein.«

»Beruhig dich, das ist mein Job.«

»Dein Job? Ich bin dein Job? Du hast sie wohl nicht mehr alle? Ich werde der Polizei genau erzählen, wie tief du mit drinsteckst. Wenn ich falle, fällst du mit.«

Berkenthien war es offensichtlich hochgradig unangenehm, im Polizeirevier eine solche Szene zu verursachen. Er bemühte sich um Schadensbegrenzung. »Du wirst jetzt ins Präsidium gebracht, wenn du möchtest, begleite ich dich.«

»Du willst mich begleiten? Du bist das größte Arschloch, das mir je begegnet ist, du...«

»Schluss jetzt«, sagte ein Polizeibeamter, der mit zwei weiteren Kollegen an die Frau herangetreten war. »Sie kommen jetzt mit uns ins Präsidium nach Alsterdorf, friedlich oder in Handfesseln, das liegt ganz bei Ihnen.«

57

Tessa schloss die Tür leise hinter sich. Für einen Moment hatte sie gezögert, ob Walter Petersen nicht doch einen Mord begangen hatte. Aber das Gefühl hatte sofort Widerstand in ihr ausgelöst. Nein. Das passte alles überhaupt nicht zusammen. Selbst wenn er das Opfer kennen sollte. Das war also das klägliche Ergebnis ihrer Bemühungen. Ein Ehepaar mit einem gemeinsamen Wahn. Ein Ehemann, der freiwillig einen Mord gestand, den er nicht begangen hatte, damit seine Frau nicht das Gefühl bekam, man würde sie für verrückt halten. Und um zu verhindern, dass sie beide in der Psychiatrie landeten, getrennt wurden voneinander. Was unlogisch war, denn wenn er als Mörder ins Gefängnis kam, wären sie auch getrennt.

Irrsinn.

Tessa blieb kurz am Wachdienstraum stehen. »Wo finde ich Hauptkommissar Koster?«

Der Polizeibeamte zeigte schräg gegenüber in einen Flur.

Tessa folgte seinem Blick und sah Torben in einer Menschentraube dort stehen. »Können Sie klären, ob ich die Petersens gleich mit einem Streifenwagen in die Psychiatrie bringen lassen kann?«

Der Mann zog erstaunt seine Augenbrauen hoch. »Brauchen wir den Amtsarzt? Zwangseinweisung oder gehen sie freiwillig?«

»Ich hoffe, sie begleiten uns freiwillig in die Klinik.«

Er nickte. »Kein Problem. Ein Wagen ist frei.«

Sie ging auf Torben zu und sah, wie zwei Polizeibeamte versuchten, eine keifende Blondine in Richtung Ausgang zu zerren. Die wehrte sich mit Händen und Füßen, drehte ständig den Kopf, um einen großen Mann mit Glatze anzuspucken.

Tessa stutzte.

»Was machen die denn hier?«, fragte sie mehr sich selbst als die anderen, als sie auf die Gruppe zugegangen war. »Die beiden waren in der Besuchergruppe der *Ocean Queen*.« Tessa zeigte mit dem Finger auf den Mann mit Glatze.

»Ich weiß…«, krächzte Liebetrau und berührte Tessa sanft am Arm.

»Ich liebe dich, Georg. Bitte, hilf mir. Sag, dass das alles nicht wahr ist. Sag, dass du mich liebst. Bitte.« Die verzweifelten Schreie der Blondine ließen Tessa erschauern.

»Was ist hier los?«, fragte sie. Niemand antwortete.

»Es tut mir leid…«, sagte der Glatzkopf Tessa zunickend. An Koster gewandt fuhr er fort: »Sie haben meine Kontaktdaten. Ich werde jetzt im BKA Bericht erstatten und melde mich morgen noch mal.«

Koster, Jacobi und Liebetrau standen im Gang und starrten dem Mann und der Blondine hinterher.

Tessa sah Liebchen an, um in seinem Gesicht die Antworten auf ihre Fragen zu lesen, aber der ließ nur ein jämmerliches Husten von sich hören.

»Ich dachte, du wärest längst mit den Petersens nach Hause gefahren?«, fragte Torben.

Tessa schüttelte den Kopf. »Nein, leider noch nicht. Es ist komplizierter als gedacht.«

»Bei uns auch. Das war die Prostituierte Eva, die wir als

Verdächtige gesucht haben. Ein LKA-Beamter, der ihr Zuhälter war, hat ihr ein Alibi gegeben. Wir fangen wieder vorne an.«

»Ich verstehe nur Bahnhof.«

»Havenstein liebt Eva. Eva liebt Georg. Georg ist nicht Georg, sondern Tobias. Der liebt niemanden. Und alle tun verrückte Dinge für die Liebe«, sagte Liebchen und verdrehte die Augen.

»Oh mein Gott.« Tessa musste die ganzen Informationen erst mal verarbeiten. Dabei kamen sie ihr sonderbar vertraut vor. Was hatte Alexander gesagt: Paare holen nicht nur Gutes aus dem anderen hervor... Sie fuhr sich mit der Hand durch die Haare.

»Was für ein Chaos. Auch die Petersens tun verrückte Dinge für die Liebe. Sie sind *beide* psychotisch, nicht nur Walter Petersen. Ich hatte schon länger den Verdacht. Jetzt habe ich sie damit konfrontiert, und... ob ihr es glaubt oder nicht... aber jetzt will Walter Petersen ein Geständnis ablegen, damit seine Frau nicht in die Psychiatrie... Torben?« Tessa sah, wie Torben erst erblasste und dann puterrot wurde.

»Wo ist Christa Petersen?«

»Christa Petersen?«

»Ja.«

»Was?« Tessa sah ihn verständnislos an, bis sie begriff, was er gerade sagte. »Du glaubst doch nicht, dass...?

»Wo?«

»Hinten im Büro. Ich werde sie gleich in die Psychiatrie bringen. Zur Not auch gegen ihren Willen, per Zwangseinweisung, aber...«

»Zwangseinweisung? Sie werden uns ganz sicher nicht

trennen. Du nicht, du Hexe! Hier geht niemand in die Psychiatrie. Auch wenn du meinen Mann schon auf deine Seite gezogen hast. Der Blaue Peter – er will Abschied nehmen. Abschied von mir! Aber das lasse ich nicht zu.«

Tessa wirbelte herum, als sie die keifende Stimme hinter sich hörte. Christa Petersen drängelte sich in den Gang vorbei an ihrem Mann, der sie nicht aufhalten konnte.

»Frau Petersen, bitte... Sie sollten doch im Büro auf mich warten«, sagte Tessa.

»Du Hexe willst mich in die Psychiatrie stecken? Meinst du, ich hab nicht gesehen, wie du mit meinem Mann Händchen gehalten hast? Im Terminal. Als er dachte, ich erfahre nicht, dass ihr euch ständig trefft? Therapie, dass ich nicht lache. Du willst dich zwischen uns drängen. Das lasse ich nicht zu. Das hat schon die andere versucht und das bitter bereut.«

Tessa erstarrte. Die Worte sickerten nur langsam in ihr Hirn.

»Sprechen Sie von Claudia Spi...«

Weiter kam sie nicht, denn Christa Petersen schrie sich in Rage. »Du bist hinter meinem Walter her. Hat er dir ein Kettchen geschenkt? Mit Herz dran? Wie süß. Aber du bekommst ihn nicht.«

»Was für ein Kettchen? Christa, hör auf«, rief Walter Petersen heiser.

Tessa wich zurück, als Christa Petersen plötzlich auf sie zukam. Mit einem Schrei stürzte sie sich auf Tessa. Tessa konnte ein Messer in ihrer Hand blitzen sehen. Sie verstand zu langsam, was das bedeutete. Sie wunderte sich mehr über die Geschwindigkeit, in der Christa Petersen sich nach vorne drängelte, als dass sie verstand, was das Messer in ihrer Hand anrichten konnte.

Jemand stieß einen furchtbaren Schrei aus. Tessa taumelte gegen die Wand. Liebchen warf sich zwischen Christa und Tessa.

Und die Welt stand still.

Christa Petersen stand mit den Händen nach vorn gestreckt. Liebchen vor ihr, Tessa konnte ihn nur von hinten sehen. Wo war das Messer? Liebchens Beine knickten ein. Er schwankte und sank seitlich zu Boden.

Alles lief in Zeitlupe ab.

Ineinander verkeilte Menschenleiber. Jacobi riss Christa Petersen zu Boden, Walter Petersen riss die Augen auf und schrie. Polizisten stürmten heran, befahlen allen, sich hinzulegen.

Jemand stieß Tessa auf den Boden.

Sie rief Liebchens Namen.

Er antwortete nicht.

»Messer«, schrie ein Polizist und Tessa verlor die Orientierung.

Die Sekunden zogen sich in die Länge.

Hatte Christa Petersen wirklich ein Messer in der Hand gehabt und war auf sie zugelaufen? Tessas Verstand verarbeitete alles zu langsam.

Dann war alles ruhig, alle lagen am Boden, die Polizisten hatten die Lage unter Kontrolle.

Tessa schrie Liebchens Namen.

Er antwortete nicht.

Sie robbte vorwärts.

Torben war schneller.

Das Messer.

Sie spürte ihr Herz rasen. Die Luft fühlte sich an, als hätte sie sich schlagartig um zwanzig Grad abgekühlt. Sie fror.

Dazwischen die barschen Befehle der Polizisten. Überall diese Stimmen. Doch eine Stimme ließ ihr Herz explodieren.

»Liebchen, atme! Ich weiß, du bekommst schlecht Luft, aber du musst atmen!«

Sie schloss für einen Moment die Augen, öffnete sie wieder. Das Bild und die Sätze blieben die gleichen.

»Es ist nur eine Erkältung, Liebchen. Atme.«

Torben hielt den blutüberströmten Liebetrau im Arm.

Blut quoll aus dessen Bauch und breitete sich schon zu einer großen roten Lache auf dem Fußboden aus.

58

Tessa lief. Sie keuchte. Sie kurvte um Spaziergänger herum, ohne ihr Tempo zu drosseln. Der Schweiß rann ihr in Bächen über das Gesicht und den Hals hinunter. Oder waren das ihre Tränen?

Die Nachmittagssonne brannte unerbittlich auf sie nieder. Auf den Liegewiesen um die Alster tummelten sich die Sonnenanbeter und eine Gruppe Jugendlicher machte leise Musik.

Warum drehte die Welt sich weiter, als wäre nichts geschehen? Seit drei Tagen ging das Leben einfach weiter. Einfach so.

Sie erhöhte erneut ihr Tempo, rannte am Limit ihrer Kräfte. Sie wollte die Schmerzen in den Beinen und der Lunge spüren.

Letzte Nacht hatte es geregnet. Das erste Mal seit Wochen. Sie störte sich nicht daran, wenn sie durch eine der wenigen Pfützen lief. Ihr war alles egal.

Sie kam auf die lange Grade, nahe der Außenstelle der Wasserschutzpolizei an der Alten Rabenstraße. Noch einige hundert Meter bis zum Amerikanischen Konsulat, den Ruderclubs und dem italienischen Restaurant mit eigenem Bootsanleger und Wasserblick. All das hatte keine Bedeutung mehr.

Sie rang nach Luft.

Vor einer guten Stunde hatte sie ihr vorläufig letztes

Gespräch in der Praxis geführt. Mit Walter Petersen. Natürlich. Nun hatte sie die Praxis für ein paar Wochen geschlossen. Sie hatte ihren Patienten gesagt, dass sie in den Urlaub fuhr. Das stimmte zwar nicht, war aber eine allseits akzeptierte Begründung, die keine unangenehmen Nachfragen zur Folge hatte.

Walter Petersen würde von einer anderen Kollegin weiterbehandelt werden. Sie jedenfalls sah sich nicht mehr in der Lage, ihn zu betreuen. Ausgeschlossen. Sie hatte ihm jedoch den heutigen Termin versprochen. Er kam, nachdem er mit dem Arzt seiner Frau in der forensischen Psychiatrie gesprochen hatte.

Besuchen durfte er seine Frau nicht. Und das lag nicht nur an den Ermittlungen. Ihre gemeinsame Erkrankung verbot das.

Tessa verlangsamte das Tempo. Die Seitenstiche ließen nicht nach. Jeder Stich auch einer in ihr Herz.

Warum hatte sie nicht viel früher erkannt, dass das Ehepaar Petersen an einer Folie à deux litt? An einer Geistesstörung zu zweit. Einer sehr seltenen psychiatrischen Erkrankung, bei der ein Erkrankter seinen gesunden Angehörigen mit seinem Wahn ansteckt.

Noch vor wenigen Tagen hatte sie vage im Internet recherchiert und sich zwei Artikel ausgedruckt. Sie hatte es geahnt, aber nicht auf ihre Intuition gehört. Weil nicht sein kann, was nicht sein darf. Sie hatte ein akademisches Interesse gehabt, aber nicht erkannt, wie gefährlich das Ehepaar war.

Walter Petersen konnte niemandem etwas zu Leide tun und doch trugen er und seine Frau stets ein Messer bei sich. Inzwischen hatte sie verstanden, dass er der passive, schwache und ängstliche Partner in dieser Ehe gewesen war. Seine Frau Christa hingegen eine kaltherzige, überempfindliche und unbeeinflussbare Frau, die ihn vollständig dominiert hatte. Ob das immer so gewesen war, wusste sie nicht.

Als Tessa Walter Petersen kennengelernt hatte, war seine Wahnerkrankung voll aufgeblüht und vermutlich seit vielen Monaten quälend gewesen. Vorausgegangen war jedoch die schwere Erkrankung der Ehefrau, die einen psychotischen Eifersuchtswahn entwickelt hatte. Walter Petersen hatte versucht, seine Frau zu beruhigen. Er hatte ihr keinen Anlass geboten, an seiner Treue zu zweifeln. Das hatte die Entfremdung aber nicht aufgehalten. Um seine Frau nicht zu verlieren, hatte er ihre Erkrankung mitgelebt. Er hatte Himmel und Hölle in Bewegung gesetzt, keine Kontakte mehr zu Frauen zu haben. Und geschah es doch, hatte er sie in einen Verfolgungswahn eingebaut, so dass er das Opfer war und nichts für den Kontakt konnte. Er wurde von den Frauen verfolgt und nicht umgekehrt.

Walter Petersen hatte unter Tränen gestammelt. »Ich liebe sie so sehr. Wir sind zusammen alt geworden, ich kann sie nicht in die Psychiatrie abschieben. Da kommt sie nie wieder raus ... Am Schluss konnte ich einfach nicht mehr.«

Deshalb hatte er einen Suizidversuch unternommen, und deshalb hatte die Katastrophe ihren Lauf genommen. In der Angst, ihren Mann zu verlieren, war Christa Petersens Wahn explodiert. Am Ende war das eingetreten, was Walter Petersen unbedingt hatte vermeiden wollen. Christa Petersen hatte ihre vermeintliche Konkurrentin, Claudia Spiridon, getötet und würde die forensische Psychiatrie vermutlich nie mehr verlassen.

Tessa stolperte. Sie konnte nicht mehr weiter. Sie japste

nach Luft, zügelte ihr Tempo. Hielt sich eine Hand in die stechende Seite. Sie hatte über die Hälfte der Strecke um die Alster geschafft, und ließ gerade das Hotel Atlantik hinter sich liegen.

Ihr ging das Gespräch mit Walter Petersen nicht aus dem Kopf.

Sie hatte am Fenster ihrer Praxis gestanden und desinteressiert auf den Mühlenkamp gesehen, als es klingelte...

59

Walter Petersen sah nahezu erholt aus, als er sich schweigend in seinen Sessel ihr gegenüber setzte.

Jedenfalls äußerlich sah er gut aus. Er hatte eine saubere Jeans und ein kurzärmeliges Hemd an. Er hatte einen neuen kurzen Haarschnitt und war frisch rasiert. Seine Wangen wirkten regelrecht rosig.

Was er sagte, klang nicht so gut.

»Ich weiß, dass ich nicht zu Christa darf, aber das ist genau das, was ich immer vermeiden wollte.«

Tessa nickte. »Es fühlt sich falsch an, trotzdem geht es Ihnen besser?«

»Ich hatte keine Panikanfälle mehr. Sehr merkwürdig.«

Tessa ging davon aus, dass Walter Petersen ausführlich mit dem Arzt in der forensischen Psychiatrie gesprochen hatte. »Verstehen Sie, warum es trotzdem nötig ist, dass Sie keinen Kontakt zu Ihrer Frau haben?«

»Sie vegetiert ohne mich in der Psychiatrie vor sich hin. Sie werden sie nicht wieder rauslassen. Und ich kann mich ohne sie nicht über Wasser halten«, antwortete Petersen bedrückt.

»Sie werden sich von dieser sehr seltenen Erkrankung erholen, wenn sie den Kontakt zu ihrer Frau abbrechen. Dann werden Sie gesund. Nehmen Sie sich Zeit.«

»Folie à deux. So ein schöner Name für einen furchtbaren Zustand.« Er seufzte. »Ich dachte, ich behalte die Kontrolle.«

»Das war ein Irrtum.«

»Es tut mir alles so leid, so entsetzlich leid.«

Walter Petersen sah sie traurig an und berichtete, dass er sich schon lange darüber im Klaren gewesen war, dass mit seiner Frau etwas nicht stimmte. Ihre Eifersucht sei immer stärker geworden und hätte sich vor gut einem Jahr ins Unermessliche gesteigert. Er habe so sehr aufgepasst, ihr keinen Anlass für Argwohn zu geben, dass er darüber selber paranoid geworden sei. Ständig habe er einen Hinterhalt gewittert, mit dem man ihm und seiner Frau das Leben schwer machen wollte. Sie lebten isoliert und verängstigt in ihrer kleinen Wohnung. Nur die gemeinsamen Spaziergänge brachten noch etwas Abwechslung. Auch hier sei es immer schwieriger geworden, Christa keinen Anlass für ihre Eifersuchtsausbrüche zu bieten.

Aber das hatte er nicht geschafft, dachte Tessa. Über seine eigenen Umdeutungen der Wirklichkeit war er paranoid geworden und damit seiner Frau wieder sehr viel nähergekommen. Sie kümmerte sich um ihn. Sie bauten eine gemeinsame neue Identität für sie beide auf. Die beiden gegen den Rest der Welt.

»Ich habe alles falsch gemacht. Ich war sogar zu dämlich, um mich zu erhängen.« Sein Lächeln verrutschte kläglich.

»Zu mir hat mal ein kluger Mann gesagt: Wenn die Liebe sich gegen uns wendet, dann müssen wir lernen sie loszulassen. Jeder muss sich erst einmal selber glücklich machen«, erwiderte Tessa.

»Ich habe genau das Gegenteil getan, nicht wahr?« Er zuckte zusammen. »Ich wollte mich feige aus dem Staub machen. Wenn ich geahnt hätte, wohin das alles führt.«

»Der Tod ist keine Lösung, nie. Sie hätten Ihrer Frau damit nicht geholfen.«

»Der Polizist... den meine Frau angegriffen hat...«

Tessa konnte nichts erwidern. Die Worte blieben ihr im Hals stecken.

Walter Petersen nickte. »Ich habe es begriffen. Das Leben ist wertvoll. Auch wenn es weh tut. Auch wenn ich mit mir selbst zurechtkommen muss. Es tut mir alles so leid.«

Er schluckte mehrmals und berichtete unter Mühen, wie er versucht hatte, seiner Frau die Kreuzfahrt schmackhaft zu machen. Die Schiffsbesichtigung sollte die Wende bringen. Stattdessen hatte sie alles ins Chaos gestürzt. Er knetete unentwegt seine Hände. »Ausgerechnet auf der Besichtigungstour des Schiffes begegneten wir Frau Spiridon. Sie hat mich sofort wiedererkannt und so freundlich begrüßt. Es war eine Katastrophe. Christa hat sie auch erkannt und gedacht, ich will Claudias wegen eine Kreuzfahrt machen. Sie war furchtbar eifersüchtig.«

»Woher kannte ihre Frau Claudia Spiridon?«

Walter Petersen senkte den Kopf, und Tessa musste sich anstrengen, ihn zu verstehen.

»Sie kannte sie nicht. Nicht wirklich. Es ist... es war ein... Frau Spiridon war schwanger...«

»Ja?«

»Sie ließ sich vor Wochen in der Universitätsklinik untersuchen... wir sind uns in der Cafeteria begegnet. Sie setzte sich zufällig zu mir an den Tisch. Sie war so glücklich.« Walter Petersen hob den Kopf. »Jede Frau, die mir zu nahe kam... Sie hat mir von ihrer Schwangerschaft erzählt. Sie war so voller Glückseligkeit und Zukunftspläne, dass sie mir wildfremdem verrücktem Mann davon erzählte. Ich habe ihr zugehört... mehr nicht. Ich wusste doch nicht, dass Christa uns zusammen gesehen hat.«

»Haben Sie bemerkt, dass Ihre Frau Claudia Spiridon an Bord der *Ocean Queen* gefolgt ist?«

Er mühte sich mit den nächsten Worten. »Plötzlich war Christa nicht mehr in unserer Besuchergruppe. Ich wusste nicht, was ich machen sollte. Als kurze Zeit später der Alarm losging, bin ich vollkommen verzweifelt.«

»Haben Sie gesehen, wie Ihre Frau Claudia Spiridon hinterhergegangen ist und sie erstochen hat? Sie hat die Tat zugegeben. Ihre DNA ist am Opfer gefunden worden. Sie müssen doch etwas bemerkt haben.«

»In den Gängen war Panik ausgebrochen, an Deck auch. Was sollte ich tun? Da hörte ich sie vor mir rufen. Sie war da. Nichts war geschehen.«

»Herr Petersen, haben Sie Ihre Frau auf den Tod von Frau Spiridon angesprochen?«

»Ich hab das blutige Messer gefunden. Später. Ich habe es sauber gemacht. Ich habe doch nur versucht, sie zu schützen. Ich habe Vinzenz verraten und den Einbruch in Ihre Praxis gedeckt. Es war nichts geschehen. Ich wollte, dass nichts geschehen ist.«

»Sie wussten Bescheid? Sie hätten es jemandem sagen müssen. Warum haben Sie mir nichts gesagt? Warum nicht?«

»Ich hatte solche Angst vor der Polizei. Ich musste das Problem doch selber lösen.« Er zögerte. »Wissen Sie, was Himmelsbesen über weißen Hunden sind?«

»Nein, und ich will es auch nicht wissen.«

»Das ist ganz einfach«, murmelte Petersen kleinlaut. »Ein starker Nordwestwind über hohen Wellen bei rauer See.« Er schluckte. »Das weiß doch jeder.«

Tessa gab auf. Sie würde nichts mehr aus Walter Petersen

herausbekommen. Er hatte die Schotten dichtgemacht und war noch nicht gesund genug, um sich seiner Verantwortung zu stellen. Er verdrängte das Geschehene so weit wie möglich, in der irrigen Hoffnung, dass doch noch alles gut werden würde. Dass er im Namen der Liebe und Loyalität zu seiner Ehefrau das Richtige getan hatte.

Tessa seufzte. Es war ihr egal. Es änderte nichts.

Nachdem sie Walter Petersen verabschiedet hatte, blieb nur noch eines zu tun, bevor sie die Akte Petersen für immer schloss. Tessa nahm einen Kugelschreiber und schlug die Patientenakte auf. Sie strich die Diagnose »Wahnhafte Störung« auf dem Deckblatt durch. Darüber schrieb sie in Druckbuchstaben: »Folie à deux – symbiotischer Wahn. ICD-10 F 24.«

Sie legte den Kugelschreiber auf den Schreibtisch und dachte daran, was sie noch vor ein paar Monaten darum gegeben hätte, eine derart seltene psychiatrische Erkrankung einmal behandeln zu dürfen. Infektiöses Irresein. Ein Traum für jeden Psychiater, oder?

Heute wünschte sie sich nichts sehnlicher, als dass sie Walter Petersen nicht begegnet wäre.

Niemals.

60

Tessa hatte das Tempo auf den letzten beiden Brücken am östlichen Alsterufer nach einer Erholungspause erneut angezogen.

Ihre Lunge brannte. Wenn sie zu Hause ankäme, gab es keinen Aufschub mehr.

Torben hatte ihr berichtet, was Christa Petersen ausgesagt hatte.

Sie hatte die Besuchergruppe verlassen, als sie Claudia Spiridon auf dem Schiff entdeckt hatte, und war ihr gefolgt. Sie hatte dem Streit der Schwestern zugehört, ohne zu verstehen, worum es ging. Als die Evakuierung eine Panik an Bord auslöste und die Blondine und ihr Glatzkopf die Abstellkammer verlassen hatten, war sie hineingegangen und auf die erboste Claudia getroffen. Diese Frau wollte ihr den Mann rauben. Sie zog ihr Messer, das sie auch an diesem Tag bei sich trug, und stach zu. Sie fühlte sich im Recht. Anschließend war sie an Deck geeilt, um das Schiff zu verlassen. Schließlich hatte der Kapitän eine Evakuierung angeordnet, und der musste man gehorchen. Das Messer steckte sie wieder ein. Und obwohl ihr Ehemann es sauber gewaschen hatte, fand die Kriminaltechnik Blutspuren der Toten daran.

Christa Petersen war eindeutig des Mordes an Claudia Spiridon überführt.

Torben und Malte Jacobi hatten ihre Arbeit sauber zu

Ende gebracht. Es war die Tat einer kranken Frau. Einer narzisstisch gekränkten Frau, die noch Tage nach der Tat eine Journalistin des *Hamburger Tageblattes* anrief, um sich zu beschweren, dass die Details der Berichterstattung nicht stimmten.

Einer kranken Frau, deren Ehemann aus falsch verstandener Loyalität keine Hilfe geholt hatte. Eine Tat, die sich mit dem Angriff auf Tessa zu wiederholen drohte. Wäre nicht Liebetrau dazwischengegangen. Liebchen. Der Freund und Kollege.

Hatte Tessa fahrlässig gehandelt, als sie das Ehepaar Petersen alleine im Büro hatte sitzen lassen? Hatte sie sich zu sicher gefühlt, weil es ein Polizeirevier war?

Wäre das alles nicht passiert, wenn sie einen Polizisten gebeten hätte, auf die Petersens aufzupassen?

Hätte sie nicht wissen müssen, dass eine Frau, die sich nicht scheute, in eine Praxis einzubrechen, dass eine solche Frau unberechenbar war, wenn jemand ihr Wahnthema triggerte? Egal wie nett sie von außen erscheinen mochte?

Warum hatte sie damals ihren ersten Verdacht nicht sofort mit Torben geteilt? Hätte sie wissen müssen, dass Christa Petersen ein Messer bei sich trug? Dass auch Walter Petersen ein Messer mit sich führte? Warum hatte sie ihren Patienten nie danach gefragt? Es war nicht so selten, dass Menschen, die sich verfolgt fühlten, die paranoid waren, sich bewaffneten. Schließlich glaubten sie, dass sie sich gegen ihre Verfolger wehren müssten.

Sie hätte es wissen müssen!

Natürlich hatten sich die Ereignisse durch den Schuss auf Vinzenz Havenstein überschlagen. Aber konnte sie das als Entschuldigung gelten lassen?

Nein.

Sie konnte sich genauso wenig von dieser Unterlassung freisprechen, wie Torben es sich verzeihen konnte, dass er Walter Petersen im Revier der Wasserschutzpolizei befragt hatte und nicht im Präsidium. Er hatte Rücksicht nehmen wollen. Hätte er die Vernehmung im Präsidium in Alsterdorf durchgeführt, wären weder er noch seine Frau Christa mit einem Messer durch die Sicherheitsschleusen gekommen. Sicherheitsschleusen, die es in einer normalen Polizeiwache nicht gab.

War es vorauszusehen gewesen, dass zwei Männer, die unterschiedlicher nicht sein konnten, für die Liebe alle Grenzen überschritten und ihr Leben ruinierten? Havenstein, der für seine unerwiderte Liebe zu Eva sein Leben gab. Und Walter Petersen, der aus Liebe zu Christa wahnhaft wurde und einen Mord deckte.

Die Fragen drehten sich seit Tagen in ihrem Kopf. Sie fand keine befriedigende Antwort.

Zu Hause angekommen, steckte Tessa den Schlüssel ins Schloss, öffnete die Wohnungstür und streifte ihre Turnschuhe ab. Auf dem Weg in die Küche sah sie den Anrufbeantworter im Flur blinken. Automatisch drückte sie die Wiedergabetaste.

Hallo Tessa. Alexander hier. Ich habe nach deinem Anruf gestern noch lange mit Torben telefoniert. Er will nicht, dass ich komme und den Urlaub abbreche. Er sagt, du wärest ihm eine große Hilfe, und er käme klar. Das mag zwar sein, aber ich mache mich trotzdem auf den Rückweg. Mein Flug kommt heute Abend gegen acht an. Ich melde mich dann bei euch. Bis später.

Tessas Tränen vermischten sich mit Schweißperlen. In

Torbens Gegenwart bemühte sie sich, sich zusammenzureißen. Aber jetzt durfte sie über Alexanders Freundschaftsbeweis weinen.

Was konnte sie für Torben tun?

Sie ging in die Küche und trank ein Glas Saft, bevor sie unter die Dusche ging.

Das lauwarme Wasser tat gut. Sie ließ sich den Strahl über den Kopf und das Gesicht laufen. Hinter den geschlossenen Augen kamen jedoch die Bilder zurück.

Christa Petersen, die mit zornig verzerrtem Mund das Messer gegen sie erhob.

Ihr eigener Schrei.

Ihrer aller Grauen, als Liebchen sich dazwischenwarf und Christa das Messer in seinen Bauch stieß.

Jacobi, der die rasende Christa zu Boden riss und sie dort umklammerte. Die anderen Polizisten, die ihm halfen, bis die Frau sich nicht mehr rühren konnte.

Torben, der seinen verletzten Freund Liebetrau hilflos in den Armen hielt.

Und sie sah sich selbst.

Wie sie die Rettungsmaßnahmen eingeleitet hatte. Wie die Ärztin in ihr das Ruder übernommen hatte. Wie sie funktioniert hatte. Alles richtig gemacht und sich doch im falschen Film gefühlt hatte.

Sie öffnete die Augen, um die Bilder zu vertreiben.

Es gab nur eines, was sie noch für Torben tun konnte.

Sie musste ihm die Wahrheit sagen.

61

Tessa ging mit steifen Schritten durch die Eingangshalle zu den Fahrstühlen. Der Fahrstuhl kam leider sofort. Sie fuhr in den dritten Stock.

Sie ging auf die Tür mit der großen Schrift *Intensivstation* zu. Der Korridor schien immer länger zu werden. Je mehr Schritte sie machte, umso weiter war die Tür entfernt. Das war ihr recht, denn sie wollte nicht durch diese Tür gehen. Dahinter lauerte die Wahrheit. Die Realität, vor der sie sich nicht verstecken konnte.

Wie oft hatte sie im Rahmen ihrer Arbeit im Kriseninterventionsteam Menschen beigestanden, die das Liebste, was es für sie gab, verloren hatten. Wie oft hatte sie die Trauer über den plötzlichen Verlust geteilt. Wie oft hatte sie versucht, den Menschen eine Stütze zu sein, die vom Schicksal so brutal angefasst wurden. Sie war da gewesen, hatte hingesehen, Zeit gehabt, Hände gehalten, Trost gespendet.

Nichts davon hatte sie darauf vorbereitet, wie sie selber reagieren würde, wenn das Schicksal mit dem Finger auf sie zeigte.

Nun wusste sie es.

Ihre Schritte hallten an den Wänden zurück. Niemand ging diesen einsamen langen Korridor entlang. Niemand. Sie war allein. Allein mit ihrer Angst.

Wenn man selbst betroffen war, war es immer das erste

Mal. Egal wie vielen Menschen man vorher beigestanden hatte.

Sie wollte nicht an das denken, was ihr Angst bereitete. Damit verschlimmere ich meine Angst, murmelte sie. Ich weiß das. Ich bin Psychotherapeutin. Ich weiß, wie uns die Angst im Nacken sitzt, wenn wir ihr nicht ins Auge blicken. Kann ich das? Kann ich es aushalten, dem Monster Angst direkt ins Gesicht zu schauen?

Sie war vor der Tür angekommen. Sie sah ihr Spiegelbild in der Glasscheibe. Ein Gesicht, das ihr sagte, dass sie auf keinen Fall durch diese Tür gehen wollte. Dieser Schritt würde ihr Leben für immer verändern. Sie musste es tun. Sie musste der Angst ins Gesicht blicken.

Es gab keinen anderen Weg.

Weglaufen kam nicht in Frage.

Auf dem Flur der Intensivstation war es ruhig. Das Schwesternzimmer war leer. Gespenstisch leuchteten die Monitore. Sie ging an den Glaskabinen vorbei, in denen unbekannte Menschen um ihr Leben rangen. Verkabelt und beatmet. Tessa hörte Apparate piepsen und Geräte brummen. Kein gleichmäßiges Geräusch, sondern eine elektronische Kakophonie des Lebens. Für den Laien war nicht zu erkennen, ob die Töne Sicherheit oder Gefahr bedeuteten. Nur im Falle eines Herzstillstandes schrillte ein Alarmton, den niemand fehldeuten konnte.

Liebchen lag im hinteren Bett des Zimmers.

Tessa blieb einen Moment stehen.

Dieser Koloss von einem Mann lag hilflos auf dem Rücken wie ein gefällter Baum. Er war mit unzähligen Kabeln und Drainagen, Zugängen und einem Beatmungsschlauch an mehrere Monitore angeschlossen. Sein Gesicht war so weiß wie das Bettlaken. Die Augen geschlossen. Die großen Hände lagen schlaff neben seinem Körper.

Torben saß in gedämpftem Licht schweigend an seiner Seite.

Das regelmäßige Heben und Senken von Liebchens Brustkorb hätte beruhigend wirken können, doch der Atem war nicht seiner. Der Beatmungsschlauch in seinem Mund führte zu einer Maschine. Sie war es, die für ihn atmete.

Tessa ließ ihren Blick weiter umherschweifen. Sie wollte alles noch einmal in sich aufnehmen.

Ihrem Schmerz und ihrer Angst erlauben stärker zu werden. Damit sie danach weniger werden konnten.

Sie rang mit den Tränen, als sie sah, dass eines von Liebchens Kindern ihm einen Teddy neben den Kopf gelegt hatte. Seine Frau war schon vor Stunden gegangen. Die Kinder mussten ins Bett. Sie hatte ein Foto von ihr und den drei Kleinen auf den Nachttisch gestellt. Auch wenn Liebetrau das in seinem künstlichen Tiefschlaf nicht sehen konnte.

Torben saß neben dem Bett und knetete seine Hände, als wüsste er nicht wohin mit ihnen – und mit seiner Wut, Verzweiflung und Hilflosigkeit. Das Bild war so schmerzhaft, dass sie sich einfach umdrehen und weglaufen wollte. Weg von der Zerstörung. Irgendwohin, wo die Welt in Ordnung war.

Der Höhepunkt ihrer Angst war erreicht.

Der Moment verflog.

Sie gehörte zu Torben. Und zu Liebchen.

»Wie spät ist es?«, fragte Torben in die Stille, und hob den Kopf. Reiner Schmerz auf seinem gequälten Gesicht.

»Kurz nach sieben«, flüsterte sie.

»Du brauchst nicht flüstern, er hört uns nicht. Und falls

doch, nervt es ihn, wenn er uns nicht richtig verstehen kann.« Seine Stimme klang brüchig, erschöpft, jeder Energie entzogen.

Sie holte sich einen Stuhl und setzte sich neben ihn. Eine Weile richteten sie den Blick auf den bewusstlosen Liebetrau.

»Schafft er es? Du bist Ärztin. Kommt er durch oder nicht?«

Torben flüsterte jetzt selbst, als wolle er sichergehen, dass Liebchen seine Frage und ihre Antwort nicht hörte.

Sie zögerte nicht mehr. Er hatte die Wahrheit verdient. »Er ist weitgehend über den Berg. Er ist ein Kämpfer. Aber…«

Sie durfte Torben nicht mit billigem Trost und Ausflüchten hinhalten. Auch wenn eine Lüge leichter wäre.

Mit der Wahrheit konnte er seine ganze Wut gegen Tessa richten. Sie war die Überbringerin der schlechten Nachrichten. Und die wurden bekanntlich geköpft. Sie hatte es verdient. »Die Operation hat ihm das Leben gerettet. Die Aorta war angepikt, und er hat durch das Loch darin massiv Blut verloren. Jetzt ist die Öffnung zwar geschlossen, aber er kämpft gegen eine bakterielle Infektion. Wahrscheinlich war das Messer verschmutzt.«

»Er überlebt doch nicht eine Notoperation, um an ein bisschen Schmutz zu sterben – das klingt nicht nach Liebchen. Kein bisschen.«

Tessa legte Torben eine Hand auf den Arm. Noch war seine Wut nicht spürbar. Der nächste Satz würde das mühelos ändern. »Ich werde dich nicht belügen. Du musst die Wahrheit kennen.« Sie holte tief Luft. »Es bleibt abzuwarten, ob der Sauerstoffmangel, den er erlitten hat, bleibende Schäden im Gehirn hinterlassen hat.«

So, nun war es raus. Was sie seit drei Tagen und einundzwanzig Stunden mit sich herumtrug. Seit die Ärzte sie beiseitegenommen hatten, um zu fragen, wie und vor allem wie viel sie der Ehefrau sagen sollten. Sie wollten Tessas Fachmeinung und ahnten nicht, was sie ihr damit antaten.

Bitte, flehte sie innerlich, bitte Torben, gib mir die Schuld. Ich hätte erkennen müssen, wie krank Christa Petersen ist. Wirf es mir vor, bitte.

Torben schwieg, betrachtete sie ernst, als wolle er in ihrem Gesicht lesen, ob sie nicht ein wenig Hoffnung für ihn hatte. Dann schüttelte er den Kopf und murmelte: »Er wird gesund. Er muss noch seine Wette einlösen.«

Tessa runzelte fragend die Augenbrauen. »Wette?«

»Er ist mir niemals etwas schuldig geblieben. Niemals. Er muss ein Fischfrühstück ausgeben. Er hat unsere Wette verloren. Wir haben es nicht in drei Tagen geschafft, den Fall zu lösen.« Koster sah sie trotzig an. »Er wird gesund. Etwas anderes geht nicht.« Sie verstand ihn. Sie verstand, wie wichtig diese Freundschaft für Torben war. Sie spürte, wie viel Respekt und Bewunderung er für Liebetrau empfand.

Sie hielt es nicht mehr neben ihnen aus. Sie trat ans Fenster und starrte in den blauen Himmel. Sie stützte sich auf dem Fensterbrett ab. Würde Liebchen seinen Heldenmut teuer bezahlen?

Torben stellte sich zu ihr. Drückte sie, nahm sie in die Arme. Mit seiner Selbstbeherrschung war es vorbei. Sie spürte seinen zitternden Körper, sein Schluchzen, seinen Kummer. Es zerriss ihr das Herz.

»Liebchen wird gesund«, murmelte sie. »Er schafft das. Er muss einfach.«

62

Drei Wochen später

Der Jahrhundertsommer hielt an. Die Temperaturen erreichten täglich über dreißig Grad und auch die Nächte brachten wenig Abkühlung. Schon begannen die ersten Unverbesserlichen sich über diesen Sommer zu beschweren. Manche Menschen waren nie zufrieden.

Sie kamen gerade aus dem Krankenhaus, wo sie Liebchen ein letztes Mal besucht hatten, bevor er morgen nach Hause entlassen wurde. Nun schlenderten sie entspannt den Övelgönner Elbstrand entlang Richtung Strandperle. Das Elbwasser schwappte erfrischend um Tessas Füße.

Sie sah kurz zu Torben.

Seine Augen waren hinter der Sonnenbrille verborgen. Er schwieg, doch seine Hand hielt ihre fest umschlossen.

Durch die schmale Fahrrinne der Elbe schob sich ein Containerriese elbabwärts Richtung Wedel. Nirgendwo war man den Schiffen so nahe wie hier. Sonne, Strand, dicke Pötte und das Treiben im Hafen – alles mitten in Hamburg. Was wollte man mehr?!

Einen gesunden Liebetrau. Das wollte Tessa noch mehr. Und es sah so aus, als sollten ihre Wünsche wahr werden. Liebchen erholte sich gut, es waren keine weiteren Komplikationen aufgetreten, und er würde sich nun im Kreise seiner Familie weiter erholen.

Tessa hatte sich bei ihm bedanken wollen. Schon zum zweiten Mal hatte er ihr das Leben gerettet. Aber Liebchen hatte das weit von sich gewiesen. Er habe überhaupt nicht bemerkt, auf wen die Petersen losgegangen sei. Er habe nur das Messer aufblitzen sehen, und er mochte es nun mal nicht, wenn verrückte alte Damen mit großen Messern herumfuchtelten. Er sei nur etwas zu langsam gewesen, um es ihr aus der Hand zu nehmen, und das ärgere ihn.

Dass dieser Schrank von einem Kerl schneller als alle anderen reagiert hatte, kam ihm nicht in den Sinn. Er meinte nur lapidar, dass er genug Bauchfett habe, um so ein Messer abzufangen. Man stelle sich nur vor, Tessa hätte es in ihrem mageren Körper stecken gehabt. Nein, es sei alles in bester Ordnung.

Torben hatte gelacht und sich gefreut, dass Liebetrau schon wieder auf Krawall gebürstet war. Tessa hatte geschluckt und war unendlich traurig gewesen.

Dann hatte Liebchen fröhlich angekündigt, dass er bald wieder zum Dienst erscheinen würde, denn er habe ja noch eine Wette einzulösen. Ein Fischfrühstück für das ganze Team. Leider hätten sie den Fall ja schlussendlich doch nicht in drei Tagen gelöst. Er sei bald wieder fit genug, um seine Ehrenschulden einzulösen.

Wieder hatte Torben sich gefreut und nur halbherzig zur Entschleunigung gemahnt. Liebetrau solle sich Zeit nehmen.

Tessa blieb vorsichtig. Natürlich freute sie sich unbändig über Liebchens zügige Genesung. Aber sie war auf der Hut vor den möglichen Spätfolgen. Warum betonte Liebchen ständig, dass er bald wieder dienstfähig sei? Sehnte er sich nicht nach einer Auszeit? Was hatte es zu bedeuten, dass er gemurmelt hatte, endlich dürfe er wieder etwas essen, jetzt könnten sie ihn nicht mehr vergiften? Klar, er hatte rapide an Gewicht verloren. Das war ja auch kein Wunder im Krankenhaus. Oder hatte er nicht gegessen, weil er sich wirklich sorgte, man wolle ihn vergiften? Als Liebchen bemerkt hatte, dass Tessa ihm zuhörte, hatte er seine Lippen zusammengepresst, und sein Blick war wachsam gewesen. War Tessa nach der Erfahrung mit Walter Petersen zu kritisch? Selbst paranoid? Oder steckte mehr dahinter? Sie spürte das Flattern im Magen, was ihr anzeigte, dass etwas nicht in Ordnung war. Wie würde Liebchen diese Nahtoderfahrung verkraften? Hatte er ein Durchgangssyndrom entwickelt? Ein Sauerstoffmangel im Gehirn konnte kurzfristig auffällige Verhaltensveränderungen nach sich ziehen. Aber nach drei Wochen? Für gewöhnlich hielt dieses Syndrom nur wenige Tage an. Es hätte längst abgeklungen sein müssen.

Warum war sie so traurig, wenn alle anderen fröhlich lachten?

»Freust du dich, dass Liebchen bald wieder in den Dienst kommt?«, fragte sie Torben.

»Ja und nein.«

Tessa wartete, aber Torben erklärte sich nicht weiter.

»Was meinst du damit?«, hakte sie nach.

»Ich weiß, dass du dir Sorgen um ihn machst. Ich auch. Aber er braucht mich als Freund. Einen unterstützenden Freund. Einen optimistischen. Und der werde ich sein. Ich werde seinen Optimismus teilen und ihm in jeder Hinsicht helfen. Ich werde ihn nicht bemitleiden und nicht beschützen. Dafür sind andere da.«

Tessa nickte. »Du bist ein kluger Mann.«

Er antwortete nicht, drückte nur ihre Hand.

Tessas Gedanken gingen erneut auf Wanderschaft. Die letzten Wochen verfolgten sie nach wie vor, auch wenn sie gelernt hatte, das zuzulassen. Irgendwann würde sie all das abhaken können, aber sie brauchte eben auch ihre Zeit.

Warum fiel es so schwer, eine Liebe, die sich destruktiv gegen einen wandte, loszulassen? Walter Petersen hatte seine eigene Gesundheit ruiniert, statt seine Frau ins Krankenhaus zu bringen. Er wollte lieber sterben, als seine Frau an die Wahnerkrankung zu verlieren. An Vinzenz Havenstein wollte sie gar nicht denken…

Alle waren weit gegangen, für die Liebe. Viel zu weit.

Wie weit würde sie für ihre Liebe zu Torben gehen?

Als hätte er gehört, dass sie an ihn dachte, fragte er plötzlich: »Ich brauche Urlaub, und ich weiß, du bist nicht sicher, aber wenn wir es doch mit einer Kreuzfahrt probieren? Ins Mittelmeer vielleicht?«

»Gerne!« Tessa lachte. Sie konnte nicht anders. Sie lachte aus vollem Herzen.

Dieses Zugeständnis war kein Opfer, das sie für die Liebe brachte. Sie würde noch viel weiter gehen, um eine gemeinsame Zukunft mit Torben haben zu können.

Aber sie würde nie aus den Augen verlieren, dass man sich selbst dabei nicht aufgeben durfte.

DANK

Andreas Kästner, der mich nicht nur liebt, sondern mir die schönen und verborgenen Seiten des Hamburger Hafens zeigt.

Madlen Reimer, die mich nicht nur lobt, sondern voller Begeisterung und Wertschätzung ein Buch aus meinem Text macht.

Lars Schultze-Kossack und Lisbeth Körbelin, die nicht nur zu mir halten, sondern an mich glauben.

Volker Quast und Kai Rassek, die nicht nur meine Fehler aufdeckten, sondern auch noch kluge Alternativen wussten.

Klaus Junghanns, der nicht nur sein Wissen über die Folie à deux mit mir teilte, sondern auch noch schwärmte, als er die ersten Textpassagen darüber las.

Jan Sperhake, der nicht nur akribisch meine Fragen sondierte, sondern mich bei einer Obduktion hat zusehen lassen, damit ich aus eigener Anschauung lernte und verstand.

Sascha Brandes, der mir nicht nur das Hamburger Rotlichtmilieu erklärte, sondern auch noch auf den Kiez fuhr, um es mir persönlich zu zeigen.

Günther Losse, der mir nicht nur die Abläufe des Zolls erklärte, sondern sich auch freute, einen Zöllner im Kriminalroman zu erleben.

Alex »Thrillertante« Hoffmann, Andreas Kästner, Tanja Klindworth, Nicole Münchau, Volker Quast und Kai Rassek, die nicht nur meine wundervollen Erstleser und Kritiker waren, sondern mir mit ihren kritischen Rückmeldungen auch Richtung und Ansporn gaben.

Meinen **Patienten**, die mir nicht nur ihre Sicht auf die Welt erklärten, sondern mir dabei halfen, meine eigene Welt zu lieben und zu ehren.